Der im Dunkeln wacht

© Laurent Denimal

Helene Tursten wurde 1954 in Göteborg geboren und arbeitete als Zahnärztin, ehe sie sich ganz auf das Schreiben konzentrierte. Mit ihren Kriminalromanen um Inspektorin Irene Huss begeisterte sie Schwedens Kritiker und Publikum auf Anhieb. Die Serie hat mittlerweile auch in Deutschland eine riesige Fangemeinde und wurde erfolgreich verfilmt. Helene Tursten lebt in Sunne/Värmland und ist verheiratet mit einem Ex-Polizisten.

Helene Tursten

Der im Dunkeln wacht

Roman

Aus dem Schwedischen von
Lotta Rüegger und Holger Wolandt

Weltbild

Die schwedische Originalausgabe erschien 2010 unter dem Titel
Den som vakar i mörkret bei Piratförlaget, Stockholm.

Besuchen Sie uns im Internet:
www.weltbild.de

Genehmigte Lizenzausgabe für Verlagsgruppe Weltbild GmbH,
Steinerne Furt, 86167 Augsburg

Published by agreement with Leonhardt & Høier Agency, Copenhagen
Die Bibel wird in leicht abgewandelter Form zitiert nach der Übersetzung
Martin Luthers in der revidierten Fassung von 1984,
2. Buch Mose, 20,5, 22,18, 23,21 und 33,27, weiterhin Psalm 277,1.
Übersetzung: Lotta Rüegger und Holger Wolandt
Umschlaggestaltung: Alexandra Dohse - www.grafikkiosk.de, München
Umschlagmotiv: © Christian Klier
Gesamtherstellung: GGP Media GmbH, Pößneck
Printed in the EU
ISBN 978-3-86365-046-9

2014 2013 2012 2011
Die letzte Jahreszahl gibt die aktuelle Lizenzausgabe an.

Für Johan Fälemark und Hillevi Råberg
mit herzlichem Dank für die gute Zusammenarbeit
über die Grenzen zwischen Literatur und Film.

Bei mir sind sie geborgen. Ich beschütze sie
vor dem Bösen. Das ist Teil der Vereinbarung.
Sie lieben mich. Natürlich liebe ich sie alle.
Sie unterscheiden sich voneinander, aber trotzdem
sind sie sich in Vielem ähnlich. Vor allen Dingen
brauchen sie mich. Ihre Einsamkeit ist groß.
Ich bin da. Sie können sich geborgen fühlen.
Ich schenke Tausenden Gnade, wenn man mich
liebt und meine Gebote befolgt. Ich bin der,
der im Dunkeln wacht. Ich bin der Wächter.

Dünne Nebelschleier hingen im Lichtschein der Straßenlaternen. Bald würden sie verschwunden sein. Der Wind wehte in immer heftigeren Böen, die Regen verhießen. Die Feuchtigkeit klebte in ihrem Gesicht, als sie leicht vornübergebeugt gegen die Windstöße auf dem Parkplatz ankämpfte. An einem so ungemütlichen Abend ging niemand freiwillig vor die Tür. Selbst die Hundebesitzer verzichteten auf einen letzten Abendspaziergang. Die Reihenhäuser lagen dunkel und still da. Die meisten Nachbarn schliefen bereits. Nur das Küchenfenster von Bosse Gunnarsson leuchtete warm und einladend. Er saß wie immer am Küchentisch und löste Sudokus. Seine Lesebrille war ihm bis auf die Nasenspitze gerutscht.

Ihr eigenes Haus war dunkel, aber das sollte sich gleich ändern. Sie würde Licht machen, sich eine Kanne Tee kochen und ein Brot mit Ei und Kaviarpaste zurechtmachen, ein paar Kerzen auf den Tisch stellen, sich in eine Decke hüllen und die 23-Uhr-Nachrichten ansehen. Gemütlich. Dann ab ins Bett.

Sie schob die Hand in den Briefkasten und holte die Post heraus. Rechnungen und Reklame. Mit ein paar Schritten war sie bei der Haustür und suchte in der Handtasche nach dem Schlüssel. Gerade als sie ihn hervorgekramt hatte und ins Schloss stecken wollte, bemerkte sie im Dunkeln nahe dem Schuppen eine hastige Bewegung. Dann stand plötzlich jemand dicht hinter ihr. Sie spürte einen eisernen Griff über der Brust, der Angreifer presste sie fest an seinen Körper. Sie bekam keine Luft. Die Kraft des Mannes und sein beißender Geruch lähmten sie. Als sie begriff, was er vorhatte, zwang sie sich zur Gegenwehr. Mit einer Hand versuchte der Mann, ihr eine Schlinge um den Hals zu legen. Er hatte Mühe, sie ihr über den Kopf zu streifen, nicht, weil er kleiner war als sie, sondern weil sie verzweifelt Oberkörper und Kopf hin und her warf, um sich zu befreien. Er knurrte und zischte etwas, aber hatte sie fest im Griff. Nach kurzem Kampf saß die Schlinge. Schnell hob sie instinktiv die Hand und konnte sie gerade noch unter die Schlinge legen. Das alles war so schnell gegangen, dass sie nicht einmal Zeit gehabt hatte zu schreien. Jetzt versuchte sie verzweifelt, um Hilfe zu rufen, aber aus ihrem Mund kam nur ein schwaches Wimmern. Die Schlinge saß bereits zu fest. Sie spürte, wie er den Griff um ihren Oberkörper lockerte, um sie noch fester zu würgen. Sie bekam kaum noch Luft. Vor ihren Augen flimmerte es. Gleich würde sie das Bewusstsein verlieren. Mit letzter Kraft wühlte sie mit der freien Hand in ihrer Jackentasche. Papiertaschentücher, Halspastillen, Feuerzeug ... Panik stieg in ihr auf und ihre Bewegungen wurden ungeschickter. Der Schmerz an ihrem Hals war unerträglich. Sie bekam keine Luft mehr.

Plötzlich spürte sie den Autoschlüssel mit dem kleinen Zylinder am Schlüsselring. Mit zitternden Fingern umfasste sie ihn. Ihr Daumen rutschte ab, dann spürte sie den Knopf. Unter Aufbietung ihrer letzten Kräfte drückte sie, so fest sie noch konnte.

Das Schrillen des Alarms dröhnte durch die Reihenhaussiedlung. Der Angreifer erstarrte und hielt kurz inne. Da hob sie den Fuß und trat mit aller Kraft nach hinten. Der Absatz ihres Lederstiefels traf ihn unterhalb des Knies. Er zuckte zusammen und stöhnte leise. Für den Bruchteil einer Sekunde lockerte er seinen Griff. In diesem Moment hörte sie, wie Bosse Gunnarsson die Tür öffnete und rief:

»Hallo? Was ist da los? Was ist das für ein Lärm? Ich rufe die Polizei!«

Und plötzlich war er nicht mehr hinter ihr. Sie hörte die Gartenpforte, als er sie öffnete und Richtung Parkplatz verschwand.

»Hallo! Stehen bleiben! Was soll das?«

Das war wieder Bosses Stimme. Gesegneter Bosse. Sie sank zu Boden und versuchte, um Hilfe zu rufen, aber es kam nur ein klägliches Krächzen aus ihrer Kehle.

Sie war davongekommen. Sie lebte noch.

Panisch hielt sie den kleinen Zylinder umklammert. Sie konnte den kleinen Gegenstand, der ihr das Leben gerettet hatte, nicht loslassen.

Das Heulen des Alarms stoppte, und um sie herum wurde es schwarz.

Normalerweise war Irene Huss keine Frühaufsteherin, aber an manchen Tagen erwog sie ernsthaft, es zu werden. Wie heute. Die Luft war kristallklar und die Kälte der Nacht noch frisch. Am Horizont flammte ein strahlender Sonnenaufgang in intensiven Goldtönen. Konnte ein Tag perfekter beginnen? Irene kuschelte sich in ihren Morgenmantel, blieb auf der obersten Treppenstufe stehen und atmete tief ein. Die Feuchtigkeit des Regens vom Vorabend verstärkte die Gerüche. Ihr Garten wirkte wie in der Stunde der Schöpfung, ein letztes trotziges Aufbäumen gegen den unbarmherzig herannahenden Herbst. Die üppigen Herbstastern glühten dunkelrot in den gusseisernen Behältern neben der Treppe. In diesem Jahr blühten sie besonders prächtig.

In Pantoffeln machte sie sich auf den Weg zu der niedrigen Gartenpforte, beugte sich schließlich darüber und nahm die Zeitung aus dem Briefkasten am Zaun. Sie drehte sich um und wollte eben wieder zurückgehen, hielt aber mitten im Schritt inne. Es dauerte ein paar Sekunden, bis sie es realisierte. Das Bänkchen, das sonst zwischen den beiden Küchenfenstern stand, war verschoben worden. Jetzt stand es mitten im Beet, unter einem Fenster. Die frisch gepflanzten Rosenbüsche hatten gelitten, mehrere Zweige waren abgeknickt. Erzürnt hob Irene die Bank hoch und stellte sie an ihren Platz an der Wand zurück. Merkwürdig. Hatte sie gestern Abend nicht noch dort gestanden?

»Glaube ich auch«, antwortete Krister, als sie ihn wenig später fragte.

Er stand am Herd und briet Spiegeleier. Auf einem Teller lagen bereits knusprig gebratener Speck und einige Tomatenhälften. Was Irene betraf, war eine solide Mahlzeit am Morgen verlorene Liebesmüh. Seit mehreren Jahrzehnten bestand ihr Standardfrühstück aus drei Tassen schwarzem Kaffee und einem oder zwei Käsebroten. Neuerdings war ihr Mann jedoch der Auffassung, ihre Frühstücksgewohnheiten seien verwerflich. Vielleicht stimmte das ja auch, aber ihr passten sie. Wenn Irene wagte, Spiegeleier mit Speck und ihrem schädlichen Cholesterol als nicht sonderlich gesund zu bezeichnen, wischte Krister diesen Einwand mit der Bemerkung beiseite: »Glyx-Diät! Eine Welt von Diätjunkies kann nicht irren!« Die Wahrheit war allerdings, dass er abnehmen musste, und nicht etwa sie.

Krister stellte ihr einen Teller Glyx-Frühstück hin. Wie immer stocherte sie nur darin. In solchen Augenblicken war sie versucht, Veganerin zu werden. Wie Jenny. Ihre Tochter praktizierte das seit nunmehr fast zehn Jahren. Sie ließ sich gerade an einer Schule in Amsterdam im vegetarischen Kochen ausbilden, Schwerpunkt vegane Kost. Jenny war in die Fußstapfen ihres Vaters getreten, wenn auch nicht ganz so, wie dieser sich das vorgestellt hatte.

»Aber du musst doch zugeben, es ist seltsam, dass die Bank auf einmal woanders steht«, beharrte Irene.

»Ach was, das waren sicher Viktor und seine Freunde, die sich einen Spaß erlaubt haben«, meinte Krister.

»Warum sollte Viktor … ja, vielleicht.«

Der Junge aus dem Nachbarhaus war zehn und machte mit seinen Freunden die Gegend unsicher. Aber Irene hatte den Eindruck, dass sich die Jungen trotz allem gut mit den meisten Nachbarn verstanden. Zu großen Unfug hatten sie bisher nicht getrieben. Sie konnte sich auch schwer vorstellen, warum die Jungen das Bänkchen in die Rosenbüsche gezerrt haben sollten. Das erschien sinnlos. Das Küchenfenster lag so niedrig, Viktor konnte auch ohne Bank hineinschauen und musste sich dabei nicht einmal auf die Zehenspitzen stellen.

Sie schob die Gedanken an die Bank beiseite und goss sich ihre dritte Tasse Kaffee ein.

Am Morgen darauf erwachte Irene bereits um sieben Uhr, obwohl es ihr freier Samstag war. Krister war am Vorabend erst spät aus dem Restaurant heimgekommen. Sie hörte seine ruhigen, leise zischenden Atemzüge neben sich. Er würde noch eine Weile gut schlafen. Sie stahl sich aus der Wärme des Bettes. Als sie aus dem Bad kam, zog sie ihre Joggingsachen an und streifte sich wie immer auch den elastischen Knieschutz über. Inzwischen bekam sie Schmerzen, wenn sie ihn beim Laufen nicht benutzte. Der Verfall setzt ein, dachte sie grimmig.

Sie öffnete die Haustür und nahm die Treppe mit einem Satz. Dann blieb sie einige Sekunden bewegungslos mit nach vorne gerichtetem Blick stehen. Ganz langsam drehte sie sich um. Die prächtigen Herbstastern waren aus den Kübeln gerissen worden und lagen verstreut auf dem Rasen.

»Viktor würde so etwas nie tun!« Malin, Viktors Mutter, verschränkte die Arme vor der Brust und sah ausgesprochen beleidigt aus. Irene versuchte es mit einem versöhnlichen Tonfall.

»Ehrlich gesagt, glaube ich auch nicht, dass …«, begann sie.

»Warum kommen Sie dann und beschuldigen ihn, wenn Sie selbst nicht daran glauben?«, fauchte Malin.

Irene sah ein, dass dieser Wortwechsel den nachbarschaftlichen Beziehungen nicht sonderlich zuträglich war. Ihr berufliches Ich musste darüber hinaus zugeben, dass es sich um keine geglückte Vernehmung handelte.

»Ich beschuldige ihn ja gar nicht. Ich will nur alle Möglichkeiten in Betracht ziehen und mich erkundigen, ob er vielleicht was weiß«, versuchte Irene sich zu rechtfertigen.

»Verdammter Polizeimissbrauch!«, schrie Malin und knallte die Tür zu.

Polizeimissbrauch? Sie meinte wohl Machtmissbrauch. Irene konnte Malins Entrüstung gut verstehen, obwohl sie fand, dass sie überreagierte. Warum eigentlich, wenn sie von der Unschuld ihres Sohnes überzeugt war?

Wie als Antwort auf ihre Überlegungen kam Viktor selbst angestiefelt. Er öffnete die Gartenpforte und lächelte fröhlich.

»Hallo«, sagte er.

»Hallo, Viktor. Du … Ich habe deine Mutter gerade etwas gefragt. Sie wurde sehr böse auf mich.« Viktors Lächeln erlosch, und er sah sie unsicher an. Irene lächelte ihm aufmunternd zu und sagte freundlich:

»Jemand hat in unserem Garten komische Sachen angestellt, unsere kleine Bank herumgetragen und ein paar Blumen zerstört. Ich wollte dich nur fragen, ob du etwas darüber weißt.«

Der Junge schüttelte den Kopf. Er wirkte aufrichtig erstaunt.

Irene sah Viktor in die Augen und lächelte ihn erneut an. Er schaute unsicher zu ihr auf, beantwortete aber dann ihr Lächeln. So sah kein schuldbewusster Zehnjähriger aus.

Aber wenn nicht Viktor die Blumen zerstört und die Bank verschoben hatte, wer dann?

Mein Liebling gibt eine Einladung. Das gefällt mir nicht. Männer und Frauen, alle halten sie Gläser in den Händen. Alkohol. Und führe sie nicht in Versuchung, sondern erlöse sie von dem Bösen.

Ich bin für sie da. Sie weiß, dass ich über sie wache. Wir sind in unserer Liebe vereinigt. Auf ewig. Amen. Zwei Männer und zwei Frauen. Sie sitzen am Tisch und essen. Und trinken. Immer dieser Alkohol. Sie muss weg von diesen verderblichen Einflüssen. Siehe, ich werde dir einen Engel senden, der dich auf dem Weg halten und zu dem Platz führen wird, den ich ausersehen habe. Ich werde mich um dich kümmern, mein Liebling. Wir werden auf ewig in unserer Liebe vereint sein.

Ich bin da und wache. Ich bin der Wächter.

Das andere Paar ist gegangen, er aber nicht. Sie haben sich geküsst und … mehr. Obwohl sie die meisten Lampen gelöscht hat, sehe ich mehr als genug. Sie hat ihr Haar geöffnet. Er beginnt, sie auszuziehen. Ihre Brüste sind groß und … eklig. Sie zeigt ihr wahres Ich. Die Fassade ist zersplittert. Sie sieht aus wie eine Hexe. Ein Troll.

Trolle darf man nicht am Leben lassen.

Es ist verboten, Hunde auf dem Friedhof Gassi zu führen, aber die Not kennt kein Gebot. Egon musste raus. Also eine kurze Runde über den Westfriedhof. Um diese Zeit war auch kaum jemand dort, der sich daran stören konnte, dass sie den Haufen nicht aufsammelte. Er war ohnehin nicht der Rede wert. Wegen ihres Asthmas fiel es ihr schwer, sich zu bücken. Sie hatte Glück und fand einen Parkplatz direkt neben dem Tor. Schwer atmend und mit Mühe stieg sie aus ihrem Skoda. Bevor sie den Hund aus dem Auto ließ, nahm sie ihn an die Leine. Dann ging sie durchs Tor. Der Dackel folgte ihr widerwillig. Er hätte gerne noch an ein paar interessanten Ecken geschnuppert.

»Egon! Komm jetzt! Wir haben keine Zeit.«

Sie schimpfte auf den Hund ein, der sich jetzt erst recht weigerte. Schließlich setzte er sich resolut auf die Erde. Mit einem Ruck seines Kopfes gelang es ihm, sich seines ausgeleierten Halsbandes zu entledigen. Ha! Frei! Egon verschwendete keine Zeit und verschwand über die Wiese, so schnell ihn seine kurzen Beine trugen. Aus einem Gebüsch an der Mauer drangen liebliche Düfte. Mit Wohlbehagen bohrte er seine Schnauze in das nasse Laub und atmete all die Pheromone ein, die eine unbekannte Schönheit zurückgelassen hatte. Wäre sein Frauchen nicht gewesen, hätte er stundenlang verweilen können. Er hörte ihre schweren, schlurfenden Schritte auf der Wiese, und obwohl er ihre schrille Stimme zu ignorieren versuchte, erkannte er die Tonlage: Frauchen war nicht froh. In der Tat klang sie richtig wütend. Als sie sich mit hoch erhobener Leine näherte, wurde ihm bewusst, dass es vermutlich das Gesündeste war, noch eine Weile auf Abstand zu bleiben. Er verzog sich in die Rhododendronbüsche. Frauchens Stimme wurde noch schriller und wütender, aber dort drinnen würde sie ihn nicht zu fassen kriegen. Ein anderer Geruch mischte sich mit dem Duft der Hündin. Zunächst blieb Egon unschlüssig zwischen den Sträuchern stehen, aber schließlich gewann seine Neugier doch die Oberhand. Er musste herausfinden, was so seltsam roch. Entschlossen neigte er seine Schnauze zu Boden und nahm die Fährte auf. Hinter den Büschen und ungesehen von seinem Frauchen folgte er der Ziegelmauer. Wo das Gebüsch zu Ende war, lag die Quelle der seltsamen Gerüche. Egon kläffte aufgeregt. Er begann an der dicken Folie zu nagen, die den Geruch einschloss. Er wurde unvorsichtig und merkte plötzlich, wie ihm das Halsband wieder über den Kopf gezogen wurde. Aber statt zu fluchen und ihn anzuschreien starrte sein Frauchen nur auf das in Folie eingeschlagene Paket. Plötzlich stieß sie kurze, schrille Geräusche aus, die ihn in den Ohren schmerzten. Egon kauerte sich verängstigt zusammen. Seine empfindliche Nase nahm einen Geruch wahr, der jenen, der aus dem interessanten Paket drang, überlagerte. Ein beißender Gestank kam aus jeder Pore seines Frauchens: Angst. Sie war vor Schreck gelähmt.

Ich sitze mit ihrem Foto vor mir da. Scheinbar unschuldig und schön. Aber ich habe sie durchschaut. Eine falsche Lügnerin. Auch sie hat gegen unsere Abmachung verstoßen. Fleischeslust. Ich habe es mit eigenen Augen gesehen. Das ist absolut unverzeihlich. Ich muss ein Exempel statuieren. Niemand darf sich gegen mich und Gottes Gebote auflehnen. Für dieses Verbrechen gibt es nur eine Strafe: den Tod. Denn ich suche die Missetat der Väter bis ins dritte und vierte Glied heim, wenn man mich hasst.

Ich bin der Strafende.

Als Irene Huss und ihr Kollege Kriminalinspektor Fredrik Stridh eintrafen, war der Fundort bereits abgesperrt. Beamte in Uniform hatten sich überall postiert, um neugierige Passanten fernzuhalten. Mehrere Streifenwagen sowie der Lieferwagen der Spurensicherung standen in der Nähe geparkt. Das im Dunkeln aufblitzende Blaulicht verlieh den Schaulustigen in regelmäßigen Abständen eine unheimliche, bläulich-bleiche Gesichtsfarbe. Bedachte man, dass es schon auf zehn Uhr zuging, war es erstaunlich, wie viele Leute sich auf dem Friedhof aufhielten. Auf einem feuchtkalten Friedhof herumzustehen konnte wohl kaum als Abendvergnügen gelten. Aber ein Mord lockte immer sensationslüsterne Zuschauer an, das wusste Irene nach vielen Jahren als Ermittlerin des Dezernats für Gewaltverbrechen. Irene hätte gerne etwas anderes getan, als um diese Zeit zum Westfriedhof aufzubrechen. Wäre nicht Jonny Blom und seine ganze Familie plötzlich von einer Magenverstimmung heimgesucht worden, dann wäre sie auch nicht hingefahren. Jonny Blom und Fredrik hatten eigentlich zusammen Wochenendbereitschaft. Und als die Meldung über den Fund auf dem Friedhof einging, rief Fredrik Irene an und bat sie, ihn zu begleiten. Am Montag würde er wieder zu seinem Ermittlerteam Bandenkriminalität zurückkehren, und jemand anderes aus ihrem Dezernat musste den Fall übernehmen. Warum nicht sie? Seufzend hatte sie eingewilligt. Krister arbeitete das ganze Wochenende, und sie war ohnehin allein zu Hause.

Irene und Fredrik zeigten ihren uniformierten Kollegen bei der Absperrung ihre Dienstausweise, hoben das Absperrband an und gingen zu dem hellerleuchteten Fundplatz. Die großen Rhododendronbüsche raubten den neugierigen Zuschauern effektiv die Sicht. Im Scheinwerferlicht tauchte ein in Plastikfolie eingeschlagenes Bündel auf. Dass es sich wirklich um eine Leiche handelte, war durch die durchsichtige Folie zu erkennen.

Sie begrüßten Svante Malm und die anderen Kriminaltechniker.

»Schon was gefunden?«, fragte Irene.

Svante Malm schüttelte bedauernd den Kopf.

»Nichts außer der verpackten Leiche. Die wird gleich zur Gerichtsmedizin gebracht, dann können wir das Terrain besser absuchen. Aber ich bin nicht sonderlich optimistisch. Hier liegt überall eine Unmenge Müll, den Leute einfach in die Büsche geschmissen haben. Irgendwas sagt mir, dass der Mörder vorsichtig war. Die sorgfältige Verpackung spricht dafür.«

Irene konnte ihm da nur recht geben. Das ganze Paket wurde von langen Streifen braunen Paketklebebands zusammengehalten. Irene wusste aus Erfahrung, dass sich die Herkunft von Klebeband nicht klären ließ. Es wurde in großen Mengen überall im Land, ja, auf der ganzen Welt, verkauft. Die einzige Hoffnung war, dass der Täter Spuren auf dem Plastik oder auf der Leiche hinterlassen hatte.

»Ich habe mit der Gerichtsmedizin gesprochen. Es ist okay, wenn wir es dort öffnen«, meinte Svante.

»Dann fahren wir mit zur Gerichtsmedizin«, entschied Irene.

Irene und Fredrik Stridh nahmen den neuen Kriminaltechniker Matti Berggren im Auto mit, als sie zur Gerichtsmedizin fuhren. Matti erzählte, er habe beim Staatlichen Kriminaltechnischen Labor in Linköping gearbeitet. Irene schätzte ihn auf fünfundzwanzig, aber wahrscheinlich war er ein paar Jahre älter, als er aussah. Ihr Kollege Fredrik Stridh war etwa so alt gewesen, als er beim Dezernat angefangen hatte. Vor zehn Jahren. Seither war ein sehr guter Ermittler aus ihm geworden. Schade, dass die Abteilung für Bandenkriminalität auf ihn aufmerksam geworden war.

»Warum seufzst du?«, fragte Fredrik.

»Habe ich geseufzt? Vermutlich, weil ich gerade darüber nachgedacht habe, wie gemütlich es wäre, jetzt mit einem guten Glas Wein und Knabberspaß zu Hause einen Film anzuschauen. Dann früh ins Bett. Etwas in dieser Art. Schließlich ist das mein freies Wochenende«, sagte Irene.

»In einem anderen Leben, Irene«, erwiderte Fredrik todernst.

Die Jammerei war eher eine Vorführung für den Grünschnabel Matti. Doch es schien ihm nicht sonderlich zu imponieren. Er sah neugierig aus dem Fenster, als sie am Scandinavium vorbeifuhren. Die Abendveranstaltung war zu Ende, und das Publikum, Tausende von Menschen, strömte aus dem Gebäude.

Sie hatten Glück. Zum einen war es recht ruhig in der Gerichtsmedizin, zum anderen hatte Morten Jensen Bereitschaft. Irene und Fredrik kannten ihn gut, da er schon seit mehreren Jahren dort arbeitete.

Und Jensen schien froh zu sein, Gesellschaft zu bekommen. Oder wie er es ausdrückte: »An einem Samstagabend kann es hier schon mal ziemlich tot sein.«

Matti Berggren zog die Augenbrauen hoch und lächelte dann höflich. Wahrscheinlich wusste er nicht, ob der Gerichtsmediziner Witze machte oder ob es ihm ernst war. Irene fand es immer befreiend, mit Morten Jensen zu tun zu haben. Er war viel unkomplizierter als seine Chefin, Prof. Yvonne Stridner, was allerdings kein großes Kunststück war, wie Irene fand. Eine große Mehrheit der Göteborger Polizeibeamten hätte ihr zugestimmt. Aber das Risiko, Yvonne Stridner an diesem Abend zu begegnen, war minimal. Professoren hatten nachts keine Dienstbereitschaft und am Wochenende schon gar nicht.

Matti nahm eine Probe von der Außenseite der Plastikfolie. Ein dunkelbrauner Fleck, groß wie eine Handfläche, interessierte ihn besonders. Er fiel ihnen auf, als sie die eingepackte Leiche umdrehten. An einigen anderen Stellen waren ähnliche, allerdings kleinere Flecken zu erkennen.

»Irgendein dünnes Öl … wahrscheinlich Motorenöl«, murmelte er vor sich hin.

Er wirkte zufrieden, als er das Wattestäbchen mit dem Öl in ein steriles Reagenzglas fallen ließ. Anschließend entfernte er vorsichtig sämtliche Klebestreifen von der Folie und legte sie sorgfältig in verschiedene kleine Glasgefäße.

»Klebebänder können Unmengen von Informationen liefern. Dort bleiben Dinge hängen, die sich der Täter gar nicht vorstellen kann«, sagte er.

Er machte einen gründlichen und ernsthaften Eindruck. Es hieß, dass Svante Malm im nächsten Jahr in Pension gehen werde. Dieser junge Mann schien ein würdiger Nachfolger zu sein.

Behutsam wickelte Matti die Folie ab, die die Leiche umgab.

»Ziemlich viel Wasser auf der Innenseite«, stellte er fest.

Als die Leiche vollkommen freigelegt war, sahen sie, dass es sich um eine Frau mittleren Alters handelte. Der ganze Körper war feucht. Die Feuchtigkeit hatte sich auf der Innenseite der Folie gesammelt und war nicht verdunstet, da der Täter die Folie luftdicht verklebt hatte. Das schulterlange Haar lag feucht am Kopf an, es war zu vermuten, dass es blondiert war. Die Tote war relativ klein und mollig.

»Erdrosselt«, sagte Morten Jensen.

Aus seiner Stimme war jetzt jegliche scherzhafte Nuance verschwunden. Er deutete auf ein scheußlich dunkellila verfärbtes Würgemal, das um den Hals des Opfers verlief. Der Täter hatte so fest zugezogen, dass nur noch die langen Enden der Schlinge im Nacken der Toten zu sehen waren. Irene wusste, um was für eine Schnur es sich handelte. Genau so eine blaue Nylonleine hing in ihrer Waschküche als Wäscheleine. Die Enden hatte der Mörder zu großen Schlingen geknotet, um nicht abzurutschen.

Jensen griff zu einem Maßband und stellte fest, dass die Tote 155 cm groß war. Dann ermittelte er die Körpertemperatur, betrachtete die Totenflecken und schaute sich an, wie weit die Leichenstarre fortgeschritten war. Die Ergebnisse gab er zusammen mit der Außentemperatur der letzten vierundzwanzig Stunden in den Computer ein und rechnete dann rasch im Kopf. Anschließend teilte er mit, die Ermordete sei seit maximal achtundvierzig Stunden tot. Wahrscheinlich sei sie später gestorben, aber wohl kaum mehr als fünf Stunden später.

»Sie wurde also vor dreiundvierzig bis achtundvierzig Stunden ermordet, das heißt zwischen 16 und 21 Uhr am Donnerstag. Das ist ein ziemlich langer Zeitraum«, meinte Irene, nachdem sie einen Blick auf die Uhr an der Wand geworfen hatte.

»Ja. Genauer lässt es sich aber nicht sagen. Es gibt noch zu viele unsichere Faktoren. Die Leichenflecken deuten darauf hin, dass sie vier bis zwölf Stunden nach Eintritt des Todes verlagert wurde. Sie wurde vom Bauch auf den Rücken gedreht. Auf der Vorderseite der Leiche sind schwache Totenflecken zu sehen. Morgen werde ich die Leiche genauer in Augenschein nehmen und Proben entnehmen. Bis zur Obduktion werden noch ein paar Tage vergehen«, meinte Jensen bedauernd.

Irene wusste, dass daran nichts zu ändern war. Sie hatten trotzdem einige wichtige Informationen erhalten. Zunächst hatte jetzt die Feststellung der Identität höchste Priorität. Noch in der Nacht würde Fredrik die Liste der vermissten Personen durchgehen. Am Sonntag würden sie dann gemeinsam weitersuchen. Es war wichtig, zu Anfang einer Ermittlung, das Tempo nicht zu verlieren.

Fredrik machte sie schnell ausfindig: Ingela Svensson, 46 Jahre alt, geschieden, alleinstehend. Das Blumengeschäft am Frölunda

Torg hatte Alarm geschlagen, als sie am Freitagmorgen nicht zur Arbeit erschienen war. Ingela Svensson war eine gute Floristin, und für eine Beerdigung am Samstag warteten bereits eine Menge Bestellungen auf sie. Am Telefon war die Besitzerin des Blumenladens außer sich vor Sorge gewesen. Ingela sei eine äußerst zuverlässige Person, die sich nur im äußersten Notfall krank schreiben lasse und nicht ohne ein Wort zu sagen verschwinden würde.

Ingela Svenssons Schwester in Kungälv hatte man bereits am Nachmittag verständigt, als es sich noch um eine Vermisstensache gehandelt hatte. Von ihr dieselbe Aussage: Ihre Schwester würde nie grundlos verschwinden. Außerdem habe sie erst kürzlich einen Mann aus Borås kennengelernt, der sie förmlich habe aufblühen lassen. Die Schwester hatte sich darüber gefreut, denn Ingelas Ehe war nicht sonderlich glücklich gewesen.

Exmänner und neue Männer waren bei Vermisstenangelegenheiten und Morduntersuchungen immer von Interesse. Eine rasche Überprüfung von Ingelas Exmann hatte ergeben, dass dieser seit zwei Jahren wieder verheiratet war. Man konnte ihn außerdem sofort von der Liste der Verdächtigen streichen. Die Familie wohnte in Marbella. Dort verkaufte er Immobilien an sonnenhungrige Skandinavier.

Schweren Herzens rief Irene am frühen Sonntagmorgen die Schwester in Kungälv an. Sie brach am Telefon zusammen, als sie erfuhr, dass es sich bei der Person, die man am Vorabend ermordet auf dem Westfriedhof aufgefunden hatte, höchstwahrscheinlich um Ingela handelte.

Einige Stunden später fuhr ihr Mann sie nach Göteborg. Sie identifizierte die Tote zweifelsfrei als Ingela Svensson. Irene bat die Schwester und den Schwager, sie zu einem ersten Gespräch ins Präsidium zu begleiten.

Die Schwester hieß Christina Mogren. Sie nannte ihnen auch den Namen des Mannes in Borås. Leif Karlberg. Die Eheleute Mogren hatten ihn erst am Wochenende zuvor kennengelernt. Ingela lud sie nach Hause ein, damit sie den neuen Mann in ihrem Leben endlich einmal trafen. Er machte einen sehr guten Eindruck auf Christina und ihren Mann. Sie erzählten, dass Leif Karlberg und Ingela sich vor drei Monaten bei einem Wochenendtrip nach Prag kennengelernt und umgehend ineinander verliebt hätten. Und Ingela habe gewagt, die Liaison auch nach der Rückkehr fortzusetzen, obwohl sie sich geschworen hatte, nie mehr eine feste Beziehung einzugehen. Sie war dann einige Male bei Karlberg in Borås zu Besuch, und er bei ihr in Göteborg. Laut der Schwester verlief die Beziehung erfreulich. Ingrid sei zum ersten Mal seit ihrer Scheidung wieder richtig verliebt gewesen.

»Er kann es nicht gewesen sein. Ingela und er waren so verliebt. Sie hatten nur Augen füreinander. Er wirkte so … so lieb!«, sagte Christina.

Irene waren im Laufe der Jahre etliche Mörder untergekommen, die mit ähnlichen Worten beschrieben worden waren. Sie behielt es für sich und ließ die Schwester weitererzählen. Plötzlich mischte sich Christinas Ehemann ein:

»Wusste sie denn nun, von wem die Blume war?«

Christina hielt inne und dachte nach. Dann schüttelte sie den Kopf.

»Nein. Mir hat sie jedenfalls nichts gesagt.«

»Hat ihr jemand Blumen geschickt?«, fragte Irene.

»Eine einzelne Blume. Eine große weiße Chrysantheme mit einer Karte, auf der etwas Unverständliches stand.«

»Erinnern Sie sich, was das war?«

»Nein. Sie sagte, dass auf der Karte kein Name gestanden habe, nur ein paar hingeschmierte Zahlen und Buchstaben.«

»Merkwürdig, jemandem, der in einem Blumenladen arbeitet, eine Blume zu schicken«, dachte Irene laut nach.

»Das hat Ingela auch gesagt«, pflichtete ihr Christina bei.

»Wann hat sie diese Blume bekommen?«

Die Eheleute Mogren versuchten sich gemeinsam daran zu erinnern, an welchem Tag der Woche es gewesen war.

»Wir haben immer montags oder dienstags miteiander telefoniert. Bereits seit wir von zu Hause ausgezogen waren. Wir waren uns immer sehr nah.«

Christinas Augen füllten sich mit Tränen, als ihr klar wurde, was sie gerade gesagt hatte. Sie trocknete sich mit einem Papiertaschentuch die Tränen, schluckte ein paarmal und fuhr dann fort:

»Ingela muss mich letzten Dienstag angerufen haben. Wir konnten nicht lange reden, weil ich Tobbe zum Hockey fahren musste. Sie erzählte, dass eine Blume an der Klinke ihrer Wohnungstür gehangen habe, als sie am Vorabend von der Arbeit gekommen sei. Also am Montag. Als Ingela sie auswickelte, sah sie, dass es sich nur um eine einzelne Chrysantheme handelte. Und dann noch dieser bekloppte Zettel. Erst dachte sie, Leif hätte sich einen Spaß erlaubt. Aber als sie ihn anrief und sich für die Blume bedanken wollte, wusste er von nichts.«

Irene dachte darüber nach, ob die Blume von Bedeutung sein könnte. Ihre Erfahrung sagte ihr, dass alles, was in einer Ermittlung von der Normalität abwich, in der Regel für den Fall relevant war.

»Die Blume war also nicht von einem Boten gebracht worden?«, fragte sie der Deutlichkeit halber nach.

»Nein. Ingela sagte, sie sei in normales Zeitungspapier gewickelt gewesen«, antwortete die Schwester.

»Wissen Sie, was sie mit der Blume gemacht hat?«

»Was weiß ich … Vermutlich hat sie sie in eine Vase gestellt. Aber ich weiß es nicht. Darüber haben wir nicht gesprochen.«

»Haben Sie die Wohnungsschlüssel dabei?«

»Ja. Ich vermute, dass wir dort nicht hinkönnen, ehe Sie mit Ihren Untersuchungen …«

»Genau so ist es. Wir müssen uns dort erst einmal umsehen, bevor Sie die Wohnung wieder betreten können. Sie bekommen die Schlüssel so rasch wie möglich zurück«, sagte Irene und erhob sich, um zu signalisieren, dass das Gespräch beendet sei.

Früher waren die Arbeiterhäuser in Majorna heruntergekommen, aber seit der Renovierung der alten Landshövdinge-Häuser hatte sich der Stadtteil in eine attraktive Gegend verwandelt. Nicht zuletzt die schönen Innenhöfe verliehen dem Viertel einen gemütlichen Charakter.

Ingela Svensson hatte eine Zweizimmerwohnung in der Såggatan bewohnt. Vor Betreten der Räume streiften sich die Beamten bequeme Plastikhandschuhe, Schuhschutz und OP-Mützen über. Die Wohnung lag im Erdgeschoss, war aber luftig und hell. Der Verkehr von der Karl Johansgatan und vom Götaleden war bis in die Wohnung zu hören, allerdings nur als leises Rauschen. Das Wohnzimmer lag zur Straße. Vom Küchen- und Schlafzimmerfenster aus hatte man Aussicht auf den kleinen Innenhof. Er war sehr idyllisch mit seiner großen Kastanie und mehreren Beeten, in denen immer noch unterschiedliche Rosen blühten.

Ingelas Wohnung war sehr ordentlich. Nichts deutete auf einen Kampf hin. In einem Kleiderschrank befanden sich Mäntel und Schuhe. In einer hübschen Handtasche aus schwarzem Leder lagen Ingelas Handy, ihre Brieftasche und diverse Kosmetikartikel. Einen Schlüsselbund konnte Irene nirgends entdecken, weder in der Handtasche noch in irgendeiner Manteltasche. Also musste Ingela ihre Schlüssel dabeigehabt haben, als sie ihrem Mörder begegnete. Aber warum nur die Schlüssel und nicht die ganze Tasche? Offensichtlich war sie davon ausgegangen, dass sie nicht länger wegbleiben werde.

Von der Diele führte eine Tür in ein kleines, mit schwarzen und weißen Fliesen frisch renoviertes Badezimmer.

Das Wohnzimmer wirkte mit einem Mix aus älteren Möbeln

kombiniert mit dem IKEA-Standardsortiment recht persönlich eingerichtet. Neben einer aufgeschlagenen Frauenzeitschrift stand ein Weinglas, in dem sich noch ein Rest roter Flüssigkeit befand.

Das Schlafzimmer war ziemlich klein. Auf dem Boden lag ein weißer Flokati, die Fenster zierten hauchdünne Gardinen. Die hellgrauen Wände und dazu passenden Schranktüren schenkten dem kleinen Raum Ruhe. Irene wurde von Fredriks Stimme aus der Küche in ihren Überlegungen gestört.

»Schau dir das mal an.«

Er stand neben der Küchentür und deutete auf die Spüle. Die Tür unter der Spüle stand weit offen.

»Leer. Kein Mülleimer«, stellte Irene fest.

Sie sah sich rasch in der kleinen Küche mit den glatten, weiß lackierten Schranktüren um. Die Einrichtung war etwas in die Jahre gekommen, aber alles wirkte blitzsauber. Das Einzige, was die Ordnung störte, war die offene Tür unter der Spüle und dass es dort leer war.

»Sie hat den Abfall hinausgetragen«, sagte Irene.

»Wo leert man den aus? Und wo ist der Eimer?«, fragte Fredrik.

»Wir gehen auf den Hof und sehen nach. Oft stehen die Mülltonnen in der Durchfahrt zum Innenhof.«

Sie zogen Handschuhe und Haarschutz aus, bevor sie die Wohnung verließen. Eine halbe Treppe führte zur Hoftür. Durch ein Fenster in der Tür waren der kräftige Stamm der stattlichen Kastanie zu sehen sowie deren untersten Äste, die sich träge im Wind bewegten. Die Tür quietschte, als sie sie aufstießen und den gepflasterten Hof betraten. Sie gingen auf die Durchfahrt zu. Dort standen mehrere Mülltonnen aufgereiht.

Sie hoben die Deckel an und sahen nach, ob dort vielleicht ein Mülleimer oder etwas anderes von Interesse lag. Dann suchten sie die gesamte Durchfahrt ab, ohne etwas zu finden, was sich Ingela Svensson zuordnen ließ.

»Was hat sie bloß mit dem Mülleimer und mit dem Abfall angestellt?«, fragte Irene.

Fredrik deutete auf die Wand oberhalb der Mülltonnen. Auf einem handgeschriebenen Schild stand in Druckbuchstaben: »Bitte Glas, Holz, Chemikalien und anderes nicht in unsere Mülltonnen legen, sondern in die dafür vorgesehenen Behälter der Recyclingstation!« Darunter befand sich eine Skizze darüber, wo sich die nächste Recyclingstation befand.

»Vielleicht ist sie ja dorthin gegangen«, sagte er.

Die Recyclingstation lag in einer Ecke eines größeren Parkplatzes. Sie sah aus und stank wie die meisten dieser Anlagen. Es blieb ihnen nichts anderes übrig, als mit dem Suchen zu beginnen. Einige Leute hatten alle möglichen Dinge dort abgestellt, von denen sie nicht recht wussten, wo sie sie lassen sollten. Alte Nachttischlampen, eine kaputte Küchenmaschine, ein zerbrochener Küchenstuhl und ein paar durchgeweichte Bananenkartons. Keine angenehme Arbeit, sich durch die Abfallbehälter zu wühlen und sich zu überlegen, was aus Ingelas Müll stammen konnte. Irene hatte nicht übel Lust, aufzugeben und die weitere Suche den Kriminaltechnikern zu überlassen.

»Ziemlich trostlos«, seufzte sie.

»Stimmt. Aber wir haben Glück. Laut Aushang wird erst am Dienstag geleert«, meinte Fredrik.

Sie riefen bei der Spurensicherung an, und die Kollegen versprachen, so schnell wie möglich zu kommen. Irene und Fredrik suchten noch ein wenig weiter, aber ein Mülleimer war nirgends zu finden.

»Wahrscheinlich liegt tonnenweise anderer Müll darüber. Falls er überhaupt hier ist«, meinte Irene.

Fredrik antwortete nicht, sondern betrachtete nachdenklich den igluförmigen Behälter für Buntglas. Er ging die Umgebung sorgfältig ab, fand aber nur eine leere Papiertüte. Anschließend verließ er die Recyclingstation und suchte vor dem Zaun weiter. Methodisch durchforstete er ein angrenzendes Fliedergebüsch, hob einige herabhängende Zweige an und schaute unter die Büsche. Der Schein seiner Taschenlampe fiel in das Grün.

»Yes!«, rief er plötzlich.

Irene eilte zu ihm. Triumphierend hob er ein paar Äste an. Eingebettet in die Vegetation lag ein grauer Eimer.

»In dem Eimer sind ein paar Weinflaschen. Sie hatte ja am Wochenende eine Einladung. Sie kam her, um die leeren Flaschen wegzuwerfen«, meinte Fredrik.

Er sah sich suchend um.

»Das hier ist mit großer Wahrscheinlichkeit der Tatort. Der Mörder schlich hinter ihr her und erdrosselte sie. Dann warf er den Eimer mit den Flaschen unter die Büsche. Wahrscheinlich war er in Eile. Schließlich musste er die Leiche wegschaffen, bevor jemand kam.«

Fredriks Stimme verriet seine Aufregung. Die Lokalisierung des Tatortes bedeutete einen Durchbruch in den Ermittlungen. Dieses Mal hatten sie Glück gehabt. Sie hatten den Platz recht früh ausgemacht.

»Ich denke auch, dass es hier passiert ist. Da sie erst gegen sechs Feierabend hatte, kann sie kaum vor sieben Uhr hier gewesen sein«, dachte Irene laut nach.

Vorsichtig ging sie um den Altglascontainer herum. Plötzlich fiel ihr Blick auf etwas Funkelndes neben dem Zaun. Sie trat näher heran und sah, dass es sich um einen Schlüsselbund handelte. Auf dem emaillierten Anhänger standen die Initialen »I.S.«. Ohne ihn zu berühren, machte Irene Fredrik darauf aufmerksam.

»Jetzt haben wir wirklich mit größter Wahrscheinlich den Ort des Geschehens!«, rief er.

»Er muss einen Wagen gehabt haben, um die Leiche von hier

wegzuschaffen. Wohin er sie auch gebracht haben mag. Aber es wird kein Problem gewesen sein, das Auto bis hierher heranzufahren«, setzte Irene ihre Überlegungen fort.

»Auf Reifenspuren würde ich allerdings nicht hoffen«, meinte Fredrik.

Er hatte recht, da der gesamte Parkplatz asphaltiert war. Aber für Spuren blieben die Büsche, in denen der Eimer versteckt worden war, und das Areal um den Altglascontainer, wo der Überfall stattgefunden hatte.

Irene betrat Ingelas Wohnung noch einmal allein. Fredrik hatte in der Zwischenzeit ein Auge auf den Eimer und den Tatort, bis die Kriminaltechniker eintrafen. Er wollte vermeiden, dass dort Leute herumliefen, bevor nicht alle Spuren gesichert waren.

Sie streifte sich OP-Mütze, Schuhschutz und Plastikhandschuhe wieder über. Obwohl der Mörder Ingela bei der Recyclingstation angegriffen hatte, konnte es in der Wohnung weitere Spuren geben. Eine wichtige Feststellung war, dass etwas fehlte: die weiße Chrysantheme. Wahrscheinlich hatte Ingela diese zusammen mit der Karte mit den unbegreiflichen Zahlen und Buchstaben weggeworfen. Es blieb ihnen nichts anderes übrig, als die Mülltonnen in der Durchfahrt noch genauer zu durchsuchen. Hoffentlich waren auch diese Mülltonnen seit Dienstag nicht mehr geleert worden.

Ingela Svensson hatte Ordnung gehalten. In Schränken und Schubladen lag alles an seinem Platz, nichts war irgendwie auffällig. In der Speisekammer standen vier Boxweinkartons, drei weiße und ein roter. Eine Flasche Kognak Marke Grönstedt und einige Flaschen Rotwein mittlerer Preislage gab es auch. Daran war nichts weiter auffällig, sah man einmal davon ab, dass der Weinvorrat für eine alleinstehende Frau relativ groß war.

Irene hatte die Hoffnung, etwas von Interesse zu finden, schon fast aufgegeben, als ihr auffiel, dass es noch einen Mülleimer gab, den sie sich nicht angesehen hatte. Auf dem Badezimmerfußboden stand ein kleiner Treteimer mit einem Deckel aus kupferfarbenem Metall. Irene hob den Deckel an und schaute hinein. Ein paar Pads mit Make-up-Resten, eine ausgedrückte Zahnpastatube und eine leere Toilettenpapierrolle. An der Innenseite des Deckels pappte ein Foto. Sie löste es vorsichtig ab und betrachtete es.

Ingela lächelte und prostete dem Mann zu, der neben ihr auf dem Sofa saß. Die Kerzen spiegelten sich in ihren Augen, und sie wirkte sehr glücklich. Der Mann war ihr zugewandt und saß mit dem Rücken zur Kamera. Er trug ein helles Jackett. Darunter war ein heller Hemdkragen zu erkennen. Sein Haar war bereits leicht gelichtet.

Das Foto war offensichtlich durch Ingelas Wohnzimmerfenster aufgenommen worden. Der Fotograf musste auf der Sågatan gestanden haben. Das Datum in der unteren rechten Ecke verriet, dass das Foto an dem Samstagabend vor jenem Wochenende aufgenommen worden war, an dem der Dackel den in Folie verpackten Leichnam auf dem Westfriedhof gefunden hatte. Und da Ingela zu diesem Zeitpunkt bereits seit fast zwei Tagen tot war, bedeutete es, dass das Foto fünf Tage vor Ingelas Ermordung aufgenommen worden war.

Gegen vier Uhr nachmittags erreichten sie Leif Karlberg. Er erklärte, mit seinem jüngeren Sohn ein Fußballspiel besucht zu haben. Er wirkte, als wisse er nichts von Ingela Svenssons Schicksal. Vielleicht war er aber auch nur ein sehr guter Schauspieler.

»Wir würden uns gerne mit Ihnen unterhalten«, sagte Irene.

»Ach? Und worüber?«

Das Erstaunen in seiner Stimme klang ganz echt. Irene beschloss, es ihm nicht am Telefon zu sagen.

»Haben Sie die Möglichkeit, heute nach Göteborg ins Präsidium zu kommen?«, fragte sie.

»Nein, ich habe die Jungen diese Woche. Leider kann ich nicht weg.«

Irene dachte schnell nach. Es war genauso gut, es hinter sich zu bringen. Je schneller, desto besser.

»Dann kommen wir zu Ihnen«, entschied sie.

Am anderen Ende blieb es recht lange still, dann war Leif Karlbergs Stimme wieder zu hören. Jetzt klang er eindeutig besorgt.

»Ist etwas passiert?«

»Ich erkläre Ihnen alles, wenn wir da sind«, antwortete Irene.

Leif Karlberg wohnte im Ortsteil Sandared, von dem weder Fredrik noch Irene genau wussten, wo er lag. Irene war zwei Mal im Tierpark von Borås gewesen, ihre einzigen Besuche in der Textilstadt. Fredrik hatte dort einmal ein Date gehabt, aber weder das Mädchen noch die Stadt hatten einen nachhaltigen Eindruck hinterlassen. Aber dank Navigationsgerät fanden sie die angegebene Adresse mühelos.

Irene drückte auf die Klingel neben dem Namensschild »L. Karlberg«. Die Tür wurde geöffnet, noch ehe das Klingeln ganz verklungen war.

»Hallo. Ich habe Sie vom Parkplatz kommen sehen … Kommen Sie rein«, sagte Leif Karlberg.

Wir brauchen gar nicht erst zu versuchen, unauffällig zu wirken, dachte Irene resigniert. Wie immer hatte man ihnen schon von ferne angesehen, dass sie Bullen waren.

Aus dem Melderegister hatten sie einige Informationen über Karlberg: 44 Jahre alt, geschieden, zwei Söhne. Elektriker, eigene Firma zusammen mit dem Bruder. Im Jahr zuvor zwei Monate Führerscheinentzug wegen zu schnellen Fahrens. Keine Vorstrafen.

Der Mann war mittelgroß und hatte einen leichten Bauch. Sein Gesicht war rund, und er hatte freundliche blaugraue Augen und ein nettes Lächeln. Das sandfarbene Haar war oben auf dem Schädel leicht gelichtet. Durchschnittlich war eine passende Beschreibung Leif Karlbergs.

Er führte seine beiden Gäste ins Wohnzimmer und bat sie, Platz zu nehmen. Noch ehe sie das getan hatten, fragte er ängstlich:

»Worum geht es denn? Ich habe meine Eltern, meinen Bruder und sogar meine Exfrau angerufen. Nichts ist vorgefallen, und niemand wusste von was, und …«

»Haben Sie auch Ingela angerufen?«, fiel ihm Fredrik ins Wort.

»Ingela? Nein. Warum?«

Karlberg sah sie nur erstaunt und mit großen Augen an. Er schaute zwischen ihnen hin und her, als sei er Zuschauer beim Tennis.

»Mein Gott … Ingela. Geht es um Ingela? Was ist passiert?«, fragte er.

»Wann hatten Sie zuletzt mit ihr Kontakt?«, fragte Irene ruhig, als hätte sie seine Fragen nicht gehört.

»Am Mitt… nein, am Donnerstag.«

»Haben Sie sie angerufen?«

»Nein, sie hat mich angerufen.«

»Was wollte sie?«

Leif Karlberg holte tief Luft, schluckte und sagte dann:

»Sie hatte ein Foto erhalten. Jemand hatte es in ihren Briefkasten geworfen. Es … aber eigentlich fing es schon am Montag an.«

Er verstummte und schien nachzudenken. Die beiden Beamten sagten nichts, sondern ließen die Stille für sich arbeiten. Nach einer Weile fuhr Karlberg fort:

»Wir hatten uns am vorhergehenden Wochenende getroffen. Ingela wollte, dass ich ihre Schwester und ihren Schwager kennenlerne. Es war sehr nett und … ja, alles sehr nett. Dann rief sie mich am Montag darauf an und bedankte sich für die schöne Blume. Ich war sprachlos. Ich hatte ihr keine Blume geschickt.

Ich glaubte erst, das sei eine Spitze oder so, weil ich es eben nicht getan hatte. Aber als sie begriff, dass ich es wirklich nicht gewesen war, fand sie das sehr merkwürdig, denn es hatte sich nur um eine einzelne Blume gehandelt und keinen Blumenstrauß. An der Blume hing auch eine Karte in einem Umschlag, auf den etwas geschrieben war. Sie konnte es aber nicht entziffern.«

Karlberg war bis zur Kante seines Sessels vorgerutscht. Er stützte sich mit den Ellbogen auf die Knie und gestikulierte lebhaft, während er sprach. Er schien ihnen alles erzählen zu wollen und gab sich Mühe, sich an alle Einzelheiten zu erinnern. Irene hatte das immer deutlichere Gefühl, dass er nicht die geringste Ahnung hatte, was mit Ingela passiert war.

»Konnte sie sich irgendeinen Reim machen, was das auf der Karte zu bedeuten hatte?«

»Ingela sagte nur, dass es mit Filzstift geschrieben war. Gekritzelt und unleserlich. Sie sagte allerdings auch noch, dass es sich um Zahlen und Buchstaben handelte.«

»Ihr Gespräch über die Blume und die Karte fand also vergangenen Montag statt«, fasste Irene zusammen.

»Ja.«

»Und wann hat sie Sie dann am Donnerstag angerufen?«

»Gegen sieben. Ich kam mit den Jungs gerade vom Training und hatte also nicht so viel Zeit, mit ihr zu sprechen. Die Kinder waren müde und hungrig. Ich stand in der Küche und briet ihnen gerade Pfannkuchen, als mein Handy klingelte.«

»Was sagte sie?«

»Dass sie ein Bild erhalten habe. Ein Foto. Dieses Mal war nichts dazugeschrieben.«

»Sagte sie, was auf dem Foto zu sehen war?«

»Ja … wir. Es zeigte uns. Am Samstag zuvor. Jemand hatte offensichtlich durch ihr Wohnzimmerfenster hindurch eine Aufnahme gemacht. Sie wohnt im Erdgeschoss.«

»Waren ihre Schwester und ihr Schwager ebenfalls auf dem

Foto abgebildet?«, fragte Irene, obwohl sie die Antwort bereits kannte.

»Nein. Nur sie und ich. Sie sagte, wir hätten auf dem Sofa gesessen.«

»Wie hat sie diese Sache aufgefasst?«

»Das müssen Sie sie schon selbst fragen.«

Zum ersten Mal klang er etwas irritiert, aber das konnte auch einfach Nervosität sein.

»Und wie haben Sie reagiert?«, fragte Irene.

»Wie ich reagiert habe? … Ich fand es seltsam. Im Scherz meinte ich, das sei sicher derselbe Typ, der ihr auch die Blume an die Türklinke gehängt habe. Aber da wurde sie richtig sauer. Sie fand die ganze Sache wohl ziemlich unheimlich.«

»Sie waren also am Donnerstagabend beim Fußballtraining und konnten nicht nach Göteborg fahren und sie treffen?«, warf Fredrik ein.

»Genau. Die Jungs sind diese Woche bei mir. Montag ist Wechsel. Ich hole sie vom Hort ab, und dann bleiben sie die ganze Woche bis zum folgenden Montag bei mir. Aber ich will nicht, dass die Jungs Ingela jetzt schon treffen. Sowohl wegen der Kinder als auch wegen Ingela. Sie hat keine eigenen Kinder, und die Jungs müssen sich auch erst einmal an den Gedanken gewöhnen. Obwohl ihre Mutter schon vor unserer Trennung einen neuen Mann hatte, finde ich, dass man Rücksicht auf die Gefühle der Kinder nehmen muss. Später …«

»Arbeiten Sie Vollzeit?«, unterbrach Irene seinen Vortrag.

»Ja, sogar mehr. In den Wochen, in denen die Jungs bei ihrer Mutter sind, arbeite ich fast rund um die Uhr. Da wird es abends sehr spät. Aber wenn sie bei mir sind, höre ich immer pünktlich um halb vier auf, hole sie vom Hort ab und koche. Montag und Donnerstag haben sie Fußballtraining. Ich trainiere die Mannschaft, in der der Jüngere spielt.«

»Wo sind Ihre Söhne jetzt?«, fragte Irene.

»Bei ihrer Großmutter, also bei meiner Mutter. Wir essen heute dort zu Abend, ich habe meine Mutter gebeten, sie vor Ihrem Besuch hier abzuholen. Ich fand es beunruhigend, dass die Polizei mit mir reden will. Jetzt ist mir klar, dass es um Ingela geht. Bitte … was ist passiert?«

Sie sagten es ihm. Seine Reaktion war wohl kaum gespielt. Irene war sich sicher, dass sein Alibi ihrer Überprüfung standhalten werde.

Leif Karlberg hatte Ingela Svensson nicht ermordet.

Es war dunkel, als Irene auf ihre Einfahrt einbog. Ihr wurde warm ums Herz, als sie Kristers alten Volvo dort stehen sah. Es war kurz vor acht, und die Aussichten waren gut, dass das Essen schon auf dem Tisch stand. Beim Gedanken an eine warme Mahlzeit wurde sie munter, gleichzeitig merkte sie, wie hungrig sie war. Irene öffnete die Haustür, atmete tief ein und versuchte zu erraten, was ihr Mann Leckeres gekocht hatte.

Nichts.

Sicherheitshalber schnupperte sie noch ein paarmal, aber es roch nur nach etwas Staub und nach dem Schluck Kaffee, der am Morgen in der Kaffeemaschine vergessen worden war. Die Lampe über dem Küchentisch brannte, aber die Küche war leer. Gedeckt war auch nicht. Aus dem Obergeschoss schallte das Fernsehwetter, die Vorhersage für morgen. Irene hängte ihre Jacke auf und ging die Treppe hinauf.

Krister saß schnarchend auf einem der Sessel. Neben ihm auf dem Tisch stand eine geöffnete Dose Bier. Das war alles. Weder ein leerer Teller noch Krümel von einem Butterbrot. Er hatte das Bier einfach direkt aus der Dose getrunken.

Irene trat auf ihn zu und küsste ihn vorsichtig auf die Stirn. Er zuckte zusammen und sah sie schlaftrunken an.

»Krister, mein Lieber, bist du krank?«, fragte Irene und lächelte aufmunternd.

»Krank? Nein. Nur verdammt müde«, antwortete er.

Nach seiner Stimme zu urteilen schlief er fast schon wieder ein.

»Willst du was essen?«, fragte Irene versuchsweise.

»Nein. Nur schlafen.«

Er seufzte und erhob sich langsam von dem Sessel.

Irene wurde nervös. War das wieder das Burn-out-Syndrom? Vor einigen Jahren war er deswegen längere Zeit krank geschrieben gewesen. Seit dieser schlimmen Zeit war er vorsichtiger geworden und arbeitete weniger. Das schien ihm gutzutun, aber jetzt sah er vollkommen erschöpft aus. Als hätte er ihre Gedanken gelesen, sagte er:

»Keine Angst, das ist nicht wieder diese alte Sache. Aber zwei Köche waren dieses Wochenende krank, und Vertretungen gibt es keine. Natürlich war das Restaurant voll. Ich kann mich nicht mehr so abrackern.«

Irene hatte das Gefühl, dass sie darüber reden mussten, wusste aber nicht recht, was sie sagen sollte.

»Krister, Lieber … Ich brate uns ein Omelett. Salat gibt es auch noch, Brot, Käse und ein paar Scheiben Schinken … Ich mache das schnell«, sagte sie.

Er hob die Hand und sah sie an. Ein müdes Lächeln umspielte seine Mundwinkel.

»Du und ein Omelett braten. Nein danke, ich erledige das. Kümmer du dich um den Rest.«

Irene wusste, dass sie eine fürchterliche Köchin war, aber das war seine Schuld. Er hatte sie verwöhnt. Mit ein paar Schritten war sie bei ihm und setzte sich auf seinen Schoß. Warm und geborgen und dazu sein Geruch.

»Du bist der Beste«, sagte sie und leckte ihn am Ohrläppchen.

»Pass auf, dass mir nicht die Lust aufs Essen vergeht und ich Lust auf auf etwas ganz anderes bekomme!«

»Eins nach dem anderen. Denk an deinen Hexenschuss«, sagte Irene und küsste ihn auf die Nasenspitze.

Gemeinsam bereiteten sie das Essen zu. Das Omelett mit einer Füllung aus Zwiebeln, Schinken und Tomaten duftete verführerisch. Auf dem Tisch standen ein Tomatensalat mit dünn geschnittenen roten Zwiebeln, ein Stück Brie und getoastetes Brot. Und Irene hatte endlich das Gefühl, dass es in der Küche jetzt duftete, wie es sollte.

Da klingelte das Telefon. Ihr erster Impuls war, nicht dranzugehen, aber dann dachte sie, dass es eine der Töchter sein könnte. Irene stand auf und ging in die Diele, wo das Telefon an der Wand hing.

»Hallo. Hier ist Malin.«

Irene erkannte die Stimme ihrer Nachbarin. Vielleicht wollte sich Viktors Mutter ja für ihr Benehmen vom Vortag entschuldigen? Bevor Irene noch etwas sagen konnte, fuhr Malin fort:

»Håkan und ich sind eben nach Hause gekommen. Als wir das Auto abgestellt hatten und ins Haus gehen wollten, sahen wir jemanden durch Ihre Gartenpforte kommen. Diese … Gestalt ging in unsere Richtung. Als er oder sie uns jedoch sah, drehte sich die Person auf dem Absatz um und ging rasch in die andere Richtung.«

Was sollte das? Versuchte Malin die Schuld einem Phantom zuzuschieben, das die Gärten der Reihenhäuser unsicher machte, statt Viktor und seine Freunde zur Rede zu stellen? Doch dann besann Irene sich auf ihre Begegnung mit Viktor. Sie hatte das Gefühl gehabt, dass nicht er ihren Garten verwüstet hatte.

»Wann war das?«

»Gerade eben«, antwortete Malin.

»Ich gehe gleich mal nachsehen. Dann sage ich Ihnen Bescheid«, sagte Irene schnell.

Noch ehe Krister sie fragen konnte, was das für ein Anruf gewesen sei, war sie, ohne sich ihre Jacke anzuziehen, durch die Haustür verschwunden.

Malin hatte gesagt, sie und Håkan seien vom Parkplatz gekommen und auf ihr Haus zugegangen, die Person, die sie gesehen hatten, musste also in die entgegengesetzte Richtung verschwunden sein. Irene begann zu rennen. Sie war eine gute Sprinterin, trug aber keine richtigen Joggingschuhe, sondern normale Slipper. Hinter der übernächsten Reihenhauszeile befand sich ein größerer Parkplatz mit mehreren Gästeparkplätzen. Irene hörte, wie ein Motor angelassen wurde. Vollkommen außer Atem erreichte sie den Parkplatz, nur um zu sehen, wie zwei Rücklichter in Richtung Stora Fiskebäcksvägen verschwanden.

»Scheiße auch!«, sagte sie laut.

Etwas langsamer ging sie zurück, um wieder zu Atem zu kommen und nachzudenken. Das Auto, das weggefahren war, musste ja nicht unbedingt der Person gehören, von der Malin behauptete, dass sie in ihrem Garten gewesen sei. Die Person mit dem Auto konnte ganz einfach jemanden besucht haben, der in der Gegend wohnte.

Aber wenn diese Person in ihrem Garten gewesen war? Wer konnte es gewesen sein? Was hatte diese Person dort zu suchen gehabt? Hatte dieses Phantom einen weiteren Sabotageakt in ihrem Garten verübt? Aber warum?

Viele Fragen, die einer Antwort bedurften. Irene entschloss sich, das Geheimnis systematisch anzugehen. Man musste nur am richtigen Ende mit dem Aufdröseln anfangen. Energisch ging sie wieder ins Haus und aß das Essen, das auf ihrem Teller inzwischen kalt geworden war. Dabei erzählte sie Krister, was die Nachbarsfrau gesagt hatte. Anschließend holte sie eine starke Taschenlampe aus dem Schuppen und ging hinaus, um sich den Garten näher anzusehen.

»Das hier überlasse ich der Polizei. Ich geh hoch und leg mich hin«, sagte Krister und gähnte herzhaft.

Irene gab ihm im Vorbeigehen einen Kuss und verschwand dann in der Dunkelheit.

Dieses Mal hatte der Schleicher, wie Irene die geheimnisvolle Person getauft hatte, nichts zerstört. Vielleicht hatte er auch keine Zeit dazu gehabt. Aber die Abdrücke von zwei Schuhspitzen unter einem Küchenfenster verrieten, dass wirklich jemand im Garten gewesen war.

Nachdem Irene die Bank aus dem Beet gehoben hatte, hatte sie beide Beete sorgfältig gejätet und geharkt. Jetzt waren deutliche Abdrücke in der frischgeharkten Erde zu sehen. Allerdings waren nur die Abdrücke des vorderen Rands der Sohlen zu sehen, die Schuhgröße ließ sich also nicht feststellen.

Eines war sicher: Jemand hatte dort gestanden und durch eines ihrer Küchenfenster geschaut, und zwar durch das über der Arbeitsfläche und nicht durch das, an dem der Küchentisch stand. Der Schleicher hatte dort im Schutz der Dunkelheit gestanden und ihnen zugeschaut, wie sie das Essen zubereitet und sich dann zu Tisch gesetzt hatten. Aber irgendetwas hatte ihn aufgeschreckt, und er war durch die Gartenpforte davongeschlichen. Weder Malin noch Håkan konnten die Person beschreiben, die sie gesehen hatten. Mittelgroß, dunkle Kleider, riesige Jacke mit hochgezogener Kapuze. Über Alter oder Geschlecht konnten sie nichts sagen, aber Malin hatte gefunden, dass die Person recht kräftig und nicht sonderlich groß gewesen sei. Håkan war in dieser Frage unsicherer.

»Ich vermute, dass es ein junger Mann war. Vielleicht kundschaftet er ja die Gegend aus, weil er einbrechen will«, meinte er.

»Dann würde er aber keine Spuren hinterlassen. Wie in Irenes Garten«, wandte Malin ein.

»Nein, das wäre nicht sonderlich klug. Wir müssen immer abschließen und alle Fenster zumachen. Und wir sollten die Häuser und Gärten der Nachbarn im Auge behalten«, sagte Irene.

»Nachbarschaftshilfe. Ich hänge Zettel auf«, meinte Malin entschlossen.

Keine schlechte Idee. Irene hatte auch keinen besseren Vorschlag und begnügte sich damit, zustimmend zu nicken.

»Dann brauchen Sie ja Viktor jetzt nicht mehr zu verdächtigen«, sagte Malin spitz.

»Das hat sich geklärt, als ich mit ihm gesprochen habe«, erwiderte Irene.

Er verjagte deine Feinde, er sagte: Vernichte sie.

Das tat ich. Mein Liebling hat Frieden gefunden und ist von den Sünden erlöst.

Sie ist treu. Kommt nach Hause, wenn sie soll, und macht keine Dummheiten. Ich bin hier für dich in deiner Nähe. Jetzt fängt sie an zu kochen. Aha, das ist so eine Suppe, die man aus einer Tasse trinkt. Da gießt man nur heißes Wasser dazu. Bequem für eine Person. Wir werden uns Festmähler gönnen. Liebesmähler. Wir werden es gut zusammen haben. Denn sie gehört mir. Nur mir. Obwohl wir noch nicht formal verheiratet sind, so sind wir doch Mann und Frau in unseren Herzen. Das respektieren wir beide, sie und ich. Denk daran: Du sollst nicht begehren deines Nächsten Weib.

Und sie glaubt, dass ich nichts von dem Wein in der Vorratskammer weiß. Jetzt nimmt sie ein Glas. Meinetwegen heute, weil es sehr stressig bei der Arbeit war. Aber auf Dauer kann ich diesen Alkoholmissbrauch nicht tolerieren. Das müssen wir dann ändern. Er wird keine Nachsicht mit euren Missetaten haben, denn mein Name ist in ihm. Trunkenheit ist eine Missetat. Unter meiner liebevollen Hand wird sie lernen, auf allen Alkohol zu verzichten.

Jetzt nimmt sie sich noch ein Glas Wein. Das geht doch nicht … Es muss bedeuten, dass sie morgen frei hat, sonst würde sie nicht zwei Gläser Wein trinken. Schön, ich hatte mir schon Sorgen gemacht. Wie herrlich, dass sie frei hat. Da werden wir uns morgen wieder treffen.

Kommissarin Efva Thylqvist kam mit dem stellvertretenden Kommissar Tommy Persson im Schlepptau zur Tür herein. Es wurde getuschelt, die beiden hätten etwas miteinander, aber niemand wusste, was wirklich Sache war. Irene tendierte zu der Annahme, dass das Gerücht der Wahrheit entsprach. Sie hatte allerdings keine anderen Beweise, als dass ihr bester Freund, mit dem sie eine fünfundzwanzigjährige Freundschaft verband, kaum noch mit ihr sprach, wenn es nicht dienstliche Angelegenheiten betraf. Er war jedoch nie unfreundlich, nur immer freundlich distanziert.

Tommy und sie hatten sich bereits auf der Polizeischule in Ulriksdal angefreundet. Damals gab es noch keine Fernkurse für Polizisten, und so mussten sie beide aus Göteborg in die königliche Hauptstadt fahren. Sie hatten sich sofort gefunden. Ihre starke Freundschaft hielt über Jahre, wahrscheinlich weil sie immer nur gut befreundet waren. Beide hatten sie geheiratet und Kinder bekommen. Die Familien unternahmen sehr viel miteinander. Fast alle großen Feste feierten sie zusammen, sie machten zusammen Ferien und wurden gegenseitig Paten ihrer Kinder. Alles war gut, bis Tommy und seine Frau Agneta sich scheiden ließen.

Nach der Scheidung hatte Irene versucht, den Kontakt zu Tommy aufrechtzuerhalten, aber er distanzierte sich. Weder Krister noch Irene wussten, warum. Während des letzten Jahres begann Irene zu ahnen, womit seine Zurückhaltung zusammenhing: mit Kommissarin Efva Thylqvist. Tommy war nicht dumm und kannte Irene gut. Natürlich ahnte er, was sie von ihrer neuen Chefin hielt. Die meisten Männer fanden Efva Thylqvist mit ihrer zierlichen Figur und Kurven an den richtigen Stellen, ihrem hübschen Gesicht und dem üppigen braunroten Haar sexy. Wenn sie wollte, konnte sie unglaublich charmant sein. Wenn Männer in der Nähe waren, gab sie sich gerne den Anschein, kompetent, attraktiv und umgänglich zu sein. Bei Frauen war es ihr weniger wichtig, diese Fassade aufrechtzuerhalten. Wenn es stimmte, dass Tommy eine Affäre mit der Kommissarin hatte, war es nicht mehr erstaunlich, dass er persönlichen Gesprächen mit Irene aus dem Weg ging. Wahrscheinlich hatte er Angst, sich zu verraten, und deswegen entschieden, einen gewissen Abstand zu wahren. Irene hegte den Verdacht, dass sich Tommy in eine ziemlich heikle Situation manövriert hatte.

Obwohl Irene die Abkühlung ihrer Freundschaft bedauerte, konnte sie dagegen nicht viel unternehmen. Aber indem Tommy sich ihr entzog, fühlte sie sich sowohl am Arbeitsplatz als auch privat noch einsamer.

Irene wurde aus ihren Gedanken gerissen, als die Kommissarin die Morgenbesprechung eröffnete.

»Guten Morgen. Haben alle Kaffee? Mir ist klar, dass ihr am Wochenende vollauf mit dieser Sache beschäftigt wart, über die in allen Zeitungen unter der Überschrift ›Paketmord‹ groß berichtet wurde. Fredrik und Jonny hatten ja Bereitschaft, und da Fredrik nicht hier sein kann, weil er in die Abteilung für Bandenkriminalität zurückgekehrt ist, könntest du, Jonny, uns vielleicht den Fall erläutern.«

Die Kommissarin lächelte Jonny Blom aufmunternd zu, und dieser musste etwas geknickt zugeben, das gesamte Wochenende krank gewesen und von Irene vertreten worden zu sein. Efva Thylqvist bedeutete Irene mit einem kurzen Nicken, mit ihrem Bericht zu beginnen.

Irene ging die bereits bekannten Fakten durch und sagte abschließend:

»Matti Berggren von der Spurensicherung meldet sich, sobald er seine Funde zusammengestellt hat. Wir können auch bei Morten Jensen von der Gerichtsmedizin nachfragen, ob er sich den Leichnam inzwischen näher angesehen hat. Obwohl es noch mehrere Tage dauern kann, bis er Zeit für eine Obduktion hat. Aber ich werde ihn am Vormittag zumindest anrufen.«

»Wann wollt ihr das Alibi von Leif Karlberg überprüfen?«, fragte Thylqvist.

»Ich habe bereits mit den Kollegen in Borås gesprochen. Sie haben zugesagt, uns zu helfen.«

»Und die Befragung der Mieter in Ingela Svenssons Haus?«

»Bereits organisiert. Die Kollegen fangen heute am Vormittag an.«

»Die Mülltonnen? Und die Container der Recyclingstation?«

»Es sind Leute vor Ort, die den Müll durchsuchen. Wir haben Glück, denn weder die Mülltonnen noch die Container sind seit Dienstag geleert worden«, antwortete Irene.

»Dann ist Jonny für die Ermittlung verantwortlich und arbeitet mit Irene zusammen. Die anderen machen bis auf weiteres mit den Fällen weiter, die sie auf dem Tisch haben.«

Alle im Zimmer wirkten aufrichtig erstaunt. Obwohl das Morddezernat unter chronischem Personalmangel litt, waren zwei Personen zur Koordination eines akuten Falls außerordentlich knapp bemessen. Außerdem wirkte es fast sträflich dumm, jenem Inspektor, der am wenigsten über den Fall wusste, die Verantwortung für die Ermittlung zu übertragen.

»Sobald wir mehr wissen, setzen wir weitere Ressourcen ein«, meinte Tommy eilig.

Er versucht ihre Fehler auszubügeln, dachte Irene erbost. Als hätte er ihre Gedanken gelesen, fuhr Tommy fort:

»Ich schlage vor, dass wir uns heute Nachmittag nochmals absprechen. Vielleicht gelingt es uns ja, bis dahin noch mehr herauszufinden.«

»Ich habe von 15 bis 17 Uhr eine Besprechung. Aber du kriegst das schon geschaukelt«, meinte Efva Thylqvist.

Ihr Tonfall war säuerlich, was niemandem im Konferenzzimmer entging. Von früher wusste Irene, dass die Kommissarin es verabscheute, wenn jemand etwas sagte oder tat, was als ein Infragestellen ihrer Autorität gedeutet werden konnte. Schwaches Selbstbewusstsein, dachte Irene schadenfroh.

Als sie in der Gerichtsmedizin anrief, erfuhr sie, dass Morten Jensen bis Mittwoch verreist sei. Für diesen Tag hatte er die Obduktion von Ingela Svensson anberaumt. Das bedeutete, dass sie frühestens Ende der Woche Bescheid bekommen würden.

Matti Berggren wirkte munter und wach, als Irene kurz vor dem Mittagessen bei ihm im Labor vorbeischaute.

»Gibt es was von Interesse?«, fragte sie.

»Machst du Witze? Massenweise!«, erwiderte er und lächelte.

»Im Ernst?«

Irene war immer mehr von den Qualitäten dieses Mannes überzeugt und davon, dass er ein würdiger Nachfolger Svante Malms werden würde.

»Ja. Aber ich komme dann heute Nachmittag zu euch hoch, dann können wir alles auf einmal besprechen.«

»Super! Komm gegen drei, dann besorge ich was zum Kaffee.«

»Toll! Hast du etwa Geburtstag?«, fragte Jonny und rieb sich die Hände, als er den Teller mit den verführerisch duftenden Puddingteilchen sah, den Irene auf den Tisch stellte.

»Nein, ich habe Matti hergebeten, damit er uns direkt berichtet, was er herausgefunden hat. Außerdem fand ich, dass wir an so einem lausigen Montag eine kleine Aufmunterung gebrauchen könnten«, antwortete Irene.

»Hat die Befragung der Nachbarn bereits etwas ergeben?«, fragte Tommy, der bereits einen Becher dampfenden Kaffee vor sich stehen hatte.

»In der Tat. Eine junge Frau traf Ingela Svensson im Hof, als sie gerade den Müll raustrug. Sie wohnen im selben Treppenaufgang, und sie ist sich sicher, dass es Ingela war. Die Frau stellte ihr Fahrrad in die Durchfahrt und ging dann in ihre Wohnung hinauf. Sie kann sich nicht erinnern, in der Nähe der Hoftür sonst noch jemanden gesehen zu haben. Wir werden sie aber noch ein weiteres Mal vernehmen«, sagte Irene.

»Gut. Falls er ihre Haustür bewachte, müsste er sich irgendwo versteckt haben«, meinte Tommy. Sara Persson betrat das Pausenzimmer. Sie war eine klassische Blondine, blauäugig, schlank und durchtrainiert. Auf Matti Berggren machte sie offenbar Eindruck. Auf dem Weg ins Kaffeezimmer blieb er wie angewurzelt in der Tür stehen und starrte sie an. Ein schwaches Lächeln breitete sich auf seinem Gesicht aus, und seine braunen Augen begannen zu funkeln. Sara begrüßte ihn und schien seine Reaktion nicht zu bemerken. Vielleicht war sie ja auch nur Irene aufgefallen.

Als er sein Gebäckstück verzehrt hatte, begann Matti, den Versammelten seine Erkenntnisse mitzuteilen:

»Die Folie, in die die Leiche verpackt war, wird häufig auf Baustellen verwendet. Man kann sie überall kaufen. Auf dem Plastik fand ich ein paar Flecken. Auf der Rückenseite. Es scheint sich um ein dünnes Öl zu handeln. Kein Speiseöl, sondern eher ein dünnes Motoröl.«

Jonny unterbrach ihn:

»Man könnte sich also vorstellen, dass die Leiche nach dem Verpacken eine Weile auf dem Rücken auf der Erde gelegen hat.« Beim Wort Verpacken deutete er mit den Fingern Anführungsstriche an.

»Genau. Der Mörder hat sein Opfer mit irgendeinem Reinigungsmittel abgewaschen und dann sämtliche Spuren von der Leiche abgespült. Nirgends sind Blut oder Sperma auf dem Plastik sichtbar. Nur Wasser. Wir lassen gerade feststellen, um was für ein Reinigungsmittel es sich handelt. Wir versuchen auch herauszufinden, ob der Mörder nicht doch mikroskopische Spuren hinterlassen hat.«

»Die Innenseite der Folie hat also nicht so viel ergeben?«, fragte Jonny.

»Bislang nicht. Mal sehen, was die Analyse der Wasserproben ergibt. Das Klebeband war dafür umso ergiebiger. Niemand denkt daran, was so alles an Klebebändern hängenbleibt.«

Bei dieser Bemerkung sah er hochzufrieden aus. Irene erinnerte sich, ähnliches von ihm gehört zu haben, als er das Paket auf der Gerichtsmedizin ausgewickelt hatte.

»Was habt ihr denn an diesem Klebeband gefunden?«, fragte Jonny ungeduldig.

Matti ließ sich nicht aus der Ruhe bringen, sondern fuhr langsam fort:

»Sand, kleine Steine, Staub. Schmieröl. Katzenhaare. Von einer gewöhnlichen, kurzhaarigen Hauskatze. Schwarz.«

»Dann können wir zumindest die Katze einbuchten, wenn wir sie kriegen«, meinte Jonny.

»Das ist euer Job«, erwiderte Matti lächelnd.

»Habt ihr irgendwelche Spuren bei der Recyclingstation gefunden?«, fragte Tommy.

»Ja. Einen Schlüsselbund, der Ingela Svensson gehörte. Außerdem einige blonde Haare, die sich ihr zuordnen lassen, und zwar direkt neben dem Altglascontainer. Auf einer Papiertüte, die ebenfalls dort lag, befanden sich ihre Fingerabdrücke. Am Rand der Wiese haben wir einen Fußabdruck gesichert. Und unter den Büschen lag ja auch der Abfalleimer mit den Flaschen versteckt. Die Fußspuren sind verwischt, aber zu erkennen ist, dass sie von einem kräftigen Stiefel oder Schuh stammen. Wir können allerdings nicht sagen, ob sie etwas mit dem Mord zu tun haben.«

Matti bedankte sich, als ihm Irene das letzte, übriggebliebene Puddingteilchen anbot. Irene hatte sicherheitshalber eines für die Kommissarin gekauft, falls ihre Nachmittagsbesprechung ausfallen würde. Sie hätte es zwar nicht gegessen, wäre aber sauer gewesen, wenn keines für sie dagewesen wäre.

Die Zeugin, die Ingela Svensson am Mordabend vor dem Haus getroffen hatte, war eine junge, blasse Frau mit schwarzgefärbtem, strähnigem Haar und einer lila Strickmütze, die sie tief in die Stirn gezogen hatte. In der Unterlippe und einem Nasenflügel trug sie breite Silberringe. Ihr Gesicht war vollkommen ungeschminkt, wenn man von den knallroten Lippen ihres kleinen Mundes absah. Irene fand, dass sie, wenn man von den Silberringen absah, an eine Geisha erinnerte. Ihre Kleider ähnelten jedoch nicht im Geringsten jenen einer Geisha: eine schwarze Jacke aus dicker Wolle, schwarze Pluderhose, helllila Herrenhemd und abgetretene Sandalen, keine Socken. Irene musste an die Hippiemode ihrer Kindheit denken. Vielleicht lag diese Assoziation auch an der Gitarre, die an der Wand hing, und an der Tatsache, dass sie auf Matratzen direkt auf dem Fußboden saßen. Der Couchtisch bestand aus einer Holzpalette samt dicker Glasplatte. Darauf stand eine Tonschale mit silbergrauer Glasur, die knallrot und gelb gesprenkelt war. In einer Ecke befand sich eine fast mannshohe Keramikskulptur in verschiedenen Blautönen, bei der nicht ganz klar war, was sie darstellen sollte. Die junge Frau hieß Ida Bernth. Sie erklärte, dass sie Keramik an der Kunsthochschule studiere. Sie saß da und faltete ihre Hände sehr fest. Irene fragte sich versonnen, wie man es wohl fertig brachte, mit so grazilen Fingern so fürchterlich große Kunstwerke aus Ton zu formen. Die Schale war auch nicht gerade klein.

»Erzählen Sie mir, was am Donnerstagabend geschah, als sie Ingela Svensson begegnet sind«, bat Irene.

»Ich wollte mein Fahrrad abstellen und stand also vor der Hoftür und wollte gerade den Schlüssel ins Schloss stecken, als sie … also Ingela, von innen öffnete.«

»Sagte sie was?«

»Wir sagten Hallo. Und dann sagte sie, es sei an der Zeit, die Leichen wegzuschaffen.«

In der Tat eine makabre Äußerung für jemanden, der wenige Minuten später tot sein sollte.

»Jetzt ist es an der Zeit, die Leichen wegzuschaffen? Hat sie das gesagt?«, fragte Irene.

»Ja. Aber damit meinte sie wohl die leeren Flaschen. Sie hatte einen Eimer und eine Plastiktüte voll davon.«

Deswegen hatte Ingela also den Eimer zur Recyclingstation mitgenommen. Die leeren Flaschen konnten jedoch unmöglich alle von der Einladung am Wochenende herrühren. Ingela hatte sie offenbar schon über eine längere Zeit gesammelt. Oder sie hatte einen sehr großen Verbrauch. War sie eventuell Alkoholikerin gewesen?

»Fanden Sie, dass Ingela so wirkte wie immer?«, fragte Irene.

»Tja … Sie lachte irgendwie verlegen.«

»Lachte sie verlegen? Warum, glauben Sie, war sie verlegen?«

»Sie fand es sicher peinlich, mit so vielen leeren Flaschen das Haus zu verlassen.«

Mit schlechtem Gewissen erinnerte sich Irene plötzlich an die Papiertüten mit den leeren Bierdosen in ihrer Waschküche. Krister pflegte auf diese Tüten zu deuten und zu sagen: »Unsere Rentenversicherung.« Wie die allgemeine Wirtschaftsentwicklung aussah, hatte er vielleicht sogar recht. Vielleicht sollten sie das Dosenpfand endlich einmal einlösen. Aber alle Tüten auf einmal? Man könnte sie für Alkoholiker halten. Vielleicht war es Ingela Svensson genauso ergangen, als sie Ida im Hoftor begegnet war.

»Kannten Sie Ingela gut?«

»Nein. Ich wohne erst seit Juli hier. Wir haben uns nur gegrüßt.«

»Haben Sie gesehen, ob jemand in der Nähe des Hoftors oder auf der Straße stand?«

Ida schüttelte nachdrücklich den Kopf und sagte dann:

»Ich habe niemanden gesehen. Ich habe mir wirklich den Kopf zerbrochen. Aber ich erinnere mich nicht, jemanden in der Nähe gesehen zu haben.«

»Es stand also kein Ihnen unbekanntes Fahrzeug vor dem Haus?«

»Darauf habe ich nicht geachtet. Ich hab's nicht so mit Autos.«

Bei der letzten Bemerkung umspielte ein Lächeln den kleinen roten Geisha-Mund.

Wie immer war es unmöglich, einen freien Parkplatz in der Nähe des Präsidiums zu finden. Die gesamte Umgebung glich einer riesigen Baustelle. Natürlich hatte Irene ihren Regenschirm zu Hause vergessen. Und obwohl sie den Weg vom Auto zum Eingang des Gebäudes rennend zurücklegte, wurde sie tropfnass. Als sie im Fahrstuhl nach oben fuhr, begann sie in ihren nassen Kleidern zu frieren. Ein großer Becher heißen Kaffees war genau das, was sie jetzt brauchte, um wieder warm zu werden. Irene beschleunigte ihre Schritte, um schnell noch vor der Morgenbesprechung ihre feuchte Jacke aufzuhängen und zum Kaffeeautomaten zu gehen. Als sie auf den Korridor einbog, der zu ihrem Büro führte, wäre sie beinahe mit Hannu Rauhala zusammengestoßen.

»Hallo, beeil dich«, sagte er und eilte an ihr vorbei.

Ehe Irene fragen konnte, warum es so rasend eilig sei, sagte er über die Schulter: »Sie haben noch eine gefunden.«

Noch eine? Noch eine eingepackte Leiche? Noch ein Mord? Irene spürte, wie Eiseskälte über ihre Kopfhaut hoch und den Nacken hinunterlief. Das war keine gute Neuigkeit. Schlimmstenfalls hatten sie es mit einen Serienmörder oder einem Nachahmungstäter zu tun. War es ein Nachahmungstäter, im englischen Fachjargon Copycat-Killer, der sich von dem Mord an Ingela Svensson hatte inspirieren lassen, dann würden sie das bald wissen. Die Verpackung der Leiche war sehr speziell gewesen, und davon war nichts an die Presse gegeben worden. Schweren Herzens und ohne Kaffee betrat Irene das Besprechungszimmer.

»Der letzte Mann ist eine Frau. Wie nett, dass du auch noch kommst«, sagte Kommissarin Thylqvist mit deutlichem Sarkasmus.

Irene nickte den anderen nur zu und ihrer Chefin eher weniger. Heute hatte sie für diese Person wirklich keinen Nerv.

»Um 6.32 Uhr verständigte ein Zeitungsbote den Notruf. Er hat ein in Plastik eingeschlagenes Paket gefunden, das einen Leichnam zu enthalten scheint. Offenbar hatte er auf dem Heimweg eine Abkürzung über den Friedhof in Frölunda genommen. Der Fund erfolgte also vor einer knappen Stunde. Ich will, dass Irene und Jonny sofort hinfahren und Kontakt zu Hannu halten. Hannu bleibt hier, um eventuelle Vermisstenmeldungen entgegenzunehmen und die Liste der in den letzten Tagen vermisst gemeldeten Personen durchzugehen. Wir wissen schließlich noch nicht, wie lange diese Person schon tot ist. Die Leiche könnte vor der von Ingela Svensson auf den Frölunder Friedhof geschafft, aber jetzt erst gefunden worden sein.«

Die Kommissarin hatte recht. Wenn die Leiche bereits schon länger dort gelegen hatte. Die Eiseskälte, die sich Irene bemächtigt hatte, wollte nicht verschwinden.

Der Frölunder Friedhof lag auf einer Anhöhe. Er war vergleichsweise klein, und trotz des strömenden Regens war der Fundplatz schon aus der Entfernung zu sehen. Die Kriminaltechniker hatten Scheinwerfer aufgebaut, und mehrere Streifenwagen standen mit eingeschaltetem Blaulicht in der Nähe. Der Friedhof wirkte vernachlässigt, und viel deutete darauf hin, dass er nicht mehr benutzt wurde.

Der eingepackte Leichnam lag auf einem alten Grab, das von einer spärlichen, ungepflegten Hecke aus Nadelholz umgeben war. Jahrzehntelanger Regen und Wind hatten die Inschrift des Grabsteins unleserlich gemacht. Mit etwas gutem Willen konnte Irene den Namen Johan und die Jahreszahl 1893 entziffern.

Der Mörder hat versucht, die Leiche, die wir am Samstag gefunden haben, zu verstecken, aber dieses Mal hat er sich diese Mühe nicht gemacht. Das hier ist ein späterer Mord, dachte Irene. Falls es sich tatsächlich um Ingela Svenssons Mörder handelt. Die Art der Verpackung legte diese Vermutung nahe. Die dicke Plastikfolie war sorgfältig mehrmals um die Leiche gewickelt und dann an mehreren Stellen ordentlich mit braunem Paketklebeband verschnürt.

»Wir machen es wie letztes Mal und öffnen die Folie erst auf der Gerichtsmedizin«, entschied Jonny.

Man konnte nicht immer Glück haben. Die Wahrscheinlichkeit, dass ihnen diesmal Yvonne Stridner erspart bleiben würde, war gering. Obwohl Irene wusste, dass Morten Jensen bis Mittwoch weg sein würde, nährte sie trotzdem eine schwache Hoffnung, dass sie jemand anderen von der Gerichtsmedizin antreffen würde als seine Chefin. Tatsächlich war es aber die Professorin persönlich, die sie empfing, als sie das Gebäude betraten.

»Ein weiteres Opfer innerhalb von drei Tagen! Jetzt müsst ihr wirklich alle Ressourcen einsetzen«, sagte sie und sah Jonny dabei durchdringend an.

Selbst er zog reflexhaft bei Stridners Blick den Kopf ein, aber entgegnete tapfer:

»Fünf Tage. Ingela Svensson wurde letzten Donnerstag ermordet, aber wir haben sie erst am Samstag gefunden. Es sind also fünf …«

Die Professorin unterbrach ihn mit einem lauten Schnauben:

»Das ist die lausigste Ausrede, die mir je untergekommen ist! Und ich habe wirklich viele gehört!«

Ausnahmsweise war Jonny klug genug, nicht zu antworten. Vielleicht fiel ihm auch einfach nichts mehr dazu ein. Für Irene spielte das keine Rolle, solange er nur den Mund hielt.

»Ich schaue mir die Leiche sofort an. Nach dem Mittagessen

kommt eine Gruppe Chirurgen, die gerade die Station Gerichtsmedizin absolvieren.«

Der letzte Satz ging im Geklapper von Stridners hochhackigen Pumps unter, als sie sich raschen Schrittes entfernte. Diese Frau kann wirklich auf Absätzen laufen, dachte Irene eifersüchtig. Sie selbst hatte diese Kunst nie erlernt, da sie bereits mit Socken 180 cm maß.

Yvonne Stridner blieb stehen und warf einen Blick auf ihre diamantenbesetzte Rolex.

»In genau fünfzehn Minuten fange ich an. Bis dahin müsst ihr mit allen äußerlich genommenen Proben fertig sein«, rief sie über ihre Schulter.

Im selben Augenblick hörten sie, wie die Tür aufging. Eine platschnasse Gestalt erschien. Irene wollte gerade Hallo sagen, da kam ihr Stridners barsche Stimme zuvor: »Sie kommen zu früh. Der Kurs fängt erst nach dem Mittagessen an.«

Matti Berggren wirkte etwas verwirrt, aber nach einer Weile breitete sich auf seinem Gesicht ein warmes Lächeln aus.

»Entschuldigen Sie. Ich bin neu, und ich hatte noch keine Gelegenheit, mich Ihnen vorzustellen, Frau Professor Stridner. Ich weiß, wer Sie sind, aber Sie können unmöglich wissen, wer ich bin.«

Mit ein paar raschen Schritten ging er auf die Professorin zu und hielt ihr die Hand hin, um sich vorzustellen. Auf dem Fußboden bildeten sich kleine Pfützen unter ihm, und sein solides Schuhwerk hinterließ nasse Abdrücke. Kein Zweifel, dass er ordentlich nasse Füße hatte. Professorin Stridner wirkte etwas milder, als sie ihm die Hand reichte.

»Mattias Berggren. Ich bin der neue Kriminaltechniker«, sagte Matti.

Jetzt kapitulierte die Professorin und erwiderte sein Lächeln. »Wirklich angenehm, dass es jetzt auch unter den Kriminaltechnikern jemanden gibt, der Manieren hat«, sagte sie.

Matti lächelte weiterhin und sah sie mit seinen brauen Augen an. Aber als Professorin Stridner sich umdrehte, um in den Obduktionssaal zu gehen, zwinkerte er den Kriminalbeamten zu.

Das Abwickeln der Folie vollzog sich exakt wie in der Nacht auf Sonntag. Matti entnahm Proben und platzierte sie in verschiedenen Röhrchen und Gefäßen. Auch hier wies die Plastikverpackung Ölflecken auf der Rückseite auf. Irene bemerkte, wie Matti strahlte, als er sie entdeckte. Professorin Stridner stand ungeduldig neben ihnen und versuchte Matti zur Eile anzutreiben. Aber dieser lächelte sie nur an und fuhr ruhig und methodisch mit seiner Arbeit fort.

Was sich vom Samstag unterschied, war natürlich der Inhalt der Folie. Zwar war die Leiche ebenso nass wie die erste. Und bei dem Opfer handelte es sich auch dieses Mal wieder um eine Frau. Diese wies jedoch keinerlei äußere Ähnlichkeiten mit Ingela Svensson auf. Über den Bauch verlief eine vertikale Narbe, die älteren Datums zu sein schien. Das Einzige, was bei den beiden Frauen übereinzustimmen schien, waren das Alter und das tiefe, lilarote Würgemal am Hals. Auch dieses Mal hatte der Mörder die hellblaue Nylonschnur tief ins Gewebe gepresst zurückgelassen. Die schlaufenversehenen Enden waren das einzige, was von der Leine oberflächlich zu sehen war. Professorin Stridner machte ein paar rasche Schritte auf den Seziertisch zu und sagte: »Jetzt übernehme ich.«

Sie betrachtete die Leiche eingehend von Kopf bis Fuß, ohne sie zu berühren. Dann trat sie noch näher heran und nahm gewisse Stellen genauer in Augenschein, immer noch, ohne etwas anzufassen. Als das geschehen war, begann sie vorsichtig die steifen Glieder der Frau zu befühlen.

»Die Leichenstarre ist in vollem Umfang eingetreten. Es war letzte Nacht relativ kalt, etwa sieben Grad plus. Das verlangsamt den Prozess etwas, aber ich nehme an, dass sie gestern Abend ermordet worden ist.«

»Wann?«, wagte Jonny zu fragen.

»Ich muss noch weitere Tests durchführen, bevor ich diese Frage beantworten kann, aber wohl kaum vor sechs Uhr. Genauer kann ich es nicht sagen.«

»Wann bekommen wir genauer Bescheid?«, beharrte Jonny.

»Sobald ich fertig bin. Wenn ihr also jetzt verschwinden würdet, damit ich in Ruhe arbeiten kann. Dann geht es auch bedeutend schneller«, sagte sie und warf Jonny einen ungnädigen Blick zu.

Es blieb ihnen nichts anderes übrig, als aus dem Saal zu trotten. Der Einzige, der zufrieden aussah, war Matti. Als die Tür der Gerichtsmedizin hinter ihm zuschlug, sagte er:

»Ich habe Öl gefunden!«

»Super. Ruf bei Norsk Hydro an«, sagte Jonny.

Der Kriminaltechniker ließ sich von Jonnys lahmem Scherz nicht beeindrucken, sondern fuhr fort:

»Höchstwahrscheinlich ist es dasselbe Öl, das wir auf der Folie, in die Ingela Svensson eingewickelt war, sichergestellt haben. Auch dort fanden sich die Flecken auf der Rückseite. Ich glaube, er legt seine Opfer auf die Folie und wäscht sie mit Reinigungsmittel ab, dann spritzt er sie mit dem Schlauch ab. Anschließend wickelt er sie ein und verklebt das Paket. Fertig!«

»Effektiv, der Bursche«, murmelte Jonny.

»Hast du noch etwas anderes auf der Unterseite der Folie gefunden?«, erkundigte sich Irene.

»Klar. Natürlich Steine und Sand vom Fundort, aber auch etwas, was es dort nicht gab. Metallspäne. Die klebten im Öl und fanden sich auch auf der Folie von Ingela Svensson. Ich wusste also, wonach ich suchen musste.«

»Außer Staub und Schmutz gibt es also an dem Ort, an dem er seine Opfer wäscht und verpackt, Ölflecken und Metallspäne«, meinte Irene nachdenklich.

»Ich tippe auf eine Garage oder eine Werkstatt«, sagte Matti.

Elisabeth Lindberg, siebenundvierzig, geschieden, lebt allein. Krankenschwester in der Notaufnahme des Sahlgrenska-Krankenhauses. Sie hätte Nachtdienst gehabt, trat ihn aber nie an. Sie wurde von der Stationsschwester vermisst gemeldet. Dieser war es nicht gelungen, sie telefonisch zu erreichen. Offenbar hat Elisabeth Lindberg einen Sohn, der in Umeå studiert. Die Stationsschwester sagt, dass sie einen Schlüssel zu Lindbergs Wohnung hat. Wir können zur Notaufnahme fahren und ihn dort abholen.«

Hannu Rauhala beendete seinen Vortrag und sah seine Kollegen an. Irene nickte.

»Personenbeschreibung?«, fragte Kommissarin Thylqvist.

»Sie ist 173 cm groß und schlank. Kurzes, braunrotes Haar und längliches Gesicht. Graublaue Augen. Eine Narbe auf ihrem Bauch rührt von einem Kaiserschnitt her.«

»Klingt nach der Toten von heute Morgen. Sie hatte eine lange Narbe auf dem Unterbauch«, meinte Irene.

»Es sind doch wohl viele Frauen mit Kaiserschnitt entbunden worden? Vielleicht hat unsere feurige Krankenschwester ja aus einer Laune heraus das Scheißwetter hier gegen Rio de Janeiro und ihren heimlichen Liebhaber eingetauscht?«, wandte Jonny ein.

»Nice try. Aber ich finde doch, dass das alles zu sehr nach der Frau auf dem Friedhof klingt. Wir überprüfen sie«, sagte Irene.

Jonny seufzte lautstark bei der Aussicht, sich wieder in den Regen begeben zu müssen.

»Ich kann dich begleiten, dann kann Jonny hier die Stellung halten«, erbot sich Hannu. Alle drei hielten das für einen ausgezeichneten Vorschlag. Noch ehe Irene und Hannu das Zimmer verlassen hatten, ließ sich Mattis Stimme durch die Gegensprechanlage vernehmen. Auch am Klebeband des zweiten Pakets hätten sich Katzenhaare befunden. Anscheinend sogar von derselben Katze, aber es seien noch einige weitere Tests nötig, bevor er das mit absoluter Sicherheit sagen könne.

»Sonnenklar, dass es sich um Haare des Copycat-Killers handelt«, meinte Jonny grinsend.

»Wo wohnt sie?«, fragte Irene, nachdem sie ins Auto gestiegen waren.

»Kobbegårdsvägen«, antwortete Hannu.

»Nicht sonderlich weit vom Fundort«, meinte Irene.

»Ein knapper Kilometer.«

Natürlich hatte Hannu die exakte Entfernung überprüft.

»Ingela Svensson wohnte doch in der Såggatan. Von dort ist es aber etwas weiter bis zum Westfriedhof …«

Sie beendete den Satz nicht, da sie die genaue Entfernung nicht im Kopf hatte. Hannu enttäuschte sie nicht.

»1250 m von Ingela Svenssons Haustür zum Fundort.«

»Luftlinie?«

»Nein. Der nächste Weg mit dem Auto.«

»Er legt die Leichen auf Friedhöfen ab. Warum?«

»Dort ist es abends und nachts meist menschenleer.«

»Das schon, aber kann auch noch etwas anderes dahinterstecken?«

Hannu dachte nach und fragte dann:

»Etwas, das mit Religion zu tun hat?«

Irene dachte nach, konnte aber nicht in Worte fassen, warum sie daran glaubte, dass es kein Zufall sein konnte, dass der Mörder seine Opfer ausgerechnet auf einen Friedhof schaffte.

»Das war nur so eine Idee. Aber wahrscheinlich hast du recht. Er ist ungestört, wenn er sich dort seiner Opfer entledigt.«

Irenes Handy klingelte. Sie ging dran und hörte Jonnys Stimme.

»Ich habe Elisabeth Lindbergs Passfoto bekommen. Das Bild ist zwar vier Jahre alt, aber sie sieht aus wie die Dame, die wir im Kühlraum haben.«

Die Frau im Schwesternzimmer stellte sich als Stationsschwester Ellen Ström vor. Im Korridor und im Wartezimmer war sehr viel los, aber Ellen Ström hatte die Tür des Zimmers, in dem sie saßen, geschlossen. Ein kleiner Raum, in dem zwei Schreibtische mit Computern und Drucker standen. Irene und Hannu saßen auf Hockern aus rostfreiem Stahl. Das Metall war kalt.

»Es tut mir sehr leid, aber wir hegen den begründeten Verdacht, dass es sich bei der Ermordeten um Elisabeth Lindberg handelt«, sagte Irene einleitend.

»Hoffentlich … hoffentlich irren Sie sich. Das ist so unbegreiflich und furchtbar. Kann es denn nicht jemand anderes sein?«, murmelte Ellen Ström.

»Leider deutet sehr vieles darauf hin, dass sie es ist«, antwortete Irene.

Ellen Ström nickte und schluckte. Sie war bleich geworden, und ihre Augen füllten sich mit Tränen.

»Wie lange arbeitete sie bereits hier?«, fragte Irene.

»Genauso lange wie ich. Fast zehn Jahre. Wir haben zusammen gelernt und uns gleichzeitig auf zwei freie Stellen hier beworben«, antwortete Ellen Ström mit gebrochener Stimme.

»Dann kennen Sie sie also gut. Könnten Sie uns vielleicht begleiten und die Tote identifizieren? Ihr Sohn kommt erst heute Abend aus Umeå. Es wäre gut, wenn wir uns so rasch wie möglich der Identität des Opfers versichern könnten«, sagte Irene.

»Natürlich.«

Die Stationsschwester wischte sich die Tränen aus den Augen und versuchte die Fassung wiederzugewinnen. Dann beugte sie sich vor und schloss die unterste Schreibtischschublade auf. Sie zog einen Schlüsselbund hervor, den sie Irene reichte.

»Wir bewahren jeweils die Schlüssel der anderen auf. Wir gießen Blumen und so, wenn die andere verreist ist. Ich komme aus Jönköping, und Elisabeth hat keine noch lebenden Verwandten mehr in Göteborg … Wir waren beste Freundinnen.«

Ihre Stimme brach bei diesen Worten.

»Wir verstehen, dass das sehr schwer für Sie ist, würden Ihnen aber gerne, um Zeit zu sparen, ein paar Fragen stellen«, sagte Irene.

»Natürlich«, antwortete Ellen Ström, um Beherrschung bemüht.

Damit man nicht sah, wie ihre Lippen zitterten, presste sie sie zusammen.

»Traf sich Elisabeth mit einem Mann?«

»Nein. Sie hatte von den Typen genug. Ihre Scheidung war ein Alptraum. Er war Chef eines großen Arzneimittelunternehmens. Immer große Einladungen. Er verdiente gut, aber er fing an zu trinken und wurde gefeuert. Danach ging es noch mehr bergab mit ihm, und Elisabeth kam damit nicht klar. Aber er konnte die Scheidung nie akzeptieren und verfolgte sie und Tobias jahrelang. Wenn er betrunken war, rief er an oder stand plötzlich vor der Tür. Dann heulte er entweder oder bedrohte sie.«

Hannu richtete sich auf seinem Hocker auf und warf rasch ein:

»Hat er je aus seinen Drohungen Ernst gemacht?«

»Soweit ich weiß, nicht, aber Tobias wird das besser wissen.«

»Wo ist dieser Exmann jetzt?«, fragte Hannu weiter.

»Im Krankenhaus in Högsbo. Er liegt seit einer Schlägerei im Suff voriges Jahr im Koma. Schweres Schädeltrauma. Anfangs glaubte man nicht, dass er überleben werde. Aber das tat er, und jetzt liegt er da«, antwortete Ellen Ström und verzog vielsagend das Gesicht.

Es war deutlich, dass sie diesen Umstand nicht sonderlich bedauerte.

»Es gibt also keinen neuen Mann in Elisabeths Leben?«, versuchte Irene es noch einmal.

»Soweit ich weiß, nicht. Ich glaube auch, dass sie es mir erzählt hätte, wenn dem so gewesen wäre. Wir waren so gut befreundet ...«

Der Krankenschwester liefen wieder Tränen über die Wangen. Sie wischte sie mit den Händen weg. Irene nickte mitfühlend und versicherte, dass sie verstehe, wie schwer es ihr falle, über ihre ermordete Freundin zu sprechen. Außerdem hatte die Frau ja noch die schwere Aufgabe vor sich, die Leiche zu identifizieren.

Hinter einer geschlossenen Tür in der Rechtsmedizinischen Abteilung waren Stimmen zu hören. Die Tür öffnete sich, und heraus kann ein junger Mann in weißem Kittel. Noch ehe sich die Tür wieder geschlossen hatte, zog er ein Handy aus seiner Brusttasche. Er hielt es ans Ohr und begann zu sprechen. Irene hörte, wie er flüsterte: »Ich besuche gerade ein Seminar in der Gerichtsmedizin und kann jetzt nicht kommen.« Durch den Türspalt drang die kräftige Stimme von Professorin Stridner: »... Algor mortis ... keine Wärme, bevor es nicht ein Temperaturgefälle in Relation zur Körperoberfläche ... einige Stunden ...« Was das bedeutete, wusste Irene nicht. Sie war nur erleichtert darüber, dass Professorin Stridner in einem Saal eingesperrt war und nicht zu ihnen herauskommen würde. Gleichzeitig dachte sie voller Mitleid an die armen Chirurgen, die in die Geheimnisse der Gerichtsmedizin eingeweiht wurden. Vermutlich kein Spaziergang, wie sie die Professorin kannte.

Irene bekam einen Gehilfen der Rechtsmedizin zu fassen, mit

dem sie früher bereits zu tun hatte, und bat ihn, sie in den Kühlraum zu begleiten. Er zog eine Bahre aus einem der Fächer und zeigte ihnen das Gesicht des Opfers. Ellen Ström identifizierte die Leiche als Elisabeth Lindberg.

In Kobbegården standen dreistöckige graue Mietshäuser aus Stein aus den 70er Jahren, die damals angepflanzten Bäume waren mittlerweile groß und üppig. Zu den Wohnungen im Erdgeschoss gehörten kleine Gärtchen. In einer solchen Wohnung hatte Elisabeth Lindberg gewohnt. Eine kleine Dreizimmerwohnung mit großem Panoramafenster nach Westen. Durch das Fenster und die Terrassentür blickte man auf ein prunkvoll blühendes Rosenbeet sowie blaugestrichene Gartenmöbel auf der gepflasterten Terrasse. Das Nachbargrundstück war durch einen mannshohen Zaun abgetrennt, und um sich vor Blicken aus den gegenüberliegenden Wohnungen zu schützen, hatte Elisabeth Lindberg ein paar üppige Jasminbüsche gepflanzt. Im Kleiderschrank in der Diele hingen Mäntel, einige davon in Hüllen verpackt. Ganz unten standen ordentlich beschriftete Schuhkartons: »Schwarze Edelpumps« und »Weiße Sandaletten«, las Irene auf den Etiketten. Bei dieser Dame herrschte wirklich Zucht und Ordnung, dachte sie und erinnerte sich an das Durcheinander in ihren eigenen Schränken. Auf dem Brett über der Kleiderstange standen ein paar Handtaschen. Irene nahm sie herunter und durchsuchte sie. Weder Handy, Brieftasche noch Schlüssel waren darin zu finden. Die Handtasche, die Elisabeth Lindberg benutzt hatte, als sie ermordet worden war, fehlte offensichtlich. Vielleicht hatte sie aber auch einfach, was sie brauchte, in ihre Jackentaschen gesteckt. Die Ordnung der Wohnung deutete jedoch darauf hin, dass Elisabeth Lindberg nicht zu den Leuten gehört hatte, die einfach alles in die Taschen steckten. Sie hatte sicher immer eine Handtasche bei sich gehabt.

Das Wohnzimmer war mit einer Couchgarnitur aus Leder,

einem Glastisch, einem dicken Teppich in leuchtenden Farben und einem großen Flachbildfernseher möbliert. Vor dem Fernseher stand außerdem noch ein großer einladender Sessel mit Fußschemel. Das Schlafzimmer war recht durchschnittlich, ein breites Bett mit passendem Nachttisch, eine Kommode, die für Irenes ungeübtes Auge wie eine Antiquität wirkte, und zwei dazu passende Stühle mit bestickten Sitzkissen. Auf der Kommode standen ein paar gerahmte Fotos desselben Jungen, die ihn in unterschiedlichem Alter zeigten. Auf dem letzten Foto als ernsten jungen Mann mit Studentenmütze. Offensichtlich Tobias, der Sohn. Er hatte eine gewisse Ähnlichkeit mit Elisabeth Lindberg.

Die eine Wand bestand ganz aus Schränken. Irene durchsuchte sie methodisch, ohne etwas Ungewöhnliches zu entdecken. In einem der Schränke lagen Joggingsachen und verschiedene Joggingschuhe. Auf der Innenseite der Schranktür hingen die Platzierungslisten von Wettläufen. Elisabeth Lindberg hatte einige Male recht gut beim Göteborgsvarvet und ähnlichen Wettläufen abgeschnitten.

Die Küche war weiß. Um den ovalen Tisch mit dünnen Stahlrohrbeinen standen vier Myran-Designerstühle. In der Speisekammer fanden sie eine geöffnete Flasche Rotwein und im Kühlschrank zwei Flaschen Bier. In einem Plastikgefäß lagen die Reste eines Hühnergerichts, das noch recht frisch aussah und roch. Im Übrigen war der Kühlschrank fast leer.

Der kleinste Raum war Elisabeth Lindbergs Arbeitszimmer. An den Wänden befanden sich übervolle Bücherregale. In beiden Fenstern standen grünende Topfpflanzen. Auch das kleine Gärtchen vor den Fenstern war vorbildlich gepflegt. In den beiden Beeten von Unkraut keine Spur, und der handtuchbreite Rasen war frisch gemäht. Von Haken, die am Balkon der Wohnung im ersten Stock befestigt waren, hingen Töpfe mit prächtigen Pflanzen herab. Obwohl es in den letzten Tagen geregnet hatte und kühler geworden war, blühten sie noch. Elisabeth Lindberg hatte wirklich einen grünen Daumen besessen. Wie auch Ingela Svensson.

»Beide waren alleinstehend«, dachte Irene laut.

»Und beide wohnten im Erdgeschoss.«

Hannu folgte ihrem Gedankengang sofort. Wahrscheinlich waren ihm diese Gemeinsamkeiten auch schon aufgefallen.

»Geschieden und zwischen vierzig und fünfzig. Beide garteninteressiert. Ingela Svensson hatte das sogar zu ihrem Beruf gemacht«, fuhr Irene fort.

»Geschieden, alleinstehend, mittleren Alters, Blumenfans und im Parterre wohnend«, fasste Hannu zusammen.

Irene dachte eine Weile nach und sagte schließlich:

»Sie haben tatsächlich einiges gemeinsam. Man sollte als Allererstes überprüfen, ob Elisabeth Lindberg Ingela Svenssons neuen Freund in Borås gekannt haben könnte.«

»Ich kümmer' mich drum«, sagte Hannu und nickte in Richtung des Computers, der auf dem Schreibtisch im Arbeitszimmer stand.

»Als Zweites sollten wir herausfinden, ob sich Elisabeth und Ingela kannten. Elisabeth könnte zum Beispiel in dem Blumenladen eingekauft haben, in dem Ingela gearbeitet hat.«

In einer der Schreibtischschubladen fand Irene Elisabeth Lindbergs Telefonverzeichnis. Hannu schaltete ihren Computer ein. Links zu Dating-Seiten gab es keine. Auch Ingela Svensson hatte solche Homepages nicht besucht. Keine der beiden war bei Facebook oder auf ähnlichen Seiten vertreten.

Nichts deutete darauf hin, dass Elisabeth Lindberg je mit Leif Karlberg Kontakt gehabt hatte. Es sprach auch nichts dafür, dass sich die beiden Mordopfer gekannt hatten. Aus Elisabeths ordentlich geführtem Kassenbuch im Computer ging hervor, dass sie die meisten Pflanzen in der Gärtnerei in Högsbo gekauft hatte. Laut dieser Listung hatte sie im Blumenladen am Frölunda

Torg in den letzten zwei Jahren nicht eingekauft. So weit reichten die Eintragungen zurück.

Im Adressbuch standen nur wenige Namen.

»Sie scheint ein recht ruhiges Leben geführt zu haben«, sagte Hannu.

»Keine Männer. Einzige Hobbys: ihr Garten und das Laufen. Sie hatte auch nicht sonderlich viele Freundinnen. Ellen Ström und noch etwa zehn. Das ist eine weitere Übereinstimmung mit Ingela Svensson. Sie hatte auch keinen sonderlich großen Bekanntenkreis.«

Irenes Blick fiel auf einen Briefhalter aus Bleikristall auf dem Schreibtisch. In ihm steckten etliche Briefe, Ansichtskarten und Zettel. Sie zog den Packen heraus und blätterte ihn durch. Ein kleiner Umschlag mit einer seltsamen Aufschrift zog ihr Interesse auf sich. Mit einem dicken Filzstift hatte jemand »2 Mas. 20,5« darauf gekritzelt.

Sie öffnete den Umschlag. Er enthielt ein Foto. Sie ließ es aus dem Kuvert auf den Schreibtisch fallen. Es kam mit der Rückseite nach oben zu liegen. Vorsichtig drehte sie das Foto um. Elisabeth war darauf zu sehen, wie sie neben dem Ledersofa im Wohnzimmer stand. In der Hand hielt sie eine Kaffeekanne. Sie lächelte den Besucher an, der auf dem Sofa saß. Er schaute zu ihr auf und hielt ihr seine Kaffeetasse hin. Auch er sah fröhlich aus. Mutter und Sohn, die sich miteinander wohlzufühlen schienen. Ein schönes Bild einer alltäglichen Situation. Es hatte nichts weiter Bemerkenswertes oder Bedrohliches, wenn man einmal davon absah, dass der Fotograf in dem kleinen Gärtchen vor dem Wohnzimmerfenster gestanden haben musste, um die Aufnahme zu machen.

Eine ganz ähnliche Aufnahme also wie jene, die sie bei Ingela Svensson gefunden hatten. Das konnte kein Zufall sein.

Irene betrachtete das Foto eine Weile nachdenklich und sagte dann:

»Ich glaube, das ist eine Spur, die zum Mörder führt. Er hat das Foto aufgenommen und etwas auf den Umschlag geschrieben. Ich kann aber nicht recht entziffern, was da steht. Du vielleicht?«

Hannu schüttelte den Kopf.

»Wir müssen versuchen, es zu entschlüsseln ... ›2 Mas. 20,5‹ ... Das sagt mir nichts«, meinte Irene.

Hannu schien sich zu konzentrieren, zuckte dann aber bedauernd mit den Schultern.

»Mir auch nicht.«

Da hatte Irene eine Idee. Sie ging geradewegs in die Küche und öffnete die Schranktüren unter der Spüle. Der Mülleimer hing auf der Innenseite der einen Tür. Sie lag zuoberst, Irene brauchte nicht einmal im Müll zu wühlen. Elisabeth musste die weiße Chrysantheme in den letzten Tagen erhalten haben, denn sie war kaum verwelkt.

»Er ist es wirklich«, stellte Irene fest.

Hannu war ihr in die Küche gefolgt und hatte sich neben sie gestellt.

»Morgen gehe ich noch einmal alles durch. Vielleicht hat er ja schon früher Frauen bedroht. Ohne zu töten«, sagte er.

Jeder Ermittler wusste, dass manche mit einer Stecknadel anfingen und mit einer Silberschale aufhörten. Das galt zwar für Diebe, ließ sich aber auf die meisten Kriminellen übertragen. Die Mehrzahl der Sexualmörder hatte bereits Kontakt mit der Polizei gehabt. Oftmals war es zuvor um Delikte wie um Exhibitionismus, Besitz von Kinderpornographie oder andere Sexualverbrechen im Internet, Vergewaltigung oder versuchte Vergewaltigung oder ähnliches gegangen. Es sprach viel dafür, dass sich der Mann, den sie suchten, in ihren Listen fand.

»Gute Idee. Ich fahre nach Landvetter und hole Tobias Lindberg ab, seine Maschine landet in einer guten Stunde«, sagte Irene.

Bevor sie aufbrach, unternahm sie noch einen letzten Versuch,

Elisabeth Lindbergs Handtasche zu finden. Sie lag nirgends in der Wohnung. In dieser Handtasche mussten sich ihr Kalender, ihre Brieftasche, ihre Schlüssel und anderes, was man so brauchte, befinden. Das Handy hatte zum Aufladen auf der kleinen Kommode im Schlafzimmer gelegen.

Im Hinblick darauf, wie leer der Kühlschrank gewesen war, überlegte Irene, ob Elisabeth Lindberg vielleicht gerade einkaufen gewesen und danach nicht mehr in ihre Wohnung zurückgekehrt war. Elisabeth Lindbergs Dienst hatte erst um 22 Uhr begonnen. Vielleicht war sie ja am früheren Abend einkaufen gefahren und erst nach Einbruch der Dunkelheit zurückgekommen. Außerdem hatte es in Strömen geregnet. Es gab vermutlich keine Zeugen für eventuelle Vorfälle auf dem Parkplatz.

»Wir müssen herausfinden, welches der Autos auf dem Parkplatz ihr gehört. Ihre Handtasche und ihre Brieftasche sind verschwunden. Ich denke, sie kam gerade vom Einkaufen zurück, als er sie überfallen hat«, sagte Irene.

»Ich werde das im Zulassungsregister überprüfen«, sagte Hannu.

Irene erkannte Tobias Lindberg von den Fotos in der Wohnung seiner Mutter wieder. Er war bleich und abgekämpft, als er die Ankunftshalle betrat. Er tat Irene leid. Im Auto erzählte sie ihm, dass Ellen Ström seine Mutter identifiziert habe. Es gelang ihm nicht, sich noch länger zu beherrschen, und er begann zu weinen. Als ihn Irene fragte, wohin sie ihn bringen solle, antwortete er mit Nachdruck, er wolle sofort in die Gerichtsmedizin, um sie zu sehen. Irene rief dort an und erkundigte sich, ob sie so spät abends noch vorbeikommen könnten. Der Hausmeister bejahte ihre Frage. Also fuhr Irene zum zweiten Mal am diesem Tag in die Gerichtsmedizin.

Bis Irene schließlich nach Hause konnte, war es ziemlich spät geworden. Es war vollkommen dunkel, aber immerhin regnete es nicht mehr. Tobias wollte bei einem Freund in der Linnégatan wohnen, bis die Polizei die Wohnung seiner Mutter komplett durchsucht hatte. Also setzte Irene Tobias noch ab, und sie einigten sich darauf, dass Irene am nächsten Tag wieder in der Linnégatan vorbeikommen würde, damit sie sich in Ruhe unterhalten konnten. Er war im Augenblick zu aufgewühlt, und Irene war zu müde.

Auf dem Heimweg hielt Irene noch bei der Wohnung in Guldheden. Das hatte sie eigentlich am Wochenende tun wollen, aber wegen der Vertretung Jonny Bloms hatte sie dafür keine Zeit gefunden. Nach dem Tod ihrer Mutter vor einem Jahr hatten sie die Wohnung untervermietet. Doch jetzt war ihre nette Mieterin nach Stockholm gezogen, und Irene und Krister wussten nicht, ob sie die Wohnung wieder vermieten sollten. Die Eigentümergemeinschaft hatte ihnen zu verstehen gegeben, dass man Untervermietung nicht gerne sah. Eine Zeitlang erwogen sie ernsthaft, selbst dort einzuziehen. Das Reihenhaus verkaufen und in die Stadt ziehen. Warum nicht? Die Zwillinge waren aus dem Haus, und Sammie war tot. Sie hatten auch darüber gesprochen, wieder einen Hund zu kaufen, dann aber gefunden, dass dies dem Tier gegenüber nicht fair gewesen wäre. Es hätte viel zuviel Zeit allein verbringen müssen. Aber ohne das Geräusch von Pfoten auf dem Parkett kam Irene ihr Haus jetzt manchmal leer und seelenlos vor. Zwei Menschen, die zuviel arbeiteten, konnten ein Haus kaum mit Leben und Wärme erfüllen. Das war in einer Zweieinhalbzimmerwohnung bedeutend einfacher. Außerdem bräuchten sie dann nur noch ein Auto. Beide könnten sie mit dem Fahrrad oder mit öffentlichen Verkehrsmitteln zur Arbeit gelangen. Außerdem war das Hausgeld niedrig. Sie könnten ihre Wohnkosten um zwei Tausender im Monat verringern. Was sie zögern ließ, war allein der Umstand, dass sie dann ihren kleinen Garten verlieren würden, denn beide machten sie sich immerhin ab und zu an den Beeten zu schaffen. Zwar besaßen sie auch noch das Sommerhäuschen bei Sunne, aber das hatte zwei Nachteile: Zum einen lag es – ohne jeden Garten – mitten im Wald, zum anderen eben dreihundert Kilometer weit entfernt; zu weit, wenn man nur das Gras unter den Fußsohlen spüren wollte.

Irene steckte den Schlüssel ins Schloss und öffnete die Tür zu der Wohnung, in der sie ihre ersten achtzehn Lebensjahre verbracht hatte. Sie machte Licht in der kleinen Diele und ging ins Badezimmer. Routinemäßig betätigte sie einmal die Wasserspülung der Toilette und drehte die Wasserhähne sowohl im Bad als auch in der Küche auf. Das Wasser der Siphons verdunstete, wenn die Leitungen lange nicht benutzt wurden. Einige Möbel ihrer Mutter Gerd standen noch in der Wohnung, aber ihre junge Mieterin hatte alles mitgenommen, was ihr gehört hatte. Die Wohnung kam Irene leer und verlassen vor.

Ob Gerd immer noch dort war? Der plötzliche Gedanke überraschte Irene selbst. Vielleicht war er gar nicht so abwegig, schließlich hatte ihre Mutter 45 Jahre in dieser Wohnung gelebt. Wenn sie irgendwo war, dann hier.

In diesem Augenblick kam es Irene vollkommen natürlich vor, den Versuch zu unternehmen, mit ihrer Mutter Verbindung aufzunehmen. Sie löschte die Deckenlampe und setzte sich in dem leeren Schlafzimmer mitten auf den Fußboden. Beim Jiu-Jitsu hatte sie gelernt, sich schnell in einen meditativen Zustand zu versetzen. Jetzt schloss sie die Augen und suchte das Mokuso. Langsam versank sie in die Meditation.

Eine kühle Berührung ihrer Stirn, wie eine federleichte Liebkosung. Eine Ruhe erfüllte sie von innen her und breitete sich in ihrem ganzen Körper aus. Wärme. Geborgenheit. Sie war wieder ein kleines Kind. Ihre Mutter befand sich als Ahnung im Zimmer. Ein vertrauter Duft von Lavendelseife und Puder. Wieder der leichte Windhauch auf der Stirn.

Langsam verblasste das Gefühl von Gerds Nähe. Die Düfte verschwanden. Mit reiner Willenskraft versuchte Irene die Empfindung ihrer Mutter festzuhalten, indem sie die Augen noch fester zukniff. Schließlich spürte sie nur noch den leichten Staubgeruch in der fast leeren Wohnung. Als sie die Augen wieder öffnete, sah sie das wohlbekannte Schlafzimmer, in das das Licht der Straßenlaternen fiel. Erst jetzt realisierte Irene, wie groß der Verlust eigentlich gewesen war. Die kurze Begegnung mit Gerd war tröstlich, aber auch endgültig. Gerd war nicht geblieben, und irgendwo in ihrem Inneren war sich Irene bewusst, dass sie nicht zurückkehren werde. Trotzdem war es ihr gelungen, ihrem einzigen Kind ein Gefühl des Trostes in der Trauer zu vermitteln.

Irene wurde vom Klingeln ihres Handys aus ihren Gedanken gerissen. Im vergangenen Jahr hatte Jenny ihren alten Klingelton, die Marseillaise, durch den Duffy-Hit »Mercy« ersetzt. Einmal abgesehen davon, dass sich Irene nicht so recht mit dem neuen Klingelton identifizieren konnte, gefiel er ihr. Er war zweifelsohne jugendlicher als die französische Nationalhymne.

Es war Krister. Er teilte mit, er werde sich um ein paar Stunden verspäten. Einer der Köche war immer noch krank, und er müsse seine Schicht übernehmen. Dabei ist er doch schon so erschöpft, dachte Irene besorgt, nachdem sie das Gespräch beendet hatte.

Sie war immer noch von dem leichten positiven Gefühl erfüllt, als sie in die Einfahrt einbog. Kristers Parklücke war wie erwartet leer. Es nieselte wieder, aber Irene hatte sich auf der Heimfahrt den Wetterbericht angehört. Es sollte zeitweilig wieder wärmer werden. Aber bis zum Wetterumschwung würde noch mindestens ein ganzer Tag vergehen. Wer auf etwas Gutes wartet, wartet nicht vergebens, dachte Irene. Das war eines der Lieblingssprichwörter ihrer Mutter gewesen. Sie hatte eine positive und optimistische Veranlagung gehabt. Vielleicht sollte ich diese Seite in mir etwas mehr bejahen, überlegte Irene selbstkritisch.

Automatisch griff sie in den Briefkasten, um die Post herauszunehmen, da berührte sie mit den Fingerspitzen unerwartet plötzlich etwas Weiches und Klebriges. Sie schrie auf. Rasch zog sie ihre Hand zurück und hielt sie ins Licht der Straßenlaterne. Blut. An ihren Fingern klebte Blut. Sie beugte sich vor und versuchte es am Gras abzuwischen. Ihre Hand kam ihr immer noch furchtbar klebrig vor, und sie rannte ins Haus, um sich die Hände zu waschen. Das Wasser verfärbte sich rot, hektisch seifte sie ihre Hände ein und spülte mehrmals die Finger ab. Dann holte sie die große Taschenlampe aus der Waschküche. Mit hoch erhobener Lampe trat sie wieder in die Dunkelheit und ging zum Briefkasten. Vorsichtig hob sie den Deckel an und leuchtete hinein.

Hinter einem halbgeschlossenen Auge schimmerte eine grüne Iris. Das Blut klebte wie eine erstarrte dunkle Baskenmütze auf dem zerschmetterten Schädel.

In ihrem Briefkasten lag eine tote Katze.

Du hast die Copycat also erwischt!« Jonny lachte.

Niemand am Tisch verzog eine Miene, wofür Irene dankbar war. Sie war nicht zu dummen Scherzen aufgelegt.

Die tote Katze lag ordentlich in mehrere Plastiktüten verpackt auf dem Tisch. Irene hatte sie über Nacht im Schuppen aufbewahrt. Kommissarin Efva Thylqvist betrachtete angewidert den eingewickelten Kadaver und sagte: »Warum in aller Welt hast du eine tote Katze angeschleppt? Das Dezernat hat derzeit wirklich keine Kapazitäten für den Fall.«

Unbeeindruckt und mit fester Stimme begann Irene von den Vorfällen zu berichten, die ihre Familie in letzter Zeit heimgesucht hatten.

»Eine Bank wurde verrückt. Blumen zerstört. Jemand hat durch euer Küchenfenster geschaut. Und jetzt eine tote Katze im Briefkasten. Worauf willst du hinaus? Glaubst du, dass du bedroht wirst? Oder dass das etwa mit der laufenden Ermittlung zu tun hat?«, fragte Kommissarin Thylqvist.

Bevor Irene noch etwas sagen konnte, sagte die Kommissarin streng:

»Ich halte das für ganz gewöhnliche Streiche. Die Kinder aus der Nachbarschaft, die über die Stränge schlagen.«

Dann wandte sie sich an Jonny:

»Wie weit sind wir mit der Ermittlung?«

Wieder einmal musste Jonny zugeben, dass er nicht alle Fakten beisammen hatte. Sowohl Irene als auch Hannu hatten am Vorabend bis spät gearbeitet, und sie hatten noch keine Gelegenheit gehabt, ihre Erkenntnisse abzugleichen. Stattdessen rapportierte

Hannu, was die Arbeit vom Vortag ergeben hatte. Außerdem war es ihm gelungen, Elisabeth Lindbergs Auto zu lokalisieren. Das Kennzeichen und den Autotyp hatte er von der Zulassungsstelle in Erfahrung gebracht.

Es hatte mit zwei ICA-Supermarkttüten im Kofferraum auf dem Parkplatz gestanden. Da es sich um einen kleinen Golf handelte, hatte man die Tüten durchs Heckfenster sehen können. Die Kriminaltechniker brachen den Wagen auf und sahen sich die Tüten an. Sie enthielten Lebensmittel und Haushaltsartikel. Die Daten auf den Waren, die Elisabeth Lindberg an der Delikatesstheke mitgenommen hatte, ergaben, dass sie sie an jenem Tag gekauft hatte, an dem sie ermordet worden war.

»Der Kühlschrank war fast leer. Da die Handtasche fehlte, dachten wir, dass sie vor Dienstantritt noch einkaufen gewesen sein musste. Das war Irenes Idee«, sagte Hannu und nickte Irene zu.

Kommissarin Thylqvist schien die letzte Bemerkung nicht gehört zu haben.

»Überprüft bei ICA, ob Lindberg auf den Überwachungskameras zu sehen ist. Dann wissen wir, wann sie dort war.«

Die Kommissarin sah nachdenklich aus. Niemand im Raum brach das Schweigen.

»Es sieht so aus, als hätten wir es tatsächlich mit einem Serienmörder zu tun. Wir müssen ihn fassen, bevor er weitere Morde begeht. Überprüft diesen Burschen in Borås noch einmal. Überprüft auch noch einmal, wer von den üblichen Verdächtigen im Augenblick frei herumläuft. Sprecht noch mal mit der Frau, die das erste Opfer gefunden hat, und mit diesem Zeitungsboten, der das zweite entdeckte. Vielleicht fällt ihnen ja noch etwas ein. Und dann könntet ihr Lindbergs Sohn noch einmal vernehmen«, sagte sie.

Ihr Handy piepste. Sie drückte auf ein paar Knöpfe und erhob sich.

»Ich muss weg. Bericht an Tommy, wenn ihr auf etwas von Interesse stoßt. Morgen sehen wir uns wieder hier, selbe Zeit.«

Mit diesen Worten verschwand sie auf den Korridor. In der Stille, die nach ihrem Abgang entstanden war, räusperte sich Sara Persson und sagte dann:

»Ich habe eine Theorie.«

»Die wäre«, fragte Jonny und lächelte wohlwollend.

»Das, was nachlässig hingekritzelt auf dem Umschlag stand. ›2 Mas. 20,5.‹. Ich glaube, es lautet eigentlich folgendermaßen.«

Sie erhob sich, ging zum Whiteboard an der Wand und schrieb mit ordentlichen Buchstaben: »2 Mose 20,5.«

»Natürlich. Dass wir da nicht früher draufgekommen sind. Das macht ja einen riesigen Unterschied«, sagte Jonny und verdrehte die Augen.

»In der Tat. Im zweiten Buch Mose, zwanzigstes Kapitel, Vers fünf, steht nämlich nach der Bibel: ›Bete sie nicht an und diene ihnen nicht. Denn ich, der Herr, dein Gott, bin ein eifernder Gott, der die Missetat der Väter heimsucht bis ins dritte und vierte Glied an den Kindern derer, die mich hassen, aber Barmherzigkeit erweist an vielen Tausenden, die mich lieben und meine Gebote halten‹«, sagte Sara ruhig.

Sie las von einem Blatt Papier ab, das sie zwischen ein paar Seiten ihres Notizbuches herausgezogen hatte. Irene sah, dass es sich um ein paar Zeilen eines längeren Textes, eines Computerausdruckes, handelte.

»Das ist nicht dein Ernst«, sagte Jonny, jedoch ohne Nachdruck.

Irene war sich ziemlich sicher, dass Sara auf den Kern der Textstelle gestoßen war.

»Wie bist du darauf gekommen?«, fragte Tommy.

Eine leichte Röte machte sich auf Saras Wangen breit.

»Ich war kurz im Labor, bevor ich hier raufkam … ich wollte wissen, ob es von Matti noch etwas Neues gibt. Da hat er mir den Umschlag gezeigt. Es dauerte eine Weile, aber dann kam ich drauf, dass es sich um ein Bibelzitat handeln könnte. Schließlich ist man ja konfirmiert. Dann habe ich gegoogelt, und das ist das Ergebnis.«

Im Labor vorbeigehen … vielleicht ließ der ansehnliche Forensiker Sara ja nicht ganz unberührt. Trotzdem musste Irene zugeben, dass es wirklich von Saras Scharfsinn zeugte, die Verbindung zur Bibel herzustellen. Ihr war nicht einmal der Gedanke gekommen.

»Bei Ingela Svensson haben wir keinen Umschlag gefunden, nur das Foto«, dachte Irene laut nach.

»Wahrscheinlich hat sie den Umschlag mit den Ziffern zusammen mit der Blume, die wir auch nicht gefunden haben, weggeworfen. Wir wissen, dass die Mülltonnen in der Såggatan am Dienstag um die Mittagszeit geleert worden sind. Die Beweise liegen also sicher auf der Müllkippe. Das Foto hat sie dann ja erst ein paar Tage später erhalten. Bei Elisabeth Lindberg dagegen wurde beides gleichzeitig abgegeben. Wahrscheinlich wollte der Mörder nicht riskieren, zweimal vor der Wohnungstür seines Opfers gesehen zu werden. Aber auf Ingela Svenssons Umschlag könnte diesselbe Botschaft gestanden haben oder etwas ganz Ähnliches«, ergänzte Tommy ihre Überlegungen.

»Was bedeutet das für unsere Ermittlung? Sollen wir einen alttestamentarischen Rächer suchen?«, fragte Jonny sarkastisch.

»Die Missetaten der Väter rächen sich an den Kindern … vielleicht sollten wir uns Ingela Svenssons und Elisabeth Lindbergs Eltern mal genauer ansehen, eventuell gibt es da Gemeinsamkeiten«, meinte Tommy und ignorierte Jonnys Ton.

»Es geht um Ingela und Elisabeth und nicht um ihre Eltern«, wandte Hannu mit Nachdruck ein.

Irene war geneigt, ihm zuzustimmen. Die Gewalt, die der Mörder seinen Opfern zugefügt hatte, wirkte viel zu persönlich motiviert. Sie glaubte nicht an die Theorie der Sühne für eine Schuld der Väter. Dennoch mussten sie dieser Frage nachgehen. Andernfalls konnte es fatale Folgen haben, sollte sich später herausstellen, dass ausgerechnet diese Spur zum Mörder führte.

Einige Stunden intensiven Suchens in allen erdenklichen Archiven und Registern waren nötig, bis sie tatsächlich ausschließen konnten, dass die Morde etwas mit den Eltern der beiden Opfer zu tun hatten. Ingelas Familie stammte aus Göteborg und dem Norden der Provinz Halland, Elisabeths Familie kam sowohl mütterlicher- als auch väterlicherseits aus der Gegend von Jönköping und Huskvarna. Und beide Familien hatten sich von dort nicht weit wegbewegt, abgesehen von einigen Amerika-Auswanderern Anfang des vorigen Jahrhunderts. Nichts deutete darauf hin, dass die Familien je miteinander zu tun gehabt hatten oder dass sich die beiden Frauen je begegnet waren.

»Es gibt keinerlei Berührungspunkte«, sagte Irene seufzend.

»Den Mörder«, wandte Hannu ein.

Der kluge Hannu hatte wie immer das Augenmerk auf das Wesentliche gelenkt. Irene richtete sich auf und sah ihre Kollegen an.

»Okay. Was wissen wir über ihn?«, fragte sie.

»Er fotografiert seine Opfer durch die Fenster ihrer Wohnungen«, sagte Hannu.

»Verfolgt er sie eine Weile, ehe er sie angreift?«, fuhr Irene fort.

»Möglich. Falls es sich um einen Stalker handelt, dann tut er das mit Sicherheit«, antwortete Sara und kam mit ihrer Antwort allen anderen zuvor.

»Was weißt du schon über Stalker?«, fragte Jonny.

Er zog die Brauen hoch und lächelte Sara höhnisch an. Sie errötete, ignorierte aber seinen Spott und antwortete:

»Ich habe mir einiges angelesen. Ich hatte in der Tat auch einmal einen Fall …«

»Falls wir etwas finden, das auf einen Stalker hindeutet, dann kommen wir darauf zurück, Kleine.«

In diesem Augenblick trat Kommissarin Thylqvist durch die Tür.

»Hallo. Was Neues?«, fragte sie und sah Jonny an.

Dieser referierte rasch, was sich im Laufe des Tages ergeben hatte, zugegebenermaßen nicht sonderlich viel.

Efva Thylqvist unterbrach ihn.

»Die erste Leiche wurde letzten Samstag gefunden. Ihr seid nicht wirklich weit. Macht mal voran, sonst haben wir bald ein neues Folienpaket am Hals.«

Die Formulierung war nicht sonderlich geglückt, die Botschaft dafür umso deutlicher. Ihre Chefin war unzufrieden. Wahrscheinlich hatte sie Druck von oben zu spüren bekommen. Niemand wies sie darauf hin, dass sie schließlich selbst entschieden hatte, nur zwei Inspektoren vom Dezernat für Gewaltverbrechen für die Ermittlung im Mordfall Ingela Svensson abzustellen. An gewisse Sachen erinnerte man einen Chef einfach nicht, wenn man die gute Stimmung nicht verderben wollte. Zumindest war die Stimmung gut, solange die Thylqvist nicht in der Nähe war, fand Irene. Die Gegensprechanlage, die mitten auf dem Tisch aus hellem Birkenholz stand, summte.

»Ein Gespräch für Huss. Ist sie da?«, ließ sich eine Frauenstimme vernehmen.

»Ja«, antwortete Irene.

»Lars Holmberg will mit dir sprechen. Soll ich das Gespräch auf deinen Apparat legen?«

»Ja, danke«, sagte Irene und erhob sich.

Inspektor Lars Holmberg hatte die Befragung der Nachbarn in Kobbegården koordiniert. Ob er auf etwas Interessantes gestoßen war? Irene spürte, wie sich ihr Puls erwartungsvoll beschleunigte.

»Hallo, Irene. Wir haben eine Zeugin aufgetrieben, die gesehen hat, wie sich ein Mann und eine Frau gegen halb neun am fraglichen Abend auf dem Parkplatz umarmten«, kam Holmberg ohne Umschweife zur Sache.

»Umarmten?«, wiederholte Irene.

»Für sie sah es so aus. Die Sache ist die: Sie war ein paar Tage in London und wusste also nicht, dass ihre Nachbarin ermordet wurde. Sie fuhr am Dienstag und kam gestern spätabends zurück. Erst heute hat sie erfahren, was passiert ist, und da hat sie sich daran erinnert, was sie am Montagabend auf dem Parkplatz beobachtet hat, und uns angerufen. Willst du sie vernehmen?«

»Unbedingt. Aber erst muss ich in einer knappen Stunde noch Elisabeth Lindbergs Sohn treffen. Kann ich die Zeugin heute im Laufe des Tages zu Hause erreichen?«

»Ja, sie ist freiberufliche Journalistin. Sie sagte, sie sei jetzt erst einmal ein paar Tage zu Hause, um zu arbeiten.«

»Gut, dann tauche ich heute irgendwann nach drei bei ihr auf«, sagte Irene.

Endlich eine Zeugin. Aber »umarmen« klang seltsam. Gab es doch irgendwo einen Mann und eine Beziehung, die sie übersehen hatten? Die einzige Art, eine Antwort auf diese Frage zu erhalten, war unvoreingenommen weiterzuermitteln.

Tobias Lindberg schien in der Nacht kaum geschlafen zu haben. Mit blutunterlaufenen Augen, eingefallenen, graubleichen Wangen und fettig ungekämmtem Haar lümmelte der schlaksige Mann auf einem Sofa, das sein Freund vermutlich bei der Heilsarmee erstanden hatte. Einziges neues Möbelstück war ein großes Regal mit CDs und DVDs. Selbst gebrannt, vermutete Irene. Über ein paar Computern, Bildschirmen und weiterem Zubehör hing eine große Piratenflagge. Irene fand, dass das Schicksal Tobias wirklich übel mitgespielt hatte. Der Vater im Koma, die Mutter ermordet und weder Geschwister noch nahe Verwandtschaft. Das wusste sie, seit sie die Familien beider Mordopfer näher in Augenschein genommen hatte. Dafür, dass er noch so jung war, war er ziemlich allein. Ein Glück, dass er Freunde hatte. Aus einem Impuls heraus trat Irene auf ihn zu und setzte sich auf den Sessel, der neben dem Sofa stand. Sie nahm seine Hand und sagte:

»Es tut mir wirklich sehr leid für Sie. Es ist schrecklich, die eigene Mutter zu verlieren, das weiß ich aus eigener Erfahrung. Dass sie einem Mörder zum Opfer gefallen ist … das ist furchtbar. Ich kann verstehen, wenn Sie jetzt nicht darüber sprechen wollen. Wir können auch warten.«

Er wandte ihr das Gesicht zu und sah sie an. Der nackte Schmerz in seinem Blick verursachte ihr beinahe Übelkeit. Er zog seine Hand nicht zurück. Irene spürte, wie sie zitterte.

»Ich will … ich muss … darüber reden. Ich werde sonst verrückt!«

Das klang wie ein Aufschluchzen. Irene drückte seine Hand.

»Dann fangen wir jetzt ganz behutsam an. Ich kann Ihnen versichern, dass wir alles in unserer Macht Stehende tun werden, um den Mörder zu finden. Aber wir wissen noch nicht sonderlich viel. Wir brauchen mehr Informationen. Deswegen muss ich Ihnen einige Fragen stellen. Ist das in Ordnung?«

Er nickte und wischte sich mit dem Ärmel seines Pullovers über die Augen, ließ dabei aber Irenes Hand nicht los. Sie lächelte ihm aufmunternd zu. Plötzlich schien er zu bemerken, dass sie sich an der Hand hielten. Er zog seine Hand zurück und richtete sich auf dem Sofa auf. Seine knochigen Knie waren durch die Löcher seiner Jeans zu sehen.

Aus Erfahrung wusste Irene, dass man jemanden am ehesten dazu brachte, sich zu entspannen, indem man ihn bat, von sich zu erzählen. »Was studieren Sie in Umeå?«, fragte sie.

»Psychologie.«

»Verbrachten Sie die Sommerferien hier in Göteborg?«

»Ja, ich hatte hier einen Sommerjob. Ich arbeitete schon da, bevor ich den Studienplatz in Umeå bekam.«

»Und was für ein Job ist das?«

»Ich arbeite in einer Wohngemeinschaft für Behinderte.«

»Haben Sie letzten Sommer bei Ihrer Mutter gewohnt?«

»Nein, hier bei Ville. Das ist näher zur Arbeit, und dann will man auch lieber in Linnéstan wohnen.«

»Wann sind Sie nach Umeå zurückgefahren?«

»Samstagabend. Ich bin geflogen, weil es mit dem Zug fast vierundzwanzig Stunden dauert. Ich habe am Samstagvormittag noch gearbeitet. Der Flug ging ein paar Stunden später.«

Seine Schultern hatten sich etwas entkrampft, aber Irene sah, dass er die Hände zu Fäusten ballte. Sie wollten nicht aufhören zu zittern.

Die nächste Frage war heikel, aber sie musste gestellt werden.

»Wissen Sie, ob Ihre Mutter einen neuen Mann kennengelernt hatte?«, fragte Irene.

»Hatte sie nicht.«

Er zögerte keinen Augenblick.

»Und im Sommer ist auch nichts vorgefallen, was darauf hätte hindeuten können?«

»Nein.«

»Hätte Ihnen Ihre Mutter erzählt, wenn sie jemanden getroffen hätte?«

»Unbedingt. Wir waren sehr eng ... sie war ... sehr okay.«

Seine Stimme begann bedenklich zu zittern, was er durch ein Räuspern und ein Sich-Recken zu kaschieren suchte. Er strengte sich sehr an, ihr zu helfen. Irene fuhr fort:

»Hat sie je angedeutet, dass sie sich letzten Sommer verfolgt fühlte?«

Er begann den Kopf zu schütteln, besann sich dann aber anders. Ein unsicherer Schimmer tauchte in seinen traurigen Augen auf.

»Nicht im Sommer. Aber als wir zuletzt telefoniert haben ... das war am Montag ... am selben Tag ... am selben Tag ...«

Seine Stimme versagte, und er schluckte angestrengt. Als er das Gefühl hatte, seine Stimme wieder zu beherrschen, fuhr er fort:

»Sie sagte, sie habe Blumen bekommen. Oder war es eine Blume ... So war es. Eine Blume. An dieser hing eine Karte. Ein Foto von Mama und mir. Vollkommen absurd!«

»Sagte sie, wie sie die Blume bekommen hat?«

»Sie hing an der Wohnungstür, als sie nach Hause kam. Nachdem sie mich letzten Samstag nach Landvetter gefahren hatte.«

Das bedeutete, dass der Mörder am Wochenende beobachtet hatte, wie Elisabeth Tobias zum Flughafen fuhr. Der Täter schien eine Person mit sehr viel Zeit und sehr viel Geduld zu sein. Sara hatte von einem Stalker gesprochen. Wahrscheinlich war das richtig.

»Um wieviel Uhr haben Sie mit Ihrer Mutter telefoniert?«, fuhr Irene fort.

»Kurz nach halb acht. Ich rief sie an, um ihr zu sagen, dass mit meiner neuen Studentenbude alles okay sei und so. Die Fernsehnachrichten fingen gerade an, und ich erinnere mich, dass sie mich bat zu warten, während sie sie leiser stellte. Aber dann schaltete sie den Fernseher ganz aus. Sie wollte noch einkaufen, bevor sie zur Arbeit ging. Sie hatte es eilig.«

»Wie lange telefonierten Sie?«

»Vielleicht drei oder vier Minuten.«

»Und sie erzählte, sie wolle einkaufen gehen?«

»Ja.«

»Wissen Sie, warum sie ihre Einkäufe an diesem Tag nicht schon früher erledigt hat?«

Er zuckte mit seinen schmalen Schultern.

»Vielleicht hatte sie die Waschküche reserviert oder so was … Nein, jetzt erinnere ich mich! Sie war beim Friseur.«

Irene erinnerte sich an die schönen, glänzenden roten Strähnchen in Elisabeths braunem, feuchtem Haar.

Sie unterhielten sich noch eine Weile, aber Tobias schien die Luft ausgegangen zu sein. Das war nur zu verständlich. Irene fand, dass er ungeheuer stark gewesen war und ihr eine Reihe wichtiger Informationen geliefert hatte. Sie wusste jetzt, wann die weiße Blume abgelegt worden war. Er hatte bestätigt, dass es keinen neuen Mann in Elisabeths Leben gegeben hatte. Außerdem stand nun mit Sicherheit fest, dass sie nach halb acht das Haus zum Einkaufen verlassen hatte. Jetzt blieb abzuwarten, ob sich mit Hilfe der Nachbarin, die das sich umarmende Paar auf dem Parkplatz gesehen hatte, der Zeitpunkt des Mordes noch genauer eingrenzen ließ.

Die Zeugin hieß Tove Josefsson und wohnte in der Wohnung über Elisabeth Lindberg. Einige Sekunden nachdem Irene geläutet hatte, wurde die Tür weit geöffnet. Eine Frau um die Vierzig lächelte sie an. Sie war mollig und wirkte, als sei sie in den siebziger Jahren hängengeblieben. Ein langärmeliges Herrensweatshirt in Feinripp, eigenhändig weinrot gefärbt, ein passendes Tuch um das wuschelige blondierte Haar geschlungen und weite, dunkellila Hosen aus einem weichen Stoff. In dem einen Nasenflügel trug sie einen funkelnden blauen Stein. Natürlich trug sie keinen BH. Strümpfe ebenfalls nicht. Ihre Füße steckten in kirschroten Crocs. Das schien das einzige Kleidungsstück aus dem neuen Jahrtausend zu sein.

»Hallo, ich bin Irene Huss von der Kriminalpolizei. Sind Sie Tove Josefsson?«

»Was? Ja. Ich dachte, Ihr Kollege von vorhin würde noch einmal kommen …« Die Frau konnte ihre Enttäuschung nicht verbergen. Ihr freundliches Lächeln erlosch. Kriminalinspektor Lars Holmberg war zwar ein Prachtkerl, aber Irene hätte Tove Josefsson sagen können, dass er verheiratet war und drei Kinder hatte.

»Darf ich reinkommen?«, fragte sie.

»Natürlich, entschuldigen Sie. Darf ich Ihnen eine Tasse Kaffee anbieten? Ich habe eben erst welchen gekocht …«

Wohl kaum für mich, dachte Irene, sagte das aber nicht. Tove Josefsson trat beiseite, um sie eintreten zu lassen. Die Wohnung war genauso geschnitten wie die von Elisabeth Lindberg, war aber ganz anders eingerichtet. Offenbar hatte Tove ein Indien-Faible. Auf niedrigen Tischen und Wandborden standen Kerzen in kleinen bunten Glasschalen. Der Geruch von Räucherstäbchen war durchdringend und vermischte sich mit dem bedeutend angenehmeren Kaffeeduft. Tove betrat vor Irene das Wohnzimmer. Ein Mobile aus Muscheln setzte sich in dem Luftzug leise klimpernd in Bewegung.

»Nehmen Sie doch bitte Platz«, sagte Tove und deutete auf einen niedrigen Diwan, der mit einem brokatähnlichen grünen Stoff bezogen war.

Irenes Knie knackten bedenklich, als sie Platz nahm. Als sie es sich bequem gemacht hatte, konnte sie immerhin feststellen, dass der Diwan gemütlich war und die Rückenpolster ausgezeichnet.

Irene nutzte die Gelegenheit, sich umzuschauen. An den Wänden hingen Fotos von exotischen Orten. Ein Sonnenaufgang über einer Wüstenlandschaft, die Innenansicht eines japanischen Tempels, schneebedeckte Hochebenen in strahlendem Sonnenschein, Löwen mit zerzaustem Fell, die in die Kameralinse gähnten … Sehr schöne Bilder.

»Haben Sie alle diese Fotos aufgenommen?«, fragte Irene.

»Nicht alle, aber die meisten. Sie entstanden alle auf meinen Reisen, manchmal habe ich noch einen Fotografen dabei. Ich reise ziemlich viel.«

»Deswegen haben Sie zunächst auch nicht gewusst, dass Elisabeth Lindberg ermordet wurde?«

»Genau. Das ist so … furchtbar! Elisabeth, die Ärmste! Von ihrem Sohn mal ganz abgesehen.«

Tove riss ihre blauen Augen auf. In ihrem Blick konnte Irene die nackte Angst lesen. Es fiel ihr auf, dass die Journalistin erschauerte. Hatte sie etwa Angst? Sie war tatsächlich im richtigen Alter, und Single war sie offenbar auch.

Tove strich eine widerspenstige Locke beiseite, die unter ihrem Tuch hervorgekommen war, und schob sie dann wieder zurück.

»Ja, das ist wirklich ein fürchterliches Verbrechen. Könnten Sie mir vielleicht erzählen, was Sie am Montagabend gesehen haben?«, fragte Irene.

»Natürlich. Der Fotograf und ich kamen aus Südafrika zurück. Wir waren anlässlich einer Weinreportage für eine Gourmetzeitschrift dort. Gegen sieben landeten wir in Landvetter. Es dauerte einige Zeit, bis wir alles im Auto verstaut hatten, außerdem regnete es in Strömen. Ich fuhr Hasse, den Fotografen, nach Hause und kam dann hierher.«

Sie holte Luft und fuhr dann fort: »Mein Parkplatz befindet

sich im hinteren Teil der Parkfläche. Das ist ein ziemliches Stück zu gehen. Ich hatte viel schweres Gepäck und beschloss daher, vor die Haustür zu fahren. Dort darf man ein- und ausladen, aber nicht parken. Ich fuhr also am großen Parkplatz vorbei und schaute aus irgendeinem Grund, ich weiß eigentlich nicht, warum, zu meiner Parklücke. Da sah ich einen Mann, der eine Frau umarmte. Bei dem Regen und in der Dunkelheit sah man nicht viel, aber es hatte den Anschein, als würde er sie von hinten umarmen ... recht zärtlich irgendwie, er hielt sie in den Armen und wiegte sie hin und her.«

»Wiegte er sie?«

»Tja ... Er schaukelte sie vorsichtig hin und her, als wollte er sie in den Schlaf wiegen.«

Irene bekam eine Gänsehaut. Sie ahnte die Antwort auf die Frage, die sie jetzt stellen würde, aber sie musste es von Tove selbst hören.

»Hat sich die Frau bewegt? Sah es so aus, als würde sie sich wehren?«

»Nein. Hätte sie das getan, dann hätte ich vielleicht reagiert. Aber sie wirkte ganz ruhig. Sie ließ es einfach geschehen.«

Das bedeutete, dass Elisabeth bereits tot oder zumindest bewusstlos gewesen war, als Tove an ihr vorbeigefahren war. Als hätte diese Irenes Gedanken gelesen, fragte sie:

»Ich frage mich ... Glauben Sie, ich hätte Elisabeth retten können, wenn ich auf meinem normalen Parkplatz geparkt hätte?«

»Nein, wahrscheinlich nicht. Aber wissen Sie noch, wie spät es da war?«

»Ungefähr halb neun.«

»Aber woher wissen Sie, dass das wirklich Elisabeth war?«

»Das weiß ich nicht sicher. Aber ich weiß, wo sie ihren Wagen stehen hat, und dieses Paar stand genau daneben. Vor ein paar Wochen habe ich ihr beim Radwechsel geholfen. Sie hatte vorne rechts einen Platten.«

Bei dieser Erinnerung lächelte Tove traurig.

»Kannten Sie sie gut?«

»Nein, überhaupt nicht. Ich bin letztes Jahr hier eingezogen und nur selten zu Hause. Wir grüßten uns auf der Treppe. Es war ein reiner Zufall, dass ich gerade vorbeikam, als sie das Rad wechseln wollte. Ihr Sohn arbeitete, und sie brauchte das Auto … da habe ich ihr geholfen.«

»Haben Sie etwas von dem Mann gesehen, der die Frau festhielt?«

»Nein. Wie gesagt, konnte ich in dem Regen und der Dunkelheit nicht viel erkennen, aber er war vermutlich nicht viel größer als Elisabeth und trug eine Jacke und Hosen in einer dunklen Farbe. Irgendeine Arbeitskleidung. Genau! An den Jackenärmeln am Bund und an den Hosenbeinen waren Reflexstreifen. Ich erinnere mich, dass sie aufblitzten. Deswegen dachte ich an Arbeitskleidung.«

»Erinnern Sie sich an seine Haarfarbe?«

Tove kaute auf ihrer Unterlippe. Sie wirkte konzentriert. Schließlich sagte sie:

»Nein. Er hatte etwas auf dem Kopf. Vielleicht eine Baseballmütze.«

»Trug er vielleicht eine Brille, oder erinnern Sie sich sonst noch an etwas?«

»Ich weiß nicht. Ich sah ihn nur von hinten. Aber ich hatte den Eindruck, er sei kräftig.« Mit den Händen deutete sie breite Schultern an.

»Meinen Sie damit durchtrainiert?«

»Ja … Aber er war kein Fliegengewicht, um es einmal so auszudrücken. Aber er war auch nicht dick, er hatte eher einen stabilen Knochenbau.«

Das konnte bedeuten, dass der Mann muskulös war, weil er schwere körperliche Arbeiten verrichtete, aber er konnte auch Sport treiben oder einfach einen athletischen Körperbau haben.

Wahrscheinlich war er stark, schließlich war auch Elisabeth sehr fit gewesen. War ihr noch Zeit geblieben, Widerstand zu leisten? Auf diese Frage würde vielleicht die Obduktion eine Antwort geben.

»Wie groß könnte er etwa gewesen sein?«, fragte Irene.

»Hm … vielleicht zwischen 170 und 180 cm.«

»Haben Sie eine Vorstellung, wie alt er gewesen sein könnte?«

»Tja … Alt war er nicht. Aber wohl auch kaum ein Teenager. Ich würde sagen, zwischen zwanzig und vierzig.«

Der Mörder war stark und mittelgroß und hatte Arbeitskleidung und eine Baseballmütze getragen. Er war zwischen zwanzig und vierzig und verfügte über einen Wagen. Mit diesem hatte er die Leichen seiner beiden Opfer abtransportiert.

»Erinnern Sie sich, ob irgendwo in der Nähe des Parkplatzes, auf dem Elisabeth und dieser Mann standen, ein Fahrzeug stand?«, fragte Irene.

Tove schüttelte langsam den Kopf.

»Gegenüber von Elisabeths Parkplatz befinden sich ein paar Gästestellplätze. Wenn er dort geparkt hat, dann brauchte er nur ein paar Meter zu gehen. Ich kann mich an keinen fremden Wagen erinnern. Aber es muss wohl einer dort gestanden haben. Sonst hätte er sie schließlich nicht mitnehmen können, um was auch immer mit ihr zu machen.«

Irene sah, wie Tove erblasste.

»Treibt hier in der Gegend irgendein Verrückter sein Unwesen? Ich meine … Besteht für mich und andere Frauen hier im Viertel Gefahr?«, fragte sie und schaute Irene durchdringend an.

Irene versuchte beruhigend zu klingen, als sie antwortete:

»Wahrscheinlich nicht, aber viel können wir noch nicht sagen. Wie Sie vielleicht wissen, haben wir vor einigen Tagen noch eine Tote gefunden, die offensichtlich demselben Täter zum Opfer fiel. Sie wohnte in der Såggatan in Majorna. Das ist ja ein ziemliches Stück von hier weg.«

Tove nickte.

»Ich bin letzten Dienstag nach London gefahren, um ein großes Projekt zu besprechen, und bin gestern Abend erst nach Hause gekommen. Aber ich habe im Internet darüber gelesen. Die Tote wurde auf dem Westfriedhof gefunden, in Folie verpackt wie Elisabeth. Schauderhaft!«

Irene nickte nur.

»Wie hat er sie umgebracht?«, fragte Tove mit zitternder Stimme.

»Wir haben noch nicht einmal den Obduktionsbericht für das erste Opfer bekommen. Es dauert noch einige Tage, bis wir das sicher wissen.«

Bewusst ließ sie nichts darüber verlauten, dass der Mörder in beiden Fällen seine Opfer mit einer dünnen Wäscheleine erdrosselt hatte. Bisher war darüber auch nichts zu den Zeitungen gedrungen, aber das war erfahrungsgemäß nur eine Frage der Zeit. Irene erhob sich mit schmerzenden Knien. Sie ließ Ihre Visitenkarte zurück, für den Fall, dass Tove noch etwas einfallen würde.

Irene parkte auf dem Gästeparkplatz. Gegenüber hatte Elisabeths roter Golf gestanden. Dieser befand sich jetzt in der Tiefgarage des Präsidiums, weil ihn die Kriminaltechniker genauestens unter die Lupe nehmen wollten. Irene glaubte zwar nicht, dass sie in dem Wagen etwas finden würden, aber man konnte es nie wissen. Vielleicht hatte der Mörder unabsichtlich etwas angefasst.

Plötzlich merkte Irene, wie müde sie war. Es schauderte sie, und der menschenleere, dunkle Parkplatz kam ihr unheimlich vor. War er in der Nähe? Stand er irgendwo und beobachtete sie? Schnell stieg sie in ihren Wagen und fuhr davon.

»Paketmörder! Göteborger Westen in Angst und Schrecken!«, schreiben die Zeitungen.

Paketmörder? Soll ich das sein? Die wissen nicht, wovon sie reden! Ich habe sie gerettet! Ich bin der Retter! Sie erhalten ihre gerechte Strafe, aber ihre Seelen werden erlöst.

O du elender Sünder! Wie soll ich das Herz trösten? Wie denn den Sinn erhöhen? Wer erlöst mich von Sünden? Hilf mir, Jesu, doch einmal! Heb mich aus der Welten Schlinge! Öffne mir den klaren Himmel!

Das ist klar und deutlich. Durch die Schlinge sollen die Sünder erlöst werden und in den Himmel kommen. Daran habe ich nie gezweifelt. Das ist der einzige Weg. Unsere Abmachung ist glasklar: Ich bringe Tausenden Gnade, wenn man mich liebt und meine Gebote hält. Wenn man gegen meine Gebote verstößt, dann muss ich der Strafende werden. Dein Wille geschehe.

Krister war schon zu Hause und stand am Herd. Aus einem großen Topf duftete es wunderbar nach frischen Kräutern und Safran. Wie immer, wenn er kochte, trug er ein weißes T-Shirt und Jeans. Irene bewunderte die Bewegung seiner Muskeln, wenn er mit Töpfen und Pfannen jonglierte. Lautlos schlich sie sich an ihn an. Dann stellte sie sich auf die Zehen und küsste ihn in den Nacken. Sie umarmte ihn, stellte sich vor ihn und küsste ihn auf den Hals, knabberte an seinem Ohrläppchen und strich ihm mit der Hand über Brust und Bauch. Sie fand in diesem Augenblick, er sei der anziehendste Mann auf Erden.

»Du … nicht jetzt«, sagte er kurz.

Blitzschnell trat sie einen Schritt zurück und sah ihn an. Sie hatte das Gefühl, er habe ihr eine kalte Dusche verpasst. Wütend ließ Krister den Löffel in den Topf Bouillabaisse fallen, in dem er gerade gerührt hatte. Die goldgelbe Suppe spritzte auf den Herd.

»Entschuldige bitte, aber ich bin so wahnsinnig wütend!«, sagte er grimmig.

Ihre Enttäuschung wurde von Erstaunen abgelöst. Krister war doch sonst immer so ausgeglichen. Wahrscheinlich lag das daran, dass er konfliktscheu war und alle Frustration in sich hineinfraß. Es gab einen Grund, warum Leute an Erschöpfungsdepressionen erkrankten. Das hatte Irene oft gedacht, als Krister an dem Burn-out-Syndrom gelitten hatte. Aber im letzten Jahr schien alles besser geworden zu sein. Natürlich hatte er gelegentlich gemeint, er habe seine Arbeit über und wolle aufhören, aber das letzte Mal lag ziemlich lange zurück.

»Was ist passiert?«, fragte sie.

»Irgendjemand hat meinen Spind aufgebrochen und meine Brieftasche gestohlen!«

Er vergaß, dass er den Rührlöffel immer noch in der Hand hielt, und fuchtelte damit in der Luft herum. Irene holte eine Rolle Küchenkrepp und wischte die Suppenspritzer von den Schränken und dem Herd.

»Wann war das?«, fragte sie.

»Ich weiß nicht. Irgendwann im Laufe des Tages. Als ich kurz nach fünf nach Hause gehen wollte, habe ich es bemerkt. Ich hatte heute die kurze Tagesschicht.«

»Hast du alle Karten sperren lassen?«

»Ja. Sofort. Aber ich weiß nicht, wie lange der Dieb meine Kreditkarten schon hatte. Scheiße!«

Mit einem lautstarken Plopp warf er den Löffel wieder in den Topf. Irene seufzte resigniert, holte die Rolle Küchenkrepp ein weiteres Mal und wischte die Spritzer vom Herd.

Am nächsten Morgen war strahlend klares Wetter, und Irene fand, dass ihr die aufgehende Sonne etwas neue Energie schenkte. Die konnte sie wirklich gebrauchen. Krister war wegen des Diebstahls seiner Brieftasche wütend und irritiert. Glücklicherweise hatte er nur die Kreditkarte dabeigehabt, die zu ihrer Haushaltskasse gehörte. Die Bank stellte fest, dass das gesamte Guthaben, 8950 Kronen, verschwunden war. Natürlich erstatteten sie Anzeige, hatten aber das Gefühl, dass die Polizei relativ desinteressiert war. Krister selbst nahm die Sache ziemlich mit, da der Täter jemand aus dem Restaurant sein konnte. Niemand, den er gefragt hatte, hatte etwas Ungewöhnliches beobachtet. Der Umkleideraum des Küchenpersonals lag gegenüber der Küche, was bedeutete, dass nicht jeder dorthin Zutritt hatte. Zwischen der Restaurantküche und dem Umkleideraum lagen jedoch ein Gang und die Tür zum Hinterhof und der Laderampe. Dort parkten die Lastwagen, wenn sie Lieferungen für das Glady's brachten. Diese Tür war tagsüber nicht immer abgeschlossen, aber meist befand sich jemand in der Küche und sah, wenn jemand kam oder ging.

Irene hatte das mehrmals mit Krister durchgekaut. Schließlich war er zu dem Schluss gekommen, dass man vermutlich während des schlimmsten Mittagsstresses zwischen zwölf und eins relativ unbemerkt blieb. Dann hatte die gesamte Belegschaft alle Hände voll zu tun, und es war möglich, sich ungesehen in den Umkleideraum zu schleichen.

Merkwürdigerweise war keiner der anderen Schränke aufgebrochen worden, nur Kristers. Die Spinde waren aus Blech und hatten einfache Schlösser. Auf den Türen standen die Namen der Inhaber auf Pappschildern, die in eine Halterung geschoben wurden.

»Schade, dass niemand eine Leiche im Spind verstaut hat, sonst hätte ich bei dir Anzeige erstatten können, und es wäre vielleicht was passiert«, hatte Krister gesagt, als sie die gute Fischsuppe zu essen anfingen.

Lustlos hatte er ohne größeren Appetit seinen Löffel in die Suppe getaucht.

Hannu hatte zwei Bilder von einer Überwachungskamera aus dem ICA am Frölunda Torg besorgt, auf denen Elisabeth Lindberg zu sehen war. Das eine Bild war um 19.57 Uhr aufgenommen worden und zeigte, wie sie einen Einkaufswagen in das Geschäft schob. Auf dem anderen Foto stand sie neun Minuten später an der Delikatessentheke. Sie trug einen hellen Trenchcoat und Jeans. Die Handtasche, die über ihrer Schulter hing, wirkte teuer und neu. Irene war sich sicher, dass sie sie nicht in der Wohnung gesehen hatte. Wahrscheinlich befand sich die Tasche am selben Ort wie Elisabeth Lindbergs und Ingela Svenssons Kleider.

Als Irene in ihr Büro kam und ihren Computer einschaltete, hatte sie eine Mail von Matti von der Spurensicherung in ihrem Posteingang. Sie öffnete sie und las: »Objekt: Katze (tot). Offenbar von einem Auto überfahren, da sich an Kopf und Oberkörper deutliche Reifenspuren finden. Keine anderen Anzeichen von Gewalt bei oberflächlicher Betrachtung. Mikroskopischer Vergleich von Haaren dieser Katze mit den Katzenhaaren, die auf dem Klebeband sichergestellt wurden, das die Folie zusammenhielt, die um die Mordopfer gewickelt war: negativ. Diese Katze ist langhaarig, die Katzenhaare vom Klebeband stammen von einer kurzhaarigen, schwarz-weißen Bauernkatze. Zwei weiße und vier schwarze Katzenhaare wurden auf dem Klebeband, mit dem die Opfer umwickelt waren, sichergestellt.«

Irene hatte gerade zu Ende gelesen, da betrat Sara das Zimmer.

»Hallo. Wir sind auf einen Fall gestoßen, der sein erster gewesen sein könnte«, sagte sie.

»Sein erster?«, echote Irene etwas dumm.

»Möglicherweise handelt es sich um sein erstes Opfer. Aber sie hat überlebt.«

Sara warf Irene einen Packen Papier auf den Schreibtisch und verschwand dann wieder aus dem Zimmer. Die Gute verschwendet wirklich keine Zeit mit Small Talk, dachte Irene.

Es handelte sich um einen Mordversuch am Montag, 2. März, also fast ein halbes Jahr zuvor. Eine Frau namens Marie Carlsson war auf der Treppe ihres Reihenhauses gefunden worden. Ein Nachbar war durch eine laute Sirene aufmerksam geworden. Die Rufe des Mannes hatten den Täter in die Flucht geschlagen. Der Nachbar alarmierte auch die Polizei und den Krankenwagen. Marie Carlsson war bewusstlos, als er sie fand. Jemand hatte ihr eine Schlinge um den Hals gelegt und zugezogen. Der Nachbar konnte diese Schlinge schnell entfernen. Offenbar war es Marie Carlsson geglückt, eine Hand unter die Schlinge zu schieben. Das hatte ihr wahrscheinlich das Leben gerettet. Laut Spurensicherung handelte es sich um eine Nylonleine, wie sie meist als Wäscheleine verwendet wurde. Diese blaue Leine wies jedoch keine Schlingen an den Enden auf. Eine Innovation der letzten beiden Überfälle. Laut Verhör am darauffolgenden Tag war Marie Carlsson spät von ihrer Arbeit als Abteilungsleiterin beim ICA Maxi auf dem Frölunda Torg nach Hause gekommen.

Irene merkte auf, als sie las, wo Marie Carlsson arbeitete. Da war wieder dieser Supermarkt. Eine seltsame Übereinstimmung, die aber im Augenblick noch nichts zu bedeuten hatte, befand sie. Sie setzte ihre Lektüre fort.

Dieser Tag war für Marie Carlsson besonders chaotisch verlaufen, da ein Großteil des Personals krank gewesen war. Der Laden hatte zwar pünktlich um 21 Uhr geschlossen, aber es war fast 22.45 Uhr, als sie endlich zu Hause eintraf und den Schlüssel in das Schloss ihrer Haustür steckte. Ihr gelang es nicht mehr, die Tür auch zu öffnen.

Marie Carlsson war 45 Jahre alt und alleinstehend. Sie wohnte in einem Reihenhaus in Högsbohöjd. Natürlich konnte sich Irene an diesen Überfall erinnern. Eine andere Abteilung hatte sich mit diesem Fall befasst, aber sie erinnerte sich noch, wie ernst man den Vorfall genommen hatte. Die Ermittlung verlief bislang ergebnislos. Der Täter war, ohne die geringste Spur zu hinterlassen, verschwunden. Mit einer Ausnahme: die Schlinge, die aus einer ganz alltäglichen Nylonwäscheleine bestand, deren Herkunft sich unmöglich ermitteln ließ.

Sie zuckte zusammen, als die Sprechanlage zu summen anfing.

»Ich habe Matti gebeten, die Leine von Marie Carlssons Hals mit jenen der beiden Mordopfer zu vergleichen«, hörte sie Saras Stimme.

»Danke«, sagte Irene, aber Sara hatte die Verbindung bereits unterbrochen.

Irene starrte nachdenklich auf die verblichene Reproduktion von Monets »Impression, soleil levant«. Es hatte schon dort gehangen, als sie beim Dezernat angefangen hatte, und mittlerweile ließ es sich von der Tapete kaum noch unterscheiden. Doch selbst, wenn sie ein neues, bunteres Kunstwerk vor sich gehabt hätte, hätte sie es im Augenblick nicht wahrgenommen.

Ein Opfer, das überlebt hatte.

Das konnte den Durchbruch bei der Jagd auf einen Mann bedeuten, den die Zeitungen als Paketmörder bezeichneten.

Irene und Sara stiegen aus dem Auto und gingen auf das Haus zu, in dem Marie Carlsson wohnte.

»Schau dir die Fenster an. Höchstens anderthalb Meter über dem Boden«, stellte Sara fest.

Sie traten durch die kleine Gartenpforte. Noch ehe Irene klingeln konnte, war lautes Hundegebell zu hören. Anscheinend ein größeres Tier, dachte Irene.

Energisch drückte sie auf die Klingel. Der Hund bellte noch

lauter. Sie hörten eine Frauenstimme, ein knappes Kommando. Der Hund verstummte, aber Irene hörte, wie er sich leise knurrend direkt hinter der Haustür bewegte. Als sich die Tür öffnete, sahen Irene und Sara der Frau deswegen auf die Knie statt ins Gesicht. Ein Schäferhund war der Urheber des heiseren Gebells gewesen. Die Frau hielt ihn fest am Halsband und sagte:

»Geh rein, Hanko!«

Sie ließ das Halsband los und deutete in die Diele. Der Schäferhund ließ noch einmal ein kehliges Knurren vernehmen, warf einen letzten musternden Blick auf die beiden Polizistinnen, drehte sich dann um und zog sich zurück. In der Küchentür baute er sich auf. Irene sah ihm an, dass er abwartete, aber nicht aggressiv war. Sara warf einen nervösen Blick auf den großen Hund.

»Hallo. Ich bin Marie Carlsson«, sagte die Frau und hielt Irene ihre Hand hin.

Sie schüttelten sich die Hand, und Irene stellte sich und Sara vor. Marie Carlsson trat ein paar Schritte zurück, um sie eintreten zu lassen. Als sie ihre Jacken in Empfang nahm, um sie aufzuhängen, sagte sie entschuldigend:

»Es tut mir leid, falls Hanko Ihnen einen Schrecken eingejagt hat. Er ist ein braver Hund, aber ein Wachhund.«

»Haben Sie ihn schon lange?«, fragte Irene.

Der Gesichtsausdruck von Marie Carlsson ließ sich nur schwer deuten.

»Nein«, antwortete sie knapp.

Sie führte sie ins Wohnzimmer und bat sie, Platz zu nehmen. Auf dem Tisch stand ein Tablett mit Kaffeetassen sowie ein Teller mit Muffins.

»Kann ich Ihnen einen Kaffee anbieten?«, fragte Marie.

»Wenn möglich, Tee«, sagte Sara, ehe Irene noch etwas sagen konnte.

Es hatte nicht den Anschein, als würde sie je Kaffee trinken. Eine Polizistin, die nur Tee trank! Die Gute wird noch Probleme bekommen, dachte Irene. Sie begnügte sich damit, lächelnd zu nicken, um zu bedeuten, dass Kaffee genau das sei, was sie sich wünsche.

Marie Carlsson erinnerte sie an Elisabeth Lindberg. Sie war fast genauso groß, schlank und trug das dunkle Haar als Pagenkopf mit hellen Strähnchen. Ihr Make-up war diskret und betonte die nussbraunen Augen. Die bestickte weiße Tunika war weit ausgeschnitten, und die Röhrenjeans saßen sehr eng. Um den Hals trug sie ein hellblaues Tuch in derselben Farbe wie die Stickerei am Halsausschnitt. Sie war durchtrainiert, ohne allzu muskulös zu sein.

Marie Carlsson lächelte Sara an und sagte:

»Ich setze Wasser auf.«

Sie verschwand Richtung Küche, und Irene schaute sich rasch im Zimmer um.

Modern und einfach. Keine alten Möbel. Die Farben der Einrichtung waren in Rot und Grau gehalten. Einige Gegenstände waren kornblumenblau. An den Wänden hingen hübsche, gerahmte Lithographien von Bengt Lindström. Die farbenfrohen Monsterköpfe dieses Künstlers hatte Irene bei einer Ermittlung viele Jahre zuvor kennengelernt. Eines der Bilder trug tatsächlich dazu bei, dass der Mord an einem der reichsten Männer Göteborgs aufgeklärt werden konnte.

Marie kam mit einer Kaffeekanne in der einen Hand und einer dampfenden Tasse in der anderen zurück. Sie goss den Kaffee in die beiden Tassen auf dem Tablett. Als sie die Tasse vor Sara hinstellte, sagte sie:

»Entschuldigen Sie, aber ich habe nur Teebeutel.«

»Das macht nichts«, erwiderte Sara.

Hanko hatte sich, den Kopf auf Irenes Füßen, unter den Couchtisch gelegt. Offenbar lag er bequem, denn wenig später begann er zu schnarchen. Das klang friedlich. Mordversuche und Überfälle wirkten sehr fern.

»Wie lange haben Sie Hanko schon?«, fragte Irene.

Marie wirkte plötzlich sehr müde. Es war derselbe Gesichtsausdruck, den sie gehabt hatte, als Irene ihr diese Frage in der Diele gestellt hatte.

»Seit Ende März, fast ein halbes Jahr«, antwortete sie kurz.

»Ein schöner Hund. Als Wachhund abgerichtet, sagten Sie?«

Marie seufzte laut und entgegnete dann:

»Ich weiß, warum Sie hier sind. Der Paketmörder hat hier im Westen zugeschlagen. Zwei Frauen in meinem Alter. Vermutlich erdrosselt«, sagte sie.

Dass der Mörder seine Opfer sorgsam verpackt hatte, war zu den Journalisten durchgedrungen, daher auch der Name Paketmörder. Zu viele Leute hatten die Pakete gesehen, es war also nicht zu vermeiden gewesen. Hingegen war nirgendwo zu lesen gewesen, dass beide Opfer mit einer Leine erdrosselt worden waren. Irene ließ sich nicht anmerken, dass Marie mit ihrer Vermutung recht hatte.

»Wir versuchen, soviel Material wie möglich für unsere Ermittlung zusammenzutragen. Wir nehmen an, dass Sie das erste Opfer waren«, sagte sie.

Marie erhob sich. Sie verschränkte die Arme vor der Brust, als friere sie plötzlich. Langsam ging sie auf das große Fenster vor der Terrasse zu und schaute nach draußen. Mit dem Rücken zu ihnen sagte sie:

»Dieser Gedanke kam mir auch schon. Ich kann nicht behaupten, dass mir bei diesem Gedanken sonderlich wohl ist.«

»Das verstehe ich. Wir wären froh, wenn Sie uns behilflich sein könnten, diesen Mann zu fassen.«

Marie drehte sich um und sah sie wütend an.

»Das ist Ihnen doch schon damals nicht geglückt«, sagte sie bitter.

»Nein. Aber jetzt gibt es weitere Spuren. Wir glauben, dass wir den Mörder mit Ihrer Hilfe fassen können.«

Mit weiterhin verschränkten Armen und hochgezogenen Schultern kehrte Marie zum Sofa zurück und nahm mit schicksalsergebener Miene Platz. Mit einem verbissenen Gesichtsausdruck knotete sie ihr Halstuch auf, und eine hässliche, dunkelrote Narbe kam zum Vorschein, die vorne am Hals eine etwa acht Zentimeter lange Lücke aufwies. Marie deutete auf die Narbe und sagte:

»Begreifen Sie, wie schrecklich das war? Die Zeit ist einfach vergangen, und nichts ist passiert. Dauernd frage ich mich, ob er vielleicht zurückkommt, um zu beenden … was ihm nicht gelungen ist.«

Hanko erwachte von der Stimme seines Frauchens. Er sah sie aufmerksam an und ließ seinen Kopf dann wieder auf sein bequemes Kissen sinken. Irenes Füße wurden langsam taub, aber sie wollte sie auch nicht wegziehen. Es fühlte sich so geborgen und vertraut an, einen Hund in der Nähe zu haben.

»Sie mögen Hunde«, stellte Marie fest und sah Irene an.

»Ich hatte als Kind einen und auch in den letzten Jahren. Die Kinder wünschten es sich so. Aber er ist vor zwei Jahren gestorben.«

Marie räusperte sich und sagte:

»Nach dem Überfall hatte ich große Angst. Obwohl ich früher immer so unbeschwert gewesen und immer so gut allein zurecht gekommen bin. Danach wagte ich nicht mehr, allein in meinem Haus zu schlafen. In der ersten Zeit übernachtete ich bei meiner Schwester oder bei Freunden. Aber dann hörte ich von Hanko. Seitdem habe ich keine Probleme mehr damit, hier zu Hause zu schlafen. Die Probleme fangen an, wenn ich ohne ihn das Haus verlassen muss. Beispielsweise um zur Arbeit zu gehen. Ich kann ihn nicht überallhin mitnehmen. Ich gerate manchmal fast in Panik. Ich habe nie Hunde gehabt. Wir besuchen Agility-Kurse, um uns besser verstehen zu lernen. Aber wie es aussieht, brauche ich das Training nötiger. Hanko kann schon alles.«

Ein schwaches Lächeln huschte über Maries Lippen, als sie stolz ihren Hund betrachtete. Irene beschloss, sich den Fragen zu nähern, auf die sie eine Antwort suchten.

»Hatten Sie vor dem Überfall je das Gefühl, beobachtet zu werden?«, fragte sie. Marie schüttelte den Kopf.

»Das haben Sie das letzte Mal schon gefragt. Nein, das kann ich nicht behaupten«, antwortete sie. Ihrer Stimme war nichts anzumerken, aber der Blick wurde unstet. Irene hatte das Gefühl, dass das nicht die ganze Wahrheit war.

»Sie erhielten keine seltsamen Telefonanrufe? Keine Blumen oder schriftliche Mitteilungen?«

»Nein.«

Diese Antwort kam ruhig und sicher. Irene beschloss, alles auf eine Karte zu setzen. Schließlich hatten sie zwei Fotos gefunden, die durch die Fenster der Opfer aufgenommen worden waren.

»Wir haben Anhaltspunkte, dass die Opfer des Paketmörders einen Mann gesehen haben, der sie durch ihre Fenster anstarrte.«

Intuitiv spürte sie Saras Erstaunen. Irene sah ihre Kollegin nicht an, sondern Marie, die entsetzt zusammenzuckte.

»Es ist vielleicht etwas in dieser Art vorgefallen. Einmal zumindest«, gab sie nach einer Weile zu.

Sie verstummte. Schließlich fuhr sie fort:

»Es gehen ja immer Leute auf dem Weg vor der Küche vorbei, aber das ist kein Problem. Daran bin ich gewöhnt, und es sind auch nicht so viele. Auf der Rückseite des Hauses grenzt der Garten an eine Wiese, die zu klein ist, um bebaut zu werden. Eine dichte Thujahecke trennt diese Wiese von meinem Grundstück. An einem Samstagabend, ich erinnere mich, dass es der 21. Februar war, hatte ich eine Freundin zu Besuch. Sie saß im Wohnzimmer, während ich in der Küche etwas zu essen machte. Plötzlich rief sie: ›Da steht jemand in deinem Garten!‹ Ich rannte ins Wohnzimmer, konnte aber niemanden sehen. Ich habe immer die Beleuchtung im Garten an, wenn es dunkel ist. Als ich die Terrassentür öffnete, sah ich, wie sich jemand hinter der Hecke bewegte. Ich ging dorthin, aber da war niemand.«

»Hat Ihre Freundin vielleicht gesehen, wie diese Person aussah?«

»Nein. Sie sah nur eine dunkle Gestalt, die sich im Garten bewegte.«

»Wir müssten uns auch mit ihr unterhalten. Könnten Sie uns ihren Namen und ihre Adresse sagen?«, fragte Irene.

Marie wirkte plötzlich wieder nervös und schien zu zögern, dann sagte sie jedoch entschlossen:

»Wir sind zusammen, aber sie ist verheiratet. Sie hat einen Mann und zwei kleine Kinder. Sie ist noch nicht soweit, ihn verlassen zu können. Aber das ist in Ordnung für mich. Ich arbeite viel und habe auch nicht viel für Kinder übrig, aber das dachte ich bis vor kurzem ja auch noch von Hunden«, sagte sie und betrachtete ihren schlafenden Hund.

»Wir würden uns wirklich gerne mit ihr unterhalten«, sagte Irene.

»Sie will damit nichts zu tun haben, glauben Sie mir das! Sie sagte nur, sie habe eine dunkle Gestalt am Rand des Lichtscheins gesehen.«

Marie presste stur die Lippen zusammen, und Irene sah ein, dass es keinen Sinn hatte, weiter in sie zu dringen. Stattdessen fragte sie:

»Ist es auch bei anderen Gelegenheiten vorgekommen, dass Sie jemanden im Garten gesehen haben?«

»Nein.«

Eine Weile wurde es still, dann sagte Sara:

»Sie sagten, Ihre Freundin sei verheiratet und habe Familie. Wie lange waren Sie denn ein Paar, bis zu diesem Vorfall?«, fragte sie.

»Wir sind seit Dezember letzten Jahres zusammen. Also ungefähr zwei Monate. An dem Abend waren wir zum ersten Mal richtig zusammen. Sie hat nie viel Zeit, aber an jenem Abend konnte sie sich loseisen«, antwortete Marie mit einem fahlen Lächeln.

»Sie sagen, richtig zusammen. Heißt das, dass es das erste Mal war, dass Sie Sex hatten?«, fuhr Sara fort.

»Ja.«

»Könnte der Mann im Garten Sie gesehen haben?«

»Vermutlich. Wir liebten uns vor dem Essen. Vielleicht eine Stunde, bevor wir diese Gestalt sahen. Wir ... Also, wir fingen im Wohnzimmer an und gingen dann ins Schlafzimmer hinauf. Das eine oder andere wird er gesehen haben.«

Sie warf Sara und Irene einen etwas trotzigen Blick zu, wirkte aber gleichzeitig fast amüsiert. Vielleicht glaubte sie ja, sie seien schockiert.

»Sie haben anschließend kein Foto mit der Post erhalten?«, fuhr Sara unberührt fort.

Marie wirkte aufrichtig erstaunt. Sie sah zu dem großen Fenster hinüber und schüttelte den Kopf.

»Nein. Kein Foto. Auch sonst war nichts. Ich hatte diesen Mann im Garten fast vergessen. Nicht einmal nach dem Überfall habe ich mich an diesen Vorfall erinnert.«

Sie verstummte und schaute auf ihre Hände, die sie nicht ruhig halten konnte.

Irene und Sara stellten noch ein paar Fragen nach dem eigentlichen Überfall und Mordversuch, aber es ergab sich nichts Neues. Marie bestätigte, dass der Angreifer stark gewesen sei. Sie selbst ging zweimal in der Woche ins Fitnessstudio, hatte aber keine Chance gehabt, sich aus seiner Umklammerung zu befreien.

Sie weigerte sich beharrlich, die Identität ihrer Freundin preiszugeben. Irene beschloss, mit dieser Frage noch eine Weile zu warten, und sagte:

»Können wir uns mal im Garten umsehen?«

»Natürlich«, antwortete Marie und stand auf.

Mit etwas Mühe gelang es ihr, die klemmende Terrassentür zu öffnen. Sie blieb in der Tür stehen. Hanko war wieder munter geworden, als sich alle am Tisch erhoben hatten. Er nutzte die Gelegenheit, sich ins Freie zu begeben. Wohlerzogen trottete er ganz nach hinten zur Hecke und hob dort sein Bein. Fröhlich schwanzwedelnd kam er zurück, als Marie nach ihm rief.

»Er pinkelt sonst eigentlich nicht in den Garten, aber manchmal …«, sagte Marie entschuldigend. Irene lächelte sie verständnisvoll an. Gelegentlich hatte sie ihren Hund Sammie ebenfalls in den Garten gelassen, wenn niemand Lust auf einen Morgenspaziergang gehabt hatte.

Offenbar hielt sich Marie Carlssons Interesse am Garten sehr in Grenzen. Die dichte Thujahecke und ein paar mickrige Obstbäume, sonst wuchs dort nichts. Auf der kleinen, gepflasterten Terrasse standen zwei hübsche, blau glasierte Keramiktöpfe mit unbestimmbarem, verwelktem Inhalt.

»Wo stand denn diese Gestalt genau?«, fragte Sara.

»Ungefähr in der Mitte des Gartens. Vielleicht etwas nach links, auf die Hecke zu. Wo die Terrassenbeleuchtung nicht hindringt«, antwortete Marie.

Weil es mitten am Tag war, konnte man nicht sagen, wie weit der Lichtschein reichte. Aber es war offensichtlich, warum sich der Beobachter in diesem Teil des Gartens aufgehalten hatte: Hier gab es einen Spalt in der Hecke. Im Fall des Falles konnte er von dort aus schnell auf die große, für alle zugängliche Wiese auf der anderen Seite entkommen.

Aber war diese Person wirklich der Paketmörder gewesen? Das ließ sich nicht mit Sicherheit sagen. Marie hatte von dem Täter vor dem Überfall kein Foto erhalten. Und auch keine Chrysantheme. Der Stalker und der Mann, der sie angegriffen hatte, waren nicht unbedingt ein und derselbe.

Die Schlinge, mit der sie gewürgt worden war, hatte jedoch aus demselben Material bestanden wie die der beiden Mordopfer. Der Mann, der Marie überfallen hatte, war also mit größter Wahrscheinlichkeit der Paketmörder. Das bedeutete, dass er nach seinem ersten missglückten Überfall seinen Modus operandi geändert hatte. Er hatte die Leine an ihren Enden mit Schlaufen versehen. Außerdem waren noch die Blume und die Fotografie hinzugekommen, die seltsame Botschaft nicht zu vergessen. Ob er seinen Modus operandi wohl noch einmal verändern würde?

Vor Irenes innerem Auge tauchten plötzlich die herausgerissenen Astern, die Bank im Rosenbeet, die tote Katze im Briefkasten und die Fußspuren in der frischgeharkten Erde auf, und ein Schauer überkam sie.

Auf der Spüle lag der Abholschein eines Päckchens an Krister, den dieser bereits mit seiner Unterschrift versehen hatte. Irene hörte seine Schritte in der Diele und rief:

»Was hast du bestellt?«

»Nichts. Ich weiß nicht, was das sein könnte.«

»Der Absender ist Expo Team APS, Dänemark«, las Irene vor.

»Vielleicht irgendwelche Küchengeräte. Wahrscheinlich Messer oder Töpfe. Irgendein Werbegeschenk für eine größere Bestellung. Das Restaurant hat vor mindestens einem halben Jahr neue Dunstabzugshauben und Arbeitsplatten von einem Unternehmen in Dänemark bestellt. Ich war zwar für diese Bestellung verantwortlich, aber trotzdem verstehe ich nicht, warum sie mir irgendwelche Sachen nach Hause schicken sollten. Wo haben sie außerdem meine Privatadresse her?«

Krister blickte nachdenklich drein. Dann zuckte er mit den Achseln. »Wir werden es hoffentlich erfahren, wenn wir das Päckchen abholen«, sagte er.

Es handelte sich um einen recht großen und schweren Karton. Krister löste das stabile Klebeband ab und öffnete ihn. Ganz oben lag ein Bestellschein. Er warf einen Blick darauf. Irene sah, dass sich sein Gesichtsausdruck veränderte, nicht mehr Erwartung, sondern Erstaunen.

»Soll das ein Witz sein?«, rief er.

Irene trat näher und warf einen Blick in den Karton. Als allererstes sah sie einen riesigen Dildo. In durchsichtiger Plastikverpackung. Darunter lag ein mit Nieten besetztes Suspensorium aus schwarzem Leder, eine dazu passende Peitsche und rote Reizwäsche aus durchsichtigem Nylon. Ganz unten lagen eine aufblasbare Puppe sowie etliche Porno-DVDs, in denen es, nach dem Cover zu urteilen, um Sex mit Tieren ging.

»Neuntausend Kronen«, sagte Krister finster.

Irene nahm ihm den Bestellschein aus der Hand und las ihn genau durch.

»Die Sachen wurden an dem Tag bestellt, an dem deine Brieftasche verschwand. Sie sind mit deiner Kreditkarte bezahlt worden. Die Summe stimmt mit der überein, die von deinem Konto verschwunden ist. Der Dieb muss das also alles bestellt haben«, meinte sie beruhigend.

Ihr Mann schaute wütend in den Karton.

»Was machen wir damit?«

»Falls nicht irgendwas dabei ist, das du gerne behalten willst, schicken wir alles zurück«, erwiderte Irene mit einem spöttischen Lächeln.

Erst sah Krister nur wütend aus, aber nach einer Weile hellte sich seine Miene auf.

»Vielleicht hast du ja Lust auf diesen Riesenschwanz?«, meinte er.

»Wirklich nicht! Das hat nichts mehr mit Lust zu tun. Vierzig Zentimeter lang und dick wie ein Nudelholz. Das ist das reinste Folterinstrument!«

»Dann hast du, wie ich vermute, wohl auch keinen Sinn für die Peitsche …«

Krister nahm sie aus ihrem Karton und ließ sie durch die Luft pfeifen. Sie mussten beide lachen. Als sie angefangen hatten, konnten sie nicht mehr aufhören. Das Lachen war das Ventil, das sie beide brauchten, um das unbehagliche Gefühl abzuschütteln, das sie beim Anblick des Kartons erfasst hatte. Es dauerte eine Weile, bis sie wieder ernst genug waren, um sich weiter unterhalten zu können.

»Wir schicken die Sachen zurück. Aber wir fotografieren den Karton und seinen Inhalt erst noch und reichen die Bilder als Ergänzung der Anzeige bezüglich der gestohlenen Brieftasche nach«, sagte Irene und wischte sich die Tränen aus den Augenwinkeln.

»Okay. Du kennst dich mit diesen Dingen aus«, sagte Krister und ging die Digitalkamera holen.

Später am Abend rief Jenny aus Amsterdam an. Sie war überhaupt nicht in Laune, sich über Belanglosigkeiten zu unterhalten.

»Ratet mal, von wo ich anrufe? Aus einer Telefonzelle. Irgendein verdammter Idiot hat meine Handynummer gesperrt!«

Sie war so wütend, dass sich ihre Stimme überschlug. Irene versuchte sie zu beruhigen:

»Warum sollte jemand deine Handynummer sperren?«

»Was weiß ich? Aber sie ist gesperrt!«

»Da muss ein Missverständnis vorliegen. Das ist nicht so einfach. Die Polizei kann natürlich Nummern sperren, aber …«

»Ich habe die Telefonfirma angerufen. Die sagen, es sei alles mit rechten Dingen zugegangen. Aber jetzt muss jemand bezeugen, dass ich wirklich ich bin und dass die Nummer wieder freigeschaltet werden soll.«

»Ich kümmere mich drum, meine Kleine«, sagte Irene.

Es war lange her, dass sie Jenny so außer sich erlebt hatte. Für sie war es eine Katastrophe, wenn sie nicht rund um die Uhr erreichbar war, insbesondere da sie sich im Ausland aufhielt. Sie konnte ihre Freundinnen und Freunde nicht mehr erreichen. Irene konnte die Frustration ihrer Tochter verstehen. Nach einer Weile gelang es ihr, Jenny zu beruhigen, indem sie ihr versprach, die Sache mit dem Mobiltelefonanbieter zu klären.

Nachdem sie das Gespräch beendet hatten, wurde Irene unruhig. Krister hatte ein miserables Zahlengedächtnis. Sie wusste, dass er immer einen Zettel mit den Handynummern seiner Töchter in der Brieftasche hatte, falls er sein eigenes Handy einmal nicht in Reichweite haben sollte. Über die Handynummer konnte der Dieb auch die Adressen ihrer Töchter herausfinden.

Am selben Tag, an dem Krister einen Karton mit pornographischen Gegenständen erhalten hatte, hatte jemand Jennys Handynummer gesperrt. Und dann waren da noch die anderen Vorfälle, die Bank im Rosenbeet, die Abdrücke von Schuhspitzen in dem anderen Beet, die zerstörten Astern und die tote Katze im Briefkasten.

Jemand versuchte den Alltag von Familie Huss zu sabotieren. Die einzige, die bisher ungeschoren davongekommen war, war Katarina.

Irene rief ihre andere Tochter an. Felipe war am Apparat. Er hatte ausgezeichnete Laune und war gesprächig. Offenbar gefiel ihm das Studium an der Technischen Universität Chalmers. Dass Architekten zurzeit schwer Anstellung fanden, schien ihn nicht zu bekümmern. Irene war überzeugt, dass es, falls überhaupt jemandem aus seinem Jahrgang, am ehesten ihm gelingen würde, eine gute Stelle zu finden. Sie unterbrach Felipes Redefluss und fragte nach Katarina. Ihre Tochter nahm den Hörer, und nachdem sie sich über Allgemeines unterhalten hatten, erzählte ihr Irene von den Unerfreulichkeiten, die die anderen Familienmitglieder in letzter Zeit heimgesucht hatten.

»Bist du sicher, dass das alles zusammenhängt? Das könnten doch einfach nur unangenehme Zufälle sein«, meinte Katarina.

»Natürlich wäre das möglich, aber ich denke doch darüber nach, warum das alles gerade jetzt und so gehäuft passiert.«

»Shit happens!«, sagte ihre Tochter und lachte unbekümmert.

Vielleicht hatte sie ja Recht. Aber warum dann alles auf einmal? Irgendetwas stimmte nicht. Die ersten Vorfälle waren ärgerlich, könnten sich aber als Dummejungenstreiche abtun lassen. Der Diebstahl der Brieftasche, die Bestellung der Sexspielzeuge und die gesperrte Handynummer waren jedoch von ganz anderem Kaliber und kaum von Kindern ausgeheckt. Außerdem war sogar Jenny, die sich in Amsterdam aufhielt, davon betroffen gewesen.

Irene beschloss, die neuesten Vorfälle am nächsten Tag mit ihren Kollegen zu besprechen.

»Warum soll es sich um einen Stalker handeln?«, fragte Kommissarin Thylqvist.

»Ich habe etwas recherchiert. Der Gedanke kam mir, als wir von Blumen und Fotos bei beiden Mordopfern erfuhren. Die Fotos wurden durch die Fenster der Frauen aufgenommen. Die Person mit der Kamera stand also draußen im Dunkeln. Als bewache er sie. Das Bibelzitat ist eine Mitteilung an seine Opfer. Er glaubte, sie verstünden ihn. Aber weder Ingela Svensson noch Elisabeth Lindberg konnten das. Da dachte ich, dass es sich eventuell um einen Stalker handelt«, sagte Sara.

Die gesamte Ermittlergruppe saß im Konferenzraum. Soeben waren die Ergebnisse der letzten Tage bei der Jagd auf den Paketmörder zusammengetragen worden. Alle hatten wie immer Kaffee vor sich stehen. Irene fiel erneut auf, dass Sara als Einzige Tee trank. Sie konnte sich nicht erinnern, dass es unter ihnen jemals einen Teetrinker gegeben hatte. Allerdings litt Kommissar Andersson einmal Ende der 90er Jahre an Magenproblemen und trank einige Wochen lang nur Tee. Ungewöhnlich aufreibende Wochen für seine Mitarbeiter.

»Und weiter?«, sagte Thylqvist.

Sara griff zu einigen Papieren, die in ihrem DIN-A-4-Block steckten. Ohne daraufzuschauen, begann sie ihr Refererat:

»In diesem Fall könnte es sich um einen sogenannten Wahnhaften Stalker handeln. Darunter versteht man einen Verfolger, der sich einbildet, eine Beziehung, in der Regel eine Liebesbeziehung, zu seinem Opfer zu haben. Oder zu seinen Opfern. Meist verfolgt er mehrere Personen auf einmal. Das scheint ja auch auf unseren Mörder zuzutreffen. Dazu gehört, dass die Opfer häufig nicht einmal wissen, dass sie verfolgt werden oder wer der Verfolger ist. Häufig hat der Stalker sein Opfer nur aus einem gewissen Abstand oder vielleicht auch nur auf einem Foto gesehen. Aber das genügt ihm oder ihr meist.«

»Aber sind solche Stalker eigentlich gefährlich?«, fragte die Kommissarin.

»Für mich klingt das nach harmlosen Trotteln, die in einer Fantasiewelt leben«, warf Jonny ein.

»Diese Stalker können gefährlich werden, wenn die ahnungslosen Opfer etwas tun, was die Beziehung zu gefährden scheint«, fuhr Sara mit einem Seitenblick auf Jonny fort.

»Wie zum Beispiel?«, fragte Thylqvist.

»Beispielsweise eine Eheschließung. Oder sie ziehen mit jemandem zusammen. Sie bekommen Kinder. Was auch immer dem Stalker das Gefühl gibt, eine Veränderung sei eingetreten, die sein eingebildetes Verhältnis mit dem Opfer bedroht.«

»Seit wann bist du unter die Profiler gegangen?«, fragte Jonny höhnisch.

Irene hatte bei Saras Referat aufgehorcht. Vieles ließe sich erklären, wenn sie es wirklich mit einem Stalker zu tun hatten. Aber war der Urheber der seltsamen Ereignisse, die sie und ihre Familie betrafen, ebenfalls ein Stalker? Oder eher nicht, da eben mehrere Familienmitglieder davon betroffen waren? Die Schikane richtete sich gegen die gesamte Familie Huss, nicht gegen ein einzelnes Familienmitglied. Bei Gelegenheit wollte sie das Problem des unbekannten Verfolgers ansprechen, aber jetzt mussten sie sich auf den Paketmörder konzentrieren.

»Ich glaube, Sara ist auf der richtigen Spur«, sagte Irene.

»Das glaube ich auch«, pflichtete ihr Tommy bei.

Irene fiel auf, dass der stellvertretende Kommissar am Ende des Konferenztisches Efva Thylqvist gegenübersaß. Sie saßen so weit wie möglich voneinander entfernt. Die Kommissarin und ihr Stellvertreter waren ungewöhnlicherweise auch nicht gleichzeitig zu der Besprechung erschienen. Kriselte es etwa?, überlegte Irene und musste sich ein kleines Lächeln verkneifen.

»Wieso glaubt ihr das?«, wollte die Kommissarin wissen.

Irene dachte nach und antwortete dann:

»Der Stalker wird zum Gewalttäter, wenn das Opfer etwas unternimmt, das er für eine Gefährdung der Beziehung hält. Marie Carlsson gab zu, dass der Mann in ihrem Garten das Vorspiel des Liebesaktes zwischen ihr und ihrer Freundin beobachtet haben könnte. Wenn ihr an die Fotos denkt, die die Mordopfer erhalten haben, so wirken sie ziemlich harmlos. Aber wenn der Stalker davon ausging, dass eine Beziehung zwischen ihm und Ingela und ihm und Elisabeth bestand, dann sieht die Sache ganz anders aus.«

Irene erhob sich und ging zum Computer. Sie klickte auf den Ordner mit den Bildern. Eine Vergrößerung öffnete sich.

Ingela Svensson saß auf dem Sofa und schaute Richtung Fenster. Das Kerzenlicht funkelte in ihren Augen. Sie lächelte. Sie hielt ihr Weinglas erhoben und trank dem Mann, der mit dem Rücken zum Fotografen saß, zu. Ganz ähnlich das andere Foto. Elisabeth blickte lächelnd auf ihren Sohn Tobias herab, der auf der Couch saß und darauf wartete, dass sie ihm Kaffee nachschenkte.

»Das Bild von Ingela lässt sich nicht missverstehen. Sie lächelt den Mann, mit dem sie sich allein im Zimmer befindet, verliebt an. Falls der Stalker von einer Beziehung zwischen sich und Ingela ausging, musste er zwangsläufig rasend werden.«

»Aber im Fall von Elisabeths Sohn kann das doch wohl kaum der Fall gewesen sein?«, wandte Jonny ein.

»Und wenn er nicht wusste, dass er ihr Sohn war? Wenn er Tobias dort nur ein- oder zweimal gesehen hat? Tobias wohnte schließlich nicht bei ihr, sondern bei seinem Freund. Vielleicht glaubte der Mörder, Elisabeth habe sich einen jüngeren Liebhaber zugelegt«, entgegnete Irene.

»Das klingt alles andere als unwahrscheinlich«, pflichtete ihr Tommy bei.

Einen Augenblick herrschte Stille, und alle versuchten, sich vorzustellen, mit wem sie es zu tun hatten. Ein Wahnhafter Stalker war im Bekanntenkreis des Opfers nicht zu finden. Es handelte sich um eine Person, die nicht leicht aufzuspüren sein würde.

Irene wandte sich an Sara.

»Was für ein Mensch entwickelt sich denn zu solch einem Wahnhaften Stalker?«

»Normalerweise eine alleinstehende Person mit Kontaktproblemen. Unreif, was Gefühle angeht. Oft vollkommen unfähig, enge Beziehungen zu anderen Menschen einzugehen. Jemand, der nur sehr selten sexuelle Verbindungen eingeht oder noch nie welche gehabt hat«, antwortete Sara.

Die Gute hat sich wirklich so allerhand angelesen!, dachte Irene beeindruckt.

»Und wer kann zum Opfer eines Stalkers werden?«, setzte sie ihre Befragung fort.

Sara schaute in die Papiere, die vor ihr auf dem Tisch lagen.

»Meist sind es Psychotherapeuten, Geistliche, Ärzte oder Lehrer. Andere häufig vertretene Gruppen sind Polizisten oder Personen, die am Gericht arbeiten. Und dann natürlich Promis.«

»Hinter mir war noch nie ein Stalker her«, meinte Jonny.

»Hässlichkeit hat doch ihr Gutes«, entgegnete Irene lächelnd.

Jonny wurde erst wütend, musste dann aber selbst lächeln. Irene und er waren jetzt schon seit fast zwanzig Jahren Kollegen, sie konnte sich also schon mal eine Frechheit erlauben. Sie konnte sich jedoch denken, dass er es ihr heimzahlen würde. Das tat er früher oder später immer.

»Es gab auch Fälle, in denen der Stalker durch puren Zufall an den Namen seines Opfers kam. Beispielsweise, als dieses vor ihm am Bankschalter stand«, fuhr Sara fort.

»Aber man findet doch nicht so ohne weiteres die Adresse heraus, wenn man nur einen Namen hat«, wandte Tommy ein.

»Man kann die Person doch einfach verfolgen und so herausfinden, wo sie wohnt«, meinte Jonny.

»Habt ihr schon mal von Seiten wie eniro.se oder hitta.se im Internet gehört? Dort sind alle Daten frei einsehbar«, sagte Sara.

»Ich weiß. Dort kann man sich zum Beispiel ein Video des Hauses ansehen, das die gesuchte Person bewohnt. Oder man erfährt, wann jemand geboren wurde. Die Privatsphäre ist mittlerweile wirklich nicht mehr existent«, meinte Tommy seufzend.

Marie Carlsson hatte Hanko gerade an die Leine genommen, als sie die Tür öffnete. Mit der freien Hand steckte sie ein paar schwarze Plastiktüten in die Tasche ihrer Jeans.

»Hallo. Können wir einen Spaziergang mit Hanko machen? Er hat es heute mit der Verdauung«, sagte sie.

»Natürlich«, erwiderte Irene.

Sie hatte eine Stunde zuvor angerufen und Marie Bescheid gegeben, dass sie sie gerne zwecks einiger ergänzender Fragen aufsuchen würde. Marie hatte jeden zweiten Freitag frei, und glücklicherweise war dieser Freitag gerade ein solcher.

Es war ein perfekter Tag für einen Spaziergang. Noch lag ein wenig Sommerwärme in der Luft. Irene hatte ihre Jacke im Auto gelassen und trug nur eine Bluse. Marie hatte ein rosa Polohemd an. Um den Hals trug sie ein dünnes weißes Tuch. Im Winter kann sie dann Rollkragenpullover tragen, dachte Irene. Als sei das ein Trost.

Hanko begrüßte Irene fröhlich. Sie kannten sich schließlich, und er mochte sie. Zusammen gingen sie durch die Gartenpforte und den Fußweg entlang. Hanko hielt oft inne und schnüffelte interessiert. Irene merkte, dass sie eine große Sehnsucht überkam. Die Hundespaziergänge fehlten ihr wirklich.

Der Fußweg gabelte sich, und sie schlugen den schmaleren Weg ein, der auf ein paar Birken zuführte, die man mit etwas gutem Willen als Wäldchen bezeichnen konnte. Unter den Birken wuchsen dichte Haselsträucher. Der Wind blies durch die Wipfel der Birken, und das Blätterrauschen verstärkte die Sommergefühle. Am Himmel waren kaum Wolken zu sehen.

Der Schäferhund schnüffelte lange und versonnen an einer Stelle. Dann hob er seinen großen Kopf und schaute aufmerksam auf einen Busch ganz in der Nähe. Er spitzte die Ohren und wirkte sehr konzentriert.

»Sieht er was?«, fragte Irene.

»Offensichtlich. Oder er hat etwas gehört«, antwortete Marie.

Sie blieben beide stehen. Plötzlich knallte ein Schuss. Irenes Herz setzte aus, und sie schrie:

»Runter! Zu Boden!«

Instinktiv fasste Marie die Leine fester und ging in die Knie. Ehe sie sich platt auf die Wiese legte, warf sie noch einen Blick auf den Hund.

»Hanko«, sagte sie leise.

Der beobachtete immer noch die dichten Büsche. Langsam begann er mit dem Schwanz zu wedeln. Da knallte es wieder. Hanko rührte sich nicht.

Dieses Mal hatte Irene mehr auf das Knallen geachtet. Es war nicht das einer großkalibrigen Waffe. Sie hob den Kopf und rief:

»Hallo! Wer schießt da? Wir haben hier einen Hund, der Angst bekommt, wenn es knallt!«

Es blieb vollkommen still. Irene stand auf und schaute in die Richtung, aus der die Schüsse gekommen waren. Nach einer Weile hörte sie ein seltsames Geräusch. Es klang, als versuche jemand ein Kichern zu unterdrücken. Plötzlich brach jemand im Gebüsch in lautes Gelächter aus. Es handelte sich um mehrere Personen, die lachten und schrien.

»Von wegen, Hanko hat Angst! Ihr habt Angst!«, ließ sich eine helle Jungenstimme aus dem Unterholz vernehmen. Anschließend war wieder lautes Lachen zu hören.

»Ach, das ist Jonathan«, sagte Marie.

Hanko wedelte eifrig mit dem Schwanz. Er begrüßte die drei etwa achtjährigen Jungen, die jetzt aus den Büschen krochen, mit einem fröhlichen Kläffen. Die drei hielten Spielzeugwaffen in den Händen, die beunruhigend echt wirkten. Der Junge namens Jonathan hatte ein Gewehr, das vermutlich das laute Knallen verursacht hatte.

»Da habt ihr es wirklich mit der Angst bekommen!«, rief er triumphierend.

Irene war verlegen, weil sie so heftig auf die Schüsse reagiert hatte. Sie versuchte dies mit einem Lächeln zu überspielen.

»Natürlich! Man weiß schließlich nicht, ob Schüsse von einer richtigen Waffe kommen oder …«

Jonathan fiel ihr ins Wort:

»Das hier ist eine richtige Waffe!«

Drohend hob er sein Minigewehr, und seine beiden Kumpane begannen mit ihren Pistolen zu fuchteln.

»Ich frage mich, was Karin sagt, wenn ich ihr erzähle, dass ihr Menschen und Tieren so einen Schrecken einjagt. Vielleicht nimmt sie dir dann dein Gewehr weg!«, sagte Marie.

Sie hob drohend den Finger und sah Jonathan mit gespieltem Ernst an.

»Dann erzähle ich aber auch Papa, was ihr gestern gemacht habt!«

Wieder sah Irene den Triumph im Gesicht des Jungen. Macht. Das Bürschchen kostete ganz eindeutig seine Macht aus. Bei manchen fängt es schon früh an, dachte Irene. Ein Blick auf Marie machte sie stutzig. Diese war leichenblass und schien einer Ohnmacht nahe.

»Das … war nur ein Scherz«, murmelte sie mit schwacher Stimme.

Marie zog an Hankos Leine, um weiterzugehen. Der Hund wirkte etwas erstaunt, akzeptierte dann aber nach einem gewissen Zögern die Entscheidung.

Irene folgte ihnen langsam. Sie drehte sich um und sah die Jungen nachdenklich an. Die beiden Freunde Jonathans richteten ihren Blick unschlüssig auf ihren Anführer. Jonathan beantwortete ihre unausgesprochene Frage, indem er sein Gewehr an die Schulter hob, umständlich auf Marie zielte und einen weiteren Schuss abfeuerte. Als sie ein Stück in das kleine Wäldchen hineingegangen waren, sagte Irene:

»Jonathan hat gestern etwas gesehen, was sich zwischen Ihnen und seiner Mutter abgespielt hat. Ich nehme an, dass Katrin Ihre Freundin ist. Und sie hat auch den Mann in Ihrem Garten gesehen.«

Marie antwortete nicht, sondern zog die Schultern hoch und starrte geradeaus. Sie beschleunigte ihre Schritte, als wollte sie Irene davonlaufen, was ihr aber nicht gelang. Nach einer Weile begann sie angestrengt zu atmen. Fitnessstudio hin oder her, keine Ausdauer, die Gute, dachte Irene mit einer gewissen Zufriedenheit. Selbst spürte sie nicht einmal eine Beschleunigung ihres Pulses.

Dann blieb Marie so abrupt stehen, dass Irene ein paar Schritte ohne sie weiterging. Hanko hatte beschlossen, dass es für den Einsatz der schwarzen Tüten seines Frauchens höchste Zeit sei. Am Rand des Weges krümmte er seinen Rücken. Irene fiel auf, dass Maries Schultern bebten. Sie weinte.

»Wir müssen darüber sprechen und über einige andere Dinge. Wir haben uns den Fragen, derentwegen ich gekommen bin …«

Marie drehte sich zu ihr um und fauchte:

»Sie … verdammte Schnüfflerin!«

Tränen liefen ihr über die Wangen, und ihre Züge waren vor Wut verzerrt. Irene war erstaunt, dass Marie ihre Aggressionen gegen sie richtete. Dann verstand sie, warum. Sie hatte die Identität der heimlichen Freundin enthüllt. Marie machte sich Sorgen, dass sich die Polizei bei Katrin melden könnte. Seufzend sagte Irene:

»Beruhigen Sie sich. Ich bin schon seit vielen Jahren bei der Kriminalpolizei und kann mir das eine oder andere zusammenreimen. Aber diese Fähigkeit besitzen auch andere. Offenbar ist das ja Jonathan auch schon geglückt. Obwohl er die Tragweite von dem, was er gesehen hat, nicht begreift, hat er das Gefühl, dass ihm seine Beobachtung Macht verleiht. Macht über Katrin und Sie. Früher oder später wird er es seinem Vater erzählen. Für Sie alle hat diese Geschichte ein neues Stadium erreicht. Aber nicht darüber wollte ich jetzt mit Ihnen sprechen. Das geht mich nichts an. Ich möchte mit Katrin nur darüber sprechen, was sie an diesem Februarabend durchs Fenster gesehen hat.«

Marie schluchzte, versuchte sich die Tränen abzuwischen und nestelte gleichzeitig eine Tüte aus der Jackentasche, um den Haufen von Hanko zu beseitigen. Ihre Hände zitterten so sehr, dass sie die dünne Folie nicht aufbekam.

»Geben Sie schon her. Ich habe das bei meinem Hund fast fünfzehn Jahre lang gemacht«, sagte Irene.

Sie nahm Marie die Tüte aus den Händen und zog sie über die Hand. Mit einer routinierten Bewegung klaubte sie zusammen, was Hanko hinterlassen hatte, und das war eine ganze Menge, bedeutend mehr als der kleine Sammie seinerzeit.

Ein paar Schritte weiter hing an einem Laternenpfahl ein schwarzer Mülleimer mit Deckel. Irene warf die schwarze Plastiktüte hinein. Als sie sich umdrehte, fiel ihr auf, dass sich Marie nicht von der Stelle bewegt hatte.

»Kommen Sie. Wir gehen zurück zu Ihnen. Hanko hat sein Geschäft verrichtet«, sagte Irene.

Ohne Irene anzusehen ging Marie weiter. Sie bog auf einen schmalen Pfad ab. Ein paar Meter weiter kamen sie auf den größeren Weg, der zu den Reihenhäusern, in denen sie wohnte, zurückführte. Sie sagte kein Wort.

Nachdem sie die Tür aufgeschlossen und dem Hund seine Leine abgenommen hatte, ging sie in die Küche. Irene machte die Haustür zu und folgte ihr. Marie stand an der Spüle und goss sich aus einer bereits geöffneten Flasche ein großes Glas Rotwein ein.

»Ich werde Sie nicht fragen, ob Sie auch ein Glas wollen, denn mehr habe ich nicht im Haus, und ich brauche jeden Tropfen«, sagte sie unwirsch.

»Mir nur recht, ich muss noch fahren, außerdem bin ich im Dienst«, entgegnete Irene.

Marie trank zwei große Schlucke, ohne die Miene zu verziehen. Wie Wasser, dachte Irene erstaunt.

»Ich trinke nur selten was, aber manchmal …«, sagte Marie und nahm noch einen Schluck.

Sie weinte nicht mehr und wirkte wieder lockerer.

»Vielleicht sollten wir ins Wohnzimmer gehen?«, sagte sie.

Ohne Irenes Antwort abzuwarten, verließ Marie rasch die Küche und ließ sich auf einen Sessel sinken. Es sah aus, als könne sie sich kaum noch auf den Beinen halten.

»Sie haben Recht. Jonathan wird nicht schweigen, früher oder später …« Sie verstummte, griff nach dem Weinglas, hob es dann aber nicht an die Lippen. Langsam blickte sie zu Irene auf, die noch nicht Platz genommen hatte.

»Ich weiß nicht, ob ich das schaffe«, sagte sie leise.

Sie umklammerte das Glas fester und hob es an den Mund. Dann trank sie begierig, als hinge ihr zukünftiges Wohl und Wehe davon ab, wie schnell sie den Inhalt des Glases zu sich nahm. Wenn sie so weitermacht, wird ihr noch übel, dachte Irene. Hoffentlich bin ich dann schon weg. Sie sagte:

»Das können Sie nur mit Katrin klären. Ich würde wie gesagt gerne mit ihr über ihre Beobachtungen an jenem Abend sprechen. Bitten Sie sie doch, mich so bald wie möglich anzurufen. Sie haben ja bereits meine Karte, aber Sie können ihr ja auch eine geben.« Irene zog noch eine Visitenkarte aus der Tasche und legte sie vor Marie auf den Tisch. Diese betrachtete die Karte, nahm sie aber nicht in die Hand.

»Eigentlich bin ich hier, um Ihnen zu berichten, was wir bislang über den Paketmörder herausgefunden haben«, fuhr Irene fort.

In Maries Blick schimmerte Interesse auf, aber sie sagte immer noch nichts.

»Einige Funde in den Wohnungen der beiden Mordopfer deuten darauf hin, dass sie von einem sogenannten Stalker verfolgt wurden.«

Marie zuckte zusammen. »Verfolgt? Von einem Stalker? Aber ich wurde nicht verfolgt ... «, sagte sie.

Ungewollt hob sie die Hand an den Hals und fingerte nervös an ihrem Halstuch.

»Sind Sie sicher? Der Mann im Garten könnte Sie doch eine Weile lang beobachtet haben, ohne dass Sie es bemerkten. Wir glauben, dass es sich um einen Mann handelt, der nicht sofort auffällt. Aber er könnte sich seltsam benommen haben. Er könnte an verschiedenen Orten aufgetaucht oder seltsame Dinge oder auch überhaupt nichts gesagt haben.«

»Ich treffe bei der Arbeit Tausende von Menschen, und einer ist verrückter als der andere. Oder nein ... die meisten sind ganz okay. Aber es gibt natürlich eine ganze Menge absonderliche Leute«, sagte Marie und verzog das Gesicht.

Sie legte den Kopf in den Nacken und trank ihren Wein aus. Erstaunt schaute sie dann in das leere Glas und erhob sich langsam.

»Setzen Sie sich!«, sagte Irene scharf.

Hanko reagierte sofort und spitzte die Ohren. Er stand vom Teppich auf und sah aufmerksam zwischen seinem Frauchen und der Besucherin hin und her. War es ernst? Offenbar nicht. Mit einem letzten misstrauischen Blick auf Irene ließ sich Hanko wieder zu Boden sinken.

»Sie dürfen gerne weitertrinken, wenn ich gegangen bin, aber wenn ich mich mit Ihnen unterhalte, sollten Sie halbwegs klar im Kopf sein. Schließlich könnte es um Ihr Leben gehen.«

»Was wollen Sie damit sagen?«, fragte Marie mit etwas undeutlicher Stimme

Ihr Blick war ausweichend. Irene war klar, dass Marie seit dem Überfall auch schon mehrfach Ähnliches gedacht hatte.

»Sie haben den Überfall des Paketmörders überlebt. Er könnte annehmen, dass Sie mehr gesehen haben, als es tatsächlich der Fall war. Wahrscheinlich ist er auch schon zu dem Schluss gekommen, dass wir einen Zusammenhang zwischen Ihnen und den beiden Morden sehen. Sie müssen uns helfen, ihn zu finden, ehe noch mehr geschieht«, sagte Irene etwas ruhiger.

»Das tue ich. Ich werde Ihnen helfen.«

Maries Worte kamen lallend. Die Zunge wollte ihr nicht mehr recht gehorchen. Wahrscheinlich hat sie das volle Wasserglas in weniger als fünf Minuten geleert, dachte Irene.

»Wir glauben zu wissen, dass es sich bei dem Mörder um einen starken Mann zwischen fünfundzwanzig und vierzig handelt. Er hat eine durchschnittliche Körpergröße und ist kräftig gebaut.«

Marie nickte, denn das stimmte mit dem überein, was sie selbst nach dem Überfall zu Protokoll gegeben hatte. Plötzlich zuckte sie zusammen und sah Irene geradewegs in die Augen.

»Er stank. Ganz widerlich!«, sagte sie.

Irene konnte sich nicht erinnern, dass etwas von Körpergeruch im Verhörsprotokoll gestanden hatte. Lag es am Wein, dass sie sich an dieses Detail erinnerte? Es konnte wichtig sein.

»Wie roch er genau?«

»Eklig. Durchdringend. Nach Schweiß und … ungewaschen. Nach Urin.«

Als sie das gesagt hatte, wurde sie plötzlich bleich. Sie sprang vom Sessel auf und stürzte in die Diele. Es gelang ihr nicht mehr, die Tür hinter sich zu schließen, und Irene hörte, wie sie den Wein in die Toilettenschüssel erbrach. Doch nicht mehr rechtzeitig weggekommen, dachte sie resigniert. Vieles verkraftete sie als gestandene Ermittlerin der Mordkommission, aber damit hatte sie ihre Probleme. Wahrscheinlich lag das am Geruch.

Sie hörte, wie sich Marie den Mund ausspülte und einige Male ausspuckte. Als sie zurückkam, war sie immer noch blass, wirkte jedoch sehr gefasst.

»Entschuldigen Sie, aber das war jetzt wirklich meine eigene Schuld«, murmelte sie.

»Mit Alkohol haben sich Krisen noch nie sonderlich gut bewältigen lassen«, stellte Irene fest.

Sie hörte selbst, dass das sehr herablassend klang oder, wie die Göteborger sagten, »beschissen brav«.

»Das stimmt. Aber es war heute einfach etwas viel.«

Marie lächelte schwach.

»War das, was Jonathan gesehen hat, wirklich so schlimm?«

»Ja, vermutlich. Wir hatten allerdings keinen Sex, sondern haben nur miteinander rumgemacht und uns heftig geküsst.«

»Ließe sich dafür nicht eine Ausrede finden?«

»Wohl kaum«, erwiderte Marie und seufzte.

Irene beschloss, das Thema auf sich beruhen zu lassen und auf ihr eigentliches Anliegen zurückzukommen. Aber noch bevor sie ihre nächste Frage stellen konnte, sagte Marie:

»Ich habe so heftig reagiert, weil ich zu wissen glaube, wer er ist oder sein könnte.«

»Der Paketmörder?«

»Der Mann, der mich überfallen hat. Als Sie erwähnten, wie ich ihn ihren Kollegen gegenüber beschrieben habe … da habe ich mich plötzlich an seinen Geruch erinnert. Den hatte ich ganz vergessen oder verdrängt.«

Sie verstummte und erhob sich langsam.

»Ich hole mir nur rasch ein Glas Wasser«, sagte sie.

Nachdem sie in der Küche gewesen und ein paar Schlucke getrunken hatte, begann Marie zu erzählen:

»Plötzlich war alles wieder da. Ich bin im ICA Maxi für Obst und Gemüse und für die Dienstpläne verantwortlich. Gelegentlich stelle ich auch Aushilfen ein. Obwohl ich immer viel Büroarbeit zu erledigen habe, arbeite ich auch oft im Laden. Eine Zeitlang kam kurz vor Feierabend immer ein Typ in den Laden. Er lief mit einem Korb herum und kaufte ein paar Kleinigkeiten ein. Ich bemerkte ihn zum ersten Mal, als mir eine meiner Kolleginnen zuflüsterte, er stinke so ekelhaft. Sie zeigte mir einen kräftigen Typen, der zwischen zwei Regalen stand. Ich erinnere mich noch genau, dass er seinen Kopf genau in dem Augenblick zu uns umdrehte, als wir ihn ansahen. Wir taten so, als sei nichts, und unterhielten uns weiter. Ich glaube nicht, dass er merkte, dass wir über ihn sprachen.«

Hanko begann leise zu schnarchen. Die Ordnung war wiederhergestellt, und er konnte sich entspannen.

»Wann war das?«, fragte Irene.

»Mitte Januar. Wir waren damit beschäftigt, die Weihnachtsdeko abzuhängen. Also irgendwann nach dem 13. Januar.«

»Haben Sie ihn noch ein weiteres Mal gesehen?«

»Ja. Und da war auch dieser Geruch … ich räumte gerade Tomaten in die Auslage, da merkte ich plötzlich, wie es stank, als sei ein heruntergekommener Obdachloser in der Nähe. Und als ich mich umdrehe, steht dieser Typ, den mir Sonja gezeigt hatte, direkt hinter mir.«

Irene merkte, dass sich ihr Herz vor Aufregung überschlug. Marie hatte einem Mann gegenübergestanden, auf den ihre eigene Täterbeschreibung passte!

»Er fragte nach Zimtschnecken und … Richtig! Ob man sie einfrieren könne. Sehr seltsame Frage, schließlich haben wir tiefgekühlte Zimtschnecken in der Kühltheke. Aber man ist seltsame Kunden gewöhnt, also antwortete ich, das gehe problemlos. Da drehte er sich auf dem Absatz um und ging. Er sagte nichts weiter. Ging einfach.«

»Wann war das?«, unterbrach sie Irene.

»Eine gute Woche, nachdem Sonja ihn mir gezeigt hatte. Ein anderes Mal hat er mich dann wieder etwas Seltsames gefragt.«

Ihre Stimme versagte plötzlich, und ihre Hände begannen zu zittern. Sie musste ihr Glas mit zwei Händen festhalten, um kein Wasser zu verschütten. Irene wartete ab, bis sie sich wieder gefasst hatte.

»Es war Anfang Februar. Ich kam aus dem Büro und wollte etwas erledigen. Ich erinnere mich nicht mehr, was. Da tauchte er plötzlich vor mir auf. Sprang hinter einem Regal hervor. Offenbar hatte er sich dahinter versteckt. Ich erinnere mich deutlich an den Geruch. Ohne weitere Umschweife fragte er mich, welches Spülmittel ich empfehlen könne.«

»›Welches Spülmittel können Sie empfehlen?‹, hat er das gesagt?«

»Ja. Ich erinnere mich noch, wie baff ich war. Vielleicht bekam ich auch etwas Angst. Er flößte mir ein ungutes Gefühl ein. Bad vibrations gewissermaßen. Ich erinnere mich jetzt wieder sehr gut daran.«

»Aber seit jenem Mal Anfang Februar haben Sie ihn nicht mehr gesehen?«, hakte Irene nach.

»Nein. Ich bin mir ziemlich sicher.«

Irene versuchte ruhiger zu klingen, als sie sich fühlte, als sie die entscheidende Frage stellte:

»Wie sah er aus?«

Unbewusst fasste sich Marie wieder an ihr Halstuch und antwortete dann:

»Wie Sie ihn beschrieben haben. Durchschnittlich groß, kräftig … oder eher etwas gedrungen. Dunkle Kleidung, Arbeitskleidung. Eine große Baseballmütze in die Stirn gezogen. Eine Jacke aus stabilem Nylon. Die Kleider waren sehr schmutzig.«

»Hatten Jacke oder Mütze irgendeine Aufschrift?«

»Ich kann mich nicht erinnern. Nein, ich glaube nicht.«

»Alter?«

»Zwischen dreißig und vierzig.«

»Wie sah sein Gesicht aus?«

Marie schloss die Augen und schwieg eine Weile. Als sie sie wieder öffnete, entdeckte Irene etwas in ihrem Blick, das nur Angst sein konnte.

»Meine Güte, ich erinnere mich nicht ... Wir standen nur wenige Meter voneinander entfernt! Aber die Baseballmütze ... Er hatte ein rundes Gesicht. Runde Wangen. Bartstoppeln. Verfärbte Zähne. Und die Augen ... starrten! Er blinzelte nicht. Helle Augen. Grau oder blaugrau. Schwer zu sagen, da er die Mütze so tief in die Stirn gezogen hatte.«

Irene nickte.

»Sie müssen mich umgehend ins Präsidium begleiten. Wir müssen uns ein paar Fotos ansehen, außerdem haben wir jemanden, der mit Hilfe eines speziellen Computerprogramms Phantombilder anfertigt.«

»Darf ich Hanko mitnehmen?«, fragte Marie mit zitternder Stimme.

»Ich werde mich erkundigen, ob das geht«, versprach Irene.

Sie rief beim Dezernat an und kündigte an, dass sie Marie Carlsson und den Schäferhund Hanko mitbringen werde, um ein Phantombild von einem Mann anfertigen zu lassen, bei dem es sich mit großer Wahrscheinlichkeit um den Paketmörder handele. Als sie das Gespräch beendet hatte, sagte sie:

»Wir können mit dem Gespräch mit Katrin noch ein paar Tage warten. Und Hanko nehmen wir mit.«

Ein erleichtertes Lächeln breitete sich auf Maries Zügen aus.

Ein rundes Puttengesicht unter einer Baseballmütze, die tief in die Stirn gezogen war, volle Lippen, blonde Brauen und eine Stupsnase. Ein gutmütiges Gesicht, wären die Augen nicht gewesen. Hell und ausdruckslos. Der kräftige Hals und die kalten Augen raubten dem Ausdruck jede Kindlichkeit.

»Er sieht aus wie ein junger Al Capone, nur blond«, meinte Irene.

»Er taucht nicht in unserer Kartei auf«, stellte Hannu fest.

Es gab keinen Grund, seine Auskunft zu bezweifeln. Hätte es die blonde Variante eines jungen Al Capone in ihrer Verbrecherkartei gegeben, dann hätte Hannu reagiert. Dies war ein Gesicht, an das man sich erinnerte.

»Wo er wohl wohnt?«, dachte Irene laut nach.

»Irgendwo im Westen, stelle dir einen Radius vor, der die Wohnungen der Opfer und den Frölunda Torg verbindet. Irgendwo in diesem Umkreis wohnt er«, antwortete Hannu.

Irene trat an den Stadtplan, der an der Wand hing, und tat, was Hannu gesagt hatte. Als sie fertig war, trat sie einen Schritt zurück.

»Alle drei Opfer wohnen drei bis vier Kilometer vom Frölunda Torg entfernt. Sowohl Marie Carlsson als auch Ingela Svensson haben oder hatten dort ihren Arbeitsplatz. Aber Elisabeth Lindberg arbeitete im Sahlgrenska-Krankenhaus«, meinte Irene.

»Aber sie kaufte bei ICA am Frölunda Torg ein«, sagte Hannu.

Gab es einen Berührungspunkt zwischen den drei Opfern, so konnte dies der Durchbruch sein. Im Augenblick wies sehr viel darauf hin, dass es sich bei diesem Berührungspunkt um den Frölunda Torg, genauer gesagt den Supermarkt ICA Maxi, handelte. Irene wandte sich an Hannu und fasste zusammen:

»Ingela Svensson arbeitete im Blumengeschäft am Frölunda Torg. Wahrscheinlich kaufte sie oft bei ICA ein, bevor sie nach Hause in die Såggatan fuhr. Marie Carlsson arbeitet bei ICA und sprach mindestens zwei Mal Anfang des Jahres mit diesem Typen. Elisabeth Lindberg hatte eine Stunde vor ihrer Ermordung in diesem Laden eingekauft, das wissen wir. Der Mörder könnte sich im Geschäft befunden oder davor gewartet haben, um zu beobachten, welche Frauen den Laden betraten oder verließen.«

»Hm. Jemand hätte ihn dann aber bemerken müssen«, meinte Hannu nachdenklich.

Im Augenblick waren sie zu zweit im Zimmer. Die Fotos der

beiden Opfer hingen an der Wand. Daneben Nahaufnahmen von Marie Carlssons Würgemalen. Obwohl sie überlebt hatte, würde sie sowohl physisch als auch psychisch von ihrer Begegnung mit dem Mörder gezeichnet sein.

Die Zeitungen druckten das Phantombild zusammen mit folgendem Text ab: »Dieser Mann wurde in der Nähe des Fundortes eines der Paketmörder-Opfer gesehen.« Weiter war zu lesen, dass der Mann nicht des Mordes verdächtigt wurde, dass er jedoch etwas gesehen haben könnte und dass sich die Polizei deswegen gerne mit ihm unterhalten würde. Die üblichen Irren und allgemein Verwirrten ließen daraufhin von sich hören: »Das ist mein Schwager. Er ist wirklich nicht bei Trost. Immer, wenn er sich betrinkt, fängt er eine Schlägerei an.« Oder: »Der Typ ist mein Nachbar. Dieser Blick … er ist ein Mörder! Ich habe schon zwei zusätzliche Türschlösser anbringen lassen!« Und so weiter. Sie verbrachten die nächsten Tage damit, die Meldungen auszuwerten, aber das meiste konnten sie rasch verwerfen.

Nach einigen Tagen waren nur noch neun Personen übrig, die interessant wirkten. Alle wohnten in den westlichen Vororten. Der jüngste war 21, der älteste 42. Irene und Jonny nahmen sich fünf von ihnen vor, Sara und Hannu die anderen vier.

Der Erste auf Irenes und Jonnys Liste war der Zweiundvierzigjährige. Bei näherer Betrachtung konnten sie ihn sofort aussortieren. Er war Schreiner und hatte im letzten Jahr in Norwegen gearbeitet. Außerdem hatte er eine Ehefrau und drei Kinder, die ihre Zeit mit ihm verbringen wollten, wenn er am Wochenende nach Hause kam. Dieser Mann hatte ganz einfach keine Zeit, irgendwelchen Frauen nachzustellen. Außerdem hatte er sich zum Zeitpunkt des Überfalls auf Marie Carlsson in Norwegen aufgehalten.

Ebenso schnell ließ sich der zweite Name von der Liste streichen, ein Sechsundzwanzigjähriger, der nach einem Autounfall fünf Wochen zuvor eingegipst auf der Orthopädie lag. Er konnte den Kopf und den linken Arm bewegen, aber nicht sehr viel mehr.

Der dritte Mann auf der Liste hieß Ants Hüppe, war 33 Jahre alt und unterrichtete Schwedisch und Deutsch in den Klassen sechs bis neun in Västra Frölunda. Eine seiner Kolleginnen hatte ihnen den Tipp gegeben. Sie hatte Hüppe als einen Sonderling bezeichnet, der keinen Umgang mit seinen Kollegen pflege. »Er sieht wirklich aus wie der Mann auf dem Phantombild!«, hatte sie abschließend noch einmal betont. Irene gelang es, Ants Hüppe in einer Pause telefonisch zu erreichen. Dass die Polizei ihn treffen wollte, erstaunte ihn sehr.

»Sie können keinesfalls hierher kommen. Dann wird nur geredet! Ich komme zu Ihnen. Heute bin ich um zwanzig vor vier fertig. Ich kann direkt anschließend zu Ihnen kommen«, sagte er.

»In Ordnung«, erwiderte Irene und legte auf.

Seinem Dialekt nach kam er aus Småland oder Blekinge. Er hatte jedoch keinen Akzent. In Anbetracht seines Namens ging Irene davon aus, dass zumindest ein Elternteil aus dem Ausland stammte.

Bereits nachdem sie Ants Hüppe im Warteraum im Erdgeschoss begrüßt hatte, begann sie zu bezweifeln, dass es sich bei ihm um den Paketmörder handelte. Er hatte zwar runde Wangen, helle Augen und volle Lippen, ihm fehlte jedoch die Muskelkraft. Marie Carlsson hatte dies unterstrichen, die Verletzungen der beiden Mordopfer bezeugten sie. Hüppes Händedruck war weich wie ein nasser Waschlappen. Seine ganze Erscheinung besaß etwas Konturloses. Sein schwammiger Körper schien keinerlei Muskeln aufzuweisen. Er schwitzte stark, obwohl der Tag recht kühl war. Als sie im Fahrstuhl in die vierte Etage fuhren, bemerkte Irene einen deutlichen Schweißgeruch, der jedoch mit Deo und Herrenparfüm vermischt war. Marie hatte von einem überwältigenden Körpergeruch gesprochen. Das passte nicht auf Ants Hüppe. Er war lässig in Jeans, schwarzes T-Shirt und schwarzes Cordsamtjackett gekleidet. Im Fahrstuhlspiegel fiel Irene auf, dass er etwas kleiner war als sie. Seine Hände waren überraschend klein und feminin. An seinem linken Ringfinger trug er einen breiten Goldring, der ihm zu eng geworden war.

Als Irene die Personalien aufnahm, ergab es sich, dass er verlobt war, mit seiner Verlobten jedoch nicht zusammenwohnte. Er bewohnte eine Wohnung in einem Zweifamilienhaus in der Kungsladugårdsgatan, seit er vor fünf Jahren nach Göteborg gekommen war. Vorher hatte er in Växjö gearbeitet.

»Warum sind Sie aus Växjö weggezogen?«, fragte Irene.

»Växjö ist eine langweilige Stadt. Ich stamme aus einem kleinen Dorf in der Nähe. Ich wollte was Neues sehen.« Er zuckte mit den Achseln.

Irene fiel auf, dass er ihrem Blick auswich. Sie merkte instinktiv, dass er ihr etwas verheimlichte. Vielleicht sollte ich dir ja doch auf den Zahn fühlen, dachte sie.

»Wie Sie ja bereits wissen, sind Sie hier, weil Sie dem Phantombild ähneln, das wir an die Zeitungen gegeben haben. Es zeigt einen Mann, der in der Nähe zumindest eines der Fundorte gesehen wurde. Ich hoffe, Sie haben Verständnis dafür, dass ich Ihnen deswegen einige Fragen stellen muss«, sagte Irene.

Hüppe nickte nur, ohne etwas zu entgegnen.

Mit einer raschen Bewegung wischte er sich etwas Schweiß von der Stirn.

»Wissen Sie, wo Sie am Abend des 2. März dieses Jahres waren?«, fragte Irene.

»Ja, allerdings!«

Er ließ die Hand in der Innentasche seines Jacketts verschwinden und zog einen kleinen Taschenkalender hervor. Er blätterte ihn rasch durch. Seine Miene hellte sich auf, und der Schatten eines Lächelns ließ sich in seinen Mundwinkeln erahnen, als er das Gesuchte gefunden hatte.

»Ich bin nachts um halb zwölf in Landvetter gelandet. Ich war in Florida. Mein Bruder wohnt dort, und ich hatte ihn und seine Familie besucht.«

Als Marie Carlsson überfallen worden war, hatte sich Ants Hüppe in einem Flugzeug in zehntausend Meter Höhe über Dänemark befunden. Der ordentliche Lehrer konnte Irene sogar eine Buchungsnummer, die Fluggesellschaft und die genauen Abflug- und Ankunftszeiten nennen. Irene hatte das deutliche Gefühl, dass diesem Alibi nicht beizukommen war. Plötzlich kam ihr ein Gedanke. Etwas stimmte nicht.

»Wieso konnten Sie mitten im Schuljahr nach Florida fahren?«, fragte sie.

Hüppes zufriedene Miene wurde wieder von dem vorsichtigen, ausweichenden Blick abgelöst.

»Ich hatte noch Urlaub übrig, außerdem handelte es sich nur um eine Woche«, sagte er.

»Kann man denn als Fachlehrer einfach so mitten im Schuljahr frei nehmen?«

Da war etwas, das spürte sie ganz deutlich. Irene war klar, dass dies wohl kaum etwas mit dem Paketmörder-Fall zu tun hatte, aber sie konnte es trotzdem nicht auf sich beruhen lassen. Ants Hüppe begann wieder stark zu schwitzen. Er zog ein Päckchen Taschentücher aus der Tasche und nestelte ein dünnes Papiertaschentuch hervor. Mit verlegener Miene ließ er dann das zerknüllte Taschentuch in seiner Jackentasche verschwinden. Er holte tief Luft, dann ließ er seinen Blick über Irenes Gesicht huschen und schaute dann auf einen Punkt über ihrer linken Schulter.

»Ich … ich war krank geschrieben. Burn-out. Aber ich erholte mich wieder, und deswegen hat mir der Arzt auch erlaubt, drüben meinen Bruder zu besuchen. Das habe ich schriftlich«, sagte er leise.

So einfach war das also. Irene sah ein, dass es unnötig war, die Zeit des Lehrers noch länger in Anspruch zu nehmen. Bevor sie nach Hause ging, würde sie seine Angaben noch überprüfen, damit sie ihn endgültig von der Liste streichen konnten.

Es dauerte eine knappe halbe Stunde, sich Ants Hüppes Alibi bestätigen zu lassen. Jetzt hatten Jonny und sie nur noch zwei Namen auf ihrer Liste. Von Sara und Hannu hatte Irene bislang nichts gehört, also waren sie auf nichts von Interesse gestoßen. Vielleicht führte der blonde Al Capone sie ja in eine Sackgasse. Vielleicht war der übelriechende Trottel rein zufällig einige Wochen vor dem Überfall bei Marie Carlsson im ICA Maxi aufgetaucht und hatte seltsame Fragen gestellt ... Irene unterbrach ihren Gedankengang. Der Mann, der Marie angegriffen hatte, hatte ebenfalls schlecht gerochen. Als sie sich plötzlich daran erinnert hatte, hatte sie sehr heftig reagiert, und das lag nicht nur an dem Rotwein, den sie gekippt hatte. Ihr Polizeiinstinkt sagte Irene, dass der Mann mit den Fischaugen wichtig war. Jetzt ging es nur noch darum, ihn ausfindig zu machen und Beweise aufzutreiben, die ihr Gefühl bestätigten.

Energisch loggte sie aus und fuhr den Computer herunter. Zeit, nach Hause zu fahren. Eine warme Mahlzeit und früh zu Bett erschienen ihr die perfekte Abendplanung. Sie unterdrückte ein Gähnen und stand von ihrem Stuhl auf. Da tauchte Sara in ihrer Tür auf.

»Ich erreiche Ann-Britt Söderström nicht.«

»Wen?«, fragte Irene desinteressiert.

»Die Frau, die die Leiche von Ingela Svensson gefunden hat. Du warst doch dort«, sagte Sara.

Vielleicht war es Einbildung, aber Irene meinte einen Vorwurf aus Saras Stimme herauszuhören. Das diffuse Bild einer übergewichtigen Frau Anfang sechzig tauchte in ihrer Erinnerung auf. Zwar hatte sich Irene nicht mit ihr unterhalten, aber sie erinnerte sich plötzlich daran, dass der Dackel dieser Frau das erste in Folie verpackte Opfer auf dem Westfriedhof gefunden hatte. Das schien ihr bereits sehr lange zurückzuliegen, dabei war seither nur eine gute Woche vergangen.

»Ach so, *die* Ann-Britt Söderström. Warum willst du mit ihr sprechen?«

»Die Thylqvist sagte doch, dass wir noch einmal mit den Personen sprechen sollen, die die Leichen gefunden haben, für den Fall, dass ihnen noch etwas eingefallen sein könnte, woran sie im ersten Moment nicht gedacht haben. Mit dem Zeitungsboten, der Elisabeth Lindberg gefunden hat, hat Hannu gesprochen, und dem ist nichts Neues eingefallen. Und jetzt gelingt es mir nicht, diese Söderström zu erreichen.«

Irene hatte Thylqvists Anweisung vollkommen vergessen, gedachte aber nicht, Sara dies zu erzählen.

»Vermutlich ist sie verreist«, meinte sie leichthin.

»Nein. Ich habe gerade ihre Tochter in Stockholm erreicht. Sie sagt, ihre Mutter sei herzkrank und gehe nicht gerne aus. Deswegen habe sie ihr auch Egon zu Weihnachten geschenkt.«

»Egon?«

»Den Hund. Damit die Mutter aus dem Haus kommt. Funktioniere aber nicht so recht.«

»Wie lange hast du es denn schon versucht?«, fragte Irene seufzend.

»Seit gestern Nachmittag.«

Eine Herzkranke, die einen Tag lang nicht erreichbar war. Laut Tochter war sie ziemlich unbeweglich und verließ nicht gerne das Haus. Da war nur eines zu tun.

»Dann müssen wir wohl bei Frau Söderström vorbeifahren und schauen, was los ist«, meinte Irene und lächelte Sara aufmunternd zu.

Saras erleichterter Miene war anzusehen, dass das genau die Antwort war, auf die sie gehofft hatte.

Ann-Britt Söderström wohnte in einem renovierten sogenannten Landshövdinge-Haus mit Aussicht auf den Grüngürtel, Gröna Vallen. Von dort waren es nur knapp fünfhundert Meter bis zu dem Platz, an dem sie, oder genauer gesagt Egon, das erste Mordopfer gefunden hatte. Dorthin hatte Ann-Britt, wie Irene sich zu erinnern glaubte, das Auto genommen. Vermutlich verhielt es sich so, wie die Tochter gesagt hatte, und aus den Hundespaziergängen war nicht viel geworden.

»Zweiter Stock, kein Fahrstuhl«, sagte Sara, nachdem sie die Klingelschilder studiert hatte.

Sie klingelten, ohne dass etwas passierte. Nach einer Weile kam eine junge Frau aus dem Haus. Irene und Sara wiesen sich aus und baten darum, das Haus betreten zu dürfen. Ohne irgendwelche Fragen zu stellen, ließ die Frau sie eintreten.

Sie hörten ihn bereits im Erdgeschoss. Ein leises Winseln, fast ein Schluchzen. Dann wurde es ein paar Sekunden still, danach begann es von Neuem.

»Egon weint«, sagte Irene.

»Weint er? Können Hunde weinen?«, fragte Sara erstaunt.

»Natürlich. Alle Tiere können weinen. Und dieses Jaulen kenne ich. So klingt ein zu Tode betrübter Hund.«

Als sie in den zweiten Stock kamen, hörten sie den Hund direkt hinter der Tür. Als sie nochmals klingelten, begann er wie wild zu bellen und an der Tür zu kratzen.

»Er klingt heiser«, sagte Irene.

Sie öffnete die Klappe des Briefeinwurfs, was den Hund dazu veranlasste, sich gegen die Tür zu werfen. Dann hielt er inne und sah ihr durch den Schlitz direkt in die Augen. Verängstigt und traurig, dachte Irene. Sie empfand eine gewisse Besorgnis. Es war nichts zu hören, was darauf hingedeutet hätte, dass sich Ann-

Britt näherte. Es war abgesehen von dem verzweifelten Kläffen des Dackels überhaupt nichts zu hören.

»Wir müssen den Schlüsseldienst kommen lassen«, entschied Irene und zog ihr Handy hervor.

Egon sprang direkt in Irenes Arme, als sie die Tür öffneten. Er zitterte und jaulte. Instinktiv drückte er sich an sie. Nichts auf aller Welt konnte ihn dazu bringen, noch mal einen Fuß auf den Boden zu setzen.

»Er ist völlig verängstigt«, sagte Irene und öffnete den Reißverschluss ihrer Jacke.

Sie schob den Hund in ihre Jacke und hielt ihn im Arm. Nur sein Kopf ragte noch aus der Jackenöffnung. Der langhaarige Dackel war relativ klein und wog nicht viel. Irene spürte sein Zittern und das Pochen seines kleinen Herzens. Armer Kleiner, dachte sie. Was hat dir nur so eine Angst eingejagt?

Die Wohnung war mit einigen älteren Möbeln eingerichtet, die gut in ein Haus aus den 20er Jahren passten. Irene schaute in die helle Küche mit den gelb lackierten Küchenschränken, in der ein alter Holztisch mit vier Stühlen stand. Dieser Tisch befand sich sicher schon dort, seit das Haus gebaut worden war. Unter dem Tisch lag ein Hundehaufen. Eine große Pfütze war dort ebenfalls auszumachen. Der arme Hund hatte seine Notdurft im Haus verrichten müssen. Irene fielen auch zwei leere Näpfe in der Ecke auf.

»Irene, komm«, ließ sich Saras Stimme vernehmen.

Irene ging durch das kleine, aufgeräumte Wohnzimmer auf Sara zu, die in einer offenen Tür stand. Als sie in das Zimmer schaute, sah sie, dass es sich um ein Schlafzimmer handelte. Im Bett lag Ann-Britt Söderström. Ein Blick genügte, um Irene zu verraten, dass sie tot war.

»Die Tür war geschlossen«, sagte Sara.

Ein Glück, Egon hatte also keine Möglichkeit gehabt, ins Zimmer zu kommen. In ihrer langjährigen Laufbahn hatte Irene einige Male Szenarien vorgefunden, die mit einem oder mehreren Hunden und Leichen zu tun gehabt hatten, und das war wirklich keine schöne Erfahrung gewesen.

Irene und Sara blieben, bis Verstärkung eintraf. Die Leiche wies keine Spuren von Gewaltanwendung auf. Alles deutete darauf hin, dass Ann-Britt Söderström im Schlaf gestorben war. Irene nahm die Leine von einem Haken in der Diele, um mit Egon einen kurzen Spaziergang zu machen. Währenddessen verständigte Sara die Polizei in Stockholm, wo Ann-Britts Tochter wohnte. Die Kollegen versprachen, ihr die Todesnachricht zu überbringen und ihr bei dieser Gelegenheit auch die Telefonnummern von Irene und Sara zu hinterlassen.

»Sie wird sicher wissen wollen, was aus Egon geworden ist. Lass ihr ausrichten, dass ich ihn mit nach Hause nehme. Morgen werde ich versuchen, ihn irgendwo unterzubringen«, sagte Irene, bevor sie verschwand.

Der Hund weigerte sich immer noch, ihren Arm zu verlassen, also musste Irene ihn die Treppe hinuntertragen. Auf dem Innenhof rannte er fröhlich über das Pflaster und ohne zu zögern auf eine Teppichstange zu. Dort stand er lange mit gehobenem Bein. Es war deutlich, dass er nicht zum ersten Mal dort stand. Ann-Britt hatte sich vermutlich abends auf den Hof geschlichen, statt mit dem Hund einen Abendspaziergang zu unternehmen.

»Du Armer«, sagte Irene leise.

Als sie wieder oben in der Wohnung waren, packte Irene Egons Fressnäpfe ein. Sie warf einen Blick in die Speisekammer. Dort stand eine Tüte Trockenfutter, die sie ebenfalls einpackte. Den Hundekorb fand sie in der Diele, er würde auch gut zu gebrauchen sein. Nirgends lag Hundespielzeug. Merkwürdig, schließlich war der Hund noch recht jung. Mit den Hundesachen im Korb, den Hund neben sich an der Leine, ging Irene die

Treppe hinunter. Sara blieb noch, um der Spurensicherung zu berichten, was vorgefallen war.

»Jetzt sind wir also wieder Hundebesitzer«, meinte Krister zufrieden.

Er hatte Egon auf dem Schoß und kraulte ihm die Ohren. Der Dackel rülpste leise. Das Trockenfutter, verfeinert mit Leberwurst und den Resten des Gulaschs vom Vortag, hatte ihm gut geschmeckt.

»Von wegen Besitzer, Hundesitter«, berichtigte ihn Irene.

»Schade. Der Kleine ist wirklich süß. Aber er braucht ein Bad«, meinte Krister.

Egon merkte, dass man von ihm sprach, und wedelte fröhlich mit dem Schwanz. Voller Zuneigung leckte er Krister das Kinn. Irene stand auf und bereitete sein Körbchen vor. Sie ging ins Obergeschoss und stellte ihn in eine Ecke ihres Schlafzimmers. Dort hatte Sammie immer auf einem weichen Teppich gelegen. An einen Korb war er nie zu gewöhnen gewesen. Ihm war das Bett von Herrchen und Frauchen lieber. Obwohl sie sich einig gewesen waren, ihn nicht in ihr Bett zu lassen, hatte er die meisten Nächte seines fünfzehnjährigen Lebens dort verbracht. Irene hatte sich nicht vorstellen können, dass es ihr einmal fehlen würde, dass er es sich am Fußende bequem machte, aber so war es. Sogar sein Schnarchen fehlte ihr.

Egon legte sich artig in seinen Korb, als Irene und Krister zu Bett gingen. Aber nur wenige Minuten, nachdem Irene das Licht ausgemacht hatte, hörte sie kleine Pfoten auf dem Fußboden. Das Bett schaukelte kaum, als Egon auf das Fußende sprang. Er drehte sich einige Male um sich selbst, bevor er sich mit einem zufriedenen Seufzer fallen ließ. Irene spürte die Wärme seines kleinen Körpers durch die Decke. Sie lächelte und schlief sofort ein.

»Wem gehört der Hund?«

Kommissarin Thylqvist stand auf dem Korridor und sah Egon missbilligend an. Er wedelte eifrig mit dem Schwanz. In der Schnauze hatte er einen kleinen Hüpfball, der einmal Sammie gehört hatte. Es war lustig anzusehen, wenn jemand diesen durch den Korridor warf, und der Hund hinterherjagte. Allmählich begriff Egon, dass die Frau, die so stark nach Parfüm roch und mit strenger Stimme sprach, den Ball nicht für ihn werfen würde. Im Gegenteil, sie wirkte wütend, und er fühlte sich verwirrt. Beschämt ließ er den Ball fallen und nieste einige Male, bevor er eilig in Irenes Zimmer verschwand. Diese wollte ihr Büro gerade verlassen und wäre beinahe über ihn gestolpert.

»Da bist du ja«, sagte Irene und nahm den Hund auf den Arm. Sie trat auf ihre Chefin zu.

»Das hier ist Egon. Sein Frauchen wurde am Freitagabend tot aufgefunden. Sie heißt Ann-Britt Söderström und hatte die Leiche von Ingela Svensson gefunden. Um die Wahrheit zu sagen, hat Egon die Leiche vermutlich gefunden«, sagte sie.

Irene lächelte Thylqvist an und hielt ihr den Hund hin, damit sie ihn streicheln könne. Irene war froh, dass sie ihn am Samstag noch gebadet und ihm die Krallen geschnitten hatte. Zunächst hatte er sich gewehrt, sich dann aber damit abgefunden. Jetzt roch er gut, und sein rotbraunes Fell glänzte. Krister und sie hatten das Wochenende frei gehabt und lange Spaziergänge mit Egon unternommen. Es war sehr schön gewesen, wieder einen Hund im Haus zu haben. Die Kommissarin streckte die Hand aus und strich dem Dackel vorsichtig über den Kopf. Irene merkte, dass er sich fester an sie drückte, aber glücklicherweise knurrte er nicht. Hingegen nieste er ein weiteres Mal nachdrücklich. Offenbar vertrug er das Parfüm der Thylqvist nicht.

»Süß. Aber warum hast du ihn mitgebracht?«, fragte die Kommissarin und zog ihre Hand zurück.

»Sara und ich haben Ann-Britt Söderström sehr spät am Abend gefunden. Deswegen habe ich den Hund mit nach Hause genommen. Übers Wochenende konnte ich keine Unterbringung für ihn finden, also blieb er bei mir. Ich will die Tochter heute anrufen, um sie zu fragen, was mit Egon geschehen soll. Eigentlich sollte er heute in meinem Büro bleiben, aber er ist mit dem Ball entwischt … Offenbar scheint er hier auf dem Gang seinen Spaß zu haben.«

»Der Hund läuft wirklich zu Hochform auf, wenn man den Ball wirft. Vielleicht wird das ja mal ein richtiger Rennhund? Willst du nicht Rennen laufen und für Onkel Jonny viel Geld verdienen?«

Irene nahm mit Erstaunen zur Kenntnis, dass Jonny Egon offensichtlich unwiderstehlich fand. Er trat auf den Hund zu und begann in Babysprache auf ihn einzureden. Dass ihm seine Kollegen dabei zuhörten, schien ihm gleichgültig zu sein. Ohne weitere Umstände nahm Jonny Irene den Hund aus dem Arm und setzte ihn auf den Fußboden. Dann nahm er den Ball und warf ihn. Auf rutschigen Krallen startete Egon durch und setzte dem blauen Ball hinterher.

»Was für ein Tempo!«, rief Jonny mit einem breiten Lächeln.

»Das hier ist kein Hundeasyl. Sieh bitte zu, dass er in deinem Zimmer bleibt«, sagte Thylqvist.

Sie sah Irene scharf an, machte kehrt und begab sich in ihr Dienstzimmer. Jedenfalls hat sie nicht verlangt, dass ich ihn sofort wegschicke, dachte Irene. Dann lockte sie Egon wieder in ihr Zimmer. Ohne Proteste begab er sich dort in seinen Korb. Neben ihm lag der Ball. Wahrscheinlich hatte er während der letzten Wochen weniger Beschäftigung gehabt als in dieser letzten Stunde allein. Er wirkte zufrieden und schloss die Augen. Als Irene wieder ihr Zimmer verließ, hörte sie ihn friedlich schnaufend schlafen.

Hannu und Sara hatten noch einen Namen auf ihrer Liste jener Leute, von denen möglicherweise einer Fischauge sein konnte, wie sie den Mann vom Phantombild getauft hatten. Vorläufig konnten sie ihn noch nicht ausfindig machen, würden ihre Bemühungen an diesem Tag aber noch verstärken. Irene und Jonny hatten noch zwei Kandidaten übrig, denen sie ebenfalls einen Besuch abstatten wollten.

Nach dem vorläufigen Bericht der Gerichtsmedizin deutete weiterhin nichts darauf hin, dass Ann-Britt Söderström ermordet worden war. Die Obduktion würde nach dem Wochenende vorgenommen werden.

Irene erhielt die Telefonnummer von Ann-Britt Söderströms Tochter. Laut dem Zettel, den Sara ihr gegeben hatte, hieß sie Anna Hallin. Nach längerem Klingeln antwortete eine leise Frauenstimme.

»Mein Name ist Irene Huss von der Kriminalpolizei in Göteborg. Ich möchte Ihnen als Allererstes mein Beileid aussprechen. Meine Kollegin, Kriminalinspektorin Sara Persson, und ich haben Ihre Mutter gefunden«, sagte Irene.

»Danke … vielen Dank. Es kam ja nicht vollkommen überraschend. Meine Mutter war seit einigen Jahren schwer herzkrank, aber ich glaubte … dass sie es noch eine Weile schaffen würde«, sagte Anna Hallin.

Es war zu hören, dass sie den Tränen nahe war.

»Gemäß der uns vorliegenden Angaben deutet alles darauf hin, dass sie ruhig eingeschlafen ist. Sie sah auch sehr friedlich aus, als wir sie gefunden haben. Sie lag im Bett und wirkte zufrieden«, sagte Irene.

»Es ist schön, das zu wissen … Schließlich ist sie allein gestorben. Mein Vater ist seit vielen Jahren tot, und ich war das einzige Kind.«

Das wusste Irene bereits, brummte aber zur kenntnisnehmend, »Das ist nicht leicht« und fragte dann:

»Wir haben ein kleines Problem. Egon. Was sollen wir mit ihm machen.«

»Oh! Egon hatte ich ganz vergessen. Ja, was machen wir mit ihm?«

»Ich hatte ihn das Wochenende über bei mir. Mein Mann und ich hatten früher Hunde, das war also kein Problem. Können Sie nach Göteborg kommen und ihn abholen?«

Anna Hallin holte tief Luft.

»Das geht nicht! Meine Tochter ist ausgesprochen allergisch, und Haustiere kommen absolut nicht in Frage. Das wussten wir nicht, als wir Egon kauften. Mein Sohn wollte so gerne einen Hund ... Glücklicherweise erfuhren wir von der Allergie, ehe wir Egon abholten. Deswegen habe ich ihn meiner Mutter geschenkt. Damit sie Gesellschaft hat und jeden Tag aus dem Haus kommt ... Aber ob das in letzter Zeit sonderlich gut funktioniert hat, weiß ich nicht.«

Vermutlich nicht, dachte Irene, sagte das aber nicht. Stattdessen fragte sie:

»Und was machen wir jetzt?«

»Keine Ahnung«, erwiderte Anna nach kurzem Schweigen hilflos.

»Soll ich ihn so lange behalten? Bis Ihnen etwas eingefallen ist?«

Irene war von ihren Worten überrascht. Korrekt wäre gewesen, Anna Hallin mitzuteilen, Egon werde drei Wochen lang in einem Hundepensionat untergebracht, und in der Zeit könne entschieden werden, was mit ihm zu geschehen habe. Falls niemand den Hund wollte, musste man ihn schlimmstenfalls einschläfern lassen. So sahen die Gepflogenheiten aus, aber Irene wollte ihn nicht schon wieder einem neuen Milieu aussetzen. Mindestens vierundzwanzig Stunden lang hatte er sich mit seinem toten Frauchen in der Wohnung aufgehalten. Verängstigt und allein, ohne Futter und Wasser, hatte er an der Wohnungstür gesessen und gejault. Nein, das Tier brauchte etwas Wärme und Geborgenheit. Irene und Krister mochten den Hund und fanden, dass sie ihm diese Zuwendung geben konnten. So würden sie es machen. Irene war froh, dass Anna Hallin mit dem Vorschlag einverstanden war. Sie einigten sich darauf, wieder zu telefonieren, wenn Anna sich etwas gefasst und über die Sache nachgedacht hatte.

Niklas Johanssons Äußeres entsprach in etwa dem des Phantombilds. Er war 31 Jahre alt und als »arbeitssuchend« registriert. In ihrer Kartei war er gelistet, weil er bei einer vier Jahre zurückliegenden Schlägerei einen Mann ernsthaft mit einem Messer verletzt hatte. Das Opfer hatte monatelang zwischen Leben und Tod geschwebt und schließlich mit bleibenden Schäden überlebt. Niklas Johansson war wegen Mordversuchs zu dreieinhalb Jahren Gefängnis verurteilt worden. Eine vergleichsweise milde Strafe, denn Zeugen hatten ausgesagt, dass beide Beteiligten sehr betrunken gewesen seien. Während Niklas von seinem Gegner mit einer Flasche attackiert worden war, hatte er selbst sich mit einem Messer zur Wehr gesetzt. Kurz bevor der andere die Flasche im Handgemenge verlor, gelang ihm noch ein Volltreffer, bei dem er Niklas das Nasenbein brach.

Auf dem Archivbild war Niklas Johansson daher mit einer gegipsten Nasenbeinfraktur zu sehen. Die hellen Augen glotzten von beiden Seiten des großen Verbands ausdruckslos in die Kamera, aber die vollen Wangen und dicken Lippen waren deutlich zu erkennen.

»Das Foto ist vier Jahre alt. Er hat ein paar Jahre gesessen. Wir wissen nicht, wie er heute aussieht«, sagte Jonny.

»Dann werden wir das eben herausfinden«, meinte Irene.

Sie verkniff sich ein Lächeln, als er sich stöhnend erhob. Jonny konnte sich für altmodische Ermittlungen zu Fuß nicht sonderlich begeistern.

Niklas Johansson wohnte in der Smyckegatan in Tynnered. Bevor sie das Präsidium verließen, überprüfte Irene noch einmal die Adresse, die sie bekommen hatten. Während der letzten Monate hatten sich die Nachbarn wiederholte Male über Lärm in der Wohnung beschwert.

Jonny klingelte. Hinter der Wohnungstür dröhnte Hardrock.

»Er hört die Klingel nicht«, meinte Jonny.

Ohne weitere Umschweife drückte er die Klinke hinunter und öffnete die Tür. Einer Druckwelle gleich schlugen ihm schrille Gitarrenriffs entgegen.

Ein Mann um die dreißig, der ziemlich mitgenommen aussah, trat aus einer Tür in die Diele. Obwohl er sich, seit das Foto für die Kartei vier Jahre zuvor aufgenommen worden war, stark verändert hatte, erkannte ihn Irene an seinen bleichen Augen. Er sah die beiden Beamten in der Tür blinzelnd an und fauchte:

»Verschwindet! Oder soll ich euch Beine machen?«

Er kam mit drohend erhobenen Fäusten auf sie zu. Jonny zeigte ihm seinen Ausweis.

»Immer mit der Ruhe. Wir sind von der Polizei. Können wir einen Augenblick reinkommen und uns mit Ihnen unterhalten?«

Der Mann baute sich vor ihnen auf. Er war etwas kleiner als Jonny, sah ihm aber durchdringend in die Augen.

»Was bilden Sie sich ein?«, brüllte er.

Jetzt nahm Irene seinen Körpergeruch wahr. Er stank nicht nur nach Schnaps, sondern auch ungewaschen. Seine schmuddeligen Kleider stanken nach Urin und anderem. Der Blick seiner farblosen Augen war erschreckend leer und ausdruckslos. Soweit passte alles mit Marie Carlssons Beschreibung des Fischauges zusammen. Sein Körperbau entsprach jedoch gar nicht der Beschreibung. Niklas war mager, fast nur Haut und Knochen. Die Puttenwangen hatten sich in schlaffe Hängebacken verwandelt. Er bewegte sich ruckartig und unkoordiniert. Die beiden Beamten hatten das schon oft erlebt: Johansson stand unter Drogen.

Jonny stieß Niklas leicht vor die Brust. Die magere Gestalt schwankte und wich ein paar Schritte zurück. Dann stolperte er über einen kaputten Turnschuh und stürzte, ohne sich abzufangen, auf den Rücken.

»Hoppla. Jetzt sind wir ja doch in der Wohnung. Wir müssen schließlich kontrollieren, dass Sie sich nicht verletzt haben«, sagte Jonny mit übertrieben freundlicher Stimme.

»Das hier … ist Rechtsbeugung«, keuchte Johansson nicht sonderlich überzeugend.

»Zeigen Sie uns doch an«, sagte Jonny grinsend.

Er trat vor und half Niklas wieder auf die Beine. Der ehemalige Schläger wirkte kraftlos wie eine Stoffpuppe. Alle Aggression war verschwunden, und er ließ sich ohne weitere Proteste ins Wohnzimmer führen.

Nachdem sie die Wohnungstür geschlossen hatte, folgte ihnen Irene. Rasch registrierte sie alles: den Gestank, den Schmutz, das Chaos, die wenigen schadhaften Möbel, den Zigarettenqualm und den jungen Mann, der im Wohnzimmer mit dem Rücken auf dem Teppich lag. Zuerst glaubte Irene, er sei tot, aber bei näherer Betrachtung erkannte sie dann, dass sich sein Brustkorb leicht hob und senkte. Im tiefsten Drogenrausch, dachte Irene. Er trug lediglich eine löchrige Jeans. Irene breitete eine schmutzige Decke, die auf der durchgesessenen Couch lag, über ihm aus.

»Ich zeige das an! Verdammte Scheiße …«

Niklas versuchte, seine Kräfte zu mobilisieren, aber Jonny fiel ihm wieder ins Wort.

»Uns anzeigen? Nicht doch. Sie sind im Zusammenhang mit einem Mordfall für uns von Interesse. Die Aussageverweigerung unter solchen Umständen bezeichnen wir als *verdächtiges Verhalten*. Das hat zur Folge, dass die Vernehmung im Präsidium fortgesetzt wird. Das kann ein Weilchen dauern, und da sitzt man dann in einer *winzigen* Zelle, und zwar *sehr* lange. Aber das wissen Sie ja bereits alles«, sagte Jonny mit einem falschen Lächeln.

Jeglicher Mut, den Niklas aufgebracht hatte, verließ ihn spätestens jetzt wieder. Sein konturloses Gesicht wurde, wenn das überhaupt möglich war, noch bleicher.

»Was … für ein verdammter Mordfall? Ich weiß nichts von irgendeinem beschissenen Mord«, sagte er mit heiserer Stimme.

»Das werden wir sehen«, meinte Jonny knapp.

Er legte eine Kunstpause ein und sah Niklas dann durchdringend an.

»Wie oft sind Sie am Frölunda Torg?«

»Frölunda Torg … Ist der Mord dort …«

»Ich stelle hier die Fragen. Sie antworten!«, fiel ihm Jonny ins Wort.

Er machte seine Sache als »Bad Cop« wirklich sehr gut. Irene hatte noch keine Veranlassung gesehen, sich einzumischen. Ihre Aufgabe war es, Eindrücke zu sammeln und Ungereimtheiten zu finden. Auf dem Fußboden lagen kleine Plastiktüten und Fetzen von Alufolie. Einige Tüten auf einer Kiste, die als Couchtisch diente, enthielten bunte Tabletten. In einer Ecke türmte sich ein Vermögen an geleerten Schnapsflaschen. Überall lagen klebrige, stinkende Pizzakartons herum. Auf der Spüle stapelte sich das schmutzige Geschirr mit eingetrockneten Essensresten, die sich schon nicht mehr bestimmen ließen. Der Mann auf dem Teppich regte sich nicht.

»Wie oft gehen Sie zum Frölunda Torg?«, fragte Jonny erneut.

»Einmal in der Woche … vielleicht.«

»Vielleicht sogar mehrmals in der Woche?«

Jonny befleißigte sich eines fast väterlichen Tonfalls. Das verunsicherte Niklas, und sein Blick irrte nervös umher.

»Vielleicht.«

»Kaufen Sie auch im ICA Maxi ein?«

»Nein. Warum sollte ich?«

Das Erstaunen in Niklas' Stimme war vollkommen aufrichtig.

»Lebensmittel muss doch jeder einkaufen. Wie oft gehen Sie in den ICA Maxi am Frölunda Torg?«

»Nie«, sagte Niklas mit Nachdruck.

»Aber irgendwann …«

»Ich koche nicht.«

»Aber irgendwann müssen Sie doch einkaufen?«

»Ich kaufe das Essen fertig. Bockwurst, Hamburger oder Pizza«, sagte Niklas.

»Er ist es nicht«, sagte Irene auf dem Weg zurück zum Auto.

»Nein, vermutlich nicht. Aber der Ordnung halber hätte ich doch gerne gewusst, ob es etwas Bestimmtes ist, was deiner Meinung nach dagegen spricht, dass er der Mörder ist?«, erwiderte Jonny.

»Er ist vollkommen weggetreten. Zugedröhnt, abgemagert und geschwächt. Das stimmt nicht mit der Personenbeschreibung überein. Obwohl ein zugedröhnter Junkie Bärenkräfte aufbieten kann, wenn er ausflippt, glaube ich nicht, dass Niklas in der Lage gewesen wäre, Marie oder die anderen beiden Frauen zu überwältigen. Sowohl Marie als auch Elisabeth waren extrem fit. Niklas' Hauptinteresse scheint auch nicht zu sein, irgendwelchen Frauen nachzustellen, sondern den nächsten Stoff zu besorgen. Egal, welcher Art, solange er nur betäubend wirkt. Vermutlich sucht er zu diesem Zweck den Frölunda Torg auf.«

»Stimmt. Scheiße!«

Letzteres entfuhr Jonny, als sie ihren zivilen Dienstwagen erreicht hatten. Jemand hatte die hintere Seitenscheibe eingeschlagen.

»Ist ja nett, dass sie diese Scheibe gewählt haben. Dann müssen wir auf dem Rückweg wenigstens nicht im Krümelglas sitzen«, meinte Jonny wütend.

Sie öffneten die Tür zum Dezernat und hielten beide auf der Schwelle inne. Deutlich waren Egons fröhliches Kläffen sowie eine Stimme zu hören:

»Guter Hund. Hol den Ball!«

Irene und Jonny warfen sich einen Blick zu. So leise sie konnten, schlichen sie durch den Korridor. Vorsichtig schauten sie dann um die Ecke. Sie hatten richtig gehört und die richtigen Schlüsse gezogen.

»Ist das etwa die Vorsteherin des Hundeasyls, die ihren Schützling unterhält?«, fragte Jonny, als sie um die Ecke kamen.

Efva Thylqvist drehte sich um und sah ertappt aus. Egon lief mit dem blauen Ball in der Schnauze an ihr vorbei.

»Ich hörte ihn jaulen und dachte, dass er vielleicht mal raus muss … Als ich die Tür öffnete, lief er einfach nach draußen. Und den Ball nahm er mit«, sagte die Kommissarin entschuldigend.

Sie drückte die Schultern durch und meinte:

»Außerdem ist das hier nichts für einen Hund und wie gesagt auch kein Hundeasyl.«

Bei der letzten Bemerkung warf sie Jonny einen giftigen Blick zu. Sie als Vorsteherin eines Hundeasyls zu bezeichnen war vermutlich nicht sonderlich weise, dachte Irene.

»Ich gehe eine Runde mit ihm raus«, sagte sie.

Sie ging in ihr Büro, um die Leine zu holen. Als sie an der Kommissarin vorbeikam, musste sie lächeln. Zum ersten Mal in zwei Jahren hatte Irene den Eindruck, dass sich Efva Thylqvist Gedanken über das Befinden eines anderen Lebewesens machte. Obwohl es sich nur um einen Hund handelte, musste das doch als großer Fortschritt gewertet werden.

Die letzte Person auf Irenes und Jonnys Liste war Daniel Börjesson, 33 Jahre alt, alleinstehend, Beruf: Parkarbeiter, wohnhaft in der Basungatan.

Einem telefonischen Hinweis hatten sie den Namen zu verdanken. Die Informantin war eine junge Frau gewesen, die anonym hatte bleiben wollen. Aus Erfahrung wussten die Beamten, dass es sich um die Rache einer Exfreundin oder einer Frau, die gerne die Freundin geworden wäre, handeln konnte. Laut dem Kollegen, der den Tipp entgegengenommen hatte, hatte sie Namen und Adresse Daniel Börjessons mit klarer und deutlicher Stimme vorgebracht. Anschließend war sie einen Augenblick verstummt und hatte mit zitternder Stimme gesagt: »Es besteht doch kein Risiko, dass er erfährt, wer …? Sie notieren sich doch wohl nicht meine Nummer?« Nachdem ihr der Kollege versichert hatte, dies sei nicht der Fall, hatte sie gesagt: »Er ist so seltsam. Und zwar liegt das an seinen Augen. Er sagt nie etwas. Ich meine, nicht … Aber irgendetwas … stimmt nicht.« Dann hatte sie aufgelegt. Nur wenige Stunden später hatte der Besitzer eines kleinen Ladens in dem Viertel, in dem Daniel Börjesson wohnte, angerufen. Auch er war der Ansicht gewesen, dass Daniel dem Phantombild ähnele.

»Zwei Hinweise zur selben Person. Hochinteressant«, meinte Jonny.

Sie unterhielten sich als Erstes mit dem Besitzer des kleinen Ladens. Eigentlich handelte es sich eher um einen gut sortierten Kiosk mit Lottoannahmestelle. Die Schlange vor der Lottokasse war lang. Das Mädchen, das dort stand, hatte sehr viel zu tun. Jonny sagte zu Irene:

»Alle träumen vom schnellen Reichtum, aber die Einzigen, die reich werden, sind der Staat und die Wettbüros.«

Der Ladenbesitzer stellte sich als Theo Papadopoulos vor. Er war klein, korpulent und Anfang sechzig und sprach den Göteborger Dialekt fast akzentfrei. Daraus schloss Irene, dass er in Göteborg zur Welt gekommen sein musste. Das war allerdings nicht der Fall.

»Ich flüchtete in den 70er Jahren vor der griechischen Junta nach Schweden und wohne seither in Göteborg. Hier habe ich auch meine Frau kennengelernt. An der Kasse dort drüben steht unsere jüngste Tochter. Wir haben vier Kinder, aber Melina ist die Einzige, die hier arbeitet. Außer meiner Frau und mir. Dann gibt es noch zwei junge Männer, die an Wochenenden und abends stundenweise aushelfen. Ich will nicht, dass Melina und meine Frau dann arbeiten«, sagte Theo.

»Der Laden scheint ja gut zu laufen«, meinte Jonny und nickte in Richtung der Schlange.

»Es geht so«, sagte der Grieche und lächelte.

Ein Blick auf Melina genügte, und Irene wusste, warum die Schlange fast nur aus Männern bestand. Ihr langes honigblondes Haar fiel in Wellen auf den Rücken. Sie war eine Schönheit und schenkte den Kunden ein strahlendes Lächeln, wenn sie ihre Einsätze bezahlten.

Auf einem Monitor über Melinas Kopf begann ein Kommentator erregt zu rufen. Offenbar war über einem Foto, das Pferde im Zieleinlauf zeigte, ein Streit entbrannt. Irene fand, dass es jetzt auch für sie an der Zeit sei, zur Sache zu kommen.

»Wir würden uns mit Ihnen gerne über Ihren Hinweis hinsichtlich des Phantombilds unterhalten«, sagte sie.

Papadopoulos wurde sofort ernst und strich sich mehrmals über seine beginnende Glatze. Er führte sie in ein Hinterzimmer und bat sie, auf einem der Stühle an einem kleinen Tisch mit einer ramponierten Hartfaserplatte Platz zu nehmen.

»Ich habe diesen Laden jetzt seit dreißig Jahren, und Daniel wohnt schon die ganze Zeit hier«, sagte er und deutete auf das Nachbarhaus.

»Dreißig Jahre … Dann muss er damals drei Jahre alt gewesen sein«, stellte Irene fest, nachdem sie rasch nachgerechnet hatte.

»Das kann stimmen. Er wohnte bei seiner Großmutter Signe. Sie war von Anfang an Stammkundin hier. Unterhielt sich immer gerne mit einem. Oft hatte sie den Jungen dabei. Mein ältester Sohn und Daniel sind fast gleichaltrig, aber Alexander wollte nie mit Daniel spielen. Sie haben ein paar Anläufe genommen, aber es funktionierte nie. Alex fand den Jungen seltsam«, sagte Theo.

Das war dasselbe Wort, das die anonyme Frau in Bezug auf Daniel verwendet hatte. Seltsam.

»Inwiefern war er seltsam?«, fragte Irene.

»Tja … Er war immer so abwesend. Er sprach nicht viel und wirkte auch etwas beschränkt. Manchmal sagte er so komische Sachen, aber meist sagte er überhaupt nichts.«

»Sie wohnen also auch hier in der Gegend?«

Irene machte eine vage Handbewegung, die die nächsten Hochhäuser einschloss.

»Recht nahe. In Järnbrott, in der Rundradiogatan. Dort wohnen wir seit unserer Heirat.«

»Dann haben Sie ja Daniel im Laufe der Jahre oft getroffen. Können Sie uns noch mehr erzählen?«, fragte Irene.

Theo nickte und erhob sich.

»Entschuldigen Sie. Ich muss mich rasch um ein paar Kunden kümmern. Das dauert nicht lang. Trinken Sie so lange eine Tasse Kaffee«, sagte er. Er deutete auf eine Glaskanne auf einer Warmhalteplatte. Daneben standen Pappbecher. Irene goss Kaffee in zwei Becher, ließ in den einen zwei Stück Würfelzucker fallen und gab ihn Jonny. Sie trank ihren Kaffee wie immer schwarz. Auf dem Tisch stand eine große Schachtel Nussplätzchen. Ohne zu zögern, öffnete Jonny den Deckel und nahm eines. Irene tat es ihm aus zwei Gründen nicht nach. Sie fand es einerseits unhöflich, sich einfach so zu bedienen, andererseits saßen ihre Hosen in letzter Zeit etwas eng. Sie hatte jedoch wenig Zeit zu trainieren, also musste sie bei Süßem etwas zurückstecken.

Theo kehrte ins Zimmer zurück, goss sich ebenfalls Kaffee in einen Becher und nahm wieder Platz.

»Daniel … Er wohnte bei seinen Großeltern. Soweit ich weiß,

waren seine Eltern tot. Ungewöhnlich. Ich meine, dass beide in so jungen Jahren gestorben sind.«

Nachdenklich nahm er ein Plätzchen aus der Schachtel und brach es in kleine Stücke. Irene staunte: Genau das hatte ihr ehemaliger Chef, Kommissar Sven Andersson, auch immer gemacht. Aber diese Zeiten waren vorüber. Jetzt war Efva Thylqvist Chefin, und die aß keine Plätzchen. Bei dem Gedanken an die Kommissarin nahm Irene aus purem Trotz ebenfalls ein Nussplätzchen.

»Daniel war immer etwas seltsam. Vermutlich hat er auch heute noch nicht sonderlich viele Freunde. Jedenfalls ist mir das nie aufgefallen. Und er hat nie viel geredet. Aber für seine Großmutter tat er immer alles. Der Großvater starb … Tja, zwanzig Jahre wird das jetzt auch her sein. Aber Daniel wohnte weiterhin bei seiner Großmutter, bis diese ebenfalls starb.«

»Aber er wohnt doch immer noch in ihrer Wohnung?«, fragte Irene.

»Ja. Er hat ihren Mietvertrag übernommen. Das war gut für ihn, glaube ich. Er war sehr traurig, als sie starb. Ließ sich daraufhin eine Zeitlang gehen, kam dann aber wieder auf die Füße. Jetzt ist er normal wie immer … oder so normal, wie Daniel eben werden kann.«

»Wissen Sie, ob er Drogen nimmt oder trinkt?«, warf Irene ein.

»Ich habe ihn nie betrunken oder so erlebt. Ich glaube, dass er weder trinkt noch raucht. Das hat seine Großmutter jedenfalls behauptet. Signe ging regelmäßig in die Kirche und nahm den Jungen manchmal mit. Sie war nett zu ihm. Obwohl ich auch das Gefühl habe, dass sie streng sein konnte und ihm keine Freiheiten erlaubte. Vielleicht trinkt er ja deswegen nichts. So was gibt es hier in der Gegend oft.«

»Ist Ihnen je zu Ohren gekommen, dass Daniel gewalttätig geworden wäre?«, fragte Jonny.

»Nein. Nie. Aber ich kenne ihn auch nicht so gut. Vermutlich tut das niemand.«

»Und Sie finden, dass er dem Phantombild ähnlich sieht?«, fuhr Jonny fort.

»Ja. Eindeutig. Es war allerdings Melina, die das Bild in der Zeitung entdeckt hat. Sie hat sofort gesagt: ›Das ist doch dieser Daniel.‹«

»Ist Ihnen an ihm irgendein übler Geruch aufgefallen?«, fragte Irene.

Theo zog fragend die Brauen hoch, sagte aber nichts. Er dachte eine Weile nach und antwortete dann:

»Als er klein war, roch er manchmal nach … Urin. Er fing an, sich in die Hosen zu machen, als er in die Schule kam. Die anderen Kinder verspotteten ihn deswegen, aber das schien ihm gleichgültig zu sein.«

»Ich dachte eher an seinen Geruch als Erwachsener«, verdeutlichte Irene.

»Er kam oft in Arbeitskleidung hier rein, und da riecht man natürlich nicht immer so gut. Ich weiß, dass Melina ihn mehrere Male darauf hingewiesen hat, dass man auch Arbeitskleider waschen könne. Aber ob er stärker riecht als andere, das weiß ich nicht … Ich rauche verhältnismäßig viel, und meine Frau meint, dass ich mir damit meinen Geruchssinn zerstört habe.«

Er lächelte fröhlich, und eine ungleichmäßige Reihe nikotinverfärbter Zähne kam zum Vorschein.

Irene und Jonny erhoben sich und dankten für den Kaffee und das Gespräch. Erwartungsvoll begaben sie sich zum Haus nebenan. Mehrere Dinge, die Theo Papadopoulos erwähnt hatte, passten auf das Profil des Paketmörders.

Daniel Börjesson wohnte im vierten Stock. »S. Börjesson« stand auf dem Klingelschild. Offenbar hatte er sich nicht die Mühe gemacht, das S durch ein D zu ersetzen. Es war kurz nach fünf, als die Beamten mit einer Frau zusammen das Haus betraten. Irene und Jonny waren sich einig, dass es das Beste war, unangemeldet zu erscheinen. Sie wollten sich ihn und seine Wohnung ansehen. Deswegen war es wichtig, dass er nicht vorgewarnt war.

Jonny musste zweimal klingeln, erst dann näherten sich Schritte. Die Tür wurde geöffnet, und Irene blickte geradewegs in die ihr inzwischen so vertrauten Fischaugen. Sie hätte auf die vollkommene Abwesenheit von Ausdruck und Gefühlen vorbereitet sein müssen, aber trotzdem überfiel sie ein intuitives Unbehagen. Jonny wirkte vollkommen unberührt und fragte:

»Sind Sie Daniel Börjesson?«

Der Mann in der Tür war von kräftigem Körperbau und etwas gedrungen, aber fast ebenso groß wie Irene. Er hatte sich den Kopf rasiert, der ohne Hals auf den Schultern zu sitzen schien. Die große Hand mit kurzen, starken Fingern lag auf der Klinke. Die Nägel waren schmutzig und eingerissen. Sein graues T-Shirt mit der Aufschrift »RT Gärtnerei« spannte etwas über der Brust. Die kurzen Ärmel ließen die kräftigen Oberarmmuskeln und breiten Unterarme zur Geltung kommen. Die Jeans waren abgetragen und schmutzig, das galt auch für die Frotteesocken, die in einem früheren Leben vermutlich weiß gewesen waren. Vorsichtig holte Irene tief Luft. Daniel roch stark nach Schweiß, aber von einem überwältigenden Körpergeruch konnte nicht die Rede sein. Er sonderte neben dem Schweiß einen weiteren Geruch ab, den sie irgendwie wiedererkannte aber nicht platzieren konnte. Irgendeine Seife? Ein Duschgel? Nein, etwas anderes, aber was?

Da der Mann in der Tür nicht antwortete, wiederholte Jonny seine Frage. Mit einem leichten Nicken seines riesigen Kopfes bestätigte der andere daraufhin, dass er Daniel Börjesson sei. Jonny stellte Irene und sich mit Dienstrang und Namen vor. Anschließend teilte er ihm mit fester Stimme mit, sie müssten sich in einer polizeilichen Angelegenheit mit ihm unterhalten. Börjesson sah sie mit leerem Blick an und bewegte sich nicht aus der Türöffnung. Schließlich schob ihn Jonny zur Seite und trat ein. Irene folgte ihm dicht auf den Fersen. Sie behielt Daniel Börjesson immer im Blick. Seine gesamte Erscheinung flößte ihr Unbehagen ein. Sie konnte allerdings nicht genau sagen, woran das lag. Wahrscheinlich meldete sich ihr Polizeiinstinkt. Die Diele war eng und ging in einen langen dunklen Gang über. Die Wände waren mit einer stark abgenutzten Strukturtapete in einem graubraunen Farbton tapeziert. Auf dem grauen Linoleumboden lag ein schmutziger Flickenteppich in Blau und Weiß.

»Können wir uns irgendwohin setzen? Wir müssen Ihnen ein paar Fragen stellen«, sagte Jonny.

Börjesson zuckte mit den Achseln und ging den Korridor hinunter. Als sie an der halboffenen Tür zum Badezimmer vorbeikamen, bemerkte Irene wieder den Duft, der ihr schon vorher aufgefallen war. Schmierseife? Nicht ganz, aber so was Ähnliches.

Am Ende des Gangs lag das Wohnzimmer. Auf dem Weg dorthin warf Irene einen Blick in eine unaufgeräumte Küche und durch eine weitere Tür in ein abgedunkeltes Schlafzimmer. Sie sah ein ungemachtes Bett und eine herabgezogene Jalousie. Die Tür gegenüber war geschlossen. Irene vermutete, dass sich dort ein weiteres Schlafzimmer oder ein Arbeitszimmer befand. Die ganze Wohnung roch ungeputzt, und es knirschte beim Gehen unter den Sohlen. Nirgends deutete etwas auf übermäßigen Alkohol- oder Drogenkonsum hin. Nicht einmal Zigarettenrauch hing in der Luft, es war nur allgemein schlecht gelüftet und schwül.

Das Wohnzimmer war spartanisch möbliert. Durch das große Fenster auf den Balkon fiel sehr viel Licht, das aber durch den Schmutz auf den Scheiben etwas gedämpft wurde. Die moosgrüne Strukturtapete absorbierte das restliche Licht. Die Couchgarnitur war mit einem ziegelbraunen Wollstoff bezogen. Denselben ziegelbraunen Farbton besaß auch der verschlissene gewebte

Teppich. Im Regal an der Längswand standen einige Billigausgaben einer Klassikeredition. Daneben ein paar in Leder gebundene Romane sowie mehrere Bibeln und Gesangbücher. In der Mitte der Regalwand stand ein älterer Fernseher, aber kein Videoapparat. CD-Player oder Computer konnte Irene ebenfalls nicht entdecken. Offenbar interessierte sich Daniel nicht für Unterhaltungselektronik. Diese Geräte konnten sich allerdings hinter der verschlossenen Tür in der Diele verbergen. Bevor sie wieder gingen, wollte Irene noch schnell einen Blick in dieses Zimmer erhaschen. Auffällig fand Irene, dass keinerlei Bilder an den Wänden hingen. Allerdings gab es mehrere Stellen, an denen die Tapete etwas heller war. Auch Spuren von Nägeln waren noch auszumachen.

Jonny und Irene nahmen auf dem Sofa Platz. Daniel blieb stehen, bis ihn Jonny dazu aufforderte, ebenfalls Platz zu nehmen. Gemächlich ging er auf einen der Sessel zu und ließ sich fallen. Der leere Ausdruck seiner Augen hatte sich nicht im Geringsten verändert. Auch hatte er immer noch kein Wort gesagt.

»Die Sache ist die, Daniel, eine Person ist am Ort eines Verbrechens gesehen worden. Es geht um die sogenannten Paketmorde. Sie haben sicher das Phantombild gesehen, das wir nach Zeugenangaben haben anfertigen lassen. Zwei verschiedene Personen haben ausgesagt, dass Sie diesem Phantombild ähneln. Deswegen müssen wir uns mit Ihnen unterhalten, wir wollen wissen, ob Sie sich zum fraglichen Zeitpunkt in der Nähe des Tatortes befunden und dort etwas gesehen haben, was uns bei unserer Ermittlung weiterhilft.«

Daniel betrachtete Jonny lange und unverwandt. Sein Blick war immer noch vollkommen ausdruckslos.

»Welcher Ort?«, fragte er träge.

»Der Tatort«, antwortete Jonny.

»Welcher Ort?«, wiederholte Daniel.

Jonny wirkte etwas verlegen, aber Irene verstand, was Daniel meinte.

»Der Westfriedhof«, antwortete sie.

Ohne sich ihr zuzuwenden, fragte Daniel ebenso tonlos: »Wann?«

Es gab keine Möglichkeit, sich zu beraten, also musste Irene improvisieren.

»Diese Frage können wir aus ermittlungstechnischen Gründen noch nicht beantworten«, sagte sie.

»Wer?«, fuhr Daniel unberührt fort.

Jonny sah den seltsamen jungen Mann, der ihn mit seinen farblosen Augen fixierte, finster an.

»Wir stellen hier die Fragen«, sagte er und unternahm damit den Versuch, die Initiative zurückzugewinnen.

»Ich habe das Recht, das zu erfahren«, entgegnete Daniel.

Die Stimme klang rau und kratzig, als sei er erkältet. Vielleicht war er es aber einfach nur nicht gewohnt, sie zu verwenden. Er sprach langsam und unmoduliert. Vielleicht hörte er ja schlecht. Das würde auch erklären, warum er ungerne sprach. Aber ihre Fragen hatte er ja offenbar verstanden. Irene wurde nicht schlau aus ihm.

»Zur Frage, wer es war, äußern wir uns auch nicht. Wir sichern unseren Zeugen Anonymität zu«, sagte Irene.

»Dann kann ich nicht antworten.«

Er sah immer noch unablässig Jonny an. Obwohl er auf Irenes Fragen reagierte, würdigte er sie keines Blickes. Seltsam. Wirklich ein komischer Kauz, genau wie Theo Papadopoulos gesagt hatte.

»Warum nicht?«, fragte Jonny.

»Ich muss meine Verleumder kennen«, antwortete Daniel ebenso unbeirrt.

Verleumder? Eine seltsame Art, sich auszudrücken. Altmodisch.

Irene nahm den Geruch von Fußschweiß wahr. Die Glasscheibe des Couchtisches hatte in einer Ecke einen Sprung. Unbekümmert streckte Daniel seine Füße unter den Tisch. Durch die großen Löcher in seinen Socken waren seine schmutzigen Zehen zu sehen. Seine Fingernägel waren lang und hatten schwarze Ränder. Schmutzig und ungepflegt, aber kein übelkeiterregender Gestank, dachte Irene.

»Wenn Sie unsere Fragen nicht beantworten, müssen wir Sie ins Präsidium mitnehmen«, sagte Jonny. »Das wäre doch unnötig.«

Er bediente sich wieder dieses väterlichen Tonfalles, auf den er gelegentlich zurückgriff. Meist funktionierte er, aber Daniel war vollkommen unbeeindruckt.

»Ich hole nur eben ein Stück Toilettenpapier, um mir die Nase zu putzen«, sagte Irene und erhob sich. Ehe Daniel noch protestierten konnte, stand sie bereits in der Diele. Sie drückte die Klinke der geschlossenen Tür hinab. Sie ließ sich öffnen.

Es war ein Schlafzimmer. Darin stand ein schmales, gemachtes Bett mit weißer, gehäkelter Tagesdecke und einem kleinen Kissen mit einem Überzug aus demselben Garn mit demselben Muster. Am Fenster weiße, ebenfalls gehäkelte Gardinen. Sie waren von der Sonne etwas vergilbt und wirkten gestärkt. Auf dem Boden lag ein grün- und weißgestreifter Flickenteppich. Eine kleine grünlackierte Kommode und ein Küchenstuhl aus Holz bildeten die gesamte übrige Einrichtung. Auch in diesem Zimmer hingen keine Bilder. Nur ein großes Kruzifix über dem Kopfende des Bettes.

Das Zimmer wirkte klinisch sauber. Es roch nach demselben Reinigungsmittel, das Irene an Daniel wahrgenommen hatte. Jetzt fiel ihr auch ein, was das für ein Duft war. Yes. Dasselbe Spülmittel hatte sie selbst jahrelang verwendet. Warum roch Daniel nach diesem Spülmittel? Und warum stank ein ganzes Zimmer nach demselben Spülmittel?

Rasch schloss sie die Tür wieder.

»Entschuldigung. Ich habe mich verlaufen«, sagte sie Richtung Wohnzimmer.

Das Erste, was ihr auffiel, als sie im Badezimmer Licht machte, war eine große Flasche mit grünem Inhalt auf dem Rand der Badewanne. Yes-Spülmittel. Auf den Leichen Ingela Svenssons und Elisabeth Lindbergs waren Reinigungsmittel gefunden worden. Konnte es sich um dieses Spülmittel handeln? Es gab wirklich gute Gründe, Daniel ins Präsidium mitzunehmen.

Als Irene ins Wohnzimmer zurückkam, hatte sich Jonny erhoben.

»Wir lassen wieder von uns hören. Sie können ja darüber nachdenken, ob Sie sich auf einem der beiden Friedhöfe befunden haben«, sagte er zu Daniel.

Daniel sah ihn ausdruckslos an.

»Ich war dort.«

Jonny zuckte zusammen.

»Und zwar auf welchem?«, fragte er scharf.

»Auf beiden.«

Es war merkwürdig, wie ruhig Daniel aussah. An seinen Augen oder an seiner Miene war keine Veränderung wahrnehmbar. Sein Gesicht war vollkommen ausdruckslos.

»Wann waren Sie dort?«, fuhr Jonny fort.

Irene hörte, wie gespannt seine Stimme klang. Er hatte Witterung aufgenommen und würde nicht mehr ablassen. Daniel zuckte mit den Achseln.

»Hin und wieder.«

»Hin und wieder. Was zum Teufel …«

Irene mischte sich ein, bevor Jonny die Selbstbeherrschung verlor.

»Pflegen Sie sich öfter auf Friedhöfen aufzuhalten?«, fragte sie.

»Ja.«

»Warum?«

»Arbeit.«

»Sie arbeiten also auf Friedhöfen?«

»Ja. Wenn sie mich brauchen. Dann rufen sie an.«

Er war als Parkarbeiter registriert. Wahrscheinlich rief ihn die Friedhofsverwaltung an, wenn Aushilfen benötigt wurden.

Irene und Jonny informierten die Kollegen des Dezernats, dass sie bereits am Abend eine verdächtige Person zum Verhör vorbeibringen würden. Hannu und Jonny sollten das Verhör durchführen. Das war Irene sehr recht, denn sie selbst war todmüde.

Es war später Abend, als Irene und Egon zum Reihenhaus zurückkehrten. Es nieselte und begann richtig kalt zu werden. Krister hatte eine Tomatensuppe und Käsekuchen zum Dessert versprochen. Beim Gedanken an die Suppe wurde es Irene innerlich bereits warm. Ehe sie noch den Hund an die Leine nehmen konnte, sprang er bereits fröhlich aus dem Auto und trabte zielbewusst in die richtige Richtung. Betrachtete er ihr Haus bereits als sein neues Zuhause? Irene lächelte. Egon stand vor der Haustür und begehrte bellend um Einlass. Durchs Küchenfenster sah Irene Krister in einem dampfenden Topf rühren. Als er den Hund bellen hörte, ließ er alles stehen und liegen und ging aufmachen. Er beugte sich vor, und der Hund sprang freudig in seine offenen Arme.

Krister hatte den Hund immer noch im Arm, als sie über die Schwelle trat. Der Willkommenskuss ihres Mannes vermischte sich mit einer nassen, eifrigen Hundezunge. Nicht sonderlich hygienisch, aber als Irene Kristers und Egons zufriedene Mienen sah, musste sie lachen.

Krister ließ den Hund zu Boden. Egon eilte zum Fressnapf in der Küche. Rasch verschlang er sein Futter, schlabberte Wasser aus der Wasserschale daneben und begab sich dann gemächlich zur Treppe ins Obergeschoss. Sie konnten ihn ein paar Mal dort oben rülpsen hören. Dann wurde es still.

»Rate mal, wer in unserem Bett liegt«, sagte Irene.

»Sollen wir ihn vertreiben?«, fragte Krister lächelnd.

»Ach was, wir essen erst mal.«

Sie atmete den herrlichen Duft von Tomate, Knoblauch und frischem Basilikum ein. Im Ofen sah sie, dass der Käsekuchen langsam Farbe bekam.

Die Suppe war wie erwartet delikat. Die würzige Wärme verbreitete sich in Irenes Körper. Als der Käsekuchen mit frisch gekochter Brombeerkonfitüre aufgetragen wurde, kam ihr das Leben fast perfekt vor. Sie streckte ihre Hand über den Tisch aus, und Krister nahm sie in die seine. Sie lächelten sich an.

In diesem Augenblich zerbarst das Küchenfenster, und ein Scherbenschauer ging auf sie nieder. Mit einem dumpfen Geräusch landete einer der leeren Pflanzenkübel auf ihrem Küchentisch. Dann rollte der schwere gusseiserne Gegenstand auf den Fußboden.

Irenes erster Gedanke war, die Küchentüre zu schließen, damit Egon nicht in die Glasscherben trat. Im nächsten Augenblick sah sie Krister an. Er blutete aus mehreren kleineren Schnittwunden im Gesicht. Vorsichtig berührte sie ihre eigene Wange und merkte, dass es brannte. Ihre Handfläche wurde blutig. Der Anblick von Blut befreite sie von ihrer Lähmung. Rasch schaute sie aus dem kaputten Fenster. Niemand war zu sehen, aber sie hörte die Gartenpforte quietschen. Hatte es einen Sinn hinterherzurennen? Da fiel ihr Blick auf Kristers Hand. Eine große Glasscherbe steckte wie eine Messerklinge in seinem Handrücken. Das war die Hand, die er auf ihre gelegt hatte.

»Gott! Krister! Fass die Glasscherbe nicht an! Ich rufe Hilfe … Wo ist mein Handy?«

Irene rannte auf die Diele und durchsuchte mit zitternden Händen ihre Jackentaschen. Sie fand ihr Handy jedoch nicht und drehte sich zu dem Festnetztelefon um, das an der Wand hing. Mit ungeschickten Fingern wählte sie 112. Sie zwang sich dazu, mit ruhiger Stimme zu sprechen, als sie ihren Namen und Dienstgrad nannte. Die Notrufzentrale versprach, sofort einen Streifenwagen zu schicken. Während Irene telefonierte, fiel ihr Blick auf den Spiegel in der Diele. Sie zuckte zusammen, als sie ihr blutverschmiertes Gesicht erblickte, konnte aber feststellen, dass ihre Augen nichts abbekommen hatten. Die rechte Gesichtshälfte, die dem Fenster zugewandt gewesen war, wies viele kleine Verletzungen auf. Ob etwas genäht werden musste? Hinter sich auf der Treppe hörte sie Egons Pfoten.

»Geh wieder rauf und leg dich hin«, sagte Irene, so freundlich sie nur konnte.

Der Hund blieb auf der Treppe stehen und winselte leise, ging dann aber gehorsam wieder nach oben. Irene dachte an die vielen Glasscherben im Erdgeschoss, folgte ihm und schloss die Schlafzimmertür hinter ihm. Sie rief Krister zu, dass er ebenfalls nach oben kommen solle. Dann ging sie ins Badezimmer und nahm ihre Schnittwunden genauer in Augenschein. Im grellen Licht der Badezimmerlampen sah sie, dass an zwei Stellen Scherben in der Haut steckten. Es gelang ihr, sie vorsichtig mit den Fingernägeln herauszuziehen. Keine ihrer Verletzungen schien sonderlich tief zu sein. Mit einem Wattepad und kaltem Wasser wusch sie sich vorsichtig das Blut ab. Dann suchte sie aus dem Badezimmerschrank ein Päckchen mit Pflastern unterschiedlicher Größe hervor. Leider gab es keine kleineren mehr. Es blieb ihr nichts anderes übrig, als ein viel zu großes Pflaster auf ihren Wangenknochen zu kleben. Krister betrat das Badezimmer und lächelte schwach, als er ihr Riesenpflaster sah, sagte aber nichts. Vorsichtig wusch sie ihm das Blut vom Gesicht. Ein Schnitt an der Schläfe wollte nicht aufhören zu bluten, obwohl er gar nicht mal so tief zu sein schien. Sicherheitshalber rollte Irene ein Stück Toilettenpapier zu einem Ball zusammen, drückte ihn auf die

Wunde und klebte ihn dann mit einem großen Pflaster fest. Seine übrigen Wunden schienen nicht ernst zu sein, aber die Scherbe in der Hand saß offenbar recht tief. An diese wagte sie sich nicht heran.

»Das tut weh«, sagte Krister und verzog das Gesicht.

»Wir müssen zusehen, dass du in die Notaufnahme kommst«, entgegnete Irene entschieden.

Sie hörten bereits die sich nähernden Sirenen, die dann ganz in der Nähe verstummten. Irene ging wieder in die Küche hinunter. Durch das kaputte Fenster sah sie einen Streifenwagen, der vor ihrer Gartenpforte gehalten hatte. Dahinter kam ein weiterer Streifenwagen. Ihre Erleichterung war noch viel größer als erwartet. Mit Erstaunen merkte sie, dass sie den Tränen nahe war. Sie versuchte sich zusammenzunehmen, als sie die Haustüre öffnete.

»Voller Einsatz«, sagte sie und zwang sich zu einem Lächeln.

»Natürlich. Als wir gehört haben, dass du es bist«, sagte Inspektor Lars Holmberg.

Irene fühlte sich plötzlich wieder geborgen. Mit fester Stimme erzählte sie, was vorgefallen war. Außerdem berichtete sie knapp von den früheren Vorfällen in ihrem Garten, dem Diebstahl von Kristers Brieftasche und den anderen Schikanen, die die Familie heimgesucht hatten. Währenddessen kümmerten sich die Beamten aus dem anderen Streifenwagen um Krister und brachten ihn in die Notaufnahme des Sahlgrenska-Krankenhauses. Irene sorgte dafür, dass er sein Handy mitnahm, damit sie ihn erreichen konnte.

Während Irenes Bericht war Holmberg immer ernster geworden. Als sie fertig war, sagte er:

»Du kannst heute Nacht nicht hier bleiben. Zwei Leute bleiben, bis der diensthabende Glaser kommt. Wir haben zwei Streifen in der Gegend, die nach Verdächtigen Ausschau halten. Wir fahren dich in ein Hotel, Krister kann dann dorthin nachkommen. Wir warten, während du ein paar Sachen zusammenpackst.«

Erst wollte Irene protestieren, sah dann aber ein, dass das keinen Sinn hatte. Es handelte sich nicht um eine Einladung, sondern um einen Befehl. Die Kollegen mussten ungestört arbeiten können. Sie wusste, dass Angriffe auf Polizei- und Justizbeamte besonders ernst genommen wurden. Es blieb ihr nichts anderes übrig, als das, was sie in der Nacht und am nächsten Tag brauchen würde, zusammenzupacken.

Irene suchte eine kleine Reisetasche und ging wieder hinauf ins Schlafzimmer. Vergeblich versuchte sie, sich darauf zu besinnen, was normale Menschen für eine Übernachtung benötigten. Sie sah ein, dass sie unter Schock stand, und versuchte in aller Ruhe nachzudenken. Trotzdem war ihr Kopf vollkommen leer. Was brauchte sie morgen für Kleider? Tief durchatmen, Irene, tief durchatmen, ermahnte sie sich in regelmäßigen Abständen. Möglicherweise half dies ein wenig, aber ihre Hände zitterten, und ihr Herz schien gelegentlich auszusetzen. Die ganze Zeit hatte sie das Gefühl, dass ihr gleich die Tränen kommen würden. So etwas konnte ihr einfach nicht zustoßen. Nicht in ihren eigenen vier Wänden! Irgendjemand da draußen in der Dunkelheit beobachtete sie, und diese Person war ihnen nicht wohlgesonnen. Sie fühlte sich wie in einem Alptraum. Am schlimmsten war das Bewusstsein, dass sie aus diesem Traum nicht erwachen würde. Ehe sie noch fertig gepackt hatte, kam Lars Holmberg ins Obergeschoss. Er hielt ein Stück Papier in der Hand.

»Das hier lag in dem Blumenkübel«, sagte er ernst.

Er trug Plastikhandschuhe und hielt das Papier vorsichtig an einer Ecke fest. Bei näherer Betrachtung handelte es sich um ein abgerissenes, relativ festes und bräunliches Stück Karton. Lars Holmberg hielt es so, dass sie es lesen konnte. Mit krakeligen Großbuchstaben hatte jemand geschrieben:

»DU GLAUBST, DASS DU DAMIT DAVONKOMMST? IHR

SOLLT AUCH LEIDEN! IHR SOLLT STERBEN! MEINE RACHE KOMMT!«

Irene las die Nachricht mehrere Male. Das durfte einfach nicht wahr sein. Ihr Leben und das ihrer Familie wurde bedroht.

»Katarina!«, sagte sie und sah Holmberg an.

»Wer?«

»Meine Tochter. Meine andere Tochter Jenny wohnt in Amsterdam ... Ihre Handynummer wurde nach dem Diebstahl von Kristers Brieftasche gekündigt. Aber Katarina ist bislang nichts zugestoßen. Wir müssen sie anrufen und ihr von den jüngsten Ereignissen berichten. Sie denkt, wir hätten im Augenblick einfach nur Pech. Sie weiß ja nicht, dass ...«

Irene hörte selbst, dass sie unzusammenhängend sprach, konnte dagegen aber nichts unternehmen. Die Sorge um ihre Tochter wuchs, und sie ging energischen Schrittes zu dem Telefon, das auf dem Nachttisch stand. Mit zitternden Fingern wählte sie Katarinas Nummer. Es klingelte einige Male, dann hob ihre Tochter ab. Sie murmelte ihren Namen und schien nicht richtig wach zu sein. So behutsam wie möglich erzählte Irene, was geschehen war. Katarina war sofort hellwach. Besorgt erkundigte sie sich nach den Verletzungen ihrer Eltern. Irene beruhigte sie, so gut es ging. Schließlich erzählte sie von dem Zettel, der in der Urne gefunden worden war.

»Du wirst verstehen, dass ich mir Sorgen um dich mache. Du bist schließlich die Einzige in der Familie, der noch nichts zugestoßen ist. Ich will, dass du besonders vorsichtig bist. Geh keine Risiken ein. Verlasse nach Einbruch der Dunkelheit nicht mehr allein das Haus. Solche Dinge eben.«

Irene hörte selbst, wie lächerlich das klang. Katarina ging zwei bis drei Abende die Woche zum Capoeiratraining. Meist fuhr sie zusammen mit Felipe mit dem Fahrrad dorthin, aber nicht immer. Außerdem hatte sie viele Freunde, die sie abends traf. Vor allen Dingen am Wochenende. Irene musste einfach einsehen, dass das gesellige Leben ihrer Tochter nach Einbruch der Dunkelheit stattfand. Es dauerte eine Weile, bis Katarina antwortete. Zum Erstaunen ihrer Mutter klang die Stimme ihrer Tochter sehr gespannt.

»Ich glaube … ich glaube in der Tat, dass mir bereits etwas zugestoßen ist. Ich habe riesige Pflaster auf beiden Knien und auf den Handflächen. Sie sind vollkommen zerkratzt.«

Irene umklammerte den Hörer.

»Was ist passiert?«

»Die Bremsen meines Fahrrads funktionierten nicht. Weder die am Vorderrad noch die am Hinterrad. Ich war etwas spät dran und hatte den Hang hinter dem Redbergsplatsen hinunter ein wahnsinniges Tempo. Da hielt ein Auto an der Bordsteinkante. Ich versuchte zu bremsen, aber es geschah nichts. Ich konnte mich also nur noch auf den Gehsteig werfen. Ich flog in eine Richtung, das Fahrrad in die andere. Meine neue Jeans hat Löcher. Es ist wirklich verdammt ärgerlich!«

»Und du selbst … bist mit Schürfwunden davongekommen?«, wollte Irene besorgt wissen.

»Glücklicherweise war Felipe zu Hause. Ich rief ihn an, und er brachte mich und das Fahrrad nach Hause. Aber das Fahrrad ist nur noch Schrott. Felipe sagt, dass jemand beide Bremsen manipuliert hat. Sie waren nach außen gebogen, sodass sie die Felgen nicht mehr berührten konnten. Man sah es nicht, aber zu spüren bekam ich es dann umso deutlicher!«

Der Kloß in Irenes Hals wurde immer größer. Sie zwang ihn hinunter, indem sie mehrere Male schluckte. Schließlich brachte sie mit Mühe hervor:

»Wann war das?«

»Heute Morgen. Ich musste die Vorlesungen heute Vormittag ausfallen lassen, aber das waren nur zwei. Nach dem Mittagessen bin ich dann wieder in die Uni gegangen.«

»Katarina, sag Felipe, er soll das Fahrrad nicht anfassen. Morgen kommen wir … also die Polizei … und holen es ab. Wir müssen wissen, ob es sich wirklich um Sabotage handelt oder ob es eine natürliche Erklärung für die Beschädigung der Bremsen gibt«, sagte Irene und warf einen Blick auf Lars Holmberg.

Nachdem Irene das Gespräch beendet hatte, berichtete sie kurz, was ihrer Tochter zugestoßen war. Ehe Lars Holmberg die Treppe hinunter verschwand, versprach er, sich mit Katarina in Verbindung zu setzen und das Fahrrad untersuchen zu lassen.

Irene setzte sich auf die Bettkante. Es half nicht mehr, an die Atmung zu denken. Sie zitterte am ganzen Körper, und ihr Herz raste. Erst als Egon auf ihren Schoß kroch und sich dort hinlegte, wurde sie ruhiger. Sie saß lange da und strich über das seidige Fell des Hundes.

Sich selbst Gefahren ausgesetzt zu sehen, damit konnte sie umgehen. Das gehörte manchmal zur Arbeit. Aber dass jemand das Leben ihrer Liebsten bedrohte, das konnte sie nicht einfach passiv hinnehmen. Ein Gedanke nahm in ihr Gestalt an. Sie würde nicht fliehen und sich verstecken. Jetzt würde sie zur Jägerin werden.

»Pass auf, du Schwein«, sagte sie leise.

Sie bekamen ein hübsches Zimmer im Hotel Heden. Krister traf dort kurz nach Mitternacht ein. Mit Erleichterung hatte er vom Arzt vernommen, keine Sehne sei ernsthaft in Mitleidenschaft gezogen worden. Die Wunde würde innerhalb einer Woche verheilen. Und obwohl die Sehnen zwar nicht beschädigt waren, mussten einige größere Blutgefäße genäht werden. Ein Handchirurg wurde für die Operation herangezogen. Er gab Krister eine Tetanusspritze und Antibiotika, da die Wunde so tief war. Am meisten störte Krister, dass man ihn krankgeschrieben hatte. Er wollte zunächst protestieren, aber der Arzt ermahnte ihn beharrlich und streng, mindestens eine Woche lang nicht zu arbeiten. Widerwillig hatte Krister schließlich eingewilligt.

Als Irene ihm von Katarinas Fahrradunfall erzählte, war er sehr bestürzt. Sofort schlug er vor, sie und Felipe ebenfalls ins Hotel zu holen, aber bei näherem Nachdenken überlegte er es sich doch anders. Katarina und Felipe waren beide erwachsen und hatten acht Monate lang in Brasilien gewohnt, so weit entfernt von Mama und Papa, wie es nur denkbar war. Auch dort waren sie zurechtgekommen.

Da sie jetzt über die Bedrohung Bescheid wussten, würden sie sich sicher zu helfen wissen.

Natürlich hatte Irene Zahnbürsten und Zahncreme vergessen, aber beides konnte man an der Rezeption kaufen. Nachdem sie geduscht hatten, krochen sie in die kühle Hotelbettwäsche, aber sie konnten nicht einschlafen, nur Egon natürlich. Dieser schnaufte zufrieden am Fußende des Bettes. Mit leisen Stimmen besprachen sie, was am Abend vorgefallen war. Wer hatte etwas gegen sie? Warum? Und wie ernst war die Todesdrohung gemeint? Frustriert mussten sie sich eingestehen, dass sie keine dieser Fragen beantworten konnten. In den frühen Morgenstunden schlummerte Krister ein. Irene lauschte seinem leisen Schnarchen, das von Egons Schnaufen begleitet wurde. In dieser Nacht bekam sie kein Auge zu.

Am Morgen gelang es Irene immerhin, im Frühstücksraum des Hotels ein Käsebrötchen zu essen und ein paar Tassen Kaffee zu trinken. Krister hatte sich das Frühstück aufs Zimmer bringen lassen, um Egon nicht allein lassen zu müssen. Dann plante er, nach Hause nach Fiskebäck zu fahren und sich um die praktischen Dinge zu kümmern. Er wollte bei der Versicherung anrufen, um sie über die Schäden am Haus und über ihre Verletzungen zu informieren. Irene sollte einige Stunden später nachkommen. Sie gedachte an diesem Tag nicht sonderlich lange zu arbeiten.

Das kurze Stück zum Präsidium ging sie zu Fuß. Die Luft war kühl und feucht, aber im Westen schien es aufzuklaren. Die großen Fußballplätze in Heden lagen ausgestorben da. Auf dem Platz am Södra Vägen luden ein paar Männer einige bunt bemalte Sattelschlepper ab. Offenbar hatten sie vor, ein Zirkuszelt aufzustellen. Der Alltag geht für die meisten Leute weiter, aber nicht für Familie Huss, dachte Irene düster. Unser Gefühl der Sicherheit ist ins Wanken geraten.

Wer auch immer den Kübel durch ihr Küchenfenster geworfen hatte, Daniel Börjesson konnte es nicht gewesen sein. Er war den ganzen Abend von der Polizei verhört worden.

»Wirklich ein seltsamer Kauz«, konstatierte Jonny.

»Soll ich einen Versuch machen?«, fragte Irene.

»Viel Glück«, schnaubte Jonny und schlürfte seinen süßen Kaffee.

Kommissarin Efva Thylqvist betrat allein das Zimmer.

»Guten Morgen. Hat unser Mann, der der Paketmorde verdächtigt wird, etwas gestanden?«, lautete die erste Frage der Kommissarin.

Irene war aufgrund des Schlafmangels etwas gereizt und fühlte sich von der Frage der Thylqvist provoziert. Als könne man jemanden wie Daniel Börjesson so lange unter Druck setzen, bis er gestand. Dann besann sie sich jedoch und kam zu dem Schluss, dass es vermutlich keine gute Idee gewesen war, in diesem Zustand zur Arbeit zu gehen. Sie wusste jedoch, dass die Ermittlung im Fall der beiden Morde jetzt in ein wichtiges Stadium überging, und sie wollte dabei sein.

»Daniel Börjesson wurde gestern Abend drei Stunden lang vernommen. Er antwortet kaum auf unsere Fragen, und wenn er antwortet, dann ergeben seine Antworten keinen Sinn. Dieser Bursche ist nicht ganz richtig im Kopf. Aber aus dem Kreis der Verdächtigen ausschließen können wir ihn noch nicht«, sagte Jonny.

Er stierte in seine leere Kaffeetasse, als könne er im Kaffeesatz die Lösung der Mordfälle lesen. Aber dort lagen nur ein paar aufgeweichte Zwiebackkrümel, und an denen konnte er sich kaum orientieren.

»Warum nicht?«, fragte Thylqvist.

Jonny ließ sich mit der Antwort Zeit.

»Er sitzt da und schweigt und … starrt vor sich hin. Aber ich habe das Gefühl, dass ihm nichts entgeht. Er weiß, worauf wir aus sind. Er ist aalglatt.«

»Kommt er in irgendeiner Weise auf euch zu?«

»Das schon. Er gibt zu, gelegentlich im ICA Maxi am Frölunda Torg einzukaufen. Er glaubt, dass er auch schon mal in dem Blumenladen eingekauft hat. Es sei möglich, dass er Marie Carlsson bei ICA und Ingela Svensson im Blumenladen begegnet sei. Natürlich war er auch schon mal in der Notaufnahme des Sahlgrenska-Krankenhauses. Es ist nicht unmöglich, dass er Elisabeth Lindberg dort begegnet ist. Er hatte seine Großmutter offenbar einige Male in die Notaufnahme eingeliefert, bevor die Alte starb. Aber er erinnert sich an keine der Schwestern und kann auch nicht sagen, ob er mit einer von ihnen gesprochen hat. Und natürlich war er auch auf beiden fraglichen Friedhöfen. Nicht nur einmal. Schließlich arbeitet er ja dort!«

Jonnys Stimme war die Frustration anzuhören. Die Kommissarin schien seine düstere Gemütsverfassung nicht zu bemerken, sondern fuhr ungerührt fort:

»Er gibt also nicht zu, Kontakt zu einer der Frauen aufgenommen zu haben?«

»Nein. Wenn davon die Rede ist, schweigt er oder bestreitet alles. Ich habe das Gefühl, dass wir ihm nichts nachweisen können.«

»Hast du ihn gefragt, wo er sich an den fraglichen Abenden jeweils zum Tatzeitpunkt aufgehalten hat?«

»Natürlich. Er sagt nur, dass er sich nicht genau erinnern kann. Wahrscheinlich sei er zu Hause gewesen und habe ferngesehen.«

Jonny schnitt eine vielsagende Grimasse.

»Können wir einen Durchsuchungsbefehl beantragen?«, fragte Irene.

»Ich kann mit dem Staatsanwalt reden. Natürlich wäre eine Hausdurchsuchung nicht schlecht, aber was wir haben, reicht als Grund nicht aus«, antwortete Thylqvist.

»Lass uns eine Gegenüberstellung veranstalten«, meinte Hannu.

Bei einer Gegenüberstellung könnte Marie Carlsson möglicherweise bestätigen, dass sie Daniel Börjesson Anfang des Jahres im ICA Maxi gesehen hatte. Irene dachte darüber nach, kam dann aber zu dem Schluss, dass das nichts bringen würde.

»Das reicht für Untersuchungshaft nicht aus. Das beweist nur, dass er Marie Carlsson seltsame Fragen gestellt hat. Das ist nicht verboten. Er bestreitet ja auch gar nicht, in diesem Laden gewesen zu sein. Wir brauchen handfeste Beweise. DNA, Fingerabdrücke, Haare … Nichts deutet darauf hin, dass Daniel Börjesson eine Katze besitzt. Ich habe darauf geachtet«, sagte sie.

»Dann müsst ihr ihn einfach weiter in die Mangel nehmen«, entschied die Kommissarin und erhob sich. »Wir sehen uns heute Nachmittag, dann erkundige ich mich, ob etwas dabei herausgekommen ist«, sagte sie und verschwand aus dem Zimmer.

Nach dem Abgang der Chefin blieb es einen Augenblick still.

»Jetzt muss ich mir noch eine Tasse holen. Schließlich muss ich mich vor der munteren Vernehmung des Irren noch etwas stärken«, verkündete Jonny.

»Holt euch alle noch eine Tasse. Ich muss euch etwas erzählen«, sagte Irene.

Dann berichtete sie ihnen von den dramatischen Vorfällen des Vortags. Danach kündigte sie an, dass sie sich nach dem Mittagessen entfernen werde, um sich um ihr verwüstetes Zuhause und ihren verletzten Ehemann zu kümmern.

»Und du? Wie geht es dir?«, fragte Sara leise.

Das waren die ersten Worte, die sie an diesem Morgen äußerte. Was sollte man auf so eine Frage antworten? Irene entschied sich dafür, beruhigend zu lächeln, merkte aber selbst, wie schwer ihr das fiel. Sara sah auch nicht sonderlich überzeugt aus.

»Das erklärt die Schnittverletzungen in deinem Gesicht. Ich hatte mir schon überlegt, ob du dich vielleicht nachlässig rasiert hast«, wieherte Jonny.

Irene begnügte sich damit, ihm die Zunge herauszustrecken. Die anderen lachten, und die Stimmung im Zimmer entspannte sich etwas.

»Ich würde mich auch gerne mit Daniel Börjesson unterhalten. Als wir vor Ort waren, habe ich mich, so gut es ging, umgesehen. Es gibt ein paar Dinge, für die ich gerne eine Erklärung hätte. Und es wäre besser für ihn, wenn diese Erklärungen auch stichhaltig wären«, sagte Irene.

Sie versuchte forscher zu klingen, als sie sich fühlte. Sie nahm sich fest vor, nach dem Gespräch mit Börjesson nach Hause zu fahren.

Daniel Börjesson sah aus wie am Vorabend. Das lange abendliche Verhör schien ihm nicht das geringste ausgemacht zu haben. Er saß da mit derselben ausdruckslosen Miene wie am Vortag. Deutlicher Schweißgeruch umgab ihn. Irene meinte auch den schwachen Spülmittelgeruch wahrzunehmen.

Bevor Irene und Jonny noch mit der Vernehmung beginnen konnten, betrat Efva Thylqvist das Zimmer. Sie sah in ihrer tadellosen Uniform, die an Schultern und Hüften perfekt saß, umwerfend aus. Diese Uniform trug sie immer zu offiziellen Anlässen, in diesem Falle wahrscheinlich für die am Nachmittag anberaumte Pressekonferenz. Daniel musterte sie mit ausdrucksloser Miene, wandte den Blick dann aber ab. Er wusste, wer die Vernehmung leiten würde, und konzentrierte sich daher auf Irene. Die Kommissarin warf ihm ebenfalls einen langen Blick zu und wandte sich dann an Jonny, der genau außerhalb von Börjessons Blickwinkel an der Wand Platz genommen hatte. Es sollte deutlich werden, dass Irene das Verhör leitete.

»Ich glaube, du hast noch die Autoschlüssel«, sagte Thylqvist und streckte die Hand aus.

Jonny kramte in den Taschen seines Jacketts und reichte der Kommissarin dann die Schlüssel, eine Entschuldigung murmelnd. Thylqvist nahm sie mit einem gnädigen Lächeln entgegen, drehte sich um und verschwand aus der Tür.

Irene beschloss, mit der Good Cop-Methode zu beginnen.

»Guten Morgen. Wir sitzen also wieder beisammen. Wir haben eigentlich nur noch ein paar Ergänzungsfragen. Das müsste relativ schnell gehen.«

Sie versuchte, ihm aufmunternd zuzulächeln, aber sein passiver Gesichtsausdruck entmutigte und verunsicherte sie. Wahrscheinlich lag das daran, dass sie seine Reaktionen nicht deuten konnte, weil er schlicht und ergreifend keine zeigte.

»Wir wissen, dass Sie Parkarbeiter sind. Ich hätte gerne gewusst, wo Sie im Augenblick arbeiten«, begann sie. Lange blickte er ihr unverwandt in die Augen. Gerade als sie das Gefühl hatte, dass sie es nicht mehr aushielt, wandte er den Blick ab und schaute auf einen Punkt an der Wand über Irenes Kopf.

»Ich geh stempeln«, sagte er.

Seine Stimme klang genauso rau wie zuvor. Wieder kam es Irene in den Sinn, dass er es nicht gewohnt war, sie zu verwenden.

»Seit wann?«

Er schwieg, ohne den Blick von der Wand zu lassen. Irene war sich fast sicher, dass er nicht vorhatte, die Frage zu beantworten, als er plötzlich murmelte:

»Seit Januar.«

Im Frühjahr und Sommer arbeitslos zu sein war recht seltsam für einen Parkarbeiter. Was waren die Gründe?

»Gab es keine Arbeit für Sie?«, fragte Irene leichthin.

»Nein.«

»Warum nicht?«

Er zuckte nur vage mit den Achseln. Offenbar hatte er nicht vor, diese Frage zu beantworten. Irene beschloss, Hannu darum zu bitten, die Gründe für die lange Arbeitspause herauszufinden.

»Sie haben also seit Januar nicht gearbeitet … Ist Ihre Großmutter da gestorben?«

Zum ersten Mal sah Irene etwas, das man als Reaktion bezeichnen konnte. Er schielte zu ihr herüber und starrte dann auf die Tischplatte. Seine Hände zuckten, und ein unbestimmbarer Ausdruck huschte über sein Gesicht, der zu schwach war, als dass Irene ihn hätte deuten können. Als er nickte, war seine Miene wieder vollkommen unergründlich.

»Wann ist sie gestorben?«, fuhr Irene fort.

»Am 7. Januar.«

Die Antwort kam ohne Zögern. Wieder richtete er seinen Blick auf Irenes Gesicht. Sie versuchte das zu ignorieren.

»Wann war die Beerdigung?«

»Am letzten.«

»Ende Januar?«

Er nickte. Unbekümmert fuhr Irene fort:

»Und die Blumen für die Beerdigung haben Sie am Frölunda Torg gekauft?«

Kein Blinzeln, kein Zusammenzucken, aber Irene spürte intuitiv, dass er nervös wurde. Nach einer Weile nickte er kurz.

»Wie oft kaufen Sie dort im Blumengeschäft ein?«

Er schüttelte nur den Kopf.

»Gestern haben Sie ausgesagt, dort eingekauft zu haben.«

»Für die Beerdigung«, beharrte er unerschütterlich.

»Sie haben sonst nie dort eingekauft, weder vorher noch nachher?«

Nachdrückliches Kopfschütteln.

»Wissen Sie noch, wann Sie die Blumen bestellt haben?«

Ein erneutes Kopfschütteln, aber dann besann er sich anders.

»Acht oder neun Tage, nachdem sie gestorben war«, murmelte er.

Also um den 16. Januar. Irgendwann nach dem 13. Januar hatten Marie Carlsson und ihre Kolleginnen die Weihnachtsdekoration im Laden abgehängt, und Marie war ein übelriechender Mann aufgefallen. Mit Hilfe ihrer Angaben konnte ein Phantombild angefertigt werden, und zwei Personen glaubten Daniel Börjesson auf diesem Bild erkannt zu haben. Jetzt wussten sie also auch in etwa, wann Daniel Ingela Svensson begegnet sein konnte. Im Blumenladen fand sich die Bestellung für die Blumen sicher noch in den Büchern. So ließ sich ganz genau feststellen, an welchem Tag Daniel Börjesson das Geschäft besucht hatte. Und man würde dort auch sagen können, ob Ingela Svensson an diesem Tag gearbeitet hatte. Höchstwahrscheinlich war das sogar der Fall, aber das bewies ja zunächst nur, dass sie die Bestellung für die Blumen entgegengenommen hatte. Weiter kamen sie jetzt nicht, was Ingela betraf. Irene beschloss, Daniel Börjesson hinsichtlich Marie Carlssons auf den Zahn zu fühlen.

»Gehe ich recht in der Annahme, dass Sie häufig im ICA Maxi am Frölunda Torg einkaufen?«, fragte sie.

»Gelegentlich«, korrigierte er sie.

»Gelegentlich also. Wie oft genau?«

Er zuckte mit den Achseln und antwortete nicht.

»Einmal in der Woche? Zweimal?«, versuchte Irene ihm auf die Sprünge zu helfen.

Ein erneutes Achselzucken war die einzige Antwort. Der Frölunda Torg war von Daniels Wohnung aus mühelos zu Fuß zu erreichen. Es lag also auf der Hand, dass er seine Einkäufe dort erledigte. Irene spürte, dass sie auf die Art nicht weiterkommen würde. Sie entschloss sich, ihre Strategie zu ändern.

»Ich habe gestern bei Ihnen zu Hause eine große Flasche Yes gesehen. Sie haben selbst auch nach Yes gerochen. Benutzen Sie dieses Spülmittel oft?«

Sie bemerkte, dass ihn diese Frage überraschte. Wieder nahm sie eine kurze, wenn auch kaum sichtbare Veränderung seines Gesichtsausdrucks wahr. Also in der Tat eine heikle Frage für ihn, dachte Irene.

»Ich verwende Yes«, antwortete er.

»Verwende«, klang altmodisch für einen Mann Anfang dreißig. Nicht das einzige widersprüchliche Detail an Daniel Börjesson. Irene beschloss, das zähe Verhör unbeirrt weiterzuführen.

»Zum Putzen? Auch für Sie selbst, zum Waschen?«, fragte sie.

Er nickte, drehte den Kopf zur Seite und richtete seine Fischaugen auf Jonny. Vielleicht dämmerte es ihm langsam, dass der unfreundliche Polizist nicht so gefährlich war wie die Polizistin, die ihm gegenübersaß.

»Bekommen Sie keine Hautprobleme, wenn Sie Spülmittel als Duschgel verwenden?«, fuhr Irene mit neutraler Stimme fort, als sei weiter nichts dabei, sich mit einem Spülmittel zu waschen.

»Funktionell«, sagte er nur.

Funktionell. Merkwürdige Antwort.

»Aber verwenden Sie Yes für alle Putzarbeiten?«

Er zuckte leicht mit den Achseln, was man als ein Ja und ein Nein deuten konnte.

»Hat Ihnen jemand Yes empfohlen?«, fuhr Irene fort.

Dieses Mal schüttelte er nur den Kopf.

»Niemand hat also gesagt, dass Yes ein gutes Spülmittel ist?«

»Reklame«, antwortete er und zuckte erneut mit den Achseln.

In diese Falle geht er nicht, stellte Irene fest. Seine Gesten waren wirklich widersprüchlich.

»Es gab also niemanden, der Ihnen Yes als das beste Spülmittel empfohlen hat?«, versuchte sie es noch einmal.

Seine Antwort war erneut ein vages Achselzucken. Irene bemühte sich, einen Seufzer zu unterdrücken. Nimm dich zusammen, ermahnte sie sich.

»Kommt es manchmal vor, dass Sie das Personal im ICA um Rat fragen?«

»Gelegentlich«, erwiderte er, ohne zu zögern.

»Fällt es Ihnen schwer, Lebens- und Reinigungsmittel einzukaufen?«

»Meine Großmutter hat immer eingekauft.«

»Dann verstehe ich, dass es ungewohnt für Sie war, die alltäglichen Dinge einzukaufen, nachdem Ihre Großmutter gestorben war«, stellte Irene mit mitfühlender Stimme fest.

Daniel nickte kaum merkbar. Wieder hatte Irene das deutliche Gefühl, dass er mehr auf Zack war, als er erkennen ließ.

»Erinnern Sie sich, wen Sie bei ICA am Frölunda Torg um Rat gefragt haben?«

Wieder ein Achselzucken als Antwort.

»Sagt Ihnen der Name Marie etwas?«

»Mama.«

»Mama?«, wiederholte Irene erstaunt.

»Mama«, bestätigte er und nickte nachdrücklich.

»Hieß Ihre Mutter Marie?«

»Ja.«

»Und Ihr Vater?«

»Per.«

»Ihre Mutter hieß also Marie Börjesson und Ihr Vater Per. Wie hieß Ihr Vater mit Nachnamen?«

Daniel runzelte die Stirn. Zum ersten Mal während ihres Gesprächs schien er wirklich angestrengt nachzudenken.

»Ich weiß nicht«, sagte er schließlich.

Merkwürdig. Das war etwas, das sie herausfinden mussten.

»Wann sind Ihre Eltern gestorben?«

»Ich war ein Baby«, erwiderte er tonlos.

»Sie erinnern sich also nicht an sie?«

Er schüttelte den Kopf.

»Sind sie bei einem Unfall ums Leben gekommen?«

»Papa. Motorradunfall. Mama ist an einem Durchbruch eines Magengeschwürs gestorben«, antwortete er mit seiner monotonen Stimme.

Beide Eltern waren also kurz hintereinander und unter dramatischen Umständen gestorben. Ungewöhnlich jung. Auch das war bemerkenswert und sollte überprüft werden.

»Ich habe mir sagen lassen, dass Ihre Großmutter einige Jahre vor ihrem Tod krank war. Was hatte sie?«

»Das Herz.«

»Wie oft suchten Sie mit ihr die Notaufnahme des Sahlgrenska-Krankenhauses auf?«

Er blickte Irene mit seinen farblosen Augen an, bis ihr ganz unbehaglich zumute wurde. Etwas regte sich in diesen Augen. Etwas, das sie nicht deuten konnte. Sie war sich auch nicht sicher, ob sie gesteigerten Wert darauf legte, die Bedeutung zu ergründen.

»Drei Mal«, antwortete er schließlich.

»Erinnern Sie sich noch, wann das war?«

Er schwieg lange und musterte sie eingehend. Irene merkte, dass sie unter den Armen und auf dem Rücken zu schwitzen begann. Obwohl sie viel Übung darin hatte, Vernehmungen durchzuführen, machte sein Blick sie nervös. Lächerlich, ich vernehme doch nur einen Verdächtigen, versuchte sie sich einzureden, aber es gelang ihr nicht, sich zu überzeugen. Vorsichtig rieb sie sich unter der Schreibtischplatte ihre feuchten Hände an der Jeans trocken. Sie merkte, dass er das sah. Dass ich so sensibel bin, muss an meiner Müdigkeit liegen, dachte sie.

»Im November hatte sie einen Herzinfarkt. Dann war sie gesund. Am ersten Weihnachtsfeiertag kam wieder der Krankenwagen. Dann war sie gesund. Dann hatte sie am 7. Januar Schmerzen in der Brust. Sie sagten, sie sei tot.«

»Wer, sie?«

»Die im Krankenhaus.«

So viel hatte er bislang noch nie am Stück gesagt. Seine raue Stimme war vollkommen unmoduliert, so als wäre er taub. Aber das war er nicht. Er drückte sich merkwürdig aus. Zweimal wiederholte er: »Dann war sie gesund.« Das klang etwas kindlich. Gleichzeitig verwendete er Worte wie funktionell und Verleumder. Irene konnte sich keinen Reim auf ihn machen.

»Sind Sie im Krankenwagen mitgefahren?«, fragte sie.

Er nickte schwach.

»Fehlt sie Ihnen?«

Er zuckte wieder so seltsam mit den Achseln, was alles Mögliche bedeuten konnte. Die Müdigkeit überwältigte Irene plötzlich. Sie hatte das Gefühl, dass ihr keine vernünftige Frage mehr einfiel. Sie hatte herausgefunden, dass Daniel Mitte Januar Kontakt mit dem Blumenladen gehabt hatte, er hatte zugegeben, manchmal bei ICA Maxi einzukaufen und das Personal dort gelegentlich um Rat zu fragen. Das legte nahe, dass er der Mann sein konnte, der Marie Carlsson bei zwei Gelegenheiten seltsame Fragen gestellt hatte. Außerdem hatte er erzählt, dass er mit seiner Großmutter dreimal in der Notaufnahme gewesen war. Er hatte zugegeben, Yes für alle möglichen Reinigungszwecke zu verwenden, weil es »funktionell« war. Das konnte reichen. Der Ehrlichkeit halber musste sie sich jedoch eingestehen, dass sie dem, was die Kollegen am Vorabend herausgefunden hatten, nicht sonderlich viel hinzufügen konnte.

»Willst du noch eine Frage stellen?«, fragte sie Jonny.

Dieser stand auf und trat an den Schreibtisch. Er stand lange da und betrachtete den Mann auf dem Stuhl, dann sagte er:

»Sie haben einen Führerschein, aber kein Auto. Stimmt das?«

Daniel nickte.

»Aber Sie besaßen doch mal eins?«

Ein erneutes Nicken bestätigte das.

»Soweit ich weiß, haben Sie das Auto vor zwei Jahren abgemeldet. Was haben Sie dann damit gemacht?«

Es sah nicht so aus, als hätte Daniel die Frage verstanden. Er fixierte einen Punkt schräg oberhalb von Jonnys Kopf. Bevor jedoch Jonny die Frage wiederholen konnte, antwortete er:

»Verkauft.«

»Sie haben das Auto also verkauft. An wen?«

Wieder dieses merkwürdige Achselzucken als einzige Antwort.

»Warum gibt es keine Angaben darüber, wer das Auto gekauft hat? Es wurde einfach nur abgemeldet.«

Daniel drehte langsam den Kopf zur Seite und schaute auf den Spiegel an der einen Wand.

»Kolbenfresser, nichts mehr wert, Schrott«, erklärte er seinem Spiegelbild.

»Wer hat es gekauft?«

Ein Kopfschütteln in den Spiegel war die einzige Antwort.

»Was für ein Fabrikat war das?«, fuhr Jonny fort.

Das wusste er natürlich bereits, aber Irene war klar, dass Jonny auf etwas hinauswollte.

»Express«, murmelte Daniel nach der obligatorischen Pause, die er immer einlegte, bevor er eine Frage beantwortete.

»Genau. Ein Renault Express, Baujahr 1990. Ein kleiner praktischer Kombi, perfekt für einen Handwerker, der an verschiedenen Orten diverse kleinere Jobs erledigt. Er wird seit Ende der 90er nicht mehr hergestellt und ist durch den Renault Kangoo ersetzt worden. Warum haben Sie sich kein neues, ähnliches Auto zugelegt?«

Darauf also wollte Jonny hinaus. Ein Auto. Der Mörder musste die Leichen mit Hilfe eines Autos zu dem Ort transportiert haben, an dem er sie in Folie verpackt hatte, und von dort zu den Fundorten.

»Zu teuer«, antwortete Daniel lakonisch.

»Aber dann mussten Sie ja zwangsläufig Ihre selbständige Tätigkeit aufgeben, weil Sie Ihre Geräte nicht mehr transportieren konnten. Warum haben Sie kein neues Auto gekauft?«

Daniel verzog keine Miene. Er schien die Frage nicht einmal gehört zu haben.

»Wie kommen Sie zur Arbeit?«

»Ich nehme keine Arbeiten an, die weit weg sind.«

»Und wie kommen Sie dann zu den Arbeiten, die Sie annehmen?«

»Moped. Straßenbahn, Bus«, antwortete Daniel unbeirrt.

Da hatte Jonny wirkliche eine interessante Frage aufgeworfen. Warum hatte Daniel kein Auto? Wahrscheinlich lautete die simple Antwort, dass er es sich tatsächlich nicht leisten konnte. Irene war zu müde, um beurteilen zu können, ob dieser Umstand wichtig war. Ihre Kräfte hatten sie plötzlich verlassen. Es war höchste Zeit, nach Hause zu fahren.

Als Irene Feierabend machen wollte und bereits ihre Jacke angezogen hatte, kam Sara in ihr Zimmer.

Sie schwenkte einen Packen Papiere.

»Ich habe doch erzählt, dass ich mich etwas mit Stalkern auskenne. Seit diesem Fall im letzten Jahr. Wir wurden an einen Tatort gerufen. Erinnerst du dich noch an den Mordfall Emma?«

Irene versuchte ein Jahr zurückzudenken. In ihrem müden Kopf war ein Stillstand eingetreten, aber schließlich kam ihr, von welchem Fall Sara sprach.

»Die Frau, die am Tag vor ihrer Hochzeit von ihrem Ex ermordet wurde«, erwiderte sie.

»Genau. Er erstach sie, als sie das Haus verließ, um ins Beautycenter zu gehen. Bei der Ermittlung ergab sich, dass er sie verfolgte, seit sie Schluss gemacht hatte. Drei Jahre lang. Ihr Verlobter erzählte, dass der Exfreund sie sowohl im realen Leben als auch im Internet verfolgte. Die Amerikaner nennen das Cyberstalking, ein Phänomen, das immer verbreiteter ist. Wir haben den Blog des Mörders im Internet gefunden, und der Inhalt war unglaublich. Hätte man nicht gewusst, wie es sich wirklich verhielt, hätte man wirklich glauben können, er sei der Verfolgte gewesen. Er wurde in eine Anstalt eingewiesen, aber das wissen ja die Leute nicht, die seine Internet-Einträge gelesen haben. Dass Stalker einen eigenen Blog betreiben, ist leider gängige Praxis heutzutage. Dieses Cyber-Tagebuch kann eben meist nicht mehr nachträglich gelöscht werden und bleibt ewig im Netz. Es ist so gut wie unmöglich, etwas dagegen zu unternehmen.«

Sara verstummte und hielt Irene einen Stapel Papiere hin.

»Was ist das?«, fragte Irene, als sie den Packen entgegennahm.

»Die Ergüsse deines Stalkers.«

Irene merkte auf einmal, dass sie einfach nur dastand und Sara anstarrte.

»Meines Stalkers?«, wiederholte sie dumm.

»Ja. Ich habe dich gegoogelt und hatte plötzlich einen Treffer.

Du bist ein Opfer von Cyberstalking. Und zwar einem, das sich gewaschen hat.«

Die Papiere in ihrer Hand kamen Irene plötzlich glühend heiß vor. Ihr erster Impuls war, sie fallen zu lassen. Dann besann sie sich auf ihre berufliche Professionalität. Sogar so etwas wie Hoffnung kam in ihr auf. Endlich eine Spur, die zu der Person führte, die ihre Familie schikanierte. Sie warf einen flüchtigen Blick auf die erste Seite. Es handelte sich um den Auszug eines Blogs mit dem Titel: »Verfolgt von der Polizei!!!« Der Untertitel lautete: »Unsere Kinder sind in Gefahr!! Die Methoden der Polizei treiben sie in den Tod!!!«

Irene ließ sich auf ihren Stuhl sinken und begann zu lesen. Die Bloggerin nannte sich Angie. Der Name sagte Irene nichts, jedoch das Foto neben der Titelzeile. Ein schönes Gesicht mit hohen Wangenknochen, mandelförmigen braunen Augen und glänzenden dunklen Haaren in einem Pagenkopf. Die vollen Lippen lächelten verheißungsvoll in die Kamera.

»Angelica Malmborg-Eriksson!«, rief Irene verblüfft.

»Weißt du, wer das ist?«, fragte Sara erstaunt.

»Ja. Sehr gut. Aber das ist eine alte Geschichte.«

Das schmeichelhafte Foto Angelica Malmborg-Erikssons war mindestens fünfundzwanzig Jahre alt. Sie waren sich sechs Jahre zuvor begegnet. Angelica hatte, durchtrainiert und zierlich, wie sie war, bedeutend jünger ausgesehen, als sie eigentlich war. Sie musste inzwischen fast fünfzig sein, dachte Irene.

»Willst du mir davon erzählen?«, fragte Sara.

»Klar. Natürlich.«

Eigentlich wollte Irene erst den Blog lesen, aber gleichzeitig hinderte sie ein abwehrendes Gefühl daran. Sie ahnte, worauf sie in den Papieren stoßen würde, und wollte sich dem nicht stellen. Vielleicht war es ja besser, die Lektüre noch eine Weile aufzuschieben und erst einmal die Geschichte von Angelica und ihren unglücklichen Kindern zu erzählen.

»Angelica ist Tänzerin und Tanzlehrerin. Am 6. November 1989 verfolgten mein Kollege und ich in Hisingen einen Autodieb. Er hängte uns ab. Da kam ein Alarm aus Björkil. Eine Häuslerkate brannte. Sie lag recht abgelegen am Ende eines schmalen, unbefestigten Wegs. Als wir zur Unglücksstelle fuhren, fanden wir am Rand des Weges ein Mädchen. Sie war mit dem Fahrrad gestürzt. Sie wohnte in dem Haus, das brannte, und war auf dem Heimweg. Wir nahmen sie im Streifenwagen mit und sorgten dafür, dass sie ins Krankenhaus eingeliefert wurde. Angelica war ihre Mutter. Sie und der kleine Bruder des Mädchens namens Frej waren bereits im Krankenhaus.«

»Angelica hat also auch noch einen Sohn?«, fragte Sara.

Offenbar kannte sie die tragische Geschichte nicht. Aber Sara war natürlich noch sehr jung gewesen, als sich das Ganze zugetragen hatte.

»Ja. Aber die Kinder hatten verschiedene Väter. Das Mädchen hieß Sophie.«

Irene hielt inne, um den Verlauf der Ereignisse zu rekonstruieren. Eigentlich hatte sie noch alles im Kopf. Diese Geschichte verfolgte sie, seit sie beim Dezernat für Gewaltverbrechen arbeitete, aber sie war so müde, dass sie nachdenken musste, um die Chronologie nicht durcheinanderzubringen.

»Die Kate brannte, während Sophie beim Ballettunterricht war. Der neue Lebensgefährte ihrer Mutter, Magnus Eriksson, kam in den Flammen um.«

Irene hielt erneut inne. Vor ihrem inneren Auge sah sie das fast niedergebrannte Feuer. Sie hörte förmlich noch die dunkelrote Glut im Holz knistern und meinte sogar den stechenden Brandgeruch wahrzunehmen. Ihr Streifenkollege und sie waren dort gewesen und hatten alles gesehen.

»Schon früh fiel der Verdacht auf Sophie. Man dachte, sie habe das Haus angezündet, ehe sie zum Training losgegangen war. Siehatte sich nie mit Magnus Eriksson verstanden.«

»Wie alt war sie?«, fragte Sara.

»Elf. Frej war drei Jahre jünger als Sophie. Er war bei seiner Tante, als das Feuer wütete. Von dieser Tante hatte die Familie die Kate gemietet. Sie hieß Ingrid Hagberg und besaß einen großen Bauernhof. Ihr Mann war verstorben, und sie hatte keine eigenen Kinder. Der kleine Frej war ihr Liebling. Ihr zweiter Liebling war ihr Bruder Magnus. Ein recht lausiger Journalist. Das Wenige, das er verdiente, verspielte und versoff er. Angelica ernährte die Familie mit ihrem Lohn als Ballettlehrerin und Tänzerin. Ich muss sagen, dass Angelica nach dem Feuer nicht einmal ansatzweise die trauernde Witwe gespielt hat.«

»Und es bestand keine Möglichkeit, dass Angelica an der Tat beteiligt war?«, sagte Sara vielsagend.

»Nein, nicht die geringste. Sie unterrichtete gerade eine Ballettklasse, als das Feuer ausbrach. Ihre Schwägerin Ingrid Hagberg alarmierte die Feuerwehr. Sie hatte das Feuer von ihrem Haus aus gesehen, ging aber nicht zur Brandstelle. Später erklärte sie das damit, dass Frej gerade seinen Mittagsschlaf gehalten habe. Das kam mir seltsam vor, schließlich war der Junge schon acht. Ich erinnere mich, dass ich sie fragte, wieso sie den Jungen drei Stunden lang habe schlafen lassen. Sie sagte, er sei erkältet gewesen.«

Irene sah die korpulente Ingrid am Kiefernholztisch ihrer großen Küche vor sich. Unter dem Tisch schlief ihr großer Schäferhund. Ingrid war eine Frau, die in sich ruhte und die so leicht nichts erschütterte. Ich hätte sie härter anfassen sollen, dachte Irene. Dann wäre das Ganze vielleicht frühzeitig zu Ende gewesen.

»Im Januar 1990 fing ich beim Dezernat für Gewaltverbrechen an. Den ersten Fall, den ich dort auf den Tisch bekam, war die mutmaßliche Brandstiftung in Björkil. Die alten, erfahrenen Ermittler waren in dem Fall nicht recht weitergekommen. Die Männer dachten, dass ich mich als Frau und Mutter besser auf das seltsame Kind Sophie verstehen müsste. Ich versagte natürlich total. Sophie saß einfach nur stocksteif da und reagierte nicht, wenn sie gefragt wurde.«

»Du hast von Sophie also nie die Wahrheit erfahren?«

»Nein. Sie wurde an die Kinderpsychiatrie überwiesen, und der Fall wurde zu den Akten gelegt. Fünfzehn Jahre später fand man die Leiche einer jungen Frau in einem abgebrannten Schuppen im Industriegebiet in Högsbo. Es war Sophie.«

»Daran erinnere ich mich! War sie nicht von ihrem Bruder ermordet worden?«, unterbrach sie Sara.

»Nicht ganz. Es zeigte sich, dass beide Halbgeschwister pyromanisch veranlagt waren. Sie arbeiteten zusammen. Aber als sie eine alte Scheune in Brand stecken wollten, ging etwas schief. Der Eigentümer schoss mit der Schrotflinte auf sie. Sie rannten um ihr Leben. Sie wurden zwar nicht getroffen, aber Sophie stolperte und verletzte sich am Arm. Bei der Obduktion ergab sich später, dass der Arm gebrochen war. Das war in der Nähe von Björkil, und Frej brachte Sophie auf ihre dringende Bitte hin zum Hof Ingrid Hagbergs. Dieser stand leer, da sich Ingrid Hagberg im Pflegeheim befand. Frej besaß die Schlüssel. Sophie wollte sich in dem Bauernhof verstecken. Laut Frej war Sophie vollkommen hysterisch und redete nur davon, dass die Polizei hinter ihnen her sei und Straßensperren errichtet habe. Sie weigerte sich, Frej nach Hause zu begleiten. Sophies Arm war geschwollen, und sie brauchte Schmerzmittel. Die Geschwister wohnten zusammen in einem Haus in Änggården, das Sophie von ihrem Vater geerbt hatte. Er hieß Ernst Malmborg und war ein berühmter Pianist. Er war ein Jahr zuvor zu Hause an Krebs gestorben. Frej fuhr nach Hause und holte Kleider und die Medikamente, die noch von Sophies Vater zurückgeblieben waren, und zwar eine beachtliche Menge. Als Frej einige Wochen später Angelica erzählen wollte, wo sich seine Schwester versteckte, war sie tot. Sie hatte eine Überdosis eines Opiumpräparats geschluckt, das zu Atemstillstand führen kann. Später kam heraus, dass sie noch am Leben war, als Frej sie in dem Schuppen im Industriegebiet in Högsbo verbrennen wollte. Deswegen glaubten wir auch, sie sei ermordet worden. Allerdings wäre sie mit Sicherheit ohnehin an der Überdosis gestorben, ihre Atmung war schon so schwach, dass Frej unmöglich erkennen konnte, dass sie noch am Leben war. Aus Angst, man werde ihn des Mordes an seiner Schwester verdächtigen, hatte er sie verbrennen wollen.«

»Es war also gar kein Mord«, stellte Sara fest.

»Nein. Nur zwei junge Menschen, die sich gegenseitig zugrunde richteten. Sophie hatte offenbar Haschisch geraucht, in ihrem Gehirn wurden Spuren von THC nachgewiesen, also von Tetrahydrocannabinol. Der Gerichtsmediziner nahm an, dass sie an einer akuten Psychose litt. Nicht unwahrscheinlich, dass diese erst durch den Haschischkonsum ausgelöst wurde.«

»Warum hat Frej da mitgespielt?«, wollte Sara wissen.

»Frej war gefühlsmäßig sehr an seine Schwester gebunden. Sein Psychiater schrieb das irgendeinem Schuldkomplex zu, der…«

Irene hielt inne, denn sie sah plötzlich ein kleines, herzförmiges Gesicht mit unergründlichen Augen, die sich in ihren eigenen versenkten, vor sich. Sie war nur elf Jahre alt gewesen, etwas wunderlich und von den anderen ausgegrenzt. Die arme kleine Sophie. Wenn ich es nur damals schon begriffen hätte, dachte Irene.

»Man verdächtigte Sophie der Brandstiftung, derer sich ihr kleiner Bruder schuldig gemacht hatte«, sagte Irene.

»Hat Frej das Feuer in der Häuslerkate gelegt?«, fragte Sara erstaunt.

»Ja. Angelica hat schließlich alles erzählt. Ingrid Hagberg sollte nach der Schule auf Frej aufpassen, bis Angelica nach Hause kam. Magnus Eriksson hatte sich von Ingrid Geld geliehen, um in die Stadt zu fahren und ein paar ordentliche Kleider zu kaufen. Er hatte am Nachmittag ein Vorstellungsgespräch bei der Göteborgs Tidning. Wir haben diese Angabe natürlich überprüft, und dort hat man nur gelacht. Sie hatten Magnus Eriksson nie zu einem Vorstellungsgespräch eingeladen. Er kaufte für das Geld, das er seiner Schwester abgeschwatzt hatte, Schnaps. Dann fuhr er direkt wieder nach Hause. Er betrank sich bis zur Besinnungslosigkeit und schlief auf seinem Bett im Obergeschoss ein. Er schlief also, als Sophie in ein dunkles Haus heimkehrte. Sie wusste nicht, dass er zu Hause war, und fuhr dann rasch mit dem Fahrrad wieder weg, da sie fast schon zu spät dran war für das Ballett.«

»Ist sie mit dem Fahrrad zum Ballett gefahren?«, wollte Sara wissen.

»Nein. Sie konnte bei ihrer Freundin im Auto mitfahren. Aber sie musste bis zu dem Laden radeln, da die Mutter der Freundin den schmalen unbefestigten Weg nicht entlangfahren wollte.«

»Super«, meinte Sara trocken.

»Stimmt. Eine weitere Person, die an diesem Nachmittag einschlief, war Ingrid Hagberg. Nachdem sie und Frej eine Kleinigkeit gegessen hatten, legte sie sich hin. Frej ging währenddessen nach Hause. Auch er wusste nicht, dass sein Vater im Obergeschoss schlief. Frej fand eine Schnapsflasche seines Vaters und trank davon. Dann zündelte er im Haus und hatte das Feuer irgendwann nicht mehr unter Kontrolle. Ingrid wachte auf und bemerkte, dass der Junge weg war. Mit Hilfe ihres Hundes folgte sie Frejs Spur bis zu dem Haus. Als die Tante dort eintraf, irrte Frej draußen herum. Er war von dem Alkohol und vielleicht auch von dem Schock vollkommen benommen. Und das Haus brannte bereits lichterloh. Ingrid kam nie auf den Gedanken, dass sich ihr Bruder im Haus befinden könnte. Schließlich wähnte sie ihn in der Stadt beim Vorstellungsgespräch. Sie sah zu, dass sie den kleinen Frej nach Hause bekam, und rief dann erst die Feuerwehr. Angelica merkte natürlich, was los war, als Ingrid ihr ihren Sohn übergab. Beide erzählten der Polizei nichts davon. Ausnahmsweise zogen die beiden Schwägerinnen an einem Strang.«

Irene hörte selbst, wie bitter ihre Stimme klang.

»Was wurde aus Sophie?«, wollte Sara wissen.

»Sie absolvierte eine Choreographenausbildung. Bevor sie starb, inszenierte sie noch ein Ballett, das sie ›Feuertanz‹ nannte. Die Premiere fand nach ihrem Tod statt. Ich war dort. Obwohl ich mich mit Ballett nicht auskenne, war ich vollkommen fasziniert. Es war wirklich eine großartige Vorstellung. Anfänglich realisierte ich nicht, dass sie die fünfzehn Jahre zurückliegende Geschichte vom Tod Magnus Erikssons in der Kate erzählte. Als ich endlich begriff, erkannte ich auch, wie alles zusammenhing.«

Eine Weile wurde es im Zimmer still. Große Regentropfen klatschten an die Fensterscheibe. Typisch, dass es zu regnen anfangen muss, wenn ich nach Hause fahren will, dachte Irene.

»Was passierte mit Frej?«, wollte Sara wissen.

»Er wurde der fahrlässigen Tötung und der Brandstiftung angeklagt. Aber noch ehe der Prozess begann, brach er zusammen und wurde in eine psychiatrische Anstalt eingewiesen. Der Freund meiner Tochter kennt Frej und hat immer versucht, den Kontakt zu ihm aufrechtzuerhalten. Das ist ihm in den letzten Jahren jedoch nicht sonderlich gut geglückt. Im Frühjahr beging Frej Selbstmord. Ich weiß allerdings nicht, wie.«

»Er hat sich vor fünf Monaten erhängt, und sie gibt dir die Schuld«, sagte Sara und deutete auf den Ausdruck des Blogs.

Irene betrachtete den Papierstapel. Angelica schrieb also über den Selbstmord ihres Sohnes. Ihre beiden Kinder waren tot. Und sie machte Irene dafür verantwortlich. Einen Augenblick wurde ihr schwarz vor Augen. Das lese ich erst morgen, dachte sie.

Krister erwartete sie vor dem Präsidium. Es war Viertel nach eins, und Irene hatte noch nicht zu Mittag gegessen. Ihr Mann versicherte ihr, dass er dem, sobald sie zu Hause seien, sofort abhelfen werde. Er versprach ihr ein leckeres Spinatomelett und in Butter gebratene frische Pfifferlinge. Die Pilze hatte er beim Morgenspaziergang mit Egon gepflückt. Außerdem kündigte er an, sie hätten etwas zu feiern, wolle ihr aber erst zu Hause enthüllen, was. Irene konnte sich nicht vorstellen, dass es sonderlich viel zu feiern gab. Sie hatte beruflich versagt, denn es war ihr nicht gelungen, etwas zu finden, auf dessen Grundlage sie Daniel Börjesson hätten verhaften oder in U-Haft nehmen können. Schlimmstenfalls hatten sie gerade jetzt einen lebensgefährlichen Mörder auf freien Fuß gesetzt. Außerdem wurde ihre Familie von einer Verrückten verfolgt. Sie waren in ihren eigenen vier Wänden angegriffen worden, und sie selbst wurde im Internet verunglimpft, ohne sich verteidigen zu können. Sie erzählte Krister, wer für die seltsamen Vorkommnisse der letzten Zeit verantwortlich war und zu welchen Mitteln Angelica griff. Sogar das Wetter schien ihrer Gemütslage angemessen. Es regnete in Strömen, und Sturmböen schüttelten das Auto. Gelbes Laub klebte an der Windschutzscheibe und wurde vom Scheibenwischer, der mit höchster Geschwindigkeit lief, nur mit Mühe beiseite geschoben.

»Da scheint sich der erste Herbststurm zusammenzubrauen. Laut Wetterbericht soll der Wind aber wieder nachlassen«, meinte Krister fröhlich.

Er wirkte seltsam guter Laune. Spielte er das nur, um sie aufzumuntern? Wohl kaum, er schien sich wirklich über etwas zu freuen. Als sie nach Hause kamen, wetzte Egon die Treppe aus dem Obergeschoss herab, sobald sie die Tür geöffnet hatten. Er war überglücklich, nicht mehr allein sein zu müssen, und begrüßte sie mit begeisterter Zuneigung. Irene wurde innerlich warm. Es war herrlich, wieder von einem glücklichen Hund willkommen geheißen zu werden. Das hatte ihr mehr gefehlt, als sie hatte einsehen wollen.

»Setz dich, Liebes, dann mache ich was zu essen«, sagte Krister.

Der Tisch war bereits gedeckt und die Küche blitzsauber. Zügig pochierte er den Spinat, hackte frische Zwiebeln und schlug ein paar Eier mit einem Schneebesen. Die verletzte Hand schien ihn nicht nennenswert zu behindern. In einer kleineren Pfanne briet er die Pfifferlinge und würzte sie mit etwas Thymian. Es begann überaus vielversprechend zu duften, und Irene spürte zum ersten Mal seit dem Vorabend, dass sie richtig hungrig war.

»Heute gibt es zum Mittagessen Bier, aber nur ein alkoholarmes«, sagte Krister, nachdem er im Kühlschrank nachgesehen hatte.

»Für mich in Ordnung. Selbst ein bisschen Alkohol reicht jetzt aus, um mich in Tiefschlaf zu versetzen.« Irene lachte.

Sie bereitete einen einfachen Tomatensalat mit einer Vinaigrettesauce zu, um sich immerhin ein wenig nützlich zu machen. Außerdem hielt sie diese Betätigung davon ab, sofort mit dem Kopf auf dem Küchentisch einzuschlafen.

»Wie geht es deiner Hand?«, fragte sie.

»Besser. Aber ich habe eingesehen, dass es ratsam ist, sie ein paar Tage zu schonen.«

Er schien über die erzwungene Auszeit nicht unglücklich zu sein. Irene entschloss sich, sich jetzt nicht weiter darüber den Kopf zu zerbrechen. Jetzt galt es, ein Leben zu retten, und zwar ihr eigenes. Sie hatte das Gefühl, dem Hungertode nahe zu sein. Obwohl sie versuchte, sich Zeit zu lassen, schlang sie das Essen förmlich hinunter. Es schmeckte göttlich. Als sie fertig waren, schaltete Krister die Kaffeemaschine ein und nahm ein paar Pralinen aus Bitterschokolade aus dem Schrank. Dann räusperte er sich.

»Wir erwarten Familienzuwachs.«

Er sagte das so feierlich, als handele es sich um eine wichtige Bekanntmachung. Irene begriff überhaupt nichts. War eine der Töchter …

»Ich habe mit Anna Hallin gesprochen«, sagte er.

»Mit wem?«

Der Name kam ihr irgendwie bekannt vor, aber sie konnte ihn nicht unterbringen.

»Anna Hallin. Die Tochter der Dame, die das Frauchen von Egon war«, antwortete Krister geduldig.

Endlich fiel bei Irene der Groschen, und sie nickte.

»Sie hat heute Vormittag angerufen und gesagt, dass sie sich freuen würde, wenn wir uns um Egon kümmern. Ich habe vorläufig ja gesagt. Was meinst du?«

Irene wusste zuerst nicht, was sie antworten sollte. Als spüre er, dass von ihm die Rede war, stolzierte Egon in die Küche. Den blauen Ball in der Schnauze, baute er sich vor Irene auf. Dann ließ er den Ball fallen und sah mit seinen wachen Augen erwartungsvoll zu ihr hoch. Der Schwanz wedelte fröhlich, und seine Ohren zuckten. Irene musste lachen. Sie nahm den Ball und warf ihn so, dass er über den Küchenfußboden in die Diele hüpfte. Glücklich kläffend jagte Egon seinem Lieblingsspielzeug hinterher. Er gab so viel Gas, dass er samt dem Dielenläufer ins Wohnzimmer rutschte.

»Natürlich kümmern wir uns um ihn. Ich glaube, wir sind jetzt bereit für einen neuen Hund. Was will sie für ihn haben?«, fragte Irene.

»Sie sagte, sie überlässt ihn uns so, aber ich habe gesagt, dass wir ihr etwas dafür geben, falls wir ihn übernehmen. Und zwar mindestens tausend Kronen. Schließlich soll alles seine Richtigkeit haben.«

»Unbedingt. Da bin ich ganz deiner Meinung. Ich will das Gefühl haben, dass er unser Hund ist. Obwohl es ein Problem gibt.«

»Ach?«

»Meiner Chefin gefällt es nicht, wenn ich Egon zur Arbeit mitnehme. ›Das hier ist kein Hundeasyl‹, sagt sie.«

Irene befleißigte sich eines extra hochnäsigen Tonfalls, als sie Kommissarin Thylqvist nachahmte. Das war ungerecht, weil das Präsidium wirklich kein Hundeasyl war, tat Irene aber gut.

»Kein Problem. Ich kann ihn zur Arbeit mitnehmen«, sagte Krister.

War er jetzt total übergeschnappt? Ein Hund in einer Restaurantküche! Das konnte er vergessen.

Das Gesundheitsamt würde anrücken, und dann konnten sie das Glady's Corner zumachen. Irene wollte gerade den Mund öffnen, um ihm diese Selbstverständlichkeiten mitzuteilen, da kam er ihr zuvor.

»Ich habe eine neue Arbeit«, sagte er und lächelte breit.

Das war etwas viel auf einmal. Irene fühlte sich plötzlich genauso weich in den Knien wie vor dem Mittagessen.

»Und zwar …?«, brachte sie schließlich über die Lippen.

»Es ist nicht so dramatisch, wie es klingt. Ich soll mich um die Verwaltung des Glady's kümmern. Wie du weißt, hat dieser Sternekoch, der uns vor ein paar Jahren aufgekauft hat, Probleme mit der Steuer bekommen. Gestern stand es dann fest. Er verkauft sein gesamtes Restaurantimperium, das Glady's und Sjökrogen verkauft er an … Janne Månsson!«

Er strahlte förmlich. Irene hatte Mühe, sämtliche Informationen zu verarbeiten. Der Name kam ihr allerdings bekannt vor.

»Janne! Dein alter Kumpel aus dem Ritz. Er kauft das Glady's?«, rief sie.

»Ja. Er verkauft sein Restaurant in Stockholm und kehrt nach Göteborg zurück, um das Glady's zu übernehmen. Er will, dass ich mich um die Verwaltung kümmere. Personal, Einkauf, Menüplanung, Marketing … alles, bis auf die Buchhaltung. Die übernimmt jemand, der sich damit auskennt. Ein Wochenende im Monat stehe ich aber auch in der Küche. Das kann ich aber so legen, dass es mit deinem Bereitschaftsdienst zusammenpasst. Insgesamt arbeite ich dann nur noch 75 Prozent. Wenn ich in der Küche stehe, kannst du mit Egon zu Hause sein. Wenn ich im Büro sitze, kann ich Egon mitnehmen. Das Büro liegt neben dem Restaurant, hat aber einen eigenen Eingang, und ich bin dort allein, Egon wird also niemanden stören.«

Das klang perfekt, bis auf ein Detail.

»Manchmal muss ich abends Überstunden machen. Recht oft sogar«, sagte Irene mit einer kühlen Stimme.

»Ich weiß. Aber das dürfte kein Problem sein, weil ich zu normalen Bürozeiten arbeite. Außerdem kann Egon abends auch mal ein paar Stunden allein bleiben, falls es eng werden sollte. Und was das Haus betrifft, habe ich auch einen Beschluss gefasst. Wir verkaufen das Reihenhaus und ziehen nach Guldheden. Dann ist es für uns beide nicht mehr weit zur Arbeit. Ich habe heute schon mit einem Makler telefoniert. Heute Nachmittag kommt jemand und schaut sich das Haus an. Laut Makler stehen die Leute Schlange, um etwas hier in der Gegend kaufen zu dürfen.«

Irene fehlten die Worte. Krister war am Vormittag wirklich effektiv gewesen. Er hatte für die meisten ihrer Probleme eine Lösung parat. Gut, denn ich habe nicht einmal mehr die Kraft, die Treppe ins Schlafzimmer hinaufzugehen, dachte sie.

»Liebling, das klingt alles wunderbar, aber jetzt muss ich schlafen. Wenn ich aufwache, bin ich sicher eine viel nettere und aufmerksamere Ehefrau.«

Sie stand auf und begab sich schwankend ins Schlafzimmer. Mit ihren letzten Kräften gelang es ihr, sich ihrer Kleider zu entledigen.

Noch ehe ihr Kopf auf das Kissen fiel, war sie eingeschlafen.

Irene erwachte davon, dass der Wecker klingelte. Sicherheitshalber hatte sie ihn auf sechs Uhr gestellt. Sie wollte nicht zu lange schlafen, um nicht auch die folgende Nacht wieder schlaflos zu verbringen. Aus dem Untergeschoss hörte sie Stimmen. Es dauerte eine Weile, bis ihr benebelter Kopf begriff, dass der Makler eingetroffen sein musste.

Obwohl der Makler sicher auch das Obergeschoss in Augenschein nehmen wollte, ließ sich Irene unter der Dusche Zeit. Das warme Wasser brachte ihren Kreislauf in Schwung. Um noch munterer zu werden, duschte sie sich am Schluss noch eiskalt ab. Dann zog sie ihre Jeans und einen sauberen Pullover an und ging nach unten. Egon stürzte ihr aus der Küche entgegen. Von dort hörte sie die Stimmen einer Frau und von Krister. Plötzlich wurde sich Irene unsicher, ob es sich wirklich um die Maklerin handelte. Noch unsicherer wurde sie, als sie in die Küche kam und sah, wem die Frauenstimme gehörte. Sie war schlank und trug ein beiges Kostüm mit kurzem Rock, der ihre langen Beine zur Geltung brachte. Ihre Schuhe hatten schwindelerregende Absätze. Sie trug ihr blondes Haar, das ihr bis zur Taille reichte, offen. Sie sieht aus wie eine der Anwältinnen in der Fernsehserie Ally McBeal, dachte Irene. Die Frau drehte sich um und lächelte freundlich.

»Das hier ist Madeleine Sigfrid vom Maklerbüro Sigfrid«, sagte Krister.

»Hallo«, sagte die Maklerin und lächelte noch breiter.

Sie hielt Irene eine erstklassig manikürte Hand hin. Ihr Händedruck war fest. Diese Person weiß, was sie tut, dachte Irene.

»Jetzt gehen wir ins Obergeschoss«, sagte Krister fröhlich.

Irene warf einen Blick durch die frisch eingesetzte Fensterscheibe und sah, dass es aufgehört hatte zu regnen. Der Regen hing aber noch in der Luft. Wegen der dunklen Wolken dämmerte es rascher.

Der Fressnapf an der Wand war leer. Wahrscheinlich war es für Egon Zeit für einen Spaziergang.

»Ich geh eine Runde mit Egon«, sagte Irene.

Sie zog ihre Jacke an und hakte die Leine ins Hundehalsband. Im letzten Moment fiel ihr noch ein, sich ein paar schwarze Plastiktüten einzustecken.

Die Luft erschien ihr klar und sauerstoffreich. Irene holte ein paar Mal tief Luft. Der Herbst war immer ihre Jahreszeit gewesen, und jetzt kam er wirklich. Obwohl sie den ewigen Regen hätte missen können, gab es nichts, was einen klaren Herbsttag übertraf. Manche Leute wurden an solchen Tagen von Wehmut ergriffen, aber sie empfand dann immer ein wärmendes Gefühl der Ruhe und Freude. Es war schön, alle Zwänge und den Stress des Sommers hinter sich zu lassen, Zeit zum Durchatmen zu haben und für den langen Winter Kräfte zu sammeln. Der Herbst flößte ihr Kraft ein.

Gut, dass sich Krister der Frage ihrer zukünftigen Unterkunft angenommen hatte. Sie erinnerte sich, wie sie spätabends in der leeren Wohnung ihrer Mutter gesessen hatte und ganz deutlich Gerds Nähe gespürt hatte. Natürlich erfüllte sie der Gedanke, das Reihenhaus, in dem sie fast zwanzig Jahre lang gewohnt hatte, zu verlassen, mit widersprüchlichen Gefühlen. Ihr würde die Nähe des Meeres fehlen. Aber alles hatte seine Zeit. Die Zwillinge waren erwachsen und wohnten schon seit Jahren nicht mehr zu Hause. Jetzt würden Krister und sie Stadtmenschen werden und Egon ein Stadthund.

Es wurde rasch dunkel. Blauschwarze Wolken trieben vom Meer heran. Der auffrischende Wind versprach weiteren Regen. Irene entschloss sich, nur eine Runde um die Reihenhäuser zu machen.

Der Fußweg hinter ihrem Haus führte einen kleinen Hang hinunter. Dort wuchsen ein paar Bäume und dichtes Gestrüpp. Das durfte erst mal als Ausflug in die Natur genügen. Insbesondere da Krister mit Egon schon am Morgen zum Pilzesuchen im Wald gewesen war. Sie schaute auf den kleinen Hund hinunter, der am anderen Ende der Leine fröhlich hin und her wetzte und herumschnüffelte. Sein seidiges Fell wurde nass, als er unter den regennassen Büschen herumlief. Wie pflegte man dieses Fell? Reichte Bürsten, oder musste man es auch stutzen? Das musste sie in Erfahrung bringen. Zärtlich schaute Irene auf ihren neuen Hund hinunter. Plötzlich fiel ihr auf, dass sich seine Haltung veränderte. Er erstarrte und richtete seinen Blick auf etwas in den dunklen Büschen. Hastig drehte sich Irene um und blickte geradewegs in das Wohnzimmer ihres eigenen Hauses. Dort drinnen standen Krister und Madeleine Sigfrid und unterhielten sich. Die Nachbarhäuser wurden von gepflegten Hecken umgeben, aber Familie Huss hatte sich nie die Mühe gemacht, eine anzupflanzen. Auf der Rückseite ihres Hauses befand sich nur ein niedriger Zaun zwischen Garten und Fußweg.

Es knackte, als ein morscher Ast abbrach. Sie drehte den Kopf rasch in die andere Richtung und konzentrierte ihre Aufmerksamkeit wieder auf das Weidengebüsch. Sie hörte das Rascheln von Stoff. Oder handelte es sich nur um Laub, das sich im Wind bewegte? Es war unmöglich, in dem Gestrüpp etwas zu erkennen. Stand dort vielleicht ein Reh? Aber das hätte inzwischen mit Sicherheit schon längst die Flucht ergriffen, schließlich hatten Rehe für Hunde nicht sonderlich viel übrig. Jetzt war es wieder still. Im Gebüsch stand jemand und beobachtete sie reglos.

Egon begann zu jaulen und an der Leine zu ziehen. Er hatte Angst und wollte weiter. Allein und unbewaffnet wollte Irene nicht in das Gebüsch eindringen, um nachzusehen, wer sich dort verbarg. War Angelica etwa zurückgekommen, um ihnen ein weiteres Fenster einzuwerfen? Oder wollte sie auf Krister und sie mit den Fäusten losgehen? Plötzlich wünschte sich Irene, den Blog gelesen zu haben. Es war immer gut, soviel wie möglich über seine Gegner in Erfahrung zu bringen, damit man wusste, mit wem man es zu tun hatte. Sollte sie stehen bleiben und einen Streifenwagen rufen? Aber wenn jetzt Egons und ihre Fantasie ihnen einfach nur einen Streich gespielt hatte? Außerdem konnte es ziemlich lange dauern, bis ein Streifenwagen eintraf. Das Beste war, diesen Ort so rasch wie möglich zu verlassen.

Egon zerrte an der Leine, als sie den Rückzug antraten. Den ganzen Weg über hatte sie das Gefühl, einen Blick im Nacken zu verspüren. Sie zwang sich jedoch dazu, sich nicht umzudrehen. Stattdessen horchte sie angespannt, ob jemand versuchte, sich von hinten zu nähern.

Vor der Haustüre blieb sie stehen und wählte die Bereitschaftsnummer des Dezernats. Wie erwartet war Hannu am Apparat, der Dienst hatte. Als Irene ihn fragte, ob sie Angelica ausfindig gemacht hätten, verneinte er bedauernd.

»Ihre letzte bekannte Adresse ist die Distansgatan in Högsbo. Wir waren dort, haben sie aber nicht angetroffen«, erklärte er.

»Sie ist also in ihre alte Wohnung zurückgezogen oder zumindest in dieselbe Straße. Offenbar hatte sie kein Geld mehr, und die Beziehung zu diesem älteren Typen ist beendet.«

»Wahrscheinlich. Sie unterrichtet auch kein Ballett mehr. Wir haben mit der Ballettschule gesprochen. Sie hat dort vor fünf Jahren aufgehört.«

Offenbar war es Angelica nicht besonders gut ergangen. Sie hatte Geldprobleme und war zurück in ihre alte Straße gezogen. Irene war einige Male dort gewesen, als sie sich mit dem Tod von Sophie befasst hatte. Den betuchten Verlobten gab es offensichtlich nicht mehr, denn dieser wäre wohl kaum in eine Zweizimmerwohnung gezogen. Irene erinnerte sich, dass er große Pläne für das Haus in Änggården gehabt hatte, das Angelica von ihrer Tochter geerbt hatte.

Jetzt war Angelica also verschwunden. Zumindest ging sie der Polizei aus dem Weg.

»Habt ihr jemanden vor der Wohnung postiert?«, fragte Irene. Sie hörte selbst, dass ihre Stimme zitterte.

»Das ist der nächste Schritt«, versicherte ihr Hannu.

Schweren Herzens öffnete Irene die Tür ihres sicheren Zuhauses oder, genauer gesagt, dessen, was bis zum Vortag ihr sicheres Zuhause gewesen war.

»Vielleicht habe ich es mir ja nur eingebildet. Ich leide langsam unter Verfolgungswahn! Der Gedanke, dass da wirklich jemand hinter den Büschen gestanden haben und in unser Wohnzimmer geschaut haben könnte … Man ist in seinen eigenen vier Wänden nicht mehr sicher!«

Irene hatte sich beherrscht, solange die Maklerin im Haus gewesen war, aber sobald die Tür hinter ihr zugefallen war, brach es aus ihr hervor. Krister hörte ihr schweigend zu, als sie Egons und ihre eigene Reaktion auf den knackenden Ast und das unheimliche Gefühl, beobachtet zu werden, beschrieb.

»Du weißt, dass ich noch nie Angst im Dunkeln hatte«, schloss Irene.

»Ich weiß«, erwiderte Krister.

»Aber jetzt habe ich Angst im Dunkeln.«

Er sah sie ernst an.

»Und was macht dir Angst?«

»Dass da draußen im Dunkeln eine Person lauert, die mich beobachtet, jemand, der es auf uns abgesehen hat.«

Das klang so theatralisch. Sie hatte immer noch keine Angst vor der Dunkelheit, aber die Person, die die Dunkelheit ausnutzte, um sich und ihre Pläne zu verstecken, jagte ihr Angst ein.

Krister nickte. Er stand auf und ging in die Küche. Als er zurückkam, hielt er zwei Gläser Whisky in der Hand.

»Hier. Du brauchst was zur Stärkung. Es war in letzter Zeit etwas viel«, sagte er.

»Das kannst du laut sagen«, erwiderte Irene.

»Und was machen wir jetzt? Du musst dich schließlich in deinen eigenen vier Wänden sicher fühlen können«, fuhr er fort.

Irene nippte an ihrem Whisky und spürte, wie sich die Wärme im Körper ausbreitete. Sie wusste, was sie zu tun hatte. Es gab einen Ort, an dem sie sich sicher fühlte.

»Mamas Wohnung. Wir ziehen sofort nach Guldheden«, sagte sie mit Nachdruck.

Krister genehmigte sich einen kleinen Schluck der bernsteinfarbenen Flüssigkeit. Dann stellte er das Glas ab und sagte energisch:

»Dann tun wir das.«

Es hieß sich zu beeilen, damit Angelica nicht herausfand, was Sache war, falls sie ihr Haus wirklich überwachte. Irene packte Bettwäsche und Handtücher in eine Reisetasche. Kissen und Bettdecken stopfte sie in einen schwarzen Müllsack. Egons Körbchen und seine anderen Sachen kamen in einen weiteren Müllsack. Der Kleine musste schon wieder umziehen.

Krister holte die beiden Klappbetten und zwei Campingstühle aus dem Schuppen. Als er die verderblichen Lebensmittel aus dem Kühlschrank nahm, ging Irene noch rasch mit dem Hund in den Vorgarten. Egon war sichtlich verwirrt. Sie waren doch eben erst draußen gewesen. Ängstlich heftete er sich an Irenes Fersen, als sie im Vorgarten auf und ab ging. Obwohl die Straßen- und die Außenbeleuchtung Licht spendeten, war es dunkel und ungemütlich. Irene wollte verhindern, dass Angelica zu nahe an das Haus herankam und beobachten konnte, dass sie vorhatten zu verschwinden.

Hoffentlich würde es ihren Kollegen in den nächsten Tagen gelingen, sie ausfindig zu machen, aber bis dahin war es schön, sich verstecken zu können. Denn genau das hatten sie vor.

Ganz oben in die Tasche mit den Kleidern legte Irene den Ausdruck von Angelicas Blog. Es war an der Zeit, den Feind kennenzulernen.

Krister ging sein Auto holen und fuhr bis an die Gartenpforte. Irene war froh, dass es sich bei dem klapprigen Volvo um einen Kombi handelte. Rasch lud Krister die Taschen und Klappbetten ein. Sie hatten einen Timer so eingestellt, dass bis Mitternacht Licht brennen würde. Die Außenbeleuchtung vor und hinter dem Haus wurde von Sensoren gesteuert. Sie würde erst in der Morgendämmerung ausgehen.

Krister fuhr nicht auf direktem Weg nach Guldheden, sondern einen Umweg über die Vasagatan, die Aschebergsgatan und an der Technischen Hochschule Chalmers vorbei. Es waren viele Leute unterwegs, vor allen Dingen junge Leute, da Freitagabend war. Die Kneipen und Restaurants in Vasastaden waren gut besucht. Jetzt können wir da überall zu Fuß hin, dachte Irene. Im Augenblick hatte das alles jedoch keine Bedeutung, jetzt ging es nur darum, unbemerkt zu der Wohnung in der Doktor Bex Gatan zu gelangen.

Nichts deutete darauf hin, dass sie verfolgt wurden. Nachdem sie ein paar Runden gefahren waren, fanden sie einen Parkplatz in der Nähe der Haustür. Sie mussten einige Male hin- und hergehen, bis sie alles in die Wohnung gebracht hatten. Als Irene die Tür öffnete, schlug ihr stickige Luft entgegen. Zu Hause. In Sicherheit. Erst jetzt wagte sie aufzuatmen. Ohne es richtig zu merken, war sie während der letzten vierundzwanzig Stunden ständig auf der Hut gewesen, jetzt ließ ihre Anspannung nach. Geschwächt ließ sie sich auf den einzigen Sessel in dem leeren Wohnzimmer sinken. Glücklicherweise stand dort auch noch eine Stehlampe ihrer Mutter.

»Soll ich dir einen Stuhl hinstellen, damit du dich auch setzen kannst?«, fragte Irene.

»Ja, danke. Mit einer Hand ist das etwas schwierig«, sagte Krister und hielt seine bandagierte Faust hoch.

Sie stellte die Klappstühle auf und bezog danach auch gleich die Betten. Egon machte es sich darin bequem und schlief sofort ein.

»Wie wär's mit einer Tasse Tee?«, fragte Irene.

»Nein, danke, Liebes. Ich bin hundemüde. Ich leg mich sofort hin«, antwortete Krister.

Kein Wunder, dass du müde bist, schließlich warst du heute ungeheuer effizient, dachte Irene zärtlich. Aber sie sagte nichts und gab ihm einfach einen Gutenachtkuss.

Sie nahm Angelicas Blogausdruck aus der Tasche und machte es sich auf dem Sessel bequem.

Dann begann sie zu lesen.

29.4.2009. Willkommen bei Angies Blog. Ich will euch von meinen bitteren Erfahrungen im Zusammenhang mit Machtmissbrauch der Polizei und anderer Behörden erzählen. Es ist schändlich, dass die Polizei ungestraft machen kann, was sie will! Wenn die Polizei sich entschließt, jemanden zu verfolgen, dann tut sie es erbarmungslos, auch wenn das bedeutet, ihn sogar in den Tod zu treiben!! Ich weiß das aus eigener Erfahrung. Beide meine Kinder sind nun nach jahrelanger Überwachung der Polizei tot! Besonders eine Beamtin hat es auf mich und meine Kinder abgesehen. Eine Göteborger Beamtin: Irene Huss. Ihr Name treibt mir den Schweiß auf die Stirn und erfüllt mich mit Schrecken!! Ich weiß nicht, warum sie begonnen hat, mich und meine Kinder zu jagen, aber vielleicht war es der Umstand, dass meine Tochter anders war. Sie war still und wurde deswegen in der Schule gemobbt. Erst im Alter von zwölf bekam Sophie die Diagnose Asperger-Syndrom. Sie spielte immer am liebsten allein. Mir war klar, dass etwas mit ihr nicht in Ordnung war, und ich suchte viele Ärzte auf, aber keiner konnte mir zunächst weiterhelfen. Ballett war ihr großes Interesse. Wenn sie tanzte, schien sie wie alle anderen zu sein. Sie fing bereits mit vier im Ballett an und wurde mit der Zeit eine sehr gute Tänzerin. Das war auch nicht weiter erstaunlich, da ich selbst eine klassische Ballettausbildung habe und außerdem ausgebildete Ballettpädagogin bin.«

Darauf folgte eine ausschweifende Beschreibung von Angelicas glanzvoller Ballettkarriere. Der Text endete mit Aufzählungen dessen, was Irene Angelica zufolge ihrer Tochter angetan hatte. Die letzten Worte lauteten: »Morgen schreibe ich weiter, denn jetzt kann ich nicht mehr. Die Trauer packt mich wieder mit eisigen Klauen. Sie zerfleischen mir das Herz!«

Irene spürte, wie ihr Herz klopfte. Sie ließ das Papier sinken, trank einen Schluck von dem lauwarmen Tee, der auf dem Hocker neben dem Sessel stand, und setzte die Lektüre fort.

Die Eintragung war etliche Male kommentiert worden. Einige Leute drückten Angie, der so übel mitgespielt worden war, ihre Sympathie aus. Einige von ihnen gaben an, selbst von der Polizei verfolgt zu werden. Einige Kommentare waren von offenbar vollkommen verwirrten Personen verfasst worden. Einer lautete: »Super!!! Nicht klein beigeben!!!!! Wir bringen sie alle um, verdammt!!!!! Sprengt alle Polizisten in die Luft!!!!!!!«

Laut Angelica hatte also die Polizei in Person Irene Huss' Sophies und Frejs Tod verschuldet. Den Lesern des Blogs, die die wahre Geschichte nicht kannten, musste Irene als eine bösartige Verfolgerin erscheinen, die zwei junge Menschen in den Tod gehetzt hatte. Was sollte man dagegen unternehmen?, überlegte Irene resigniert. Konnte man dies als Verleumdung ahnden? Oder war das nur der hilflose Vorschlag eines Politikers gewesen?

Nach einer kurzen Pause zwang sie sich zum Weiterlesen.

»30.4.2009. Angies Blog. Alles fing mit einem tragischen Unfall an. Mein geliebter Mann Magnus hatte sich nach dem Essen hingelegt und war mit einer Zigarette eingeschlafen. Er besaß die hässliche Angewohnheit, im Bett zu rauchen, und ich hatte ihm oft gesagt, er solle es bleiben lassen. Und diesmal passierte es, das Bett fing Feuer. Er erwachte nicht, denn er schlief wie immer ganz tief, und das ganze Haus brannte ab! Die Kinder und ich waren vor Trauer am Boden zerstört. Unser geliebter Magnus! Er lag noch nicht einmal unter der Erde, da begann die Polizei bereits, uns zu schikanieren. Allen voran Irene Huss und ein paar von ihren Kollegen. An einen erinnere ich mich besonders, Kommissar Andersson. Er schrie die arme Sophie an, sie solle gestehen! Die Polizei setzte sich in den Kopf, dass Sophie, die damals erst 11 war, das Haus angesteckt habe! Mein kleines Mädchen war durch ihre Krankheit aber nicht in der Lage, die Fragen der Polizei zu beantworten. Sie wurden so wütend, dass sie sie mit ins Präsidium nahmen. Sie wurde lange verhört, und die arme Sophie sah sich allein mehreren Polizisten auf einmal gegenüber. 11 Jahre alt! Sie wollten, dass sie gesteht. Irene Huss quälte mein kleines Mädchen in langen, nicht enden wollenden Verhören. Erst als die Kinderpsychiatrie eingriff und der Polizei verbot, Sophie so zu behandeln, kam sie frei! Aber mein kleines Mädchen war für den Rest ihres Lebens gezeichnet und wurde über Jahre von schweren Depressionen begleitet. Einzig das Ballett gab ihr noch ein wenig Kraft. Jetzt fange ich vor Trauer an zu weinen und habe nicht mehr die Kraft weiterzuschreiben. Danke für eure Unterstützung, ihr wunderbaren Menschen! Eure Angie.«

Irene konnte sich an ihre Begegnungen mit der elfjährigen Sophie noch gut erinnern. Sie war für ihr Alter sehr groß gewesen und außerdem sehr dünn. Kein Wort hatte sie gesagt. Sie war stets nur im Beisein ihrer Mutter und eines Repräsentanten der Kinder- und Jugendpsychiatrie vernommen worden. Es gab Gesetze, die für Verhöre Minderjähriger galten. Sophie war nie gezwungen gewesen, allein mehreren Polizisten Rede und Antwort zu stehen.

Und dass Angelica Magnus Eriksson als »meinen geliebten

Mann Magnus« bezeichnete! Sie hatte während ihrer Ehe mit dem versoffenen Journalisten mehrere Liebhaber gehabt. Während einer Vernehmung hatte sie eine lange, leidenschaftliche Affäre mit dem jungen Brasilianer Marcelo zugegeben. Dieser war sich seiner Schönheit wohl bewusst gewesen. Irene wurde sogar einmal unfreiwillig Zeugin eines Rendezvous der beiden. Marcelo Alves bewohnte als Untermieter ein Zimmer in Sophies großem Haus in Änggården. Mutter und Tochter begehrten den jungen Mann beide, aber die Mutter hatte ihn schließlich in Beschlag genommen. Gleichzeitig hatte sie beabsichtigt, einen reichen, fast sechzigjährigen Manager zu heiraten, was sich dann offensichtlich zerschlagen hatte. Was wohl aus dem Haus in Änggården geworden war? Es war zwar ziemlich baufällig gewesen, aber es lag sehr schön in der Nähe des Botanischen Gartens. Ob sie das Haus wohl verkauft hatte?

Und was war aus dem Vermögen geworden, das Angelica von ihrer Tochter geerbt hatte? Immerhin fast zwei Millionen Kronen in bar.

Vielleicht gab ja der Blog weiter Aufschluss darüber.

»5.5.2009. Angies Blog. Mir ist ganz heiß. Die Hitze kommt aus mir selbst. Mein Hirn kocht! Die Erinnerungen verursachen mir Übelkeit! Besonders wenn ich an diese bösartige Polizistin Irene Huss denke! Mir wird schlecht, wenn ich daran denke, wie sie und andere Polizeibeamte meine Kinder behandelt haben. Ich will Rache! Das ist doch wohl ein natürliches Gefühl für eine Mutter, die ihre Kinder verloren hat?! Der Chef der Reichspolizei hat sich nie die Mühe gemacht, meine vielen Briefe zu beantworten. Mein Leid hat ihn einen Dreck gekümmert! Meinen Kindern und mir soll Gerechtigkeit widerfahren! Ich will Rache! Meine Hände zittern. Ich muss aufhören. Eure Angie.«

Auf dem Zettel, der durch ihr Küchenfenster geflogen war, war auch von Rache die Rede gewesen. »IHR SOLLT STERBEN! MEINE RACHE KOMMT!«, hatte darauf gestanden.

Wie bei den früheren Einträgen in den Blog drückten die Kommentare Mitgefühl mit der Bloggerin und ihren beiden verstorbenen Kindern aus. Irene empfand ebenfalls Mitgefühl mit Sophie und Frej, aber aus ganz anderen Gründen als jene, die Angies Blog lasen. Wenn die beiden Geschwister eine Mutter gehabt hätten, die sich um ihre Kinder gekümmert und sie geliebt hätte, dann wären sie noch am Leben.

Irene nahm sich zusammen und las weiter. Ihr fiel auf, dass zwischen den Einträgen große zeitliche Abstände lagen. Hatte Sara einige Einträge nicht ausgedruckt, weil sie nichts über Irene enthielten, oder hatte Angelica in dieser Zeit nicht gebloggt? Das musste sie herausfinden.

»15.7.2009. Angies Blog. Sophie ist bei einem tragischen Unfall vor fünf Jahren ebenfalls verbrannt. Frej versuchte sie zu retten, aber das gelang ihm nicht. Da tauchte diese Irene Huss wieder auf und begann alles zu zerstören! Sie spionierte Frej und mir hinterher, damit wir gestehen würden, dass Frej die arme Sophie getötet hatte! Frej vergötterte seine Schwester. Irene Huss hasste ihn und Sophie! Sie waren schön und erfolgreich, was man von ihren Kindern nicht sagen konnte. Sie hatte sich entschlossen, Sophie und Frej zu vernichten! Nicht genug damit, dass Frej seinen geliebten Vater in einem Feuer verloren hatte und so im Alter von acht Jahren Halbwaise geworden war! Jetzt begann Irene Huss ihn Tag und Nacht zu verfolgen! Die Schikanen von Irene Huss und die Trauer um Magnus und Sophie wurden zuviel für meinen sensiblen und künstlerisch begabten Sohn, und er musste wegen eines Nervenleidens mehrfach stationär behandelt werden. Schließlich konnte er nicht mehr. Das Klinikpersonal fand ihn erhängt in der Dusche. Ich lebe in einem schwarzen Tunnel, und nirgends bekomme ich Gerechtigkeit! Rache! Ich fordere Rache für das zerstörte Leben meiner Kinder und mein eigenes zerstörtes Leben! Ist das so merkwürdig? Eure am Boden zerstörte Angie.«

Zu diesem Blog gab es über fünfzig Kommentare. Alle sympathisierten mit der armen Angie. Man verlieh seinem Hass auf die Polizei im Allgemeinen und auf Irene Huss im Besonderen Ausdruck. Alle schrieben zustimmend, es sei nicht im Geringsten merkwürdig, dass sich Angie rechtlos und im Stich gelassen fühlte. In einem Kommentar stand: »Du musst die Dinge in deine eigenen Hände nehmen! Das weiß schließlich jeder, dass die bei der Polizei zusammenhalten! Schlag diese Sau Irene Huss tot! In dieser schweinischen Gesellschaft ist es überall dasselbe! Die Kleinen haben keine Chance!«

Mit überraschender Bereitwilligkeit schienen die Leute das alles für bare Münze zu nehmen. Irene fand es seltsam. Schließlich konnte jeder Irre einen Blog verfassen.

Nicht zum ersten Mal stellte sich Irene die Frage, ob das Internet wirklich einen Segen für die Menschheit darstellte. Es war ein Eldorado für Pädophile und Sexualverbrecher und für alle möglichen Betrüger. In den zurückliegenden Jahren hatten Irene und ihre Kollegen an der Aufklärung gleich mehrerer Fälle gearbeitet, in denen Mörder und Vergewaltiger ihre Opfer in Chatforen kennengelernt hatten. Zudem standen Informationen aus dem Internet oft nur sehr fragmentarisiert zur Verfügung und wiesen außerdem eine hohe Fehlerquote auf. Jeder war in der Lage, falsche Informationen ins Netz zu stellen. Unmöglich, den Wahrheitsgehalt zu kontrollieren, wenn man die dort getroffenen Aussagen nicht gründlich überprüfte oder ohnehin über ein größeres Wissen verfügte als derjenige, der die Inhalte verfasst hatte. Das konnten die meisten Informationssuchenden jedoch nicht leisten, im Gegenteil: Viele Menschen suchten ja nach Antworten im Internet. Denn die Welt – und nicht zuletzt die Polizei – wurde vom Internet immer abhängiger. Irene seufzte.

Dann las sie weiter. Mehrmals ließ sich Angelica gehässig über den »gestörten Psychiater Eskil Itkonen« aus. Sie schrieb über Banken, die den Leuten ihr Geld abluchsten, um saftige Bonusse zahlen zu können. Am schlimmsten sei die Nordea Bank am Axel Dahlströms Torg, wo insbesondere der Berater Tony Barkén die Leute um ihr Geld betrüge.

Frej hatte durchaus nicht ohnmächtig zugesehen, wie seine Schwester in dem alten Schuppen im Industriegebiet in Högsbo verbrannt war. Er hatte sie selbst in dem Schuppen auf eine Matratze gelegt und diese dann angezündet. Der damals achtjährige Frej hatte vor fünfzehn Jahren das Haus in Björkil, in dem sein Vater umgekommen war, in Brand gesetzt. Seine verhaltensauffällige Schwester war der Tat jedoch verdächtigt worden. Ihre einzige Verteidigung war es gewesen zu schweigen. Angelica und ihre Schwägerin hatten die ganze Zeit die Wahrheit gewusst, aber keine der beiden hatte versucht, Sophie zu helfen. Man hatte sie vollkommen allein gelassen.

Irene sah ein, dass sie nichts tun konnte. Es hatte keinen Sinn, sich über Angelicas Ergüsse aufzuregen. ihr fehlte die Kraft weiterzulesen, und so legte sie den Stapel auf den Fußboden. Sie wurde von einer Bloggerin im Internet verleumdet und mit dem Tode bedroht. Mama, was hättest du gesagt, wenn du das hier über deine Tochter gelesen hättest?, dachte sie. Und was würden ihre Töchter sagen? Aber diese konnten sich noch an den Tod von Sophie erinnern und kannten den größten Teil der Wahrheit. Katarina und Felipe hatten sich im Zuge der Ermittlung kennengelernt, da Felipe Tänzer war und ein guter Freund Frejs gewesen war. Alle drei begeisterten sich für Capoeira, und Katarina begann Capoeira zu trainieren statt Jiu-Jitsu. Irene war immer noch etwas betrübt, wenn sie daran dachte. Aber es war wohl so, wie Katarina damals gesagt hatte: »Jiu-Jitsu ist dein Ding, nicht meins.«

Kinder wuchsen heran und gingen ihre eigenen Wege. Wir bleiben zurück und wollen, dass alles so bleibt wie früher. Aber die Wahrheit ist, dass alles ständig im Fluss ist, dachte Irene. Glaubte sie etwa, dass alles wieder so werden würde wie früher, wenn sie wieder in die Wohnung einzog, in der sie aufgewachsen war? Nein, ein neuer Lebensabschnitt brach an. Sie beschloss, dass es für Krister und sie gut werden würde. Und für Egon, dachte sie dann, als der Hund auf ihren Schoß hüpfte. Jetzt war es wirklich höchste Zeit, ins Bett zu gehen.

Irene lag lange da und starrte in die Dunkelheit. Als sie die Augen schloss, sah sie den Text wieder vor sich: »Schlag diese Sau Irene Huss tot!« Und: »Ich fordere Rache für das zerstörte Leben meiner Kinder und mein eigenes zerstörtes Leben!« Mein Gott, wie geht man mit so etwas um?, dachte sie immer wieder.

Du warst so nahe. Wir hätten uns fast berührt. Aber Hunde kann ich nicht ausstehen. Ich hasse Tiere! Sie sind unrein und kommen vom Teufel. Unsere Liebe ist nicht rein, das sehe ich ein. Du sollst keinen Ehebruch begehen. So steht es in der Schrift. Aber nicht ich bin es, der sich versündigt, sondern du, denn du führst mich in Versuchung. Du bist eine hässliche Versucherin. Du willst mich auf Irrwege locken, in das Netz der Versuchung. Du willst mich dazu bringen, das heilige Gebot zu übertreten. Mein Gewissen quält mich. Du wirst meiner Seligkeit gefährlich. Meine reine Liebe ist in Gefahr, besudelt zu werden. Deine unreine Seele muss gerettet werden.

Du musst sterben.

Irene erwachte davon, dass Egon winselte. Er zeigte deutlich, dass er raus musste. Da blieb ihr nichts anderes übrig, als sich an einem Samstag um halb sieben aus dem Bett zu quälen. Krister schlief tief im Nachbarbett. Jedes Mal, wenn er sich bewegte, knarzte es besorgniserregend. Die richtigen Betten hierher zu schaffen hatte jetzt höchste Priorität, das spürte Irene im Kreuz und in den Schultern. Aber das konnte nicht geschehen, bevor Angelica nicht lokalisiert war. Gähnend streckte sie sich. Ihre Gelenke knackten. Ihre Lider waren schwer. Wenn sie nachgab, dann würde sie wieder einschlafen. Energisch schwang sie die Beine über die Bettkante und ging ins Badezimmer.

Kurz hielt sie ihr Gesicht unter das kalte Wasser und kleidete sich dann an. Das war ein Nachteil, wenn man in der Stadt wohnte: Man musste ordentlich angekleidet sein, wenn man vor die Tür trat. Selbst frühmorgens, wenn man mit dem Hund raus musste. Die Zeiten, in denen sie in Morgenmantel und Pantoffeln vor die Tür schlappte, waren zu Ende. Sie hatte das zwar auch in der Reihenhaussiedlung nicht sonderlich oft getan, aber es war vorgekommen. Der Regen war im Laufe der Nacht nach Osten weitergezogen. Die Luft war immer noch feucht und kühl, aber der Himmel klar. Eine bleiche Sonne beschien die gelbe Ziegelmauer des Konsum-Supermarkts auf der anderen Straßenseite. Zwischen den Häusern gab es Rasenflächen und große Bäume. Es waren auch einige Felsen stehengeblieben, als man das Viertel in den 50er Jahren gebaut hatte. Auf der Rückseite des Hauses war einem die Natur noch näher. Hier standen die hohen Bäume ganz dicht. Ein paar Bäume, die den Stürmen zum

Opfer gefallen waren, rotteten vor sich hin. Obwohl der Gehweg asphaltiert war, hatte man nicht das Gefühl, durch einen angelegten Park zu gehen, da die Pflanzen wild wuchsen und die Büsche nicht beschnitten wurden. Der Duft von nassem Laub und feuchter Erde verstärkte die Illusion eines Waldspazierganges noch.

Irene schlug den Jackenkragen hoch, da der Morgen kühl war, und ging in Richtung Doktor Fries Torg. Obwohl sie das Viertel schon ihr ganzes Leben lang kannte, sah sie es plötzlich mit anderen Augen. Viel war seit ihrer Kindheit unverändert, aber in letzter Zeit wirkte alles sehr viel grüner. Aus den Bäumen waren in den Jahrzehnten ehrwürdige Riesen geworden. Sie waren gealtert wie sie selbst. Die Straßenbahnen unten am Wavrinskys Plats strebten aus verschiedenen Richtungen quietschend die Hügel hinan und auf den Verkehrsknotenpunkt zu. Dort hatte sie als Teenager oft gestanden, wenn sie keine Lust gehabt hatte, den ganzen Weg in die Stadt zu laufen. Auch dort hatte sich nicht viel verändert. Ich werde nostalgisch, dachte Irene.

Plötzlich stieg ihr der Duft von frischgebackenem Brot in die Nase. Sie folgte ihrer Nase zu dem Lebensmittelladen an der Ecke.

Mit einer *Göteborgs Posten* und frischgebackenen Brötchen in einer Plastiktüte in der einen und Egons Leine, der neben ihr hertrippelte, in der anderen Hand, ging Irene gemächlich den Weg zu ihrer Wohnung hinauf.

Es duftete nach Kaffee, als sie die Wohnungstür öffnete. Sie war froh, dass sie daran gedacht hatten, die Kaffeemaschine und Kaffee einzupacken. Jetzt stand die Maschine leise fauchend auf der Anrichte in der Küche. Aus dem Bad war die Dusche zu hören.

Nach ein paar Tassen Kaffee und zwei Brötchen mit Käse fühlte sich Irene in der Verfassung, dem Tag zu begegnen. Das tat sie, indem sie ihre Kollegin anrief, die Bereitschaft hatte.

»Wir haben ihre Wohnung gestern überwachen lassen. Sie kam gegen Mitternacht nach Hause und war in so schlechter Verfassung, dass wir sie in die Psychiatrie fahren mussten«, informierte Sara über die neueste Entwicklung bei der Fahndung nach Angelica Malmborg-Eriksson.

»Was heißt, in schlechter Verfassung?«, wollte Irene wissen.

»Vollkommen durchgeknallt. Überdosis von allem Möglichen laut Psychiater. Der Guten geht es nicht sonderlich gut, das kann ich dir sagen.«

Dass Angelica Drogen nahm, erstaunte Irene. Der Tänzerin waren ihr Aussehen und ihre Jugendlichkeit immer sehr wichtig gewesen, ihr Kapital für den sozialen Aufstieg, den ihr die Männer ermöglichen sollten. Irene konnte sich noch gut an Tommys Reaktion erinnern, als Angelica in einem ultrakurzen, knallroten Strickkleid, schwarzen Leggings und hochhackigen schwarzen Stiefeln bei ihnen im Präsidium erschienen war. Er hatte den Mund fast nicht mehr zugekriegt. Mit fünfundvierzig hatte Angelica immer noch den hübschen Körper einer Tänzerin besessen, und man konnte sie ohne weiteres für fünfzehn Jahre jünger halten. Zwar hatte sie in der Zeit, in der sie miteinander zu tun gehabt hatten, nicht gerade wenig getrunken, aber harte Drogen … damit musste sie später begonnen haben.

»Wie lange bleibt sie in der Psychiatrie?«

Irene war ungeduldig. Sie wollte mit Angelica sprechen, um Gewissheit zu haben.

»Weiß nicht. Das kommt wohl darauf an, wie schnell sie sich erholt. Sie kannten sie dort schon. Sie ist offenbar häufiger dort. Drogenmissbrauch und irgendeine psychiatrische Diagnose. Ich erinnere mich nicht mehr genau, was.«

»Warst du bei der Festnahme dabei?«

»Nein. Mathiesen und Asp.«

»Okay. Nur noch eins, solange ich daran denke. Zwischen zwei der Blogs besteht eine Pause von fast zwei Monaten. Hast du irgendwelche Blogs nicht ausgedruckt, weil sie für mich nicht von Belang waren, oder gab es zwei Monate lang keine?«

»Es gab keine. Sie hat von Anfang Mai bis in den Sommer hinein nichts geschrieben. Aber Mitte Juli ist sie dann wieder zu Hochform aufgelaufen.«

»Allerdings, das habe ich gesehen.« Irene lachte.

Sie versuchte entspannter zu klingen, als sie sich fühlte. Was war in jenem Zeitraum geschehen, in dem Angelica geschwiegen hatte? Plötzlich kam ihr ein Gedanke. Vielleicht war die Erklärung ja ganz einfach.

»Sara, was glaubst du, ist sie in dieser Zeit vielleicht auch stationär behandelt worden?«, fragte Irene.

»Gut möglich. Ich bringe das in Erfahrung.«

Irene war nach diesem Gespräch leichter ums Herz. Jetzt befand sich Angelica unter Aufsicht, jedenfalls in nächster Zeit. Sie teilte Krister die gute Nachricht mit. Er wirkte ebenfalls erleichtert, schwieg eine Weile und sagte dann:

»Das ist wirklich eine fantastische Neuigkeit. Aber ich finde trotzdem, dass wir hierher ziehen sollten. Mit dem Gewinn, den wir beim Verkauf des Hauses erzielen, können wir die Wohnung renovieren lassen. Es bleibt sicher noch einiges übrig, was wir dann in das Sommerhaus investieren können. Außerdem können wir eines der Autos verkaufen. Nicht dass das soviel einbringt, aber dann haben wir eine Sorge weniger.«

Irene öffnete den Mund, um zu protestieren, schloss ihn dann aber wieder. Es ging ihr alles ein wenig zu schnell. Sie hatten doch renovieren wollen, bevor sie in die Wohnung einzogen. Andererseits war es gut, die Sachen nicht länger hinauszuzögern. Sie hatten jetzt ein ganzes Jahr lang überlegt. Es war an der Zeit, einen Beschluss zu fassen.

»Das tun wir. Aber ich finde, wir sollten die Wände im Schlafzimmer streichen, bevor wir einziehen, dann brauchen wir nicht im Farbgeruch zu schlafen«, sagte sie.

»Dann gehen wir raus und kaufen Farben und Tapeten«, entschied Krister.

Egon hörte nur das Wort »raus«, bellte freudig und lief zur Wohnungstür.

Irene war guter Dinge, als sie das Dezernat am Montagmorgen betrat. Sie hatte sich am Sonntag ausgiebig ihrem Training gewidmet und damit ihre inneren Spannungen abgebaut. Außerdem hatten Krister und sie die Decke und alle Türen und Fenster im Schlafzimmer gestrichen. Er hatte immer noch Schmerzen, wenn er die Hand bewegte, fand aber, er sei auf dem Weg der Besserung. In der kommenden Woche wollten sie die Wände tapezieren. Das konnte Krister nicht allein machen, am allerwenigsten jetzt, da ihm nur eine Hand zur Verfügung stand. Am Abend, wenn Irene von der Arbeit nach Hause kam, würden sie das in Angriff nehmen.

Am nächsten Wochenende würden sie dann einen neuen Laminatfußboden verlegen. Das hatten sie zwar noch nie getan, aber in der Werbung und in den Einrichtungssendungen im Fernsehen wirkte es recht einfach. Felipe hatte versprochen mitzuhelfen. Er war sehr geschickt und hatte die ziemlich heruntergekommene Wohnung, die er zusammen mit Katarina bewohnte, erstklassig hergerichtet.

Sie wurde aus ihren Überlegungen gerissen, als Sara auf sie zukam.

»Du hattest recht. Angelica wurde stationär behandelt, als sie mit ihrem Blog pausierte«, sagte sie zur Begrüßung.

»Das erklärt das Schweigen. Weißt du, wie es ihr geht?«

»Offenbar ist sie vollkommen ausgeflippt. Sie behauptet, dass du und die Mafia sie ermorden lassen wollt. Ihr würdet unter einer Decke stecken. Keine Polizeibeamten dürften sie besuchen, denn sie würden alle von der Mafia und dir bezahlt. Reiner Verfolgungswahn! Als sie bei Asp und Mathiesen im Auto saß, erzählte sie jedenfalls, es freue sie, dass sie deiner Familie und dir das Leben schwer gemacht habe. Sie redete offenbar viel von Rache und ähnlichem. Besonders zufrieden war sie, weil ihr solche Angst bekommen habt, als sie die Fensterscheibe zerschmetterte. Das hat sie also gestanden.«

Es war gut zu wissen, dass tatsächlich Angelica hinter all dem steckte, was sich in den letzten Wochen zugetragen hatte. Die Schikanen waren immer schlimmer geworden. Wie weit sie wohl gegangen wäre?

»Dann müssen wir uns jetzt wieder auf den Paketmörder konzentrieren. Habt ihr Daniel überwachen lassen?«, fragte Irene.

»Nicht die ganze Zeit. Er verlässt seine Wohnung nicht. Unheimlich, wenn du mich fragst. Aber dafür kann man schließlich niemanden einsperren«, sagte Sara.

Die Morgenbesprechung wurde vom stellvertretenden Kommissar geleitet. Kommissarin Thylqvist war für einige Tage nach Stockholm gefahren, um an Besprechungen des Reichskriminalamtes teilzunehmen. Irene hegte die vermutlich vergebliche Hoffnung, dass sie sie dieses Mal dort behalten würden.

Tommy räusperte sich, um die Aufmerksamkeit der anderen auf sich zu lenken. »Guten Morgen zusammen. Ich hoffe, ihr hattet ein nettes Wochenende. Aber du hattest offenbar einiges an den Hacken, Irene«, sagte er freundlich.

War ihm das wirklich wichtig, oder erwähnte er das nur, weil das von ihm erwartet wurde? Irene bereute sofort ihren Verdacht, aber es gelang ihr nicht, ihn ganz abzuschütteln.

»Stimmt. Wir mussten in die Wohnung meiner Mutter in Guldheden umziehen, während nach Angelica gefahndet wurde. Einigermaßen provisorisch, aber jetzt haben wir uns entschlossen, ganz dorthin umzuziehen. Wir verkaufen das Reihenhaus und werden Stadtmenschen.«

»Aufregend. Ein neues Kapitel in Kristers und Irenes Leben«, meinte Tommy lächelnd.

Es klang, als würde er das wirklich meinen. Irene schämte sich ein wenig ihrer vorherigen Gedanken wegen.

»Jetzt sitzt Angelica also hinter Schloss und Riegel. Sie befindet sich psychisch in sehr schlechter Verfassung, und wir können sie einstweilen noch nicht vernehmen«, fuhr Tommy fort.

Er griff zu einem Papier, das vor ihm auf dem Tisch lag.

»Ingela Svenssons Obduktionsbericht ist soeben eingetroffen. Steht aber nicht viel Neues drin. Todesursache ist natürlich Erdrosselung mit einer Schlinge. Etwas verwunderlich ist allerdings, dass nichts auf sexuellen Missbrauch hindeutet. Keine Körperöffnung wurde penetriert. Nirgendwo fand sich Sperma. Der Leichnam war mit einem Reinigungsmittel und Wasser gewaschen und dann sorgfältig in stabile Folie verpackt worden. Keinerlei Fasern auf dem Leichnam, keinerlei Hautreste unter den Fingernägeln. Einige Nägel waren jedoch abgebrochen, vier Stück, um genau zu sein. Das kann darauf hindeuten, dass sie versucht hat, sich zu wehren. Es gab auch Kratzspuren an jener Stelle des Halses, wo sie versuchte, sich der Schlinge zu entledigen. Die Schlinge ist tief eingedrungen, und der Gerichtsmediziner vermutet, der Täter müsse sehr stark sein. Morgen bekommen wir den Obduktionsbericht über Elisabeth Lindberg.«

Tommy legte das Papier auf den Tisch und betrachtete seine Kollegen über den Rand seiner Lesebrille. Er seufzte und fuhr dann fort:

»Wir sind also immer noch nicht weitergekommen. Das Einzige, was wir in Bezug auf Daniel Börjesson beweisen können, ist, dass er Marie Carlsson im ICA Maxi am Frölunda Torg seltsame Fragen gestellt hat. Das ist jedoch nicht verboten und macht ihn auch nicht zum Mörder.«

»Er ist unheimlich«, meinte Sara.

»Auch das ist kein Verbrechen«, wiederholte Tommy und lächelte.

Gönnerhafte Herablassung, dachte Irene verärgert.

»Ich finde, Sara hat recht. Man muss sich auf den Instinkt seiner Ermittler verlassen. Er ist eines unserer wichtigsten Instrumente bei der Aufklärung von Verbrechen«, sagte sie.

»Wir können doch verdammt noch mal nicht alle ekligen Typen, die uns über den Weg laufen, einbuchten. In diesem Fall behielte ja diese Angelica mit ihrer Behauptung, wir verfolgten Unschuldige, recht«, meinte Jonny grinsend.

Er versäumte nie eine Gelegenheit, Öl ins Feuer zu gießen. Bevor ihn Irene noch mit einer vernichtenden Antwort bedenken konnte, sagte Tommy:

»Ihr habt beide recht. Wir müssen behutsam vorgehen, denn es gibt keine Beweise dafür, dass sich Daniel Börjesson an den Tatorten aufgehalten hat oder dass er die Opfer kannte. Ich schlage aber trotzdem vor, dass sich Sara und Irene weiterhin mit Börjesson beschäftigen. Alle Übrigen gehen die ermittelten Fakten und die Zeugenvernehmungen noch einmal durch. Ich will, dass wir besonderes Augenmerk auf die Fahrzeuge richten, die zu den aktuellen Zeitpunkten in der Nähe der Friedhöfe gesehen worden sind.«

Er erhob sich, um das Ende der Besprechung zu markieren. Da sagte Irene:

»Es gibt noch etwas, dem wir dringend nachgehen müssen. Die Räumlichkeiten.«

»Räumlichkeiten?«, fragte Tommy und nahm wieder Platz.

»Ja. Dem Mörder muss ein Raum zur Verfügung gestanden haben. Wir wissen, dass er die Leichen einige Stunden lang versteckte, bevor er sie gründlich gereinigt und in Folie verpackt auf den Friedhöfen deponierte. Reinigung und Verpackung kosten Zeit. Außerdem musste er ungestört sein. Wo befindet sich dieser Raum?«

»Du hast natürlich recht. Aber wenn wir sein Fahrzeug finden, dann finden wir vielleicht auch seinen Unterschlupf«, meinte Tommy.

»Sehr wahrscheinlich. Es ist wirklich verdammt ärgerlich, dass wir nichts gegen Börjesson in der Hand haben, das uns erlauben würde, bei ihm eine Haussuchung durchzuführen«, fuhr Irene fort.

»Aber es hat auch keinen Sinn, zum Staatsanwalt zu gehen, ehe wir etwas in der Hand haben, das eine Verbindung zwischen ihm und einem der Opfer oder einem der Tatorte darstellt«, sagte Tommy.

Irene wusste, dass er recht hatte, war aber trotzdem frustriert. Sie hatte allerdings in Daniels Wohnung nichts Verdächtiges entdecken können. Keine Folie, kein braunes Paketklebeband, keine blaue Wäscheleine und keine Kleider oder Sachen, die den beiden Ermordeten gehört hatten. Nichts. Das Einzige, was außer Daniel selbst ungewöhnlich gewirkt hatte, war die Flasche Spülmittel auf dem Badewannenrand gewesen.

Aber das reichte wohl kaum, um sich eine Haussuchung genehmigen zu lassen.

Bis zur Mittagszeit des darauffolgenden Tages hatten Sara und Irene viel über Daniel Börjessons Hintergrund in Erfahrung gebracht. Die Fakten stammten aus verschiedenen Archiven und von der Meldebehörde. Eine ältere Schwester von Signe Börjesson hatte ihnen ebenfalls Informationen geliefert. Es war Irene gelungen, sie ausfindig zu machen, weil sie unverheiratet war und daher denselben Mädchennamen trug wie ihre Schwester. In Veddige gab es nur zwei Rapp, und die Schwester Alice Rapp war eine von ihnen. Bei der anderen handelte es sich um eine Schwägerin, die Witwe von Alices und Signes Bruder. Signe und Alice hatten sich nur wenige Male im Jahr getroffen, wenn Signe mit ihrer Familie ihre Verwandtschaft besuchte. Alice Rapp hatte ihr ganzes Leben lang in Veddige gewohnt. Irene hatte sie angerufen und etwas von Unklarheiten betreffend Daniels Vater und dem Sorgerecht für Daniel erzählt. Er selbst habe diese Fragen nicht beantworten können, und sie würde gerne vorbeikommen, um alles zu klären … Sehr gerne, lautete die Antwort. Irene wusste, was sie erwartete: eine alte Frau, die sich langweilte und die froh war, sich eine Stunde lang unterhalten zu können und nicht allein sein zu müssen. Das war nicht weiter schlimm. So hatten sich im Laufe der Jahre schon viele Verbrechen aufklären lassen.

Über die halländische Küstenautobahn erreichte Irene Veddige in einer guten halben Stunde. Problemlos fand sie das Haus, in dem Alice Rapp wohnte. Sie bewohnte eine Wohnung im Zentrum des Ortes. Alice Rapp war korpulent und Anfang achtzig. Ihre Dauerwelle war schon etwas ausgewachsen, und sie hatte das Haar lange gebürstet, damit es etwas voller erschien. Dünn und weiß standen die Haare wie die Samen einer Pusteblume vom Kopf ab. Durch die dicken Brillengläser schauten klare, graublaue Augen. Sie begrüßte Irene mit einem erstaunlich festen Händedruck und führte sie dann in die Diele. Es duftete vielversprechend nach Kaffee, und Irene ging bereitwillig in ein übermöbliertes Wohnzimmer weiter. Überall lagen Kissen mit gehäkelten Überzügen und gehäkelte Deckchen. Sogar die Gardinen und der Teppich vor dem Fernseher waren gehäkelt. Irene hegte den Verdacht, dass Alice auch den Bettüberwurf und die Gardinen gefertigt hatte, die sie in dem sauberen und unberührten Schlafzimmer in Daniel Börjessons Wohnung gesehen hatte.

Alice hatte einen Teller mit Zimtschnecken und Plätzchen auf dem niedrigen Couchtisch platziert. Neben dem Sonntagskaffeeservice stand eine Thermoskanne, die man in Irenes Kindheit als TV-Kanne bezeichnet hatte. Eine Amerikauhr tickte einschläfernd an der Wand. Es war halb elf, höchste Zeit für den Vormittagskaffee.

»Bitte nehmen Sie doch Platz«, sagte Alice und deutete aufs Sofa.

Sie ließ sich schwer auf einen Sessel fallen, auf dem ein großes, hartes Kissen lag. Offenbar hatte sie Hüftbeschwerden. Irene war ihr Hinken aufgefallen.

»Ich weiß, warum Sie sich nach Daniel erkundigen wollen. Ich kaufe am Wochenende immer die *Göteborgs Tidning* und habe das Bild gesehen. Auch mein erster Gedanke war, dass es sich um Daniel handelt. Er sieht genauso aus wie sein Großvater. Signe und Daniel haben mich manchmal in den Sommerferien besucht. Ich habe ihn heranwachsen sehen. Verdächtigen Sie ihn etwa dieser Morde?«

Alice sprach in breitem halländischem Dialekt, war aber trotzdem gut zu verstehen. Ihre wachen Augen beobachteten sie interessiert. Irene verspürte ein leises Unbehagen. Die Neugier der alten Dame war so offensichtlich, und es schien ihr nichts weiter auszumachen, dass einer ihrer Verwandten eine Hauptfigur in der Ermittlung zweier Morde darstellte.

»Nicht der Morde. Aber wir haben mit ihm gesprochen, weil ein Zeuge ihn in der Nähe … eines der Tatorte gesehen hat. Wir glauben, dass er etwas Wichtiges beobachtet haben könnte. Aber das Gespräch mit Daniel lief nicht sonderlich gut. Er ist etwas eigen …«

Alice warf ihr einen scharfen Blick zu.

»Eigen? Er ist vollkommen verrückt. Aber Signe hat immer gesagt, dass er normal ist und außerdem intelligent, dass er sich nur nicht ausdrücken kann. Er sei schüchtern. Das glaube ich nicht. Nehmen Sie doch eine Zimtschnecke. Aus der Kühltruhe, aber selbstgebacken«, sagte die alte Dame mit einem strahlenden Lächeln.

Man soll sich von einem sanftmütigen Äußeren nicht täuschen lassen, dachte Irene. Sie scheint geistig noch voll da zu sein, außerdem ist sie sehr redselig.

»Da er nun einmal nichts sagt …«

Irene hielt inne, nahm eine Zimtschnecke von dem Teller, den man ihr hinhielt, und fuhr fort:

»Er hat unsere Fragen nicht beantwortet. Beispielsweise über den Nachnamen seines Vaters …«

»Das hätte er auch nicht gekonnt, selbst wenn er gewollt hätte. Marie hat nie erzählt, wer der Vater war. Wahrscheinlich wusste sie es selbst nicht«, sagte Alice verächtlich.

»Aber Daniel sagte, sein Vater habe Per geheißen und sei bei einem Motorradunfall ums Leben gekommen …«

»Unsinn! Das hat er sich ausgedacht. Vielleicht ist das auch eine Geschichte, die ihm Signe erzählt hat. Marie wurde schwanger, als sie fünfzehn war. Daniel kam zur Welt, als sie gerade sechzehn geworden war. Sie war einige Wochen nach der Entbindung zu Hause bei ihren Eltern, aber dann ist sie abgehauen.

Daniel ließ sie zurück. Zwei Monate später wurde sie tot in einem Haus voller Drogensüchtiger aufgefunden.«

»War sie drogensüchtig?«

»Ja. Sie haute von zu Hause ab, als sie vierzehn war. Ivar … also ihr Vater … erzog sie sehr streng. Ich mochte ihn nie. Ein Tyrann vor dem Herrn. Und Signe war einfach zu lieb. Ich bin davon überzeugt, dass Ivar sich gezielt eine milde und fügsame Frau ausgesucht hat, die er dominieren konnte. Sowohl er als auch Signe waren fromm, immerhin das hatten sie gemeinsam. Sie protestierte nicht, wenn er Marie zu streng behandelte. Er war so streng, dass sie sich auflehnte. Sie schwänzte die Schule und blieb tagelang weg. Sie wurde so ein Hippie mit Blumen im Haar und Flausen im Kopf, und sie begann Drogen zu nehmen. Ihre Eltern versuchten alles, aber nichts half. Sie sperrten sie ein, prügelten sie, drohten … Ja, nichts fruchtete, wie gesagt. Nehmen Sie doch noch was«, sagte sie dann mit einem freundlichen Lächeln.

Gehorsam streckte Irene die Hand aus und nahm ein Kuchenstück.

»Im Jahr vor Maries Tod sagte Signe, sie sei optimistisch, denn das Mädchen habe sich einer Gemeinschaft angeschlossen, die ›Das Volk Jesu‹ hieß. Das waren irgendwelche bekehrten Hippies. Sie wohnten außerhalb der Stadt in einer Wohngemeinschaft. Das war ja damals so. Marie konnte das wirklich gut gebrauchen, die Erlösung, meine ich, aber was half das? Nach ein paar Monaten tauchte sie wieder zu Hause auf – hochschwanger. Daniel kam in der Klinik zur Welt, und die Ärzte empfahlen, Marie solle eine Entziehungskur machen. Aber dazu kam es nie. Sie verschwand vorher. Signe war untröstlich, kümmerte sich aber rührend um Daniel. Sie hatte sich immer viele Kinder gewünscht, aber sowohl sie als auch Marie hatten schwere Entbindungen, und sie durften keine weiteren Kinder bekommen.«

Nach dieser langen Erläuterung musste sich Alice erst einmal mit ein paar Schlückchen Kaffee stärken. Das gab Irene die Möglichkeit, die Frage zu stellen, die ihr schon lange auf der Zunge gelegen hatte.

»Woran ist Marie gestorben?«, fragte sie.

»An irgendwelchen Infektionen und einer Überdosis Heroin. Die Ärzte sagten, sie habe sich nicht richtig von der Entbindung erholt und sich dann eine Infektion zugezogen. Vielleicht wollte sie ja mit dem Heroin die Schmerzen betäuben? Vielleicht war sie auch nicht mehr an das Zeug gewöhnt und verpasste sich eine Überdosis. Oder es war Selbstmord. Es dauerte ein paar Tage, bis sie gefunden wurde. Signe trauerte sehr, aber Ivar war ein harter Mann. Sagte ich bereits, dass ich ihn nie mochte? Er sagte, das Mädchen sei an ihrem Unglück selbst schuld gewesen. Gottes Strafe und so ein Unsinn. Ich frage mich, wie er über Gottes Strafe dachte, als er selbst krank wurde. Er starb Anfang der 90er Jahre an Krebs, und zwar sehr schnell. Signe und der Junge lebten jedenfalls siebzehn oder achtzehn Jahre ohne ihn«, meinte Alice.

Sie versuchte nicht einmal ihre Genugtuung über diesen Umstand zu verbergen. Die Gute hat wirklich eine scharfe Zunge, aber als Informationsquelle ist sie Gold wert, dachte Irene. Sie wusste, dass Ivar Börjesson 1992 im Alter von 58 Jahren verstorben war. Er war sieben Jahr älter als Signe gewesen. Sie wusste auch, dass er als viertes von neun Kindern auf Donsö in den Schären im Süden Göteborgs zur Welt gekommen war. Offenbar waren die Geschwister in der Zucht und Vermahnung des Herrn erzogen worden. Wahrscheinlich hatte er das ohne Erfolg bei seiner Tochter ebenfalls versucht.

»Jedenfalls wurde Signe und Ivar das Sorgerecht für Daniel zugesprochen«, sagte Irene, damit Alice weitererzählen würde.

»Ja. Sonst gab es auch niemanden. Signe war außerdem erst fünfunddreißig, als Marie starb. Allerdings war Ivar schon über vierzig. Aber manchmal frage ich mich …«

Alice verstummte und sah Irene nachdenklich an. Offenbar

kam sie zu einem positiven Ergebnis, denn sie räusperte sich und fuhr fort:

»Manchmal frage ich mich, aus welchem Grund Marie eigentlich abgehauen ist. Gewisse Dinge, die Signe und auch Marie angedeutet haben, haben mich nachdenklich werden lassen … Ich habe nie mit jemanden über meinen Verdacht gesprochen, aber um es einmal so auszudrücken … Daniel sieht seinem Großvater so ungemein ähnlich … Ich glaube, Ivar kam dem Mädchen auf eine Art nahe, wie es einem Vater nicht erlaubt ist. Unziemlich.«

Zum ersten Mal seit Beginn ihrer Unterhaltung blickten die Augen der alten Frau sehr ernst. Das neugierige Funkeln war verschwunden.

»Ja, ich habe da wirklich das eine oder andere wiedererkannt«, sagte Alice leise.

Sie betrachtete ihre rundlichen Hände, die gefaltet in ihrem Schoß lagen. Dann holte sie tief Luft.

»Soviel zu seiner scheinheiligen Heuchelei und seinen Predigten von der ewigen Verdammnis!«

Irene drängte sich das Gefühl auf, dass sie dies nicht unbedingt auf Ivar bezog, beschloss aber, die Sache lieber auf sich beruhen zu lassen und stattdessen ein anderes Thema anzuschneiden.

»Hatte Daniel ein gutes Verhältnis zu seinem Großvater?«, wollte sie wissen.

»Nein. Ivar bezeichnete ihn auch in seinem Beisein als Bankert und hatte nie ein gutes Wort für ihn. Aber ich weiß nicht, ob das Daniel sonderlich viel ausmachte. Dieser Junge war irgendwie immer ganz woanders. Man bekam nie Kontakt zu ihm. Er redete nie, und er spielte auch nicht mit anderen Kindern. Als Daniel älter wurde, war er oft mit Ivar zusammen. Er schraubte an seinem Fahrrad herum und später an seinem Moped. Das war vielleicht etwas Verbindendes. Eigentlich wäre zu erwarten gewesen, dass Daniel Ivar meiden würde. Aber Daniel ließ alles über sich ergehen. Natürlich kam er auch mit der Schule nicht klar, ich glaube, er ging die letzten Jahre in irgendeine Spezialklasse. Immerhin schloss er die neunte Klasse ab. Mehr war dann nicht. Als er klein war, wünschte Signe, er würde Pfarrer werden, aber mit der Zeit erkannte selbst sie, dass dies undenkbar war. Aber sie vergötterte ihn. Sie beschützte ihn und verwöhnte ihn. Auch noch als er erwachsen war, trug sie ihm alles hinterher. Sie kaufte ihm sogar ein Auto von dem Geld aus Ivars Lebensversicherung, nachdem dieser gestorben war, obwohl sie es selbst so knapp hatte. Sie sagte, er benötige es für seine Arbeit als Parkarbeiter. Einen festen Job hat er, soweit ich weiß, nie gehabt.«

Alice presste missbilligend die Lippen aufeinander. Sie gab sich keine Mühe zu verbergen, was sie von Daniel hielt. Ehe Irene noch eine weitere Frage stellen konnte, fuhr sie fort:

»Die Trauer hielt sich bei beiden in Grenzen, als Ivar das Zeitliche segnete, aber für Daniel war es vermutlich ein schwerer Schlag, als Signe starb. Aber wie immer ließ er sich nichts anmerken.«

»Haben Sie ihn nach Signes Tod getroffen?«

»Ja. Bei der Beerdigung. Er sah sehr ungepflegt aus. Es gab auch anschließend kein Kaffeetrinken. Wir fuhren direkt nach dem Trauergottesdienst nach Hause.«

»Waren viele Leute auf Signes Beerdigung?«

»Nein, nur Daniel, meine Schwägerin und ich. Meine Schwägerin hat ein Auto. Wir sind also zusammen gefahren. Dann waren da noch drei ehemalige Arbeitskolleginnen von Signe.«

Alice lächelte und hielt Irene noch einmal den Teller mit dem Gebäck hin. Irene lehnte ab, weil ihr einfiel, dass ihre Jeans in der Taille etwas eng saß.

»Da ist noch etwas, worüber ich nachgedacht habe. Was für einen Beruf hatte Ivar?«, fragte sie.

»Erst arbeitete er auf der Werft, aber als die stillgelegt wurde, begann er Fahrräder zu reparieren. Er hatte eine kleine Werkstatt, in der er Fahrräder und Mopeds reparierte. Er war wirklich geschickt.«

»Wollte Daniel denn nicht die Werkstatt übernehmen?«

»Dazu taugte er nicht«, meinte Alice verächtlich.

»Er war also nicht so geschickt?«

»Nein. Die Gartenarbeit scheint ihm aber zu liegen. Er verrichtete die gröberen Arbeiten, Bäumefällen und so. Er hat auch immer viel in der Gegend gearbeitet, in der er wohnt. Er hat dort die Bäume und Büsche beschnitten. Manchmal fährt er auch einen Rasentraktor. Ich erinnere mich, dass mir Signe das mal erzählt hat.«

Irene spürte, dass es höchste Zeit war, ins Präsidium zurückzukehren. Sie erhob sich und bedankte sich bei Alice für ihr Entgegenkommen. In der Tür nahm die alte Dame Irenes Hand ganz fest in ihre, sah sie eindringlich an und sagte:

»Sie finden es sicher furchtbar, dass ich so über meine eigenen Verwandten spreche. Aber sehen Sie, es ist wichtig, dass die Wahrheit an den Tag kommt. Ich bin so alt, dass ich mich nicht mehr vor der Wahrheit fürchte.«

Mit diesen Worten ließ sie Irenes Hand los und schloss die Wohnungstür.

Laut Geburtsurkunde war sie gerade fünfzig geworden, aber auf dem neuen Foto sah sie aus wie Anfang sechzig. Ihr Haar war ergraut und strähnig. Die Spitzen waren einmal dunkler gefärbt gewesen. Das Gesicht wirkte aufgedunsen, sie hatte schwere Tränensäcke unter den Augen, und der Mund war eingesunken. Waren ihr die Zähne ausgefallen? Sie musste außerdem recht viele Kilo zugenommen haben. Angelica Malmborg-Eriksson war es gelungen, ihre jugendliche Schönheit recht lange zu bewahren, aber jetzt hatte sie das Alter eingeholt und sogar überholt. Irene starrte das Foto von Angelica an. Wie hatte sie nur im Laufe von fünf Jahren so abbauen können?

»Ich wollte diesen Psychiater befragen, über den sie in ihrem Blog herfällt, diesen Eskil Itkonen. Aber er verweist nur freundlich auf seine Schweigepflicht. Er hat jedoch gesagt, dass sie in den letzten Jahren zeitweise sehr krank gewesen sei«, meinte Sara.

»Wie zu erwarten also. Hast du den Typen von der Bank erreicht?«, fragte Irene.

»Ja. Er hat heute Nachmittag Zeit für dich. Ich suche diese Ballettschule auf, an der sie unterrichtete. Die Rektorin hat versprochen, sich Zeit für mich zu nehmen. Es sind dort offenbar Dinge vorgefallen, die dazu führten, dass Angelica aufgehört hat.«

Sara zog vielsagend die Brauen hoch.

»Dinge? Was genau?«, fragte Irene neugierig.

»Kann ich noch nicht sagen. Aber nach dem Gespräch mit Gisela Bagge, der Rektorin, weiß ich hoffentlich mehr.«

Irene wollte am Gespräch mit der Rektorin gerne teilnehmen.

Als sie wegen des Todes von Sophie ermittelte, hatte sie Gisela Bagge kennengelernt. Damals war ihr Titel noch Studienleiterin gewesen, wenn sich Irene richtig erinnerte.

»Ich frage den Herrn von der Bank, ob ich ihn nicht nach dem Gespräch treffen kann. Ich weiß seit der Ermittlung von Sophies Tod schließlich einiges über Angelica. Damals bin ich auch Gisela Bagge begegnet. Es ist vielleicht genauso gut, dass wir gemeinsam versuchen herauszufinden, was in den letzten fünf Jahren passiert ist. Nach diesem Foto zu urteilen, scheint das ja einiges gewesen zu sein.«

»Wenn der Bankangestellte den Termin nicht verschieben kann, kannst du ja zum Haus des Tanzes fahren, und ich treffe mich mit dem persönlichen Berater. Was Angelica angeht, scheint das Persönliche ja nicht sonderlich gut geklappt zu haben«, meinte Sara lächelnd.

Irene betrachtete erneut das Foto von Angelica. Was war geschehen?

Im Haus des Tanzes sah alles aus wie früher. Irene betrat das große Entree, dessen eine Hälfte von einem Café eingenommen wurde. Auf der gegenüberliegenden Seite fand sich eine Garderobe. Die Umkleideräume der Schüler am gegenüberliegenden Ende des Foyers vor den abgeschlossenen Glastüren, die in die Unterrichtssäle führten. An den Tischen saßen junge Leute, tranken Kaffee und unterhielten sich. Die meisten sahen so aus, wie man sich die Schüler einer Ballettschule vorstellte. Um sich so individuell wie möglich darzustellen und von der Masse abzuheben, besaßen alle mehrere Tätowierungen und Piercings. In ihren schwarzen Kleidern erinnerten sie, wie sie an ihren Tischen hockten, an einen Krähenschwarm. Irene merkte, dass sie nach Lina Ausschau hielt, der kleinen Tänzerin mit dem neonrosa langen Haar, die die Prinzessin im Ballett »Feuertanz« getanzt hatte. Aber keines der Mädchen war Lina. Vermutlich ist sie inzwischen mindestens vierundzwanzig, dachte Irene. Sicher war sie inzwischen eine hart arbeitende Tänzerin und hatte eine strahlende Karriere hinter sich. Hoffentlich.

Ohne zu zögern, ging Irene auf eine Tür zu, an der »Verwaltung« stand. Sie klingelte. Nach einer Weile ließ sich eine metallische Stimme aus dem Lautsprecher neben der Tür vernehmen, die fragte, wer da sei. Nachdem Irene eingelassen worden war, ging sie eine Treppe hinauf, um zur Verwaltung zu gelangen.

Das Zimmer war mit einem Empfangstisch und ein paar Stühlen eingerichtet. In seiner Mitte stand eine schlanke Frau. Irene konnte ihr Gesicht nicht richtig sehen, da sie im Gegenlicht der hohen Fenster stand. Trotzdem erkannte sie sie.

Irene erinnerte sich an ihre erste Begegnung, damals hatte sie gefunden, die kleine Person habe etwas Ätherisches. Sie hatte als Einzige von denen, die sie vernommen hatte, Sophies trauriges Schicksal beweint. Vielleicht hatte sie mit ihrer Behauptung, sie sei Sophies einzige Freundin gewesen, recht gehabt.

Sie begrüßten sich. Dann führte sie Gisela in das kleine Büro, in dem sie fünf Jahre zuvor bereits einmal gesessen hatten. Irene überkam ein leichter Schauer. Die Vergangenheit kehrte wieder. Jetzt war sie also zurück, um sich mit Angelicas Schicksal zu befassen.

Gisela war immer noch eine schöne Frau. Sie trug das helle Haar apart kurz. Vielleicht waren die Falten um ihre hellblauen Augen etwas tiefer geworden, aber das fiel weiter nicht auf. Die verstrichene Zeit hatte Gisela schonender behandelt als ihre ehemalige Kollegin Angelica. Irene erläuterte ihr kurz den Anlass dieses Gesprächs. Ohne Umschweife erzählte sie von den Dingen, die ihre Familie in letzter Zeit heimgesucht hatten. Es sei zweifelsfrei erwiesen, dass Angelica dafür verantwortlich sei. Als sie fertig war, schwieg die Frau, die ihr gegenübersaß lange. Dann ergriff sie das Wort.

»Hat sie Sie und Ihre Familie verfolgt? Ja, das erstaunt mich nicht. Angelica ist so … von Hass erfüllt. Alle seien gegen sie. Von dem Gedanken war sie bereits besessen, als sie kündigte. Auch ich bekam einiges zu hören.«

Sie verstummte und sah sehr ernst aus.

»Soweit wir wissen, war sie in den letzten Jahren psychisch krank. Hat sie deswegen hier aufgehört?«, fragte Irene.

Gisela warf ihr einen langen Blick zu und sagte dann:

»Vielleicht war sie ja damals schon krank. Sie begann jedenfalls, sich merkwürdig zu benehmen. Das Geld … Sie trank Ssehr viel. Sie war nicht nüchtern, wenn sie hierher kam, und konsumierte auch andere Sachen als Alkohol. Das war zu jener Zeit, als man feststellte, dass Frej psychisch krank war. Laut seinen Ärzten litt er an einer ernsten Persönlichkeitsstörung. Angelica war außer sich. Mit ihrem Sohn sei alles in Ordnung! Sophies Tod hat sie ohne größere Probleme verkraftet, aber dass ihr geliebter kleiner Frej … Nein, damit kam sie nicht zurecht.«

»Wann kündigte sie?«

»An Weihnachten werden es fünf Jahre. Am letzten Tag des Herbstsemesters stürzte sie bei mir rein und klagte über alles und jeden. Niemand an der Schule könne was. Wir hätten ihre Arbeit nie zu schätzen gewusst und auch nie begriffen, was für eine einzigartige Tänzerin sie sei. Ich sei vollkommen inkompetent und so weiter. Als ihr die Worte ausgingen, warf sie den gesamten Inhalt des Bücherregals und die Sachen vom Schreibtisch auf den Fußboden. Nach diesem Ausbruch kündigte sie und hat dieses Gebäude nie mehr betreten.«

»Konnte sie sich das erlauben? Ich meine, einfach so kündigen? Sie hatte zwar etwas Geld von Sophie geerbt, aber das dürfte kaum gereicht haben, um sich zur Ruhe zu setzen. Sie hatte doch außerdem mit dem Haus in Änggården sehr viel vor«, meinte Irene.

Gisela nickte. Ihre Stimme klang traurig, als sie antwortete:

»Sie wollte ja diesen Mann heiraten, mit dem sie damals zusammen war ... Ich erinnere mich nicht mehr, wie er hieß. Genau, wie Sie sagen, war sie dabei, das Haus in Änggården zu renovieren. Aber das lief nicht ganz so, wie Angelica es sich vorgestellt hatte. Ihr reicher und schon etwas in die Jahre gekommener Freund erwischte sie zusammen mit Marcelo Alves. Er ertappte die beiden in flagranti. Da kehrte er ihr einfach den Rücken zu und verschwand aus ihrem Leben. Ich weiß das, weil Marcelo es mir selbst erzählt hat. Er wusste auch, dass Angelica angefangen hatte, größere Mengen Kokain zu nehmen. Ihre Ausbrüche machten ihm Angst.«

»Arbeitet Marcelo noch hier?«

»Nein. Auch er hat aufgehört. Ich glaube, er wohnt jetzt in England.«

Diese Antwort war sehr kurz, und Irene erinnerte sich an ihren Verdacht in Bezug auf Gisela und den schönen Brasilianer. Taktvoll ließ sie das Thema Marcelo ruhen.

»Angelica stand also mit dem baufälligen Haus in Änggården allein da«, stellte Irene fest.

»Ja. Sie lebte, wie mir zu Ohren kam, sehr ausschweifend und unbekümmert. Sie machte mit der Renovierung weiter, solange das Geld reichte. Aber als es aufgebraucht war, kam alles zum Erliegen. Sie hatte große Mühe, das Haus zu verkaufen, da alles, wenn überhaupt, nur halbfertig war. Es heißt, sie habe mit Verlust verkauft. Frej ging es schlecht, sie selbst befand sich in einer Krise ... Es wurde einfach zuviel. Sie klappte zusammen und wurde in die Psychiatrie eingewiesen. Soweit ich weiß, war sie seither immer mal wieder dort.«

»Haben Sie sie noch mal getroffen, seit sie hier aufgehört hat?«

»Nein.«

Ohne ein Wort zog Irene das Foto von Angelica aus der Tasche und legte es vor Gisela auf den Schreibtisch. Diese betrachtete es lange.

»Wie schrecklich! Die arme Angelica«, sagte sie und atmete dabei rasch aus.

»Ja, sie hat sich wirklich verändert.«

»Könnte es an den Medikamenten liegen?«

»Schon möglich. Ich kenne mich mit Psychopharmaka nicht sonderlich gut aus, weiß aber, dass sie zu Gewichtszunahme führen können. Außerdem hat sie Drogen genommen, und das beeinflusst den Stoffwechsel ebenfalls. Vermutlich hat sie dann noch einiges an Alkohol konsumiert.«

»Sicher. Und das ist die Kalorienbombe Nummer eins. Tänzer lernen früh, den heimtückischen Alkohol zu meiden. Er setzt die psychische und physische Leistungsfähigkeit herab, aber das Schlimmste ist … dass er dick macht. Und Dickwerden ist für einen Tänzer eine Todsünde.«

Gisela verzog den Mund ein wenig, als sie Letzteres sagte. Sie selbst sah aus, als habe sie ihr Leben lang nur frisches Quellwasser getrunken. In Irene erwachte das schlechte Gewissen: War es etwa die Flasche Wein am Wochenende, die ihre Probleme mit der Taille verursacht hatte? Rasch schob sie diesen Gedanken beiseite und fuhr fort:

»Hatten Sie in den letzten fünf Jahren noch Kontakt zu Frej?«

»Nein. Er hörte mit dem Ballett auf. Eigentlich wollte er ja Fotograf werden, aber all das nahm ein abruptes Ende. Als Frej aufging, dass man hinter sein Geheimnis gekommen war und dass die Polizei wusste, dass er das Haus angezündet hatte, in dem sein Vater umgekommen war … da brach seine Krankheit aus. Wahrscheinlich hatte er alles verdrängt. Er bekam schwere Depressionen und wurde zum Teil manisch-depressiv. Offenbar gab es diese Krankheit in der Familie seines Vaters. In seiner Kindheit und Jugend ist mir davon nie etwas aufgefallen. Hier bei uns im Haus des Tanzes war er immer fröhlich und nett. Aber er trug es in sich. In seinem Inneren muss das reine Chaos geherrscht haben.«

Irene wusste, dass Gisela Angelicas Kinder über viele Jahre begleitet hatte. Beide hatten mit dem Ballett begonnen, als sie noch ganz klein gewesen waren, und Gisela war ihre Lehrerin gewesen. Sophie hatte das Ballett geliebt und war dieser Welt treu geblieben, während Frej einen eigenen Weg gewählt hatte.

Gisela sah Irene an.

»Das müssen Sie doch alles gewusst haben? Schließlich hat mir Felipe das alles erzählt. Er muss es doch wohl auch Ihnen erzählt haben?«, meinte sie.

»Ja. Ich weiß es von Katarina, aber sie hat natürlich auch nicht mehr als das gewusst, was ihr Felipe erzählt hat. Und dieser kannte ja nur Frej und nicht Angelica. Über ihr Leben weiß ich nichts. Im letzten Jahr haben Felipe und Frej sich dann auch nicht mehr getroffen. Frej wollte es nicht. Er verbot Felipe, ihn anzurufen und ihm zu schreiben. Felipe hat nicht viel gesagt, aber ich glaube, dass er sich sehr große Sorgen machte.«

»Das stimmt. Wir haben uns gelegentlich unterhalten … Schließlich war Frej unser gemeinsamer Freund.«

Eine Weile wusste Irene nicht recht, wie sie fortfahren sollte. Ihr fiel auf, dass sie nicht wusste, ob Felipe an Frejs Beerdigung teilgenommen hatte. Katarina war nicht dort gewesen, dessen war sich Irene sicher. Ihre Tochter hätte ihr davon erzählt. Felipe hatte nichts erwähnt.

»Waren Sie auf Frejs Beerdigung?«, fragte sie.

»Nein. Angelica setzte nicht einmal eine Todesanzeige in die Zeitung. Wahrscheinlich war nur sie bei der Beerdigung. Felipe und ein paar alte Freunde hier vom Haus des Tanzes setzten eine kleine Anzeige in die Zeitung. ›Dem Andenken unseres Freundes Frej‹, stand da, glaube ich. Aber keine Daten. Ich glaube, sie wussten nicht mal, wann er gestorben war.«

Plötzlich sah Irene ein Gesicht vor sich: glitzerblaue Augen, blondes strubbeliges Haar und ein charmantes Lächeln. Frej war bei seinem Tod erst siebenundzwanzig gewesen. Irene verspürte plötzlich einen Kloß im Hals.

»Unglaublich tragisch«, sagte sie traurig.

Gisela nickte.

»Ja. Die Geschichte der ganzen Familie ist unglaublich tragisch.«

Sara hielt ihr einen Artikel aus der *Göteborgs Posten* vom 15. Mai 2004 hin. »Frau schlug in Bankfiliale alles kurz und klein.«

»Erinnerst du dich?«, fragte sie.

»Nein. Angelica?«, vermutete Irene.

»Ja. Der Kundenberater Tony Barkén bereute an diesem Tag vermutlich seine Berufswahl. Er hat der Zeitung die ganze Geschichte erzählt, schließlich unterlag nichts der Geheimhaltung. Steht alles drin.«

»Erzähl's mir einfach. Ich fühle mich heute so faul«, sagte Irene und lehnte sich auf ihrem Stuhl zurück.

Sara warf einen kurzen Blick auf den Artikel und begann mit der Zusammenfassung:

»Angelica Malmborg-Eriksson betrat die Nordea-Filiale am Axel Dahlströms Torg. Hier ist allerdings nur von einer Fünfundvierzigjährigen die Rede. Sie drängte sich an der Schlange vorbei und verlangte ihren Kundenberater zu sprechen. Das war also der arme Tony. Wie alle anderen einen Termin zu vereinbaren kam für sie also offensichtlich nicht in Frage. Sie wollte mit Tony reden, und zwar dalli! Damit sie sich abregte, nahm Tony sie zu seinem Schreibtisch mit. Dort verlangte Angelica ein Darlehen von drei Millionen Kronen, und zwar sofort. Als Sicherheit bot sie das Haus in Änggården an. Das war jedoch nicht möglich, da es bereits bis zum Dachfirst beliehen war. Da flippte sie aus! Sie begann zu schreien und warf mit Sachen um sich. Sie mussten die Polizei rufen, um sie loszuwerden.«

»Wurde Anklage erhoben?«

»Nein. Ihre psychische Verfassung war so schlecht, dass sie in eine geschlossene Abteilung kam. Das war ihr erster Besuch dort.«

Irene nickte, ohne etwas zu sagen. Diese Familie war wirklich auseinandergebrochen. Hätte sie überdauert, wenn ihre Kollegen und sie die Wahrheit über den Brand im Jahre 1979 herausgefunden hätten? Wären Frej und Angelica dann womöglich nie psychisch erkrankt? Sie wusste die Antwort.

Es wäre nur eine Frage der Zeit gewesen, bis die Wahrheit sie eingeholt hätte. Sie war wie ein Eitergeschwür in ihnen immer größer geworden. Früher oder später wäre es aufgebrochen. Irene hatte das in ihren Jahren als Mordermittlerin oft erlebt.

Die Wahrheit, die von allen gefürchtet wurde. Man scheute keine Mühe, sie zu verbergen. Man beging dafür sogar Morde. Aber das half nichts. Die Wahrheit kam schließlich immer an den Tag. Erst dann konnten die Opfer Genugtuung erfahren.

Du fühlst dich im zweiten Stock sicher. Du glaubst, dass niemand sieht, was du tust. Aber ich sehe es. Und ich bin sehr enttäuscht von dir. Es ist dir nie eingefallen, aus dem Fenster auf den hohen Felsen vor dem Haus zu schauen. Dort sitze ich mit dem Feldstecher und wache über dich. Die dichten Büsche beschützen mich. Niemand hat mich gesehen. Die Dunkelheit ist mein Freund. Und wandere ich auch im Tale des Todes, so fürchte ich nichts Böses.

Ich bin der, der im Dunkeln wacht.

Wir hatten eine Abmachung, du und ich. Du hast sie gebrochen und nicht ich. Dann musst du auch bereit sein, deine Strafe anzunehmen.

Die Strafe ist der Tod.

Frisch geduscht, vom leichten Duft eines guten Rasierwassers umgeben und ein munteres Funkeln in den braunen Augen wirkte Matti Berggren wie die Verkörperung einer Reklame für ein Multivitaminpräparat. Dieser Eindruck beruhte zum Teil vermutlich auch darauf, dass sich Irene wie das genaue Gegenteil fühlte. Sie konnte eine ordentliche Vitamindosis vertragen. Da gerade kein Multivitaminsaft in Aussicht stand, trank sie einen großen Schluck aus ihrer Kaffeetasse. Sofort wurde ihr etwas wohler.

»Wir haben Angelica Malmborg-Erikssons Fingerabdrücke auf den manipulierten Bremsen von Katarina Huss' Fahrrad sichergestellt und auf dem Pflanzenkübel, der durch das Fenster geworfen wurde. Damit ist Frau Malmborg-Eriksson überführt«, sagte Matti fröhlich und nickte Irene aufmunternd zu.

Diese versuchte sein Nicken mit einem Lächeln zu beantworten, brachte aber nur eine müde Grimasse zustande. Das ist alles zuviel auf einmal, mir fehlt dafür die Kraft, dachte sie. Obwohl sie in ihren eigenen Betten im Reihenhaus geschlafen hatten, fühlte sie sich vollkommen erschöpft. Das war eine verspätete Reaktion. Man war einfach nicht mehr so flexibel, und plötzlich geschah alles auf einmal … Unter Aufbietung aller Kräfte schob sie ihre eigenen Gedanken beiseite und versuchte sich auf die Unterhaltung ihrer Kollegen zu konzentrieren.

»Gut, dass wir zumindest die Stalkerin von Familie Huss gefasst haben. Diese Woche kann Angelica noch nicht vernommen werden, sagen die Ärzte. Aber dort, wo sie sich jetzt befindet, kann sie schließlich nichts anrichten. Wir konzentrieren uns also wieder ganz auf den Paketmörder «, sagte Tommy.

Er leitete in Abwesenheit von Kommissarin Thylqvist das Dezernat. Diese befand sich immer noch in Stockholm, hatte jedoch mitgeteilt, dass sie mit einem späten Zug nach Göteborg zurückkehren werde. Morgen kommen wir wieder in den Genuss ihrer säuerlichen Miene, dachte Irene müde.

Plötzlich wurde sie sich ihrer Gedanken bewusst. Was soll der Unsinn? Nur negative Gedanken, obwohl ich eigentlich froh sein müsste! Neuer Hund, neue Wohnung, bald auch bessere Finanzen, bei Krister alles im Lot und Angelica hinter Schloss und Riegel. Wozu das Gejammer? Sie gab sich selbst einen mentalen Tritt und ermahnte sich, sich zusammenzunehmen.

»Habt ihr noch mehr rausgekriegt?«, fragte Tommy und sah Matti an. Tommy wirkte neben dem strahlenden Kriminaltechniker ein wenig mitgenommen. Vielleicht bin ich ja nicht die Einzige, die es nicht ganz leicht hat, dachte Irene mit einem diffusen Schuldgefühl.

»Nicht sonderlich viel. Die ziemlich gewöhnliche Wäscheleine, die unter dem Namen ›Linan‹ vertrieben wird, wird in Taiwan hergestellt und von der Firma Polyplast Sweden in Stenungsund importiert. Sie wird auf der ganzen Welt verkauft. Der Mörder hat die Enden zu festen Schlaufen verknotet, um mehr Kraft zu haben und nicht abzurutschen, wenn er seine Opfer erdrosselt. Bei seinem ersten Versuch in Högsbo im März hat er das nicht getan … deswegen überlebte das Opfer auch.«

»Marie Carlsson«, ergänzte Sara rasch.

Matti lächelte ihr zu, und Sara wurde über und über rot. O la la, da ist wohl ein Funke übergesprungen, dachte Irene und bekam gleich bessere Laune.

»Wie sehen die Schlaufen aus?«, wollte Irene wissen.

»Normale Knoten, keine außergewöhnlichen Seemanns- oder Pfadfinderknoten. Die Leine ist zu dünn, um irgendwelche Fingerabdrücke abnehmen zu können. Wahrscheinlich trägt er Handschuhe, denn wir haben weder auf der Folie noch auf dem Klebeband Abdrücke sichern können.«

»Und das Öl auf der Folie?«, fragte Hannu.

»Dünnes Motoröl. Wir haben eine Probe eingeschickt, um das Fabrikat feststellen zu lassen, aber bis wir eine Antwort erhalten, kann es dauern«, erwiderte Matti immer noch mit demselben optimistischen Tonfall.

»Und das Reinigungsmittel?«, fragte Irene ohne größere Hoffnung.

»Das wissen wir auch noch nicht«, lautete wie von allen erwartet Mattis Antwort.

Irene hätte sich gewünscht, dass die Wirklichkeit mehr den amerikanischen CSI-, Crime-Scene-Investigator-Serien, entspräche, in denen die Kriminaltechniker die Proben einfach in verschiedene magische Maschinen einspeisten und sofort eine Antwort erhielten: Herstellungsort, das Datum, wann die Ware hergestellt worden war, gelegentlich sogar von wem. All das erfuhr man innerhalb weniger Minuten. Aber sie mussten geduldig auf die Resultate der überlasteten Labors warten. Und das konnte dauern, manchmal monatelang.

»Gibt es eigentlich außer dem debilen Börjesson noch einen Verdächtigen?«, wollte Jonny wissen.

»Eigentlich nicht. Aber wir haben gegen Daniel nicht das Geringste in der Hand. Und ich weiß auch nicht, wie debil er wirklich ist. Er ist einfach nur sehr eigen«, antwortete Irene.

»Was spricht für und was gegen ihn als Täter?«, fragte Tommy.

Irene trank ihre Tasse leer und versuchte gleichzeitig, sich zu konzentrieren und nachzudenken.

»Für ihn als Täter spricht der Umstand, dass bisher nur sein Name in dieser Ermittlung aufgetaucht ist. Dies aber nur, weil er Marie Carlsson im ICA Maxi seltsame Fragen stellte und stark riecht. Wir sind auch nicht hundertprozentig sicher, ob es sich dabei wirklich um ihn handelte. Er ist sehr einsam und scheint nicht viel Kontakt zu seiner Umwelt zu haben. Offenbar hat sich seine Großmutter für ihn um alle praktischen Dinge gekümmert. Ganz klar hat er irgendein psychisches Handicap. Als seine Großmutter starb, verlor er eine Weile den Boden unter den Füßen. Vermutlich wurde er deswegen krankgeschrieben. Jetzt geht er stempeln. Er erledigt alle möglichen Jobs, früher war er überwiegend mit Gartenarbeiten beschäftigt. Körperlich stark. Und wie gesagt ein Sonderling.«

Tommy und die anderen Kollegen schienen über ihre Worte nachzusinnen. Als niemand etwas sagte, nickte ihr Tommy zu und sagte:

»Und was spricht gegen die Annahme, dass er der Täter sein könnte?«

»Als Jonny und ich bei ihm zu Hause waren, bemerkte ich keinen Gestank. Er verströmte allerdings auch keinen Wohlgeruch. Er roch nach Schweiß und Spülmittel. Im Badezimmer sah ich eine Flasche Yes. Das deutet darauf hin, dass er wirklich der Typ war, der sich bei Marie Carlsson nach dem besten Spülmittel erkundigte.«

»Wir haben ja eine Probe des Reinigungsmittels, mit dem die Opfer gewaschen wurden, eingeschickt und glauben, dass es sich um Spülmittel handeln könnte«, unterbrach sie Matti.

»Genau. Das Spülmittel entlastet ihn vielleicht nicht unbedingt. Aber gewisse Fakten bleiben. Der Gestank, von dem Marie Carlsson gesprochen hat, ist an ihm nicht festzustellen. Er besitzt keine Katze. In der Wohnung deutet auch nichts darauf hin, dass er je eine besessen hat«, fuhr Irene fort.

»Das alles entlastet ihn nicht. Wir wissen, dass der Mörder die Leichen in einem Raum verpackt hat, in dem sich Sand, Öl, Metallspäne und Katzenhaare auf dem Boden befinden. Das kann also bedeuten, dass es die Katze dort gibt und nicht bei ihm zu Hause.«

Dieses Mal wurde sie von Sara unterbrochen. Meine Güte, die jungen Leute sind heute wirklich auf Zack, dachte Irene irritiert. Gleichzeitig musste sie zugeben, dass sie recht hatte.

»Stimmt. Das Problem ist nur, dass wir nichts beweisen können. Wir haben nur ein paar Schlüsse gezogen und ein paar naheliegende Mutmaßungen angestellt. Tatsache ist, dass er keine Katze besitzt. Er hat auch kein Auto, und das ist eine Voraussetzung für den Paketmörder. Er verfügt auch nicht über die notwendigen Räumlichkeiten, um seine Opfer ungestört verpacken zu können. Eine weitere Tatsache ist, dass ihn niemand in der Nähe der Fundorte gesehen hat, obwohl wir das behauptet haben, als wir das Phantombild veröffentlicht haben. Daher können wir auch keine Genehmigung für eine Haussuchung beantragen.«

Es wurde wieder still, während Irenes Kollegen nachdachten.

»Einen Raum? Braucht er den wirklich? Könnte er das nicht auch in seinem Badezimmer erledigt haben?«, fragte Matti.

»Nein. Aus zwei Gründen. Nichts deutet darauf hin, dass sich die Leichen zu irgendeinem Zeitpunkt in der Wohnung befanden. Keine Habseligkeiten der Frauen. Keine Folie, kein Klebeband. Dafür gibt es einen guten Grund. Er wohnt in einem Hochhaus aus der Blütezeit des Sozialwohnungsbaus. Dort wohnen Hunderte, wenn nicht gar Tausende von Menschen. In der Nähe stehen ähnliche Häuser, da wohnen also noch mehr Leute. Es gibt keine Möglichkeit, eine Leiche von einem Auto in eine Wohnung in diesem Haus zu transportieren, ohne dass jemand zusieht. Die Gefahr, entdeckt zu werden, ist einfach zu groß. Stellt euch vor, ihr steht im Fahrstuhl mit einer Leiche auf der Schulter, und er hält ein Stockwerk zu früh, weil jemand gedrückt hat. Was sagt man dann?«, meinte Irene und zog vielsagend die Brauen hoch.

»Hallo! Wie geht's?«, schlug Jonny vor.

»Ja, etwas in der Art. Was ich sagen will, ist, dass all das zu riskant ist. Was gegen Daniel als Täter spricht, ist, dass er erhebliche praktische Probleme gehabt hätte, jene Dinge zu tun, die der Paketmörder getan hat.«

Wieder breitete sich ein nachdenkliches Schweigen aus, das zu guter Letzt von Tommy gebrochen wurde:

»Ich glaube, wir lassen Daniel Börjesson ein paar Tage lang diskret überwachen. Dann sehen wir, was er so unternimmt. Aber wir können uns nicht zu sehr auf ihn konzentrieren, weil der Verdacht gegen ihn so schwach ist. Außerdem müssen wir unvoreingenommen alle anderen Ideen verfolgen. Versucht, andere potentielle Täter zu finden«, sagte er.

»Es gibt keine«, erwiderte Hannu lakonisch.

Tommy warf ihm einen irritierten Seitenblick zu.

»Wir müssen unvoreingenommen arbeiten und versuchen, andere mögliche Verdächtige ausfindig zu machen. Schließlich besteht die Gefahr, dass wir uns auf das Phantombild eingeschossen haben. Es kann durchaus Daniel Börjesson darstellen. Das Problem besteht einfach darin, wie Irene soeben betont hat, dass es kein Verbrechen ist, seltsame Fragen zu stellen oder in einem ICA-Laden schlecht zu riechen. Und das ist das Einzige, wovon wir mit Sicherheit wissen, dass es sich der Mann auf dem Phantombild hat zuschulden kommen lassen. Aber er muss nicht der Paketmörder sein«, schloss er.

Niemand sagte etwas, da alle im Konferenzzimmer einsahen, dass er recht hatte.

Sie gingen noch einmal sämtliche Vernehmungsprotokolle durch, die im Laufe der Untersuchung erstellt worden waren. Hannu übernahm es ein weiteres Mal, die verschiedenen Register mit möglichen Tätern sowie alte Akten durchzugehen. Am Freitag stand fest, dass dies nichts Neues ergeben hatte. Die Ermittlung war in eine neue Phase eingetreten, die des Stillstands.

Bei der Besprechung am Nachmittag wurde Kommissarin Thylqvist über die Lage informiert.

»Keine Spuren. Wir haben also nur diesen Sonderling Börjesson.«

Der unzufriedene Unterton der Kommissarin entging niemandem.

»Was hat die Überwachung ergeben?«, fragte sie in demselben Ton.

Da Tommy die Überwachung angeordnet hatte, fühlte er sich bemüßigt zu antworten.

»Nichts. Börjesson verlässt nur selten das Haus. Am Donnerstag ging er zum Frölunda Torg und kaufte ein, wohlgemerkt nicht bei ICA, sondern bei Coop. Bislang ist er abends nicht ausgegangen.«

»Gibt es irgendeine Veranlassung, noch weiteres Geld auf diese tragische Figur zu verschwenden?«, fragte Thylqvist scharf.

Irene sah, wie Tommy die Kiefermuskulatur anspannte. Eine kleine Ader an der Schläfe begann sichtbar zu pochen, und sie erkannte, dass es hier um mehr ging als um die Überwachung Daniel Börjessons. Hier ging es um Tommy Persson und Efva Thylqvist.

»Solange wir keinen anderen Namen haben, finde ich, dass wir ihn weiterhin überwachen sollten«, sagte Tommy.

»Das ist kein Grund. In allen Ermittlungen tauchen Namen auf und verschwinden wieder. Haben wir gute Gründe anzunehmen, dass es sich bei ihm wirklich um den Paketmörder handelt? Liegen irgendwelche konkrete Beweise gegen ihn vor?«

Nach kurzem Schweigen sagte Tommy:

»Es gibt keine handfesten Beweise, nur Indizien.«

»Also keine konkreten Beweise. In der Tat überhaupt keine Beweise. Nur schwache Indizien, wenn überhaupt. Dann beenden wir diese Aktion. Sie nimmt nur Geld und Mittel in Anspruch, die wir für die Ermittlungsarbeit benötigen.«

Der Ton der Kommissarin machte deutlich, dass sie keinen Widerspruch duldete. Geld war immer das stärkste Argument bei allen Diskussionen.

»Ich sitze den Rest des Nachmittags in einer Konferenz und wünsche euch allen ein schönes Wochenende«, sagte Thylqvist und rauschte auf den Korridor.

»Ich glaube, sie irrt sich«, meinte Sara mürrisch und brach damit das Schweigen, das sich im Konferenzzimmer ausgebreitet hatte.

Das glauben wir vermutlich alle, dachte Irene. Aber keiner von uns würde ihr das ins Gesicht sagen.

Am späten Freitagabend hatten sie die letzte Tapetenbahn im Schlafzimmer an die Wand gekleistert. Sie waren mit dem Resultat zufrieden. Limonengrüne Streifen auf hellgrauem Grund verliehen dem Zimmer eine helle Frische. Felipe erschien und inspizierte das Ergebnis ihrer anstrengenden Arbeit. Er nickte zustimmend, was sie als Lob erachteten. Dann vermaß er den Fußboden im Schlafzimmer und in der Diele. Das Parkett im Wohnzimmer befinde sich noch in relativ gutem Zustand und müsse vor dem Tapezieren höchstens abgeschliffen und frisch lackiert werden.

»Morgen früh fahren wir zum Byggforum und stehen vor der Tür, wenn sie aufmachen. Dann kaufen wir einen Laminatboden!«, sagte Krister.

Seine gute Laune dauerte nun schon eine ganze Woche. Manchmal hatte Irene den Eindruck, dass er sich über den Umzug mehr freute als sie. Vielleicht hatte das ja mit dem Alter zu tun. Krister war fast zehn Jahre älter als sie. Darüber dachte sie aber nur selten nach. Vor dieser Tatsache konnte sie allerdings auch nicht die Augen verschließen. Obwohl er recht geschickt war, hatte er in den letzten Jahren immer wieder gesagt, dass die Instandhaltung des Reihenhauses eine Belastung darstelle. Die

Arbeit im Restaurant und die Arbeit mit dem Haus nahmen den größten Teil seiner wachen Zeit in Anspruch.

Der unfreiwillige Urlaub der vergangenen Woche schien ihm gut getan zu haben. Die Tage hatte er mit Egon verbracht. Sie waren in dem schönen Herbstwetter herumgestreunt und hatten sich des Lebens gefreut. Abends hatten Irene und Krister tapeziert. Ab und zu war ihr aufgefallen, dass Kristers Hand schmerzte. Deswegen sagte sie mit Nachdruck:

»Ich werde Felipes Handlanger, wenn wir den Boden verlegen. Du musst deine Hand schonen. Was hat der Arzt übrigens gesagt?«

Krister war an diesem Tag zur Kontrolluntersuchung beim Handchirurgen gewesen, und Irene hatte bislang ganz vergessen, ihn zu fragen, wie der Besuch verlaufen war.

»So richtig verheilt ist es noch nicht, denn er wollte die Fäden noch nicht ziehen. Das macht er erst am Mittwoch. Im Hinblick auf meine Arbeit riet er auch, dass ich weiter das Antibiotikum nehme und Handübungen mache, bevor ich wieder zu arbeiten anfange. Er hat mich also auch noch die ganze nächste Woche krankgeschrieben.«

Er sah nicht allzu niedergeschlagen aus, als er vom Ergebnis des Arztbesuches berichtete.

»Perfekt. Da fängst du ja mit deiner neuen Arbeit an und kannst Egon mitnehmen«, meinte Irene zufrieden.

»Genau. Und da ich nächstes Wochenende frei habe, gedenke ich zum Sommerhaus zu fahren und dort das Wasser abzustellen. Dann noch alles winterfest machen, etwas im Wald spazieren gehen und schauen, ob es noch Pilze gibt«, sagte Krister.

»Wohl kaum. Der erste Frost war schon.«

Sie wusste das, weil sie auf der Wetterkarte im Verlauf der Woche auf das Wetter in Värmland geachtet hatte. Obwohl die Tage sonnig und ziemlich warm waren, hatte es dort oben bereits ein paar Frostnächte gegeben. Das kam um diese Jahreszeit oft vor.

»Aber wir müssen das Haus auch noch putzen, und das kannst du mit deiner Hand nicht machen. Ich komme mit«, sagte Irene.

»Gut. Aber ich fahre vielleicht schon am Donnerstag. Ich wollte noch in Säffle vorbeifahren und meine Schwestern besuchen. Das ist schon wieder so lange her.«

»Wenn ihr nächstes Wochenende in den Wald fahrt, dann kann ich das Parkett im Wohnzimmer abschleifen und zweimal lackieren. Das müsste reichen«, meinte Felipe.

»Du bist wirklich der ideale Schwiegersohn«, sagte Irene begeistert und umarmte ihn.

Felipe lächelte zufrieden.

Jenny rief am Samstag an und teilte mit, dass sie bereits am 17. Dezember nach Hause kommen und bis zum 8. Januar bleiben werde. Sie habe im Internet ein billiges Flugticket aufgetrieben. Sie hatte jedoch nicht vor, in den Ferien einfach nur zu faulenzen. Ihr alter Arbeitgeber, das Restaurant Grodden, empfing sie an den Tagen, an denen sie Lust hatte zu arbeiten, mit offenen Armen. Als Studentin konnte sie sich keine Extraeinnahmen entgehen lassen. Vom Studiendarlehen könne man nicht leben, erklärte sie. Außerdem sei Amsterdam eine teure Stadt.

Die Akademie in Amsterdam war eine der wenigen Institutionen, die Gourmetköche für vegetarische Restaurants ausbildete. Ähnliche Einrichtungen gab es zwar in Schweden und anderen europäischen Ländern auch, aber die Schule, die Jenny angenommen hatte, galt als besonders gut. Die Ausbildung dauerte ein Jahr, und mit ihr hatte man beste Berufsaussichten.

»Wohnst du immer noch in dieser heruntergekommenen Wohnung?«, fragte Irene.

»Ja. Und die verrückte Sharon wohnt auch noch da. Seit sie eingezogen ist, war sie keinen einzigen Tag nüchtern. Sie ist neunzehn, aber wahnsinnig kindisch! Angeblich studiert sie Fotografie an der Kunstakademie, aber damit ist nicht viel her, das ist sicher. Bislang jedenfalls noch nicht.«

Jenny klang wie eine verantwortungsvolle Erwachsene, und das war sie schließlich auch, fand Irene.

»Eine Frau aus meinem Kurs mietet eine große Wohnung ganz in der Nähe der Schule. Sie bewohnen sie zu dritt. Ende Oktober geht ein Typ nach Hamburg zurück. Wenn ich will, kann ich sein Zimmer haben. Ich glaube, das mache ich auch. Diese Wohnung jetzt ist wirklich ziemlich abgerissen«, fuhr Jenny fort.

»Klingt nach einer guten Idee. Ich meine, umzuziehen«, sagte Irene.

Als sie aufgelegt hatte, blieb sie neben dem Telefon sitzen. Ihre Töchter waren wirklich fantastisch. Reif und selbständig. In ihrem Inneren flüsterte eine tückische Stimme: »Sie brauchen dich nicht mehr!«

In diesem Augenblick kam Egon ins Zimmer getapst. Er bellte vor Freude, als er Irene sah, und lief auf sie zu. Sie nahm ihn auf den Schoß und streichelte ihn eine Weile. Es war schön, dass es außer Krister noch jemanden gab, der sie brauchte.

Sie brauchte ihr Training wirklich. Zweimal die Woche Minimum. Um die Alltagsfrustration aus dem System zu bannen. Sie auszuschwitzen, das war das einzig Richtige. Sich auf eine Analytikercouch zu legen war nichts für sie. Eine Steigerung der physischen Kräfte bedeutete automatisch eine stärkere Psyche. Ein gesunder Geist in einem gesunden Körper, hieß es schließlich. Aber das Training hatte auch noch einen anderen Aspekt: Es erhielt ihren Körper jugendlich. Es war ihr wichtig, sich attraktiv zu fühlen. Sie wusste, dass Männer – und natürlich auch Frauen – ihren Körper bewunderten. Ihn begehrten.

Ihre Arbeit war zwar nicht physisch anstrengend, dafür aber psychisch. Sie hatte die Verantwortung für das Wohl und Wehe von Menschen. Oft musste sie rasche Entscheidungen treffen. Waren diese falsch, dann konnte das für viele Menschen schicksalhafte Konsequenzen bedeuten. Konnte sie in gewissen Fällen sogar tödlicher Gefahr aussetzen. Wer trug dann die Schuld? Natürlich sie. Die höchsten Chefs sahen immer zu, dass ihnen niemand etwas anhaben konnte.

Oft fühlte sie sich einsam. Beobachtet. Andere Frauen waren missgünstig. Die Männer, die sie umgaben, machten ganz gelassen und fast automatisch Karriere. Sie musste all ihre List aufbieten, um ihre Kompetenz zu erhöhen. Aber sie würde noch ganz nach oben kommen. Bisher war auch alles reibungslos gelaufen. Aber ihr war im Leben nichts geschenkt worden. Nichts im Leben war gratis. Das hatte sie bereits in ihrer Kindheit im Vorort gelernt. Keiner ihrer Kollegen kannte ihren Hintergrund. Sie selbst hatte nie etwas preisgegeben. Sie hatte bezahlen müssen, aber auch bekommen, was sie hatte haben wollen. Beispielsweise die neue Wohnung.

Das Viertel war ruhig. Es war fast zehn Uhr, und um sie herum war es vollkommen still. Die Dunkelheit hatte sich über die Kais und die Häuser gesenkt. Ein feuchter Wind, der nach Meer und Dieselkraftstoff roch, kam vom Wasser. Die lauten Motoren einer Fähre der Stenaline kamen rasch näher. Das war ein Geräusch, an das sie sich erstaunlicherweise gewöhnt hatte.

Sie sah zu ihrem Balkon hinauf. Er war nicht sonderlich groß, aber die Aussicht war atemberaubend. Die Wohnung hatte sie relativ billig bekommen. Die Finanzkrise hatte ihre Vorteile wie sinkende Immobilienpreise und niedrige Zinsen.

Sie drückte auf die Fernsteuerung ihrer Zentralverriegelung. Es klickte in der Stille, als alle Türen gleichzeitig verschlossen wurden.

Eine Sekunde später wurde sie sich seiner Nähe bewusst. Er stand dicht hinter ihr. Es war der fürchterliche Gestank. Die Frau in Högsbo hatte recht gehabt, dachte sie noch. Er stinkt. Als er seinen Arm über ihre Brust legte und sie an sich zog, ließ sie die Sporttasche mit dem Polizeiwappen fallen, die sie in der Hand hielt. Mit aller Kraft versuchte sie, von ihm loszukommen. Die ganze Zeit schrie sie aus vollem Hals. Sie hörte, wie er zischte: »Schweig! Schweig!«, aber sie schrie weiter. Er packte sie mit beiden Händen um den Hals, um sie zum Schweigen zu bringen. Ihre Luftröhre wurde zusammengedrückt, und sie bekam keine Luft mehr. War das das Ende? Nein, verdammt, nein!, dachte sie. Sie versuchte, ihm ihre Fingernägel in die Hände zu drücken, merkte aber verzweifelt, dass er Plastikhandschuhe trug, und die waren so dick, dass sie mit den Nägeln nicht durchkam. Sie versuchte, ihm die Handgelenke zu zerkratzen, aber auch das missglückte. Die dicke Nylonjacke hatte kräftige Bündchen. Unter diesen reichten die Handschuhe bis weit über die Handgelenke.

Spülhandschuhe. Verdammt, das sind Spülhandschuhe, schoss es ihr durch den Kopf.

Ein Paar tauchte plötzlich im Schein einer Straßenlaterne auf. Sie hatten einen kleinen schwarzen Pudel an der Leine.

»Hallo? Was soll das? Lassen Sie los! Hören Sie! Sofort loslassen!«, rief der Mann.

Er rannte auf den Parkplatz zu, um ihr zu helfen. Die Frau schrie auch, und der kleine Pudel kläffte aufgeregt.

Plötzlich war es vorbei. Die Beine gaben unter ihr nach, und sie fiel zu Boden. Direkt neben ihr fuhr ein Auto mit quietschenden Reifen an. Ihr stiegen die Auspuffgase in die Nase. Die Steinchen, die von den Reifen aufgewirbelt wurden, stoben ihr ins Gesicht. Komisch, sie bekam immer noch keine Luft. Der Hals. Irgendetwas mit dem Hals. Und dann wurde alles dunkel.

Jetzt ist ein Großeinsatz angesagt!«, trompetete Jonny am anderen Ende des Telefons.

Irene war gerade eingeschlafen und vollkommen schlaftrunken. Krister und sie waren nach einem anstrengenden Arbeitstag in Guldheden früh zu Bett gegangen. Ihre Knie schmerzten vom Bodenverlegen, und sie hatte sich zwischen zwei Brettern einen Zeigefinger geklemmt. Sie warf einen Blick auf die Uhr. Es war kurz nach halb elf.

»Was willst du?«, fragte sie seufzend.

Sie hatte bereits erraten, dass es die Arbeit betraf.

»Die Thylqvist ist angegriffen worden! Mordversuch! Rat mal, von wem?«

Irene war plötzlich hellwach. Bevor sie noch raten konnte, krakeelte Jonny in den Hörer:

»Vom Paketmörder!«

»Paketmörder? Woher weißt du das?«

Sie hatte ihre Beine bereits über die Bettkante geschwungen und suchte mit den Füßen nach den Pantoffeln auf dem Fußboden.

»Wir haben die Leine gefunden. Sie lag auf der Erde. Du weißt schon, eine blaue Wäscheleine mit den typischen Schlaufen an den Enden. Er wurde gestört und verlor sie. Stattdessen versuchte er sie mit bloßen Händen zu erwürgen.«

»Gestört? Jemand hat das Ganze also gesehen?«, fragte Irene.

Ihre Hoffnung auf eine brauchbare Zeugenaussage wurde von Jonnys Antwort sofort zunichte gemacht.

»Ja. Ein Paar, das den Hund spazieren führte. Aber die waren zu weit weg. Sie sahen nur, was wir bereits wissen. Kräftiger Bursche in Arbeitskleidung mit Schirmmütze. Er hechtete in ein Auto und verschwand mit quietschenden Reifen. Sie wussten nicht, um welche Automarke es sich handelte.«

»Vielleicht erinnern sie sich ja, wenn sich der Schock gelegt hat«, meinte Irene und versuchte sich ihre Enttäuschung nicht anmerken zu lassen.

Plötzlich ging ihr auf, dass sie die naheliegendste Frage vergessen hatte.

»Wie geht es eigentlich Efva?«, fragte sie etwas beschämt.

»Sie war bewusstlos, als der Krankenwagen kam. Der Mann, der sie gerettet hat, hatte etwas Erfahrung mit Erster Hilfe und hat sie, bis zum Eintreffen des Rettungswagens, Mund zu Mund beatmet. Sie war schon weg, als ich dort eintraf«, sagte Jonny.

»Wo bist du jetzt?«

»Am Tatort.«

»Und wo ist das?«

»Sannegårdshamnen. Barken Beatrices Gata. Sie wohnt dort.«

Plötzlich kam Irene etwas in den Sinn. Die Überwachung der Basungatan hatte auf Anordnung von Efva Thylqvist am Freitag aufgehört.

»Hat jemand kontrolliert, wo sich Daniel Börjesson befindet?«, fragte sie.

»Was? Nein. Wir lassen ihn ja nicht mehr überwachen.«

»Können wir sein Handy orten?«

»Der verdammte Idiot hat kein Handy. Jedenfalls ist keines auf seinen Namen angemeldet.«

»Hat er ein Telefon in seiner Wohnung?«

»Weiß nicht. Wenn ja, könnten wir ihn anrufen. Falls er es war, könnte er aber schon wieder zu Hause sein. Um diese Tageszeit ist nicht viel Verkehr. Und seit dem Überfall sind mindestens vierzig Minuten vergangen.«

Irene dachte fieberhaft nach.

»Ruf die Auskunft an, lass dir Daniels Nummer geben und ruf ihn sofort an. Ich fahre in die Basungatan und kontrolliere, ob er zu Hause ist. Außerdem will ich nachsehen, ob dort ein Auto steht, das er benutzt haben könnte. Wenn er bereits zu Hause ist, dann müsste das Auto auf dem Parkplatz vor dem Haus stehen.«

»Okay. Aber du darfst nicht allein zu Börjesson hinaufgehen. Ich verständige die Kollegen in Frölunda. Sie sollen sich mit dir absprechen. Flankiert von zwei kräftigen Burschen sollte dir nichts passieren, falls er es wirklich war.«

Jonnys Fürsorglichkeit rührte Irene richtiggehend.

Jonny rief einige Minuten später wieder an und sagte, Daniel sei nach dem achten Klingeln am Apparat gewesen. Er habe einfach nur gesagt, er habe sich verwählt, und aufgelegt.

Eine Viertelstunde nach Jonnys erstem Anruf saß Irene in ihrem Auto und fuhr nach Västra Frölunda. Zehn Minuten später parkte sie vor Daniel Börjessons Haus. Rasch stieg sie aus und fasste an die Kühlerhauben sämtlicher Autos auf dem Gästeparkplatz. Keine war warm, alle waren eiskalt. Falls Daniel an diesem Abend mit dem Auto unterwegs gewesen war, hatte er es jedenfalls nicht auf dem Gästeparkplatz vor seinem Haus abgestellt. Ob er überhaupt noch über den Parkplatz verfügte, der zur Wohnung gehörte? Wahrscheinlich nicht. Warum sollte er einen Parkplatz mieten, wenn er kein Auto mehr besaß? Es hatte keinen Sinn, die Suche auf den gesamten Parkplatz auszudehnen, denn dort standen Hunderte von Fahrzeugen.

Ein kleines Lämpchen brannte in seinem Wohnzimmerfenster im vierten Stock. Das Licht drang durch das halb geschlossene Rollo. Das Küchenfenster daneben war dunkel. Nachdem sie zur Rückseite des Hauses gegangen war, stellte Irene fest, dass auch in den beiden Schlafzimmerfenstern kein Licht brannte. Schlief er bereits? Als sie zurückging, hielt ein Streifenwagen vor Börjessons Haustür. Irene gesellte sich zu ihrer Verstärkung. Beide Streifenpolizisten waren zwar kräftig, die eine Hälfte des Duos war jedoch eine blonde Frau. Als sie ausstieg, um sie zu begrüßen, sah Irene, dass ihre Kollegin mehrere Zentimeter größer war als sie selbst. Die Uniform umhüllte breite Schultern, das ausdrucksvolle Gesicht war diskret geschminkt und hätte das eines Fotomodells sein können. Sie strahlte eine ruhige Autorität aus, die in Anbetracht ihres Alters erstaunte. Einige haben sie von Anfang an, andere haben sie nie, dachte Irene.

Sie erzählte ihren jüngeren Kollegen rasch, was geschehen war, bevor sie auf die Klingel neben dem Namen »S. Börjesson« drückte. Es verging eine lange Zeit, ohne dass etwas passierte. Irene wollte gerade ein zweites Mal klingeln, als die Gegensprechanlage rauschte. Sie fing ihren Finger wenige Zentimeter vor dem Knopf ab.

»Ja?«, ließ sich die raue Stimme von Daniel vernehmen.

»Daniel Börjesson? Ich bin das, Inspektorin Irene Huss. Könnte ich ein paar Worte mit Ihnen wechseln?«

Die Stille, die folgte, dauerte fast eine Minute. Schließlich kam nur eine knappe Entgegnung:

»Nein.«

Klick.

Verdattert realisierte Irene, dass es ihr sicherlich anzusehen war, wie dumm sie sich vorkam. Ihre Kollegen konnten ein Lächeln nur mit Mühe unterdrücken. Energisch drückte sie wieder auf die Klingel. Lange und wütend.

»Hören Sie auf«, hörte sie schließlich Daniels Stimme.

»Lassen Sie mich rein. Sonst hole ich Verstärkung und lasse wie im Film die Tür einschlagen«, sagte Irene mit eiskalter Stimme.

Die beiden Uniformierten wechselten einen erstaunten Blick, sagten aber nichts. Nach einer weiteren langen Stille summte der Türöffner. Daniel hatte es sich anders überlegt.

Im Fahrstuhl unterhielten sie sich nicht. Die beiden in Uniform vermieden es, Irene anzusehen.

Damit zu drohen, die Tür wie im Film einzuschlagen, war vielleicht nicht der klügste Einfall gewesen, aber es hatte gewirkt.

Sie mussten auch an der Wohnungstür wieder klingeln und erneut warten, bevor er sich herabließ, ihnen zu öffnen. Irene konnte seine hellen Augen im Türspalt sehen.

»Daniel, ich bin im Auftrag der Polizeileitung hier«, sagte sie barsch.

Jetzt galt es, rasch zu improvisieren. Sie hatte gemerkt, dass Daniel auf scharfe Befehle und große Worte reagierte. Argumente führten zu nichts. Ein weiteres Mal wechselten ihre Kollegen einen erstaunten Blick. Polizeileitung?

»Warum?«

»Heute Abend ist wieder etwas vorgefallen. Deswegen wollen wir mit Ihnen reden.«

Die Tür wurde keinen Millimeter weiter geöffnet.

»Und die Polizisten?«, fauchte Daniel.

»Sie haben mich gefahren«, sagte Irene rasch.

»Warum?«

»Weil das … der Polizeichef so angeordnet hat!«

Sie schaute die beiden anderen nicht an, sondern fuhr mit Nachdruck fort:

»Lass uns jetzt rein, Daniel, damit wir es hinter uns bringen können!«

Irene hörte, wie über ihnen vorsichtig eine Tür geöffnet wurde, aber sie hörte keine Schritte auf dem Treppenabsatz. Die Nachbarn hatten natürlich die lauten Stimmen gehört.

Langsam glitt die Tür ein paar Zentimeter auf. Daniel stand schweigend da und fixierte sie mit seinen ausdruckslosen Augen. Irene starrte zurück. Jetzt war sie wütend und dachte gar nicht daran nachzugeben. Er begegnete ihrem Blick, ohne zu blinzeln. Irene brach das Duell ab, indem sie sagte:

»Jetzt gehen wir rein und unterhalten uns eine Weile. Je schneller wir hereinkommen dürfen, desto schneller sind wir auch wieder weg.«

»Gehen Sie jetzt«, sagte Daniel.

Es war ganz klar, dass er sie nicht in der Wohnung haben wollte. Hatte er etwas zu verbergen? Andererseits war es vielleicht verständlich, dass er an einem späten Sonntagabend nicht sonderlich begeistert über einen Besuch der Polizei war. Irene packte die Kante der Tür und zog sie einfach auf. Die beiden Kollegen betraten die Wohnung, und sie folgte ihnen. Daniel sah sich gezwungen, in die Diele zurückzuweichen. Irene warf als Erstes einen Blick ins Badezimmer. Alles war unverändert, aber die Spülmittelflasche stand nicht mehr auf dem Rand der Badewanne. Dennoch roch es immer noch nach Yes. Auf dem Fußboden lagen ein paar schmutzige Unterhosen und Strümpfe.

Sie schoben Daniel vor sich her ins Wohnzimmer. Auf dem Weg schaute Irene in sämtliche Räume. Die Küche war unaufgeräumt wie beim vorigen Mal, Daniels Schlafzimmer ebenfalls. In dem Zimmer, von dem Irene annahm, dass es das Schlafzimmer der Großmutter gewesen war, war alles unverändert. Das galt auch für das Wohnzimmer: alles wie beim letzten Mal.

Nirgends das geringste Anzeichen für geplante weitere Verpackungsaktionen. Falls Daniel Börjesson Kommissarin Thylqvist überfallen hatte und sie hatte ermorden wollen, hätte er die Folie und alles andere vorher bereitgelegt haben müssen. In der Wohnung war davon aber nicht das mindeste zu entdecken, stellte Irene mutlos fest.

»Wo waren Sie heute Abend?«, fragte sie mit möglichst neutraler Stimme. Nach einer säuerlichen Stille antwortete Daniel: »Nirgends.«

»Nirgends? Was meinen Sie damit? Haben Sie das Haus irgendwann verlassen?«, fuhr Irene fort.

Mürrisch schüttelte er den Kopf.

»Sie waren also den ganzen Abend hier?«

Ein kurzes Nicken und wieder dieses seltsame Achselzucken.

»Und was haben Sie gemacht?«

Irene hörte selbst, wie resigniert ihre Stimme klang.

»Das da«, sagte Daniel und deutete auf den Couchtisch.

Dort lag eine angefangene Patience.

Irene stellte noch ein paar weitere Fragen, die Daniel einsilbig oder überhaupt nicht beantwortete. Er war unerschütterlich. Er sei den ganzen Abend zu Hause gewesen und habe Patience gelegt. Irene konnte nichts entdecken, was dieser Behauptung widersprach.

Schweigend fuhren die drei Beamten mit dem Fahrstuhl nach unten.

Irene verfuhr sich in einem neuen Kreisverkehr und musste ein Stück zurückfahren. Als sie das letzte Mal in dieser Gegend unterwegs gewesen war, hatte es diesen Kreisverkehr noch nicht gegeben. Es war nicht leicht, sich in einem neuen Stadtteil, der immer noch im Wachstum begriffen war, zurechtzufinden. Aber Norra Älvstranden war keine Betonwüste, sondern einer der exklusivsten Stadtteile Göteborgs. Vor allen Dingen war er der neueste. Vor nicht einmal zehn Jahren hatte hier noch kein einziges Wohnhaus gestanden. Die stillgelegte Werft und die Hafenanlagen hatten öde und verlassen dagelegen. Heute lag hier ein neuer Stadtteil mit etwa fünfzehntausend Einwohnern mit Büros, Schulen, Universitätsinstituten, Geschäften und Restaurants. Alle diese Menschen fuhren mit Autos, Bussen und Fähren in die Innenstadt und zurück.

Efva Thylqvist wohnte am Ende der Barken Beatrices Gata ganz nahe am Wasser. Irene stellte ihren Wagen ab und ging die letzten Meter bis zur Absperrung zu Fuß. Die Kriminaltechniker krochen auf der Erde herum und sicherten Spuren. Der silberne Metalliclack von Efvas neuem Audi funkelte in dem starken Licht der Scheinwerfer. Auf den Balkons standen einige Nachbarn und blickten auf den Tatort hinunter. Jonny tauchte aus dem Dunkel außerhalb des unbarmherzigen Flutlichtkegels auf. Als er Irene begrüßte, hielt in einiger Entfernung ein Auto mit quietschenden Reifen. Es war kaum zum Stehen gekommen, da stürzte der stellvertretende Kommissar Tommy Persson aus dem Wagen. Im Dauerlauf kam er auf Irene und Jonny zu.

»Habt ihr ihn erwischt?«, rief er.

Er klang so atemlos, als sei er weit gerannt.

»Nein. Die ersten Straßensperren wurden erst etwa zwanzig Minuten nach der Tat errichtet. Da war er schon über alle Berge. Ehrlich gesagt, hätte das Netz auch trotz Straßensperren viele Löcher aufgewiesen, durch die unser Paketfreund hätte verschwinden können. Es war gerade Schichtwechsel und dauerte seine Zeit, bis alle Straßensperren errichtet waren«, antwortete Jonny.

Tommy nickte nur. Sein müdes Gesicht schien zusätzliche Falten bekommen zu haben. Wir nähern uns den Fünfzig schneller, als wir einsehen wollen, dachte Irene düster. Der einzige Trost war, dass Tommy ein Jahr älter war als sie und den Zenit des Lebens früher überschreiten würde. Sie nahm sich zusammen und sagte:

»Ich habe Daniel Börjesson überprüft. Er behauptet, den ganzen Abend Patience gelegt zu haben. Vor dem Haus stand auch kein Auto mit warmer Kühlerhaube. Ich war zusammen mit zwei uniformierten Kollegen in seiner Wohnung. Nichts deutete darauf hin, dass er die Wohnung verlassen oder geplant hatte, ein weiteres Opfer in Folie zu verpacken.«

Tommy klimperte nervös mit einem Schlüsselbund in seiner Jackentasche, schien das aber selbst nicht zu merken. Er wandte sich an Jonny:

»Was sagen die Zeugen?«

»Nichts, was wir nicht schon wüssten. Ein Rentnerpaar, das mit dem Hund draußen war. Der Mann sieht schlecht, und die Frau erinnert sich nur, dass es ein Auto in einer dunklen Farbe war.«

»Wenn er so schlecht sieht, woher wusste er dann, dass Efva überfallen wurde?«, wollte Tommy wissen und runzelte die Stirn.

»Sie schrie«, antwortete Jonny knapp.

Tommy sah nachdenklich aus. Plötzlich sah er Jonny an und fragte:

»Ist irgendjemand bei Efva im Krankenhaus?«

»Im Krankenhaus? Nein … ich glaube nicht.«

»Dann will ich, dass du sofort hinfährst. Sobald sie aufwacht, musst du versuchen, sie zu befragen. Vielleicht kann sie uns ja etwas über den Täter sagen.«

»Okay«, murmelte Jonny widerwillig.

Er trottete zu seinem Wagen und ließ ihn an. Irene und Tommy sahen schweigend zu, wie die Rücklichter in der Dunkelheit verschwanden.

Im Schein der Straßenlaterne sah Irene, wie Tommy die Lippen zusammenpresste. Er wirkte gequält, und Irene ahnte, dass das nicht nur an den vagen Zeugenaussagen lag. Natürlich war er zutiefst persönlich betroffen. Efva war viel mehr als nur seine Chefin. Als hätte er ihre Gedanken gespürt, zog Tommy den Schlüsselbund aus der Tasche. Er wählte einen Schlüssel aus und sagte:

»Ich habe einen Schlüssel zu Efvas Wohnung.«

Irene war dankbar, dass die Dunkelheit ihren Gesichtsausdruck verbarg, denn sie wusste nicht, wie sie mit dieser Neuigkeit umgehen sollte.

Tommy und Efva waren ein Paar. Sie hatten Schlüssel zu der Wohnung des Partners. Wohnten sie auch zusammen?

Wohl kaum, denn er war mit dem eigenen Auto gekommen, wahrscheinlich von seinem Reihenhaus in Jonsered.

»Wir sollten hinaufgehen und nachschauen, ob es dort irgendwelche Spuren des Paketmörders gibt … ob er Kontakt zu ihr aufgenommen hat oder so«, fuhr Tommy fort.

Er sah Irene nicht an, sondern drehte sich einfach um und ging energisch auf die Haustüre zu. Ohne weitere Umschweife sperrte Tommy die Tür auf und ließ Irene eintreten.

»Bitte schön«, sagte er leichthin und zwang sich zu einem Lächeln.

Irene unternahm einen tapferen Versuch, dieses Lächeln zu

erwidern, aber das wollte ihr nicht so recht gelingen. Das hier fällt uns beiden schwer, dachte sie, aber es ist mutig von ihm, sich die Blöße zu geben, dachte sie. Er schenkt mir damit wirklich ein großes Vertrauen. Von unserer alten Freundschaft ist doch noch einiges übrig. Sie nahmen den Fahrstuhl, und Tommy drückte den Knopf zum zweiten Obergeschoss. Während der kurzen Fahrt schwiegen beide. Sie traten aus dem Lift und blieben dann wie angewurzelt stehen.

Auf einer der Türen stand auf einem Metallschild »E. Thylqvist«. An der Türklinke hing eine Blume, in Zeitungspapier verpackt. Die Blüte einer weißen Chrysantheme schaute unten hervor. Um das Zeitungspapier war ein Stück von einer Wäscheleine gewickelt, die ihnen sehr bekannt vorkam. Die Enden waren zu Schlaufen verknotet, an denen die Blume hing.

Tommy rief sofort die Spurensicherung. Er sagte einfach, die Haustür sei nicht ganz geschlossen gewesen, um zu erklären, wie Irene und er ins Haus gekommen waren. Die Kriminaltechniker fotografierten die Tür und suchten nach Fingerabdrücken.

»Wir müssen mit der Wohnung warten«, flüsterte Tommy Irene zu.

Sie nickte. Das Erstaunen über sein plötzliches Vertrauen erschwerte es ihr, die richtigen Worte zu finden. Wahrscheinlich hätte sie ohnehin nichts Passendes zu sagen gewusst. Sie fühlte sich außerordentlich verwirrt.

Tommy und Irene befragten alle Nachbarn im Haus. Es war noch niemand zu Bett gegangen. Den ganzen Abend hatte großer Aufruhr geherrscht.

Im obersten Stockwerk wohnte ein älterer Herr mit distinguiertem Aussehen. Er hatte dichtes weißes Haar und trug einen dunkelblauen, mit einem Monogramm versehenen Morgenmantel aus Seide. Er war hochrot im Gesicht und fuchtelte mit dem Zeigefinger vor Irenes Gesicht. Sie registrierte seine Whiskyfahne, als er sie anbrüllte:

»Ich habe ein Vermögen bezahlt, um hier im Alter unbesorgt leben zu können. Es stört mich, wenn es plötzlich von Polizisten in meinem Haus wimmelt, die eine Menge idiotische Fragen stellen!«

Noch bevor Irene etwas sagen konnte, hörte sie Tommys Stimme hinter sich:

»Seien Sie froh, dass Sie nicht in Hammarkullen wohnen, dann wäre vielleicht überhaupt niemand gekommen.«

Tommys Kommentar überraschte Irene. Er war im Umgang mit der Öffentlichkeit für gewöhnlich immer sehr diplomatisch. Diese Reaktion zeigte deutlich, dass er aus dem Gleichgewicht geraten war. Das Gesicht des Betrunkenen rötete sich noch mehr, er brachte aber keinen Ton über die Lippen. Sein Mund öffnete und schloss sich wie bei einem Fisch im Aquarium. Irene nutzte die Gelegenheit, um die nächste Frage zu stellen.

»Sie wissen sicher, dass eine Frau vor Ihrem Haus überfallen worden ist. Gewisse Anhaltspunkte lassen darauf schließen, dass der Täter im Haus gewesen ist. Vermutlich irgendwann im Laufe des Abends. Haben Sie etwas gesehen, das mit diesem Vorfall zu tun haben könnte?«

Der Mann starrte sie mit seinen blutunterlaufenen Augen missvergnügt an und sagte dann:

»Vielleicht.«

Er presste die Lippen zusammen und schien nichts mehr sagen zu wollen. Irene verlor die Geduld, versuchte aber freundlich zu bleiben:

»Was haben Sie denn gesehen oder gehört?«

Die Miene des Mannes wurde etwas milder.

»Es klingelte. Die Gegensprechanlage. Ich hörte nicht richtig, wer es war, glaubte aber, es sei Carl, mein Sohn. Ich drückte also auf den Türöffner. Aber es kam niemand. Er kann es also nicht gewesen sein.«

»Nein. Wahrscheinlich nicht. Wann war das?«

Der Mann runzelte die Stirn und schien einen ehrlichen Versuch zu unternehmen nachzudenken.

»Ich schaute gerade die Nachrichten.«

»In welchem Programm?«

»Im ersten oder zweiten. Ich schaue nie Privatfernsehen. Da gibt es nur Schwachsinn und Dummheiten mit uninteressanten Prominenten, die niemand kennt ...«

»Die Nachrichten um sechs Uhr oder die um halb acht? Oder war es vielleicht Aktuell um neun?«, unterbrach ihn Irene.

»Sechs Uhr kann es nicht gewesen sein, weil ich dann zu Abend esse. Es muss halb acht gewesen sein.«

Er strahlte förmlich, als er sich daran erinnerte, wann er die Nachrichten gesehen hatte. Wahrscheinlich hatte er zu diesem Zeitpunkt bereits einiges intus, dachte Irene. Sie fragte:

»War es zu Anfang der Sendung oder am Schluss?«

Die zufriedene Miene verschwand. Er grübelte. Schließlich schaute er auf und sah Irene direkt an. Mit Nachdruck sagte er:

»In der Mitte, würde ich sagen. Definitiv in der Mitte. Ja!«

Also etwa um Viertel vor acht.

Das konnte stimmen. In der Tasche, die Thylqvist hatte fallen lassen, befanden sich Trainingskleider. Sie war kurz vor zehn nach Hause gekommen, war also vermutlich gegen halb acht zum Training gefahren.

Der Paketmörder war mit größter Wahrscheinlichkeit kurz darauf eingetroffen. Hatte er bei ihr geklingelt? Wahrscheinlich nicht, da er sich nicht zu erkennen geben wollte. Die Blume sollte an der Tür hängen, wenn die Frau nach Hause kam. So war das bei seinen bisherigen Opfern gewesen. Das Wahrscheinlichste war, dass er das Haus bewacht und gesehen hatte, wie Efva zum Training gefahren war. Er hatte im Schutz der Dunkelheit davorgestanden. Wo?

Sie gingen wieder die Treppe hinunter in den zweiten Stock. Die Kriminaltechniker hatten soeben ihre Arbeit beendet. Åhlén hielt eine große Papiertüte mit der verpackten Blume in die Luft.

»Die bringe ich jetzt ins Labor, dann wird sie morgen geöffnet«, sagte er und sah sie durch seine runden, flaschenbodendicken Brillengläser an. Er war der Älteste der Kriminaltechniker und brachte es auf fast ebenso viele Dienstjahre wie Svante Malm.

»Du glaubst nicht, dass ihr da heute Nacht schon mal einen Blick drauf werfen könntet?«, fragte Tommy vorsichtig.

»Nein. Wir sind auf dem Parkplatz noch nicht richtig fertig. Außerdem gibt es eine Leiche in Kortedala. Aufgeschnittene Pulsadern in der Badewanne. Also wahrscheinlich ein Selbstmord. Wir müssen so schnell wie möglich dorthin.«

Seiner Stimme war anzuhören, dass es keinerlei Verhandlungsspielraum gab.

Als die Kriminaltechniker gegangen waren, zog Tommy den Schlüsselbund hervor und schloss die Tür auf. Er warf Irene einen raschen Blick zu, ehe sie die Wohnung betraten. Das dürfen wir eigentlich nicht, dachte sie. Aber sie hatten im Laufe der Jahre schon etliche regelwidrige Dinge getan. Und er war ihr Chef und trug somit die Verantwortung. Ohne weiteres Zögern folgte sie ihm und schloss die Tür.

Die Diele war hoch und mit hellgrauem Granit gefliest. Eine Wand bestand aus verspiegelten Schränken mit Schiebetüren. Geradeaus lag die Küche, daneben gelangte man geradewegs in ein großes Wohnzimmer. Irene betrat es, nachdem sie sich die Schuhe ausgezogen hatte. Der Boden bestand aus hellem Eichenparkett. An den weißen Wänden hingen zwei sehr große Ölgemälde. Das eine war abstrakt, weiße Felder auf blauem Grund. Das andere zeigte, stilisiert, ein Segelschiff auf einem stürmischen Meer. Die beiden Bilder wurden von verschiedenen Blautönen dominiert. Die Couchgarnitur, weißes Leder, stand auf einem schönen blauen Teppich. Im Bücherregal befanden sich ein riesiger Flachbildfernseher mit großen Lautsprechern, unzählige DVDs und ein CD-Player der Marke Bang & Olufsen. Irene sah sich die Filme an. Ältere amerikanische Spielfilme und Actionfilme. Einige Filme schienen auch einen erotischen Inhalt zu haben. Bei den wenigen Büchern handelte es sich um Taschenbücher, Bestseller.

Irene sah sich gründlich im Zimmer um. Modern. Geschmackvoll. Teuer. Und ein wenig unpersönlich. Keine Erbstücke, keine Erinnerungsstücke. Nichts ließ Rückschlüsse auf Efva Thylqvist als Person zu. Oder vielleicht war das ja doch möglich, und Irene konnte einfach nur die Zeichen nicht deuten. Sie ging zum Balkon und öffnete die Tür. Ein Eckbalkon. Ziemlich klein, aber die Aussicht war atemberaubend.

Im Erdgeschoss befanden sich Läden, deswegen lagen selbst die unteren Wohnungen relativ hoch. Die schwarze Wasserfläche vor dem Haus spiegelte die Lichter der Stadt in einem sich ständig verändernden Glitzern wider. Auf der anderen Seite des Göta Älv ließ sich die Silhouette der Innenstadt ausmachen, die von der angestrahlten Masthuggskirche dominiert wurde. Richtung Meer fiel der Blick auf die lange Älvborgsbrücke. Das nähergelegene Brückenende der Hisingenseite war jedoch nicht zu sehen, da ein Felsen die Sicht versperrte. Dieser lag fast genau im Westen und stellte sicher einen guten Windschutz dar, wenn die Stürme vom Meer heranbrausten. Jenen Leuten, die ihre Balkons weiter unten hatten, raubte dieser Felsen jedoch die Sicht. Aber schließlich konnte man nicht alles haben. Irene begann an den Füßen zu frieren, da sie nur in Socken auf dem Balkon stand. Mit einem letzten Blick aufs Wasser trat sie wieder in die Wohnung.

Die Küche war hypermodern, alle Küchengeräte bestanden aus grauem Stahl. Die Schranktüren waren aus massiver Eiche, was zu den schwarzen Arbeitsplatten und dem hellgrauen Steinboden sehr gut passte. Vor dem hohen Fenster stand ein Esstisch mit einer ausklappbaren Platte und sechs Stühlen. Ob Efva ihre Freunde wohl oft zum Essen einlud? Was für Freunde überhaupt? Irene hatte nie von irgendwelchen Freunden gehört.

Sie fand Tommy in Efvas Schlafzimmer. Hier stand ein großes Doppelbett mit einer weißen Tagesdecke und grellrosa Kissen. Auch die Bettvorleger waren rosa. Zwei große gerahmte Plakate hingen über dem Bett. Eine nackte Frau und ein nackter Mann. Hier ahnt man vielleicht mehr von Efvas Persönlichkeit, dachte Irene. Tommy hatte ihr den Rücken zugewandt und schaute aus dem Fenster. Draußen war es stockdunkel.

»Erzähl«, sagte Irene.

Er rührte sich nicht. Vielleicht hatte er sie nicht gehört. Gerade als sie ihre Bitte wiederholen wollte, merkte sie, dass er weinte. Sie hörte ein leises Schluchzen, und seine Schultern bebten. Plötzlich begriff Irene, dass sie nicht die Einzige war, die sich einsam fühlte. Sie trat auf ihn zu und legte ihm eine Hand auf die Schulter.

»Tommy. Komm. Wir setzen uns, und dann reden wir.«

Willenlos ließ er sich ins Wohnzimmer führen. Schwer ließ er sich auf einen der eleganten Ledersessel fallen. Irene zog ein Papiertaschentuch aus der Tasche und reichte es ihm.

»Danke«, murmelte er und schnäuzte sich.

»Willst du was trinken?«, fragte sie.

Er schüttelte den Kopf.

Irene nahm ihm gegenüber Platz und wartete darauf, dass er begann. Er ließ die Schultern hängen und schien nicht die Kraft zu haben, etwas zu sagen. Irene beschloss, den Anfang zu machen.

»Wie nahe steht ihr euch eigentlich, Efva und du?«, fragte sie ohne Umschweife.

Er hob den Kopf und sah sie an. In seinen Augen standen Tränen. In den sechsundzwanzig Jahren, die sie sich jetzt kannten, hatte sie ihn noch nie weinen sehen.

»Wir … wir waren seit Ende letzten Jahres zusammen.«

»Und warum habt ihr das nicht gezeigt?«

Er warf ihr einen schnellen kritischen Blick zu, aber sie ließ mit keiner Miene erkennen, dass sie das schon lange geahnt hatte.

»Efva wollte das nicht. Sie fand, dass auch so schon zuviel geredet wurde.«

»Und was findest du?«

Er holte tief Luft, schien gewissermaßen Anlauf zu nehmen: »Irene, es ist genauso gut, wenn ich es gleich sage. Wir haben Schluss gemacht. Es ist vorbei.«

Auch das war für Irene keine größere Überraschung, es gelang ihr aber, eine bedauernde Miene aufzusetzen.

»Wann?«

»Vor zwei Wochen.«

»Bist du sehr traurig?«, fragte sie vorsichtig.

»Schon … Aber vorbei ist vorbei.«

Das klang vernünftig, aber Irene hörte, dass seine Stimme zitterte. Die Trennung war offenbar ein schwerer Schlag für ihn gewesen. Es war wunderbar, dass er sich ihr plötzlich anvertraute. Allerdings kam es auch ein wenig überraschend. Hatte Efva Schluss gemacht? Liebte er sie immer noch? Aber diese beiden Fragen durfte sie nicht stellen. Stattdessen sagte sie:

»Warum wurde Efva Opfer des Paketmörders? Sie passt zwar vom Alter her gut ins Profil, aber sie wohnt nicht in den westlichen Stadtteilen. Es gibt auch keinerlei Berührungspunkte mit dem Frölunda Torg. Oder hat sie da gelegentlich eingekauft?«

»Soweit ich weiß, nicht. Aber er könnte sie im Fernsehen gesehen haben. Sie ist im August in diesem Fahndungsprogramm im Fernsehen aufgetreten. Du weißt schon, dieser Mord in Hindås.«

Irene erinnerte sich. Sie hatte mit der Ermittlung jedoch nichts zu tun gehabt. Eine alleinstehende Sechzigjährige war einige hundert Meter von ihrem Haus in Hindås entfernt ermordet aufgefunden worden. Niemand hatte etwas gesehen, da das Haus abgeschieden lag. Die Polizei hatte kein Spur und beschlossen, den Fall im Programm »Efterlyst« im Sender TV 3 zu präsentieren. Es bestand die Möglichkeit, dass irgendein zufälliger Spaziergänger oder Tourist etwas gesehen haben konnte. Der Pressesprecher der Polizei war zu der Zeit noch im Urlaub gewesen, und Efva Thylqvist übernahm die Aufgabe, die Öffentlichkeit über den Mord zu informieren, nur zu gerne. Irene hatte die Sendung gesehen und gefunden, dass die Kommissarin in ihrer gut sitzenden Uniform und ihrer frischen Sommerbräune eine gute Figur gemacht hatte. Allerdings war keiner der Hinweise, die danach hereingekommen waren, verwertbar gewesen, und der Mord war immer noch ungeklärt.

»Dann gab es da ja noch die Pressekonferenz nach dem Fund der Leichen von Ingela Svensson und Elisabeth Lindberg. Efvas Foto war auch in der *Göteborgs Posten* abgebildet, und sie gab dem Lokalfernsehen ein Interview«, fuhr Tommy fort.

»Es könnte sein, dass er sie im Fernsehen und in der Zeitung gesehen hat. Wahrscheinlich schneidet er alles über den Fall aus der Zeitung aus und informiert sich im Fernsehen. Das ist meistens so«, meinte Irene und musste ein Gähnen unterdrücken.

Tommy bemerkte dies und streckte den Rücken durch.

»Jetzt fahren wir nach Hause«, sagte er.

Er stand auf und ging Richtung Diele. Bevor er die Wohnungstür öffnete, drehte er sich um und sah Irene an, die gerade ihre Schuhe wieder anzog.

»Morgen wird ein verdammt schlimmer Tag«, meinte er düster.

Am nächsten Morgen waren Irene und Tommy zugegen, als die Blume aus dem Zeitungspapier gewickelt wurde. Rasch sicherte Matti Berggren alle erdenklichen Spuren an dem Papier und an der Wäscheleine. Vorsichtig glättete er die Zeitungsseiten der

Göteborgs Posten. Sie war vom 20. September. Wie erwartet, hatte nur eine einzelne, große Chrysantheme darin gelegen. Am Stiel war mit Klebeband ein normaler Umschlag befestigt. Darauf stand mit dickem Filzstift: »2 Mas. 20,5.«

»Er schreibt das o so komisch, dass es aussieht wie ein a. 2. Buch Mose, zwanzigstes Kapitel, Vers 5. Stand das nicht auch schon auf dem Foto bei Ingela Svensson? Dass Gott die Missetaten bis ins dritte und vierte Glied heimsucht? Ich werde Sara bitten, das noch einmal zu überprüfen«, sagte Irene.

Sie wählte die Nummer von Saras Handy. Diese antwortete prompt. Irene brachte ihre Bitte vor, und Sara versprach, sich sofort darum zu kümmern. Als Irene das Gespräch beendet hatte, sah sie, wie Matti mit Hilfe von zwei Pinzetten das Klebeband entfernte, mit dem der Umschlag an dem Blumenstiel befestigt war. Sehr geschickt. Er hätte auch Augenchirurg werden können, dachte Irene. Selbst konnte sie kaum eine Kaffeetasse in der Hand halten, ohne etwas zu verschütten.

»Klebeband!«, meinte Matti genüsslich.

Seine braunen Augen funkelten vor Freude, als er es in einen sterilen Behälter legte. Er ist so munter und ausgeschlafen, dass man ihn dafür beinahe hassen könnte, dachte Irene säuerlich.

»Ich weiß. Du liebst Klebestreifen, weil daran eine Menge Dreck und eine Menge Partikel hängenbleiben, und daran hat der Mörder nicht gedacht«, sagte sie und unternahm damit einen Versuch, ihre negativen Gedanken zu vertreiben.

Sie nippte an ihrem Kaffee und versuchte wacher zu werden. Gerade einmal vier Stunden Schlaf in der vergangenen Nacht waren einfach zu wenig gewesen. Sie war todmüde.

Tommy schien überhaupt nicht geschlafen zu haben. Er war am Morgen beim Östra Sjukhuset vorbeigefahren, um nach Efva zu sehen. Dort hatte er den düsteren Bescheid erhalten, dass sie im Verlauf der Nacht operiert worden sei. Die Verletzungen am Kehlkopf waren ernst. Sie wurde beatmet.

Mit Hilfe der beiden Pinzetten zog Matti ein Foto aus dem weißen Umschlag. Plötzlich war Irene hellwach. Das hatte sie nicht erwartet. Im nächsten Moment fiel ihr Blick auf Tommy. Alle Farbe war aus seinem Gesicht gewichen. Er war aschfahl und drohte jeden Moment ohnmächtig zu werden. Instinktiv legte Irene ihm eine Hand auf den Arm. Ungeduldig schüttelte er sie ab. Sein Adamsapfel wanderte einige Male auf und ab, bis ihm schließlich mühselig über die Lippen kam:

»Ich vermute, es dürfte etwas peinlich werden, diesen Burschen zu vernehmen.«

Irene nickte nur. Sie konnte den Blick nicht von dem Foto abwenden, das grellbeleuchtet von einer Laborlampe auf dem Tisch lag.

Efva Thylqvist war im Profil zu sehen. Mit nacktem Oberkörper lag sie halb zurückgelehnt auf dem weißen Ledersofa. Ein Mann saß mit zum Fenster gewandtem Gesicht daneben und streichelte ihre eine Brust. Es war Polizeichef Thomas Englund.

Das Foto war mit Zoom aufgenommen und von bedeutend besserer Qualität als die Bilder, die der Paketmörder bislang an seine Opfer geschickt hatte. In der einen Ecke befand sich das Datum. Das Foto war vier Tage zuvor aufgenommen worden.

»Letzten Donnerstag. Da geht sie zum Training … wenn sie nicht verreist ist«, sagte Tommy mit undeutlicher Stimme.

Irene konnte schon Jonnys Kommentar hören: »Als Training kann man das auch bezeichnen, ha ha.« Sie war froh, dass er das Foto noch nicht zu Gesicht bekommen hatte. Ein Glück, dass Tommy Jonny am Vorabend ins Krankenhaus abbeordert hatte, sonst hätte er sich ihr vermutlich nicht anvertraut, ihr nicht von seiner Beziehung zu Efva Thylqvist erzählt und davon, dass diese vorüber sei.

Aber wie war das wirklich abgelaufen? Bislang kannte Irene ja nur Tommys Version. Die Frau auf dem Foto war zweifellos Efva, aber der Mann war definitiv nicht Tommy. Thomas Englund war einer ihrer höchsten Chefs.

Tommy musste einiges erklären. In diesem Falle stand er zweifellos auf der Liste der Verdächtigen.

Eifersucht war ein starkes und häufiges Mordmotiv. Und wenn jemand den perfekten Nachahmungstäter abgab, dann ohne Zweifel ein Polizeibeamter und Ermittler.

Irene wurde aus ihren Überlegungen gerissen, als Sara anrief und bestätigte, die angegebene Bibelstelle verweise auf dasselbe Zitat wie bei Ingela Svensson.

»›Ich bin ein eifernder Gott, der die Missetat der Väter heimsucht bis ins dritte und vierte Glied an den Kindern‹, und so weiter«, sagte Tommy seufzend.

»Sie tat nicht, was er wollte. Sie hatte einen anderen. Deswegen musste sie bestraft werden«, sagte Irene.

Sie beobachtete Tommy genau, um zu sehen, wie er auf diese Behauptung reagieren würde. Dieser nickte aber nur müde und wirkte vollkommen erschöpft. Wie sie ihn in dieser elenden Verfassung vor sich sah, konnte sie sich nicht vorstellen, dass er etwas mit dem Überfall zu tun hatte. Oder plagten ihn abgründigere Gefühle? Ärgerte ihn, dass es ihm nicht geglückt war, Efva zu töten? Hatte er etwa Angst, dass sie sich an etwas erinnern könnte, wenn sie wieder zu sich kam? Vielleicht war es ja auch nur ein geschickter Schachzug gewesen, sich Irene anzuvertrauen, falls irgendwann herausgekommen wäre, dass Efva und er eine längere Beziehung gehabt hatten.

Irene realisierte, dass sie einstweilen die Einzige war, die wusste, dass Tommy und Efva eine Affäre gehabt hatten. Und die Einzige, die wusste, dass Tommy ein Motiv hatte. Sie wollte einstweilen jedoch niemandem von ihrem Verdacht erzählen. Falls sich später herausstellte, dass es sich wirklich um einen Nachahmungstäter handelte, war immer noch Zeit zu handeln. Dann würde sie Tommy mit ihrem Verdacht konfrontieren müssen. Als sie das Labor verließen, sagte Irene:

»Ich schlage vor, dass ich Thomas Englund vernehme. Du wirst beim Dezernat gebraucht. Schließlich bist du während Efvas Abwesenheit der Chef.«

»Ja. Es ist das Beste, wenn ich Thomas erst einmal einige Tage nicht treffe. Das war wirklich ein Schock.«

Er sprach so leise, dass sie die Worte kaum hörte.

»Du hattest keine Ahnung … von den beiden?«, flüsterte Irene.

»Nein. Sie sagte, sie brauche eine Pause. Ich fragte, warum, und da antwortete sie, es werde ihr zuviel. Sie wolle keine feste Beziehung. Wir … wir stritten ein paar Tage lang … und dann machten wir Schluss.«

Irene sah, wie schwer es ihm fiel, von der Trennung zu sprechen. Verschmäht. Abserviert. Eifersüchtig. Starke Gefühle, die in Gewalt gipfeln konnten. Auch in einem Mord. Irene wurde nicht wohler bei diesen Gedanken. Aber sie durfte sie nicht außer Acht lassen. Sie wusste Dinge, die für die Ermittlung relevant waren. Im Augenblick stellten sie allerdings eher eine Belastung dar.

Fast beiläufig fragte sie:

»Tommy, was hast du gestern Abend gemacht?«

Er blieb stehen und sah sie erstaunt an. Als ihm klar wurde, warum sie ihm diese Frage stellte, verfinsterte sich seine Miene.

»Die Kinder waren zum Essen bei mir, alle drei. Gegen acht sind sie wieder wieder zu Agneta gefahren, Martin natürlich nach Johanneberg. Danach habe ich ferngesehen, bis das Telefon klingelte. Den Rest kennst du«, antwortete er unfreundlich.

Tommys ältester Sohn Martin war Irenes Patenkind. In den letzten Jahren hatten sie sich kaum noch getroffen. Martin studierte im dritten Semester an der Journalistenhochschule. Er hatte eben erst eine recht zentral gelegene Studentenwohnung ergattert, nachdem er vorher zur Untermiete gewohnt hatte. Tommys Töchter besuchten die zehnte und elfte Klasse des Gymnasiums. Eine Meisterleistung, alle drei an einem Tisch zu vereinen, fand Irene. In diesem Augenblick fiel ihr auch der Anlass wieder ein.

»Natürlich … herzliche Glückwünsche zum Geburtstag nachträglich«, sagte sie verlegen.

Schweigend kehrten sie zum Dezernat zurück.

Polizeichef Thomas Englund hatte nach dem Mittagessen Zeit für Irene. Sie klopfte wie vereinbart Punkt ein Uhr an seinem Büro. Als er »Herein« sagte, öffnete sie die Tür und trat ein. Er telefonierte und bedeutete ihr, auf dem Stuhl auf der gegenüberliegenden Seite des Schreibtisches Platz zu nehmen.

Während er sprach, betrachtete ihn Irene verstohlen. Sie hatte immer gefunden, dass er gut aussah. Fast fünfzig, relativ groß und durchtrainiert. Sein kurz geschnittenes Haar war ergraut, und sein Gesicht hatte noch eine kleidsame Seglerbräune vom Sommer behalten. An der Wand hinter Englund hingen mehrere gerahmte Fotos von großen Segelbooten. Er stand am Ruder von mindestens drei von ihnen. Ein Foto zeigte das Cockpit eines Bootes in Nahaufnahme. Thomas Englund hielt ein großes Ruder mit beiden Händen. Neben ihm standen eine blonde Frau und zwei Jungen, die schon fast erwachsen waren. Alle trugen Seglerkleidung und lächelten den Fotografen an. Der Wind fuhr ihnen durchs Haar. Nach dem Foto zu urteilen eine glückliche Familie. Nach einigen Bemerkungen über das Wetter beendete der Polizeichef das Gespräch und legte auf.

»Hallo, Irene. Womit kann ich dir helfen?«, sagte Englund und lächelte freundlich.

Er beugte sich auf die Ellbogen gestützt über den Schreibtisch. Die Hände ruhten auf der Schreibtischplatte. Am Ringfinger trug er einen breiten Goldring. Offenbar nicht geschieden, noch nicht zumindest, dachte Irene.

»Hallo. Es geht um den Überfall auf Kommissarin Efva Thylqvist.«

Sein freundliches Lächeln wurde starr und sah plötzlich sehr angestrengt aus.

»Ja … furchtbar. Eine schreckliche Geschichte. Ich habe heute Morgen davon gehört. Alle hier im Haus sprechen davon.«

Sein Blick war unruhig. Wahrscheinlich überlegte er, warum Irene mit ihm über Kommissarin Thylqvist sprechen wollte.

»Tommy Persson und ich waren nach dem Überfall am Tatort. Wir haben ein Foto gefunden, das ich dir zeigen will.«

Irene öffnete die Akte, die sie in der Hand hielt. Sie entnahm eine Plastikmappe, öffnete sie ebenfalls und ließ das Foto vor dem Polizeichef auf den Tisch fallen. Jetzt verschwand das angestrengte Lächeln aus seinem Gesicht. Er holte ein paar Mal tief Luft und starrte das Foto an.

»Das hier ist die Kopie eines Fotos, das der Täter an Efva geschickt hat. Das gehört zu seinem Modus operandi. Er tut das immer, bevor er die Frauen angreift. Er will sie auf ihre Sünden aufmerksam machen, damit sie wissen, warum er sie tötet«, sagte Irene.

»Handelt es sich … um diesen Paketmörder?«

Thomas Englunds Stimme klang gepresst.

»Ja. Die Vorgehensweise stimmt mit der des Paketmörders überein.«

Irene betrachtete den Polizeichef. Er faltete die Hände, um zu verbergen, dass sie zitterten.

»Du verstehst sicher, dass wir uns für deine Beziehung zu Efva interessieren«, fuhr sie gelassen fort.

»Natürlich, natürlich. Das verstehe ich. Aber …«

Er unterbrach sich, und Irene sah, dass ihm der Schweiß auf der Stirn stand.

»Die Sache ist … etwas heikel.«

Das fällt dir früh ein, dachte Irene. Es würde sich aber nur schwer geheim halten lassen. Im Präsidium sprach sich viel herum, das wusste er ebenso gut wie sie. Sie deutete mit dem Kopf zum Foto auf dem Tisch und fragte:

»Weiß deine Frau Bescheid?«

»Nein … nein. Du verstehst sicher … dass das keine Bedeutung hatte. Wir waren nur … ein … wenige Male …«

Ihm schien SCHULDIG auf die Stirn geschrieben, und es war offenbar, dass er schlecht lügen konnte. Wie es aussah, war er also kein notorischer Lügner, und das war sympathisch. Wahrscheinlich würde seine Frau anders darüber denken.

»Seit wann hattet ihr eine Beziehung?«, fragte Irene.

Englund legte sein Gesicht in beide Hände und seufzte laut.

»Guter Gott … Beziehung! Was für ein Wort! Seit August. Nach den Sommerferien. Wir waren auf einem Seminar … und es ist einfach passiert.«

»Ihr hattet eine Affäre«, konstatierte Irene.

Thomas Englund nickte, immer noch die Hände vor dem Gesicht. Langsam ließ er die Hände sinken und sah Irene an.

»Das ist nichts, worauf ich stolz bin. Aber mir ist klar, dass ich in der Klemme stecke. Deswegen werde ich natürlich so ehrlich wie möglich sein.«

»Danke«, sagte Irene und nickte ihm aufmunternd zu.

Er holte tief Luft und begann dann zu erzählen:

»Es war ein zweitägiges Seminar. Am ersten Abend fand ein Essen statt. Efva und ich saßen zufällig nebeneinander. Es … funkte. Seither sehen wir uns. Allerdings nicht so oft … meine Familie … Aber donnerstags haben wir einen Zeitpunkt gefunden, der uns beiden passt. Spätabends. Ich spiele Tennis, und Efva geht zu irgendeinem Workout-Training. Meine Frau spielt donnerstags Bridge und kommt immer erst gegen Mitternacht nach Hause. Natürlich haben wir uns immer bei Efva getroffen. Und da hat dieser Typ offenbar auch das Foto aufgenommen.«

»Wann fand dieses Seminar genau statt?«

Er blätterte in dem Kalender, der auf seinem Tisch lag.

»Am 12. und 13. August.«

Also vor anderthalb Monaten. Hatte Tommy das geahnt? Laut ihm war es zwischen Efva und ihm seit zwei Wochen aus. Das bedeutete, dass sie einen Monat lang zwei Liebhaber hatte.

»Wo warst du am Sonntagabend?«, fragte Irene.

Er zuckte zusammen und sah sie scharf an.

»Was hat das … Das gehört doch wohl nicht hierher! Glaubst du wirklich, ich hätte etwas mit diesem … Überfall zu tun?«

Seine sonnengebräunten Wangen nahmen eine tiefrote Färbung an, und er deutete entrüstet auf das Foto. Aber seine Hände verrieten ihn. Sie zitterten immer noch.

»Du weißt genauso gut wie ich, dass man immer zuerst im nächsten Umfeld des Opfers sucht. Die Hauptverdächtigen sind immer Personen, mit denen das Opfer eine sexuelle Beziehung hatte. Rein statistisch finden sich dort die Mörder in neunzig Prozent der Fälle. Es wäre ein Dienstvergehen, wenn ich diese Frage nicht stellen würde«, antwortete Irene.

Englund sah sie lange an, dann schaute er aus dem Fenster. Die Sonne schien, und es waren nur wenige Wolken am Himmel, und man hätte glauben können, draußen herrschten hochsommerliche Temperaturen. Es waren jedoch nur 9 Grad, und der Wind war schneidend.

Aber Englund dachte wohl kaum ans Wetter. Mit angestrengter Stimme brachte er hervor:

»Die Jungs und ich sind die letzte Etappe des Septemberpokals gesegelt. In der Gesamtwertung liegen wir an zweiter Stelle. Um 17.08 Uhr kamen wir ins Ziel. Du kannst das im Internet überprüfen. Ich glaube, auf der Homepage der GKSS. Bis wir aufgeräumt und aufgetucht hatten, war es fast acht Uhr. Wir sind nach

Hause gefahren und haben gegessen. Wir haben natürlich unseren Erfolg gefeiert. Gegen elf sind wir zu Bett gegangen.«

Die glückliche, harmonische Familie, dachte Irene, aber du bist bereit, das alles aufs Spiel zu setzen. Vielleicht zeigt das Foto an der Wand nur die Fassade.

Englund zwang sich zu einem Lächeln und meinte in einem vertraulicheren Ton:

»Ich würde es sehr zu schätzen wissen, wenn du das Foto erst einmal diskret behandeln könntest. Es wird immer soviel geredet. Das ist nicht gut … weder für Efva noch für mich.«

Wenigstens wurde er noch verlegen, während er das sagte. Irene war wirklich direkt erstaunt, aber doch etwas enttäuscht. Genauso ein Waschlappen wie alle anderen, dachte sie.

»Das geht nicht. Als das Foto gefunden wurde, waren etliche Kollegen zugegen. Viele haben es bereits gesehen. Natürlich werden wir es den Medien vorenthalten, das ist uns auch bei den Fotos der beiden anderen Opfer gelungen. Aber das Ermittlerteam muss natürlich informiert werden«, erwiderte sie recht formell.

Er nickte.

»Aber ihr könnt doch zumindest alles unternehmen, damit das Foto nicht an die Presse gerät? Ich habe nichts mit dem Überfall zu tun. Im Gegenteil! Ich …«

Seiner Stimme war anzumerken, dass er keine größere Hoffnung mehr hegte, aus der Sache herausgehalten zu werden. Nice try, hätten die Zwillinge vermutlich gesagt.

Der Polizeichef sank auf seinem Stuhl in sich zusammen. Seine frische Sonnenbräune wirkte auf einmal fahl. Irene erhob sich und verabschiedete sich. Er erwiderte nichts, sondern starrte nur düster auf das Foto, das vor ihm auf dem Tisch lag. Er hatte es nicht angefasst.

Matti Berggren erschien am Dienstag pünktlich zum Nachmittagskaffee. Er setzte sich und nahm dankend eine Tasse und ein paar Plätzchen in Empfang. Irene sah ihm an, dass er Neuigkeiten hatte.

»Was Interessantes gefunden, Matti?«, fragte Tommy.

Er sah immer noch aus, als hätte er seit Sonntag kein Auge zugetan.

»Allerdings! An der Jacke der Thylqvist haben wir Katzenhaare gefunden. Dieselben Katzenhaare wie bei der Folie. Wir haben auch ein paar Nylonfasern eines Fleecepullovers oder von etwas Ähnlichem sichergestellt. Die Haare und die Fasern fanden sich auf der Rückseite der Jacke. Efva Thylqvist hat die Jacke also getragen, als er sie von hinten angriff und an sich drückte. Es gibt auch einen kleinen Fleck, bei dem es sich durchaus um Motorenöl handeln könnte. Die Analyse ist allerdings noch nicht ganz fertig.«

Irene war sehr erleichtert. All dies sprach gegen einen Nachahmungstäter. Sowohl Tommy Persson als auch Thomas Englund konnte sie jetzt von der Liste der Verdächtigen streichen. Das Motorenöl und die Nylonfasern hätten die beiden zwar beschaffen können, aber Katzenhaare wie jene an der Folie, mit denen die beiden Mordopfer verpackt gewesen waren, das war unmöglich.

»Und die Schlinge?«, wollte Tommy wissen.

»Dieselbe Leine wie bei den ersten Überfällen. Blaue Wäscheleine, Schlaufen an beiden Enden. Die Knoten identisch. Wahrscheinlich hat er sie nicht in Position bringen können, bevor sie zu schreien begann, denn sie war nicht verwendet worden. Sie lag auf der Erde, wahrscheinlich hat er sie verloren.«

»Hast du schon was gehört, um welches Reinigungsmittel es sich handelt?«, wollte Irene wissen.

»Nein. Aber das Ergebnis müsste jederzeit kommen. Ich habe auch eine Probe Yes ins Labor geschickt, damit sie vergleichen können, ob es sich um dasselbe Spülmittel handelt.«

Nicht dumm, der Junge, dachte Irene.

In den Bulletins aus dem Krankenhaus hieß es, der Zustand Efva Thylqvists sei besser, sie müsse aber weiterhin beatmet werden. Sie hatte das Bewusstsein noch nicht wiedererlangt, und die Ärzte hatten jeglichen Besuch untersagt.

Am Donnerstag konnte Efva Thylqvists Beatmungsgerät ein paar Stunden lang abgestellt werden. Sie war inzwischen wieder bei Bewusstsein, und die Ärzte gestatteten eine kürzere Unterhaltung. Tommy entschied, dass Irene und Sara mit ihr sprechen sollten.

Man ließ sie in einem Vorzimmer Kittel, Mundschutz und Überzüge für die Schuhe anlegen. Durch eine Glasscheibe konnte Irene diverse Monitore und Infusionsflaschen an Gestellen sehen. Von Efva waren unter einer gelben Decke nur die Umrisse zu erkennen. Der Geruch von Desinfektionsmittel schlug ihnen entgegen, als sie die Tür öffneten und das Zimmer betraten. Erst jetzt konnte Irene Efvas Gesicht sehen.

Sie lag mit geschlossenen Augen da und schien zu schlafen. Man hätte sie auch für tot halten können. Die Lippen waren ebenso farblos wie die bleiche Haut. Sie wirkte sehr zerbrechlich und verletzlich. Neben dem Bett stand das Beatmungsgerät. Ein großer Verband lag über der Kanüle, die in den Hals führte. Eine ältere Krankenschwester hatte Irene und Sara ins Zimmer begleitet. Sie trat auf Efva zu und sagte leise:

»Efva. Hier sind zwei Kolleginnen von Ihnen. Sie wollen mit Ihnen sprechen.«

Efva Thylqvist öffnete die Augen und sah Irene und Sara an. Erleichtert stellte Irene fest, dass der Blick so durchdringend war wie eh und je.

»Hallo, Efva. Hier hinter dem Mundschutz verbergen sich Irene und Sara. Schön, dass es dir besser geht. Wir wollen mit dir über den Überfall sprechen. Kannst du dich an etwas erinnern?«, fragte Irene.

Ein kurzes Nicken Efvas, und Irenes Puls beschleunigte sich erwartungsvoll. Die Schwester half dabei, die Kanüle in Efvas Hals zu schließen, damit diese sprechen konnte.

»Geruch … Geruch …«

»Hat der Mann, der dich überfallen hat, gerochen?«, fragte Irene.

Efva nickte.

»Roch er gut?«

Leichtes Kopfschütteln.

»Roch er schlecht?«

Nicken.

»War es derselbe Gestank, den Marie Carlsson beschrieben hat? Ekelhaft?«

Erneutes Nicken.

Es musste sich um denselben Mann handeln. Den Paketmörder.

Efva gab der Krankenschwester ein Zeichen, dass sie Hilfe brauche, die Kanüle zuzuhalten. Als sie die Schwester mit geübtem Griff zuhielt, war Efvas röchelnde Stimme zu hören:

»Altes … Öl …«

Altes Öl. Er roch nach altem, wahrscheinlich ranzigem Öl. Auf ihrer Jacke wurden Ölspuren gefunden. Der Paketmörder hatte altes Öl an den Kleidern, das an seinem Opfer klebengeblieben war. Hatte er den beiden ermordeten Frauen deswegen alle Kleider ausgezogen? Er konnte die öligen Kleider jedenfalls nicht getragen haben, als er seine Opfer verpackte, denn dann hätte man auch an ihnen Rückstände gefunden. Aber er hatte die Leichen sorgfältig mit einem Reinigungsmittel gewaschen, vielleicht um eventuelle Spuren zu beseitigen.

»Hast du ihn gesehen?«, fragte Irene.

Kopfschütteln. Das kam nicht unerwartet, schließlich hatte er sie von hinten angegriffen.

»Hast du sein Auto gesehen?«

Erneutes Kopfschütteln. Die Krankenschwester räusperte sich und sagte:

»Jetzt glaube ich, ist es genug. Efva ist müde.«

Der Blick, den die Kommissarin der Krankenschwester zuwarf, war nicht gnädig, aber Irene sah ein, dass diese recht hatte. Thylqvist war womöglich noch bleicher als bei ihrem Kommen. Unter den Augen hatte sie blauschwarze Schatten. Etwas unbeholfen tätschelte Irene die Hand ihrer Chefin, die bewegungslos auf der Frotteedecke lag.

»Gute Besserung. Ich soll dich von allen grüßen. Wir durften keine Blumen mitbringen, aber die bekommst du, wenn du auf die andere Station verlegt wirst …«

Irene hielt verlegen inne. Tränen standen in Efvas Augen.

Nach einer unruhigen Nacht hatte Irene ihren Entschluss gefasst. Nach der Morgenbesprechung klopfte sie bei Tommy an und trat in sein Büro.

»Hallo. Du siehst furchtbar aus«, sagte sie.

»Danke, gleichfalls«, erwiderte er.

Sie wussten beide, dass der andere recht hatte. Plötzlich begann Irene zu lachen. Nach einer Weile lachten sie beide. Einen Moment war es genauso wie früher, als sie noch beste Freunde und unzertrennlich waren. Jetzt war es höchste Zeit, diese Freundschaft wieder aufleben zu lassen. Aber wahrscheinlich ist es besser, erstmal behutsam vorzugehen, dachte Irene.

»Tommy, ich habe die ganze Nacht nachgedacht. Wir müssen versuchen, in dieser festgefahrenen Ermittlung weiterzukommen, und zwar jetzt.«

»Klar. Hast du irgendeinen konstruktiven Vorschlag?«

»Ich glaube schon. Irgendwie kommt es mir so vor, als hätten wir etwas Wichtiges übersehen. Etwas, das wir bereits wissen, aber nicht deuten konnten. Ich denke an Daniel Börjesson.«

»Seinen Namen haben wir jetzt schon wiederholte Male verworfen. Es gibt keine konkreten Beweise. Er hat kein Auto. Er war zu Hause, als ihn Jonny nach dem Überfall auf Efva anrief. Er wohnt in einer Wohnung, in der es keine Katze gibt, und so weiter und so fort. Das Phantombild sieht ihm ähnlich, aber das beweist auch nur, dass er Marie Carlsson bei ICA seltsame Fragen gestellt hat …«

»Ich weiß. Wir sind das unzählige Male durchgegangen. Aber irgendetwas, das ich gehört habe … Ich kann es nicht greifen.

Ich würde diesen Daniel heute gerne noch einmal unter die Lupe nehmen. In die Basungatan rausfahren und das Terrain etwas eingehender sondieren. Efva hat uns angewiesen, ihn auszuklammern, aber jetzt bist du ja der Chef und kannst entscheiden.«

Sie lächelte, aber er erwiderte ihr Lächeln nicht. Ein langes Schweigen breitete sich im Zimmer aus, und Irene hatte keine Lust, es zu brechen. Schließlich sagte er:

»Okay. Ich habe Respekt vor deiner Intuition. Aber ich gebe dir nur den heutigen Tag.«

»Danke. Das reicht.«

»Du solltest jemanden mitnehmen.«

»Das ist nicht nötig. Ich habe nicht vor, mit Daniel zu sprechen. Es geht um etwas anderes.«

Irene war an diesem Morgen die erste Kundin in dem kleinen Laden. Theo Papadopoulos trug gerade schwere Obstkisten in sein Geschäft, als sie kam. Er begrüßte sie so fröhlich, als sei sie eine Stammkundin.

»Hallo. Haben Sie ein paar Minuten Zeit?«, fragte sie.

»Klar. Morgens ist nie viel los«, antwortete er.

Er führte sie ins Pausenzimmer. Dort duftete es nach frischem Kaffee. Theo ging in den Laden und holte zwei Zimtschnecken. Sie waren noch warm.

»Es wundert mich nicht, dass Sie wieder hier sind«, sagte er, nachdem er den Kaffee eingegossen hatte.

»Tatsächlich?«

»Ja. Melina und ich finden, dass Daniel seit dem Tod seiner Großmutter noch seltsamer geworden ist. Sie war nett. Aber er ist komisch. Melina hat Angst. Sie sagt, er habe den bösen Blick. Das hat sie aus Griechenland. In meiner alten Heimat glaubt man an den bösen Blick. Leute mit dem bösen Blick muss man meiden und schlimmstenfalls töten!«

Letzteres sagte er mit einem fröhlichen Lächeln.

»Inwiefern verhält er sich seltsamer als früher?«, fragte Irene.

»Er war natürlich immer ein Einzelgänger. Keine Freunde und so, wissen Sie. Aber jetzt sieht man ihn fast nie. Manchmal kommt er kurz vor Feierabend hier rein. Er sagt kaum Hallo. Er arbeitet auch nicht mehr. Das hat er früher noch getan. Er hat gelegentlich dem Hausmeister geholfen. Wenn er keine andere Arbeit hatte, dann hat er sich um die Büsche und Bäume hier in der Siedlung gekümmert. Das konnte er gut. Aber jetzt sagt Kenneth, der den Hausmeisterservice organisiert, dass Daniel immer ablehnt, wenn er ihm Arbeit anbietet. Daniel behauptet, er sei krankgeschrieben. Ich weiß nicht, ob das stimmt. Aber Kenneth sagt, das sei er schon lange. Seit seine Großmutter starb. Wie kann er sich dann die große Wohnung leisten?«

Theo strich sich mit den Händen über die Taschen seiner Wolljacke. Er zog eine Schachtel Marlboro hervor und legte sie auf den Tisch. Aus der anderen Tasche fischte er ein gelbes Plastikfeuerzeug.

»Sind die Mieten hier hoch?«, fragte Irene.

»Vielleicht nicht ganz so schlimm wie in der Stadt, aber er wohnt in einer Dreizimmerwohnung. Allein.«

Er erhob sich und hielt Irene die Zigarettenschachtel hin. Sie lächelte und schüttelte den Kopf. Er ging auf die Hintertür zu, als sich dort ein Schlüssel im Schloss drehte. Melina trat ein und begrüßte Irene.

»Gut. Dann kannst du dich mit Inspektorin Huss unterhalten, während ich eine Zigarette rauche«, sagte Theo.

Melina wirkte nicht sonderlich begeistert, hängte dann aber ihre Jacke auf und setzte sich an den alten Küchentisch. Sie gähnte herzhaft und goss sich dann eine Tasse Kaffee ein. Anschließend sah sie Irene mit ihren meergrünen Augen an. Sie waren stark geschminkt, was ihre ungewöhnliche Farbe noch unterstrich.

»Geht es um Daniel?«, fragte sie.

»Warum glauben Sie das?«, erwiderte Irene neutral.

»Schließlich haben Sie beim letzten Mal nach ihm gefragt. Außerdem ist er irgendwie … unheimlich.«

Sie bewegte die Schultern, als schaudere es sie.

»Haben wir Ihnen deswegen den anonymen Tipp wegen des Phantombilds zu verdanken?«, fragte Irene.

Melina zuckte zusammen. Sie riss die Augen auf. Sie strich eine honigfarbene Strähne beiseite und hinters Ohr. Sie war zu dick, und das Haar war zu glatt. Die Strähne fiel sofort wieder zurück.

»Woher … wissen Sie das?«

»Das war nicht schwer zu erraten. Finden Sie, dass er noch komischer wirkte als sonst?«

Melina begann nervös mit der Haarsträhne zu spielen.

»Ich weiß nicht … Das ist mehr so ein Gefühl. Er … starrt. Sogar Mama ist das aufgefallen. Sie will mit ihm nicht allein im Laden sein.«

»Hat er etwas gesagt oder irgendwelche Annäherungsversuche unternommen?«

»Nein. Nie. Aber er ist so unheimlich. Ich gehe auch nicht mehr an der Garage vorbei, obwohl das der nächste Weg zur Straßenbahn ist.«

Irene horchte auf.

»Die Garage?«

»Ja. Uralt. Liegt da drüben.«

Melina deutete auf einen unbestimmten Punkt über Irenes Schulter.

»Das muss Westen sein … Meinen Sie das Naherholungsgebiet Ruddalen?«

»Genau. Da ist er manchmal.«

»Was macht er da?«

Melina zuckte mit den Achseln. Der Vater kehrte von seiner

Zigarettenpause zurück. Er roch nach Obst und Tabak. Er lächelte mit seinen nikotingelben Zähnen und fragte:

»Worum geht's?«

»Um Daniel. Melina hat mir gerade erzählt, dass er sich manchmal in einer alten Garage hier in der Nähe aufhält«, erklärte Irene.

»Ja, da war er früher sehr oft. Aber ob er da immer noch ist, das glaube ich eigentlich nicht.«

»Was tat er da?«

»Er half seinem Großvater. Der hatte dort eine Fahrradwerkstatt. In der Garage war ganz früher mal eine Autowerkstatt. Daniels Großvater reparierte dort später Fahrräder.«

»Aber sein Großvater starb doch vor vielen Jahren. Vor achtzehn Jahren. Hat Daniel nach seinem Tod die Garage weiterhin gemietet?«, wollte Irene wissen.

Theo runzelte die Stirn und dachte nach. Zögernd antwortete er:

»Daniel hat dort immer an seinen Fahrrädern herumgeschraubt und später an seinem Moped. Als sein Großvater starb, übernahm ein alter Freund des Großvaters die Reparaturen. Aber ich weiß nicht, was wirklich daraus wurde. Er hieß Stig und trank recht viel. Es heißt, er habe die letzten Jahre vor seinem Tod mit seinen Katzen sogar dort gewohnt. Manchmal sah ich Daniel bei ihm. Daniel hatte einige Jahre ein altes Auto, an dem er in der Garage herumschraubte. Aber Stig ist wie gesagt auch schon vor einigen Jahren gestorben. Ich denke nicht, dass die Garage zurzeit genutzt wird.«

Aber das glaube ich doch, dachte Irene. Als wolle sie das bestätigen, sagte Melina:

»Letzten Sommer habe ich Daniel noch dort gesehen. Seither gehe ich mit Lukas nicht mehr dort entlang.«

»Lukas ist unser Hund. Ein alter Golden Retriever, der ebenso nett wie dumm ist«, erklärte Theo.

»Papa!«, sagte Melina vorwurfsvoll.

Theo lachte und blinzelte Irene zu. Irene lächelte und konnte sich nicht verkneifen zu sagen:

»Ich habe auch einen Hund, einen kleinen Dackel.«

»Das ist vermutlich ein besserer Wachhund als Lukas. Er liebt alle, sogar Daniel«, sagte Theo immer noch lachend.

»Papa hat schon recht. Deswegen gehe ich auch nicht mehr an der Garage vorbei«, meinte Melina seufzend.

»Wo genau liegt diese Garage?«, fragte Irene.

»Gehen Sie einfach die Basungatan weiter. Erst kommt ein kleiner Parkplatz. Den überqueren Sie. In der hinteren linken Ecke verschwindet ein Pfad zwischen den Bäumen. Er war vermutlich einmal asphaltiert, aber jetzt sieht man ihn kaum noch. Etwa zwanzig oder dreißig Meter den Pfad entlang liegt die Garage, aber sie ist vom Parkplatz aus nicht zu sehen. Der Wald ist um das Gebäude herum sehr dicht und versteckt es«, sagte Theo.

Zu Fuß waren es nur wenige Minuten von dem Laden zu der baufälligen Garage. Theo hatte recht: Man konnte sie vom Parkplatz aus nicht sehen. Es handelte sich um ein niedriges Gebäude aus Beton mit einem rostigen Blechdach. Die Fenster waren solide vergittert, und auch das Tor wirkte recht massiv. Ein gemaltes Schild hing über dem Tor. Mit etwas gutem Willen ließen sich die verblichenen Buchstaben entziffern: »Börjessons Fahrradwerkstatt«. Gestrüpp und Bäume wuchsen bis dicht an die Garage heran. Eigentlich war nur der Platz vor dem Tor begehbar, und das beruhte darauf, dass er einmal asphaltiert gewesen war. Kleine Bäume und andere Pflanzen hatten den Asphalt jedoch durchbrochen. Ein greifbarer Beweis für die Kraft der Natur. Auf der Erde lagen Unmengen Müll, den Generationen von Jugendlichen zurückgelassen hatten. Kein angenehmer Ort, aber für Jugendliche, die unbeobachtet sein wollten, natürlich ideal.

Irene trat auf das Tor zu. Es war aus Eisen und ließ sich beiseite schieben. Irene packte den Handgriff und versuchte es zu öffnen, aber es war ordentlich verschlossen. Daneben lag ein Eisenbalken in derselben grauen Farbe wie das Tor. Irene vermutete, dass er zur zusätzlichen Sicherheit diente. Er ließ sich in zwei Metallschlaufen neben dem Tor hineinschieben und dann mit Vorhängeschlössern sichern. Irene konnte aber keine im Gras entdecken.

Sie achtete genau darauf, wo sie hintrat, als sie sich einen Weg zum Fenster bahnte. Im Gras lag eine Menge Hundedreck. Das Fenster war vom Schmutz vieler Jahre bedeckt. Das Gitter war eine solide Schmiedearbeit und hinderte sie daran, näher an das Fenster heranzukommen. Irene legte eine Hand über die Augen und versuchte, trotzdem etwas zu erkennen. Es dauerte eine Weile, bis sie erkannte, dass eine Pressspanplatte von innen gegen das Fenster genagelt war. Nachdem sie um die Garage herumgegangen war, konnte Irene feststellen, dass auch das Fenster auf der andern Seite abgedunkelt war. Ihr Herz setzte plötzlich einen Schlag aus, als sie merkte, dass sich an ihrer Wade etwas bewegte. Die Katze, die sie berührt hatte, erschreckte sich ebenso wie sie, als sie aufschrie. Rasch verschwand sie im Gestrüpp.

Vorsichtig begab sich Irene wieder auf die Vorderseite des Gebäudes. Da entdeckte sie frische Reifenspuren vor dem Tor. Die waren ihr entgangen, als sie sich einen ersten Überblick verschafft hatte. Wurde die Garage als Werkstatt für ein Auto verwendet? Sie drehte sich um und schaute zu den Hochhäusern hinüber. Daniel brauchte nur ungefähr zwei Minuten zu Fuß von der Garage in seine Wohnung. Sie zog ihr Handy aus der Tasche und rief Tommy an. Er antwortete beim zweiten Klingeln. Knapp berichtete sie von ihrer Entdeckung.

»Wir kommen sofort«, sagte Tommy.

Irene hörte, wie aufgeregt er war. Auch in ihm war der Jagdinstinkt erwacht. Falls wirklich ein Auto in der Garage stand und falls es Daniel gehörte, dann würde die Ermittlung plötzlich eine ganz neue Wendung nehmen.

»Weißt du, ob Daniel zu Hause ist?«, fragte er dann.

»Nein. Ich habe außer Sichtweite seines Hauses gehalten.«

»Vielleicht solltest du ein Auge auf ihn haben. Falls er das Haus verlässt, meine ich.«

»Okay. Aber das Haus hat auch einen Hinterausgang. Ich werde versuchen, eine strategisch günstige Position zu finden«, sagte Irene seufzend.

»Tu das. Verstärkung kommt sofort. Ich versuche, ein paar Leute zur Beobachtung aufzutreiben. Hannu und Sara sind nach Hisings Backa gefahren. Dort ist vermutlich ein Mord begangen worden, aber Jonny und ich kommen. Ich sage auch schon mal den Technikern Bescheid, dass sie nach Frölunda fahren sollen, wenn sie in Hisings Backa fertig sind.«

»Klingt gut. Ruf an, wenn ihr euch der Basungatan nähert.«

Irene unterbrach die Verbindung und ließ ihr Handy beinahe fallen, als sie eine Männerstimme hinter sich hörte:

»Was haben Sie hier zu suchen?«

Sie drehte sich rasch um. Vor ihr stand ein glatzköpfiger Mann mit einem großen Leonberger an einer Leine. Der Hund wedelte freundlich mit dem Schwanz, aber sein Herrchen wirkte misstrauisch. Er war an die Sechzig, faltig und klein. Der Kopf des Hundes befand sich etwa in der Höhe seines Beckens. Er trug schwere Arbeitsstiefel, die zu seinen blauen Arbeitskleidern aus stabilem Nylon passten.

Rasch zog Irene ihren Dienstausweis aus ihrer Innentasche. Sie zeigte ihn vor und sagte:

»Inspektorin Huss von der Kriminalpolizei.«

»Aha. Und was hat die Ordnungsmacht hier zu suchen?«

Irene wurde wütend. Sie hatte keine Lust, ihre Zeit an diesen Idioten zu verschwenden.

»Eine polizeiliche Angelegenheit. Falls Sie mich jetzt entschuldigen wollen, dann kann ich meine Arbeit fortsetzen«, sagte sie kalt.

Sie betrachtete seine Kleider eingehender, und ihr kam ein Gedanke.

»Wer sind Sie eigentlich?«

Der Mann sah sie säuerlich an.

»Ich bin Kenneth Svensson. Ich bin der Chef des Hausmeisterservice hier in der Siedlung«, murmelte er.

»Na wunderbar! Dann kann ich Ihnen ja gleich eine Frage stellen. Wissen Sie, wer über diese Garage hier verfügt?«, fragte Irene und nickte in Richtung des grauen Zementgebäudes.

Der Chef vom Hausmeisterservice zog die Brauen hoch und sah aufrichtig erstaunt aus.

»Verfügt? Was meinen Sie damit?«

Er hatte wieder seine säuerliche Miene aufgesetzt.

»Niemand verfügt über dieses Rattenloch. Es soll abgerissen werden. Hier soll so ein verdammtes Fitnessstudio entstehen.«

»In der Garage scheint aber ein Auto zu stehen«, meinte Irene.

»Schon möglich. Davon weiß ich nichts. Aber das verschwindet dann auch. Der Alki, der in der Bruchbude wohnte, ist letztes Jahr gestorben. Vermutlich ist das also sein Auto.«

Kenneth Svensson schaute sie finster an, ehe er seine Schlussbemerkung abfeuerte:

»Es unterliegt meiner Verantwortung, dass niemand diese Mistbude benutzt, bis sie abgerissen wird. Und das ist in drei Wochen.«

Damit drehte er sich um und ging, gefolgt von seinem Hund, zum Parkplatz zurück. Irene folgte ihm und überlegte, wo sie am besten Stellung beziehen sollte, um Daniel zu beobachten. Sie sah zu seinen Fenstern und seinem Balkon hoch, konnte aber keine Bewegung hinter den Gardinen entdecken. Was tat dieser Mensch eigentlich tagsüber? Schließlich beschloss sie, ihren Wagen ganz einfach auf dem Gästeparkplatz vor seinem Haus abzustellen. So hatte sie zumindest die Vorderseite im Blick.

Tommy rief zehn Minuten später an. Irene gab ihm Anweisungen, wie er zu dem kleinen Parkplatz kam, von dem aus der Pfad zur Fahrradwerkstatt führte. Sie trafen dort gleichzeitig ein, und Tommy parkte seinen Wagen neben ihrem. Als Jonny ausstieg, sah Irene, dass er eine große Stofftasche von der Rückbank nahm. Gut. Einbrecherwerkzeuge würden sie sicher brauchen können.

»Hallo. Mir war klar, dass du die Bruchbude, die du gefunden hast, nicht unbedingt kaufen willst«, sagte Tommy und lächelte.

Er sah richtig aufgekratzt aus. Hoffentlich erwartet ihn keine Enttäuschung, dachte Irene.

»Wohl kaum. Sie soll in drei Wochen abgerissen werden«, entgegnete sie.

Sie folgten dem schmalen Weg zu dem grauen Betongebäude. Einige Meter vor dem Tor blieb Irene wie angewurzelt stehen. Jonny wäre ihr fast auf die Hacken getreten.

»Hallo! Was ist los?«, fragte er.

»Der Balken«, sagte Irene mit rauer Stimme.

»Und? Was ist damit?«

»Er hängt vor dem Tor.«

»Das pflegt mit solchen Balken nun einmal so zu sein«, antwortete Jonny mit einem demonstrativen Seufzer.

»Als ich die Garage vor zwanzig Minuten verließ, lag der Balken noch auf der Erde. Im Gras an der Wand.«

»Wenn er auf der Erde lag, dann muss ihn jemand angebracht haben, während du weg warst«, vermutete Tommy.

»Daniel. Ich habe ihn nicht zu Gesicht bekommen, aber er könnte das Haus verlassen haben, als ich mein Auto holte und auf den Gästeparkplatz fuhr, um ihm aufzulauern. Vielleicht hat er das Haus auch durch die Hintertür verlassen«, meinte Irene.

Tommy betrachtete die ordentlich verschlossene Metalltür nachdenklich.

»Vielleicht war er auch da drin, als du hier warst«, meinte Tommy und nickte in Richtung der alten Werkstatt.

Irene spürte, wie eine Gänsehaut ihren ganzen Körper überzog. Wenn nicht Kenneth Svensson mit seinem Hund gekommen wäre, dann wäre ihr Besuch vielleicht ganz anders verlaufen. Um ihre Gefühle nicht zu verraten, deutete sie auf die kaum sichtbaren Reifenspuren auf der Erde.

»Achtet auf die Reifenspuren«, sagte sie.

Sie gingen im Bogen um die Auffahrt herum und blieben neben dem Tor stehen.

»Ein Vorhängeschloss«, stellte Irene fest.

»Das haben wir gleich«, sagte Jonny und öffnete seine Stofftasche.

Triumphierend schwenkte er einen großen Bolzenschneider. Eine Sekunde später knackte es laut, und das Schloss fiel in eine Tüte, die Tommy darunterhielt.

»Wegen der Fingerabdrücke«, meinte Jonny zufrieden.

Das Schloss an der Tür war ein einfacheres Modell und bereitete Jonny keine größeren Schwierigkeiten. Die Schiebetür ließ sich quietschend öffnen. Auf der Innenseite befand sich ein Lichtschalter. Irene betätigte ihn. Das schwache Licht älterer Leuchtstoffröhren an der Decke erleuchtete den Raum.

Wie erwartet stand dort kein Auto, aber ein paar frische Ölflecken auf dem Zementfußboden verrieten, dass dort noch vor kürzerer Zeit eines gestanden hatte.

»Hier ist gerade erst ein Motor angelassen worden. Holt nur mal tief Luft«, befahl Tommy. Gehorsam schnupperten Irene und Jonny. Es roch nach Feuchtigkeit, Schmutz und Schimmel und nach Auspuffgasen.

»Hier gibt es Mäuse«, meinte Jonny.

Auch Irene merkte, dass es nach Mäusedreck stank. Es roch

nach so vielem, dass sie schließlich keine Gerüche mehr unterscheiden konnte. Sie begannen sich umzusehen. Die alte Werkstatt war nicht groß. In ihr hatten maximal drei Autos Platz gehabt, als sie noch für Autoreparaturen verwendet worden war. Für Fahrräder war sie aber sicherlich vollkommen ausreichend gewesen. Die Arbeitstische und Regale waren mit Gerümpel gefüllt. In einer Ecke standen ein paar Harken und eine Baumschere. Es war jedoch die Grube, die Irenes größtes Interesse weckte.

»Kommt!«, sagte sie mit schärferer Stimme als eigentlich beabsichtigt.

In der flachen Grube war stabile Folie ausgebreitet. Dann entdeckte Irene das Paketklebeband, das Messer und die Yes-Flasche. An der Wand über der Grube hing ein Schlauch.

»Das Schwein hat ein weiteres Paket vorbereitet«, sagte Jonny.

»Das war vermutlich für Efva vorgesehen«, murmelte Tommy.

Ein grauenvoller Gedanke, aber sicher zutreffend.

Jonny trat auf die Gartengeräte zu und betrachtete sie eingehender.

»Auf den Griffen steht D.B.«

»Daniel Börjesson. Jetzt schnappen wir ihn uns, und dann bleibt er, bis …«

Tommy sprach den Satz nicht zu Ende. Irene sah, wie er die Hände zu Fäusten ballte.

»Da muss noch mehr sein«, meinte sie.

Sie ging auf eine Tür ganz hinten im Raum zu. Daneben befand sich ein Fenster mit einem Sprung, das mit einer Pressspanplatte repariert worden war. Irene drückte die Klinke hinunter, und die Tür ging auf. Der Raum war klein, und es stank wie auf einer Müllkippe. An einer Wand stand ein altes Feldbett, auf dem Tüten unbestimmbaren Inhalts, Pizzaschachteln und Kleider in großem Durcheinander lagen

»Die Kleider … Frauenkleider. Und die Handtasche von Elisabeth, die wir auf den Bildern der ICA-Überwachungskamera gesehen haben«, sagte Irene.

»Die Sachen von Ingela Svensson und Elisabeth Lindberg. Und schau dir die Pressspanplatte an«, sagte Jonny.

Sie war von Fotos bedeckt. Auf sämtlichen waren Frauen zu sehen, und alle waren durch Fenster oder im Freien aufgenommen worden. Einige Fotos zeigten Marie Carlsson, Ingela Svensson und Elisabeth Lindberg. Es gab aber auch Frauen, die Irene noch nie gesehen hatte. Alle mittleren Alters und nichts Böses ahnend mit irgendwelchen Haushaltsarbeiten beschäftigt. Eine der Frauen war recht korpulent und trug ihr langes, blondes Haar offen. Sie trug ein hellgrünes, besticktes, wallendes Gewand und schien pfeifend in ihrem Wohnzimmer herumzugehen. Eine andere Frau war dunkelhaarig und hatte eine Kurzhaarfrisur. Auf einem Foto stieg sie in einen Kleinwagen, auf einem anderen goss sie die Blumen im Küchenfenster.

»Wir müssen versuchen, diese beiden Frauen zu identifizieren. Da hängt auch Efva«, sagte Irene und deutete auf einen Zeitungsausschnitt mit einem Bild von der Pressekonferenz anlässlich der beiden Opfer des Paketmörders; der Ausschnitt hing über dem Bett. Die Kommissarin lächelte und sah mit ihrer weißen Bluse und der dunkelblauen Uniformjacke fantastisch aus. Daneben hingen ein paar kleinere Fotos von Efva, die Daniel Börjesson selbst aufgenommen hatte. Eines der Fotos zeigte Efvas Wagen. Sie lud Tüten mit Lebensmitteln aus dem Kofferraum. Ein anderes zeigte sie in Uniform beim Verlassen ihres Hauses. Tommy und Jonny traten näher heran, um die kleineren Bilder besser sehen zu können. Sie merkten nicht, dass Irene rasch zwei Fotos verschwinden ließ, die ganz zuunterst an der Pressspanplatte hingen. Die Fotos waren von ein paar leeren Flaschen, die auf dem Schreibtisch standen, verdeckt worden.

Sie stammten augenscheinlich aus der Serie derselben Aufnahme, die der Mörder Efva zusammen mit der Chrysantheme geschickt hatte, waren jedoch, da offensichtlich zu einem späteren Zeitpunkt entstanden, noch kompromittierender als dieses. Irene wusste nicht recht, was sie mit den Fotos anfangen sollte, aber das war jetzt nicht so wichtig. Ihr einziger Gedanke war, dass sie Tommy diesen Anblick ersparen wollte. Und Jonny sollte sie schon gar nicht zu sehen kriegen! Vorsichtig ließ sie die Fotos in ihre Jackentasche gleiten. Sie zuckte zusammen, als Jonny plötzlich rief:

»Irene!«

Er drehte sich um und deutete auf ein Foto ganz unten.

»Da bist du«, sagte er.

Mit klopfendem Herzen trat sie näher.

Das Foto war vor dem Reihenhaus aufgenommen. Im Hintergrund waren das Haus und das beleuchtete Wohnzimmerfenster zu sehen. Es herrschte Dämmerung, und deswegen ließ sich nur wenig erkennen. Egon schnüffelte auf dem Rasen, und sie stand mit nachdenklich gesenktem Kopf da.

Sie wusste genau, wann er dieses Foto gemacht hatte: Vor zwei Wochen, als sich die Maklerin ihr Haus angesehen hatte. Sie hatte mit Egon einen kleinen Spaziergang gemacht. Sie erinnerte sich, dass sie in den Büschen etwas gehört hatte. Ein Ast war abgebrochen. Egon hatte Angst bekommen und nach Hause laufen wollen. Er hatte gespürt, dass sich im Dunkeln etwas Bedrohliches verbarg.

Irene musste sich räuspern, da sie nicht wusste, ob ihre Stimme ihr gehorchen würde.

»Mir ist gerade eingefallen, dass Daniel Efva tatsächlich begegnet ist«, sagte sie.

»Und wann?«, wollte Tommy wissen.

»Als ich ihn im Dezernat vernommen habe, kam sie rein und wollte von Jonny einen Autoschlüssel haben.«

»Das stimmt«, bestätigte Jonny.

»Unser Freund verguckt sich wirklich schnell in eine Frau«, stellte Tommy fest.

»Ich frage mich, warum er immer etwas älteren Frauen nachstellt?«, dachte Jonny laut nach.

Irene hatte sich diese Frage auch schon gestellt und war sich sicher, die Antwort zu wissen.

»Marie, seine Mutter, war knapp sechzehn, als sie ihn zur Welt brachte, und starb zwei Monate später. Sie wäre also heute 49. Ich glaube, es hat mit ihr zu tun.«

»Schon möglich. Aber mit dieser Frage dürfen sich die Psychiater auseinandersetzen, wenn wir ihn gefasst haben. Vermutlich reicht das Material für einen ganzen Kongress, wenn sie mit diesem Burschen durch sind. Ich schreibe ihn zur Fahndung aus. Schade, dass wir nicht wissen, was er für ein Auto fährt, aber vermutlich ist es ohnehin gestohlen«, sagte Tommy.

»Oder es handelt sich um diesen abgemeldeten Renault Express mit falschen Kennzeichen. Diese Karre hat mich eh schon die ganze Zeit irritiert«, murmelte Jonny.

Irenes Blick war mehrmals auf Arbeitskleider gefallen, die an zwei kräftigen Haken an der Tür hingen. Plötzlich realisierte sie, was da eigentlich hing. Mit ein paar Schritten trat sie heran und sah sich die Sachen näher an. Es handelte sich um eine sehr abgetragene Jacke aus dunkelblauem Nylon mit dazu passender Hose und eine dunkelblaue Schirmmütze. Die Jacke hatte einen verfilzten Fleecekragen und schadhafte Bündchen. Außerdem erkannte sie an mehreren Stellen dunkle Ölflecken. An den Jackenärmeln und Hosenbeinen waren Reflexstreifen angenäht. Auf dem einen Ärmel stand mit weißen Buchstaben »Börjessons Fahrradwerkstatt«. Unter der Jacke hing ein unerhört schmutziges Flanellhemd, das vermutlich einmal blauweiß kariert gewesen war. Auf dem Fußboden lagen ein paar alte robuste Stiefel mit Stahlkappen aus Leder.

Das war zweifellos einmal Ivar Börjessons Arbeitskleidung.

Daniels Großvater, der vor achtzehn Jahren gestorben war, hatte sie getragen.

Der Gestank der Kleider war unbeschreiblich.

Die drei Kriminalbeamten warteten vor der Garage auf die Spurensicherung. Die letzten Sonnenstrahlen des Nachmittags fielen durch die Bäume, und es wurde kühler.

»Halb fünf. Wolltest du nicht heute noch nach Värmland fahren?«, fragte Tommy.

»Doch. Krister ist schon dort.«

»Dann mach Feierabend. Wir kümmern uns um alles Weitere. Du hast schließlich die ganze Woche hart gearbeitet und unendlich viele Überstunden gemacht.«

Sie widersprach mehr der Form halber, aber die Proteste überzeugten nicht einmal sie selbst. Es war unbedingt ratsam, einige der dreihundert Kilometer bei Tageslicht zurückzulegen.

Bevor Irene das Reihenhaus verließ, ging sie ins Badezimmer. Methodisch zerriss sie die beiden Fotos, die sie heimlich aus der Garage mitgenommen hatte, und spülte sie in der Toilette hinunter. Niemand sollte sie je zu Gesicht bekommen, am allerwenigsten Tommy. Es war auch so schon alles schlimm genug.

Sie hatte ihre Tasche vorsichtshalber schon am Vorabend gepackt. Ein Glas Milch und eine Banane mussten erst mal genügen, um den Blutzuckergehalt zu erhöhen. Sie hatte vor, im Riks Rasta in Brålanda eine Kaffeepause einzulegen. Wenn sie in Sunne eintraf, wartete Krister sicher bereits mit einem wunderbaren Essen. Vielleicht eine cremige Pfifferlingsuppe mit frischem Thymian als Vorspeise und Wild als Hauptgang. Auf Rehrücken in Rotweinsauce mit einem Kartoffelgratin, das nach Knoblauch und Porree duftete, hatte sie jetzt Lust. Kristers Schulfreund Per-Erik pflegte in der Gegend von Sunne zu jagen und tauchte gelegentlich mit einem Reh-, Hasen oder Elchbraten auf. Dass es etwas mit Pilzen geben würde, davon war sie überzeugt. Krister liebte es, Pilze zu sammeln. Dieses Interesse schien er außerdem mit Egon zu teilen. Egon ließ sich sicher als Pfifferlingshund abrichten. Aber Dackel waren eigentlich Jagdhunde. Ob er wohl einen Dachs aus seinem Bau jagen konnte? Wohl kaum, das liegt ihm bestimmt nicht, dachte Irene.

Es dämmerte, als Irene Åmål passierte. Die Kaffeepause hatte ihr gutgetan, und zum ersten Mal seit Wochen hatte sie richtig gute Laune. Sie griff zu ihrem Handy, um Krister mitzuteilen, wo sie war. Sie hörte nicht einmal ein Freizeichen. Das Handy war tot. Irene fluchte, als ihr aufging, dass sie vergessen hatte, den Akku aufzuladen. Der Autoadapter lag natürlich in Kristers Auto. Wenn sie das gewusst hätte, hätte sie im Riks Rasta von einer Zelle aus telefoniert. Es war jedoch immer ein Problem, im Sommerhaus anzurufen. Empfang hatte man nämlich nur in dem einen Schlafzimmer im Obergeschoss Richtung Osten. Jahrelang hatten sie diskutiert, eine Telefonleitung legen zu lassen, hatten das aber immer vor sich hergeschoben, da es einfach zu teuer war. Elektrizität und einen Brunnen haben wir jedenfalls, dachte Irene zufrieden. Eine Toilette mit elektrischer Abwasserpumpe gab es neuerdings auch. Nichts gegen das alte Trockenklosett, aber etwas eklig war es dann doch manchmal gewesen.

Als sie Kil passiert hatte, war es bereits dunkel. Auf der E 45 herrschte immer noch reger Verkehr, aber man merkte, dass er langsam nachließ. Freitagabend, das schwedische Volk würde den Superstar-Sieger küren, oder was sich auch immer hinter den erleuchteten Fenstern, an denen sie vorüberfuhr, gerade tat. Sie sehnte sich nach Krister. Und nach Egon natürlich. Und nach einem guten Essen und einer Tasse Kaffee vor dem offenen Kamin. Dann zeitig ins Bett …

Etliche Kilometer später fuhr sie an Sunne vorbei. Linkerhand lag das Hotel Selma SPA. Die spitzen Dächer erinnerten in der Dunkelheit an ein beleuchtetes Alpendorf. Alle Zimmer besaßen Aussicht auf den Fryken. Gerade an diesem Abend war der Blick aber vermutlich nicht so umwerfend, da sich Mond und Sterne hinter schwarzen Wolken verbargen. Das Wasser des Sees war schwarz und spiegelblank. Rechterhand ließ sich das Hotel Selma Lagerlöf ausmachen, das herrschaftliche Hotel mit Stil. Die Kavaliere aus dem Roman »Gösta Berling« hätten sich dort vermutlich mehr zu Hause gefühlt als in dem ultramodernen SPA-Hotel.

Jetzt waren kaum noch Autos auf der Straße. Auf der Gegenfahrbahn tauchten die Fahrzeuge im Abstand von mehreren Minuten auf. Seit der Abfahrt nach Grums hatte sie einen Wagen hinter sich. Sie wusste, dass es immer noch derselbe war, weil der rechte Scheinwerfer etwas schwächer leuchtete und manchmal aussetzte. Wackelkontakt, dachte Irene. Vielleicht jemand, der von Karlstad nach Torsby pendelt. Sie kannte mehrere Leute, die diese 110 Kilometer jeden Tag hin und zurück fuhren. Einige benutzten aber auch die Eisenbahn. Die Strecke galt als die schönste Schwedens.

Sie schaltete den Blinker ein und bog auf die Straße ab, die auf die norwegische Grenze zuführte. Das tat der Wagen mit dem schwachen rechten Scheinwerfer ebenfalls. Offenbar ein Norweger, der nach Hause wollte, wahrscheinlich nach Kongsvinger. Vielleicht wohnte der Fahrer ja auch in Charlottenberg. Irene drehte das Autoradio lauter, als Paul McCartney »Yesterday« sang. Sie hatte gelesen, dass man den Klang der alten Beatlesplatten verbessert und sie neu herausgegeben habe. Sie konnte allerdings keinen Unterschied hören, was vermutlich an ihrem lausigen Autoradio lag. Es hatte keinen Zweck, in der Stadt mit einem teuren Radio herumzufahren. Es wurde einem nur geklaut.

Irene summte den Song mit und verlangsamte, um auf die unbefestigte Straße nach Kymmen abzubiegen. Nach ein paar Kilometern würde sie dann den Forstweg nehmen, der zu ihrem Sommerhaus führte. Es lag vollkommen einsam, aber das machte den Reiz dieser Häuslerkate aus. Dort war es so still, dass einem davon die Ohren wehtun konnten. Das hatte Katarina jedenfalls immer gesagt, als sie noch klein war.

Als sie das Tempo drosselte, stürzte ein Elch aus den Büschen am Straßenrand. Irene trat auf die Bremse, dass die Reifen quietschten. Automatisch schaute sie in den Rückspiegel, wie weit das andere Fahrzeug hinter ihr war. Erst sah sie überhaupt keine Scheinwerfer und glaubte schon, es habe irgendwo auf der Straße gehalten. Plötzlich erkannte sie etwas, das schwärzer war als die sie umgebende Dunkelheit und sich bewegte. Der Fahrer des Wagens hinter ihr hatte die Scheinwerfer ausgeschaltet. Warum? Sie sah, wie sich der Wagen näherte. Die Bremsen quietschten, als er anzuhalten versuchte. Da sah sie im roten Schein ihrer Rücklichter deutlich das Gesicht des Fahrers im Rückspiegel.

Daniel Börjesson.

Du versuchst mir zu entfliehen. Das wird dir nicht gelingen. Die Seligkeit meiner Seele ist bedroht, und das macht mir das Herz schwer. Es zerreißt mich innerlich … der Herr sendet mir eine Prüfung. Du führst mich in Versuchung, und ich muss dich von dem Bösen befreien. Es gibt nur eine Lösung.

Du musst sterben.

Erst dann kann meine Seele Frieden finden.

Ich werde auch nicht allein bleiben. Meine anderen Lieblinge sind noch da und warten auf mich. Sie werden unseren Bund nie brechen. Ich werde sie nie bestrafen müssen. Aber sollte sich eine von ihnen gegen mich vergehen, dann weiß ich, was ich tun muss, um ihre Seele zu retten. Sie von der Sünde reinigen. Sie werden zu Opfern. Ein Opfer dem Herrn, um ihre Sünden zu sühnen.

Ich bin nur das auserwählte Werkzeug des Herrn.

Ich bin der Erlöser.

Der Elch schrammte um ein paar Millimeter am Tod vorbei, und Irene bog ganz automatisch auf den schmaleren Weg ein. Sie konnte keinen klaren Gedanken fassen. Panik hatte sie erfasst, und ihr Herz schlug rasend schnell. Einen Kilometer vor der letzten Abzweigung war sie am letzten Bauernhof vorbeigefahren. Jetzt befand sie sich auf einem Weg, der selbst tagsüber nur äußerst selten befahren wurde. Um diese Jahreszeit und um diese Tageszeit war er vollkommen ausgestorben. Die wenigen Häuser, die an diesem Weg lagen, waren Sommerhäuser. Mit zunehmendem Unbehagen stellte sie fest, dass nirgends Licht brannte, was allerdings nicht verwunderlich war, schließlich war es das erste Wochenende im Oktober und kalt für die Jahreszeit. Der staatliche Wetterdienst hatte für das ganze Wochenende wechselhaftes Wetter und für ganz Värmland Nachtfrost vorhergesagt. Offenbar waren nur Krister und sie herausgefahren. Irene war klar, dass sie nicht zu ihrem Haus abbiegen konnte. Dann würde sie Daniel Börjesson direkt zu ihnen führen. Wahrscheinlich würde er sich nicht an sie heranwagen, solange sie mit Krister zusammen war. Aber er würde da sein. Im Verborgenen, aber in der Nähe. Er lauerte seinen Opfern auf. Er würde abwarten. Und früher oder später würde er zuschlagen. Was sollte sie tun? Sie wagte nicht, sich darauf zu verlassen, dass es ihren värmländischen Kollegen gelingen würde, ihn im Dunkeln zu fassen.

Sie umklammerte das Lenkrad und spürte, wie langsam Wut in ihr aufstieg.

Jetzt reichte es! Sie hatte es satt, sich dauernd verfolgt zu fühlen. Erst die verrückte Angelica und jetzt noch dieser verrückte

Frauenmörder. Genug! Sie wollte sich nicht beobachtet fühlen und sich ständig fragen, ob er irgendwo dort draußen lauerte. Genug!

Mit gleichbleibendem Tempo fuhr sie an der Abfahrt zur Häuslerkate vorbei. Wusste man, dass das Haus dort lag, konnte man Licht in den Fenstern erkennen, sonst nicht. Ganz bewusst wurde sie schneller. Diesen Weg kannte sie in- und auswendig, Daniel nicht. Anfänglich fuhr sie einfach so schnell, wie sie es nur wagte, aber nach einer Weile begann sich ein Plan herauszukristallisieren. Sie musste ihn abschütteln. Er sollte sich verfahren, nicht mehr zurückfinden. Vor ihnen lag ein labyrinthisches Netz aus kleinen Wegen. Aber ein Blick auf die Benzinanzeige verriet ihr, dass sie unmöglich bis in die Wälder an der norwegischen Grenze weiterfahren konnte. Die Nadel befand sich bereits im roten Bereich. Sie ärgerte sich, dass sie in Brålanda nicht getankt hatte. Es wäre wirklich eine Meisterleistung, im Wald mit leerem Tank und mit einem Verrückten auf den Fersen liegenzubleiben!

Also Plan B. Konfrontation. Irene wollte nicht riskieren, sich mit ihm zu prügeln, obwohl sie Jiu-Jitsu beherrschte. Sie war im Besitz des Schwarzen Gürtels, und die Europameisterschaft gewonnen zu haben war vermutlich auch kein zu vernachlässigender Faktor. Das genügte aber nicht, wenn man es mit einem bärenstarken Mann zu tun hatte, der vermutlich auch noch bewaffnet war. Gegen ein Messer oder ein Eisenrohr hatte sie keine Chance. Außerdem war es vollkommen dunkel. Straßenbeleuchtung gab es nur an der E 45 und auch nur in der Nähe von Ortschaften. Weder Mond noch Sterne hellten die vollkommene Dunkelheit außerhalb des Autos auf. Das konnte sie jedoch auch ausnutzen. Wieder musste sie sich auf ihre Ortskenntnisse verlassen.

Irene fuhr Richtung Björnmyren. In diesem Moor gingen sie und Krister jeden Sommer einige Male spazieren. Es war eines der größten und tückischsten Moore im nördlichen Teil der Gemeinde Sunne, aber hier wuchsen auch die meisten Multebeeren. Außerdem war das Moor für seine reiche Fauna berühmt und lockte im Sommerhalbjahr viele Naturinteressierte an. Vor zwanzig Jahren war ein deutsches Paar im Moor versunken und umgekommen. Nach der Tragödie hatte der Heimatverschönerungsverein gemeinsam mit der Ornithologischen Vereinigung Sunne Geld gesammelt und einen u-förmigen Plankenweg über einen großen Teil des Moores verlegt. Irene kannte diesen Weg gut, Daniel Börjesson jedoch nicht.

Sie sah ihn nicht, als sie einen raschen Blick in den Rückspiegel warf. Der Irre fuhr immer noch ohne Scheinwerfer. Glaubte er etwa, dass sie ihn nicht entdeckt hatte? Als hätte er ihre Gedanken gelesen, gingen ein gutes Stück hinter ihr die Scheinwerfer an. Offenbar hatte er Mühe, sie im Dunkeln zu verfolgen.

Ruhe erfüllte sie. Jetzt wusste sie genau, was sie zu tun hatte. Ohne den Weg aus den Augen zu lassen, öffnete sie das Handschuhfach und suchte mit der rechten Hand, bis sie die kleine, starke Taschenlampe gefunden hatte, die sie dort immer verstaute. Sie lächelte triumphierend in die Dunkelheit.

Mit Bedacht erhöhte sie das Tempo. Das Sträßchen schlängelte sich auf das Björnmyren zu. Zu beiden Seiten lag dichter Tannenwald. Wer diesen Weg nicht kannte, konnte nicht wissen, was ihn hinter der nächsten Kurve erwartete. Sie aber manövrierte ihr Auto zielsicher weiter. Daniel würde mit ihrem Tempo nicht mithalten können. Als der Weg ebener wurde und sie den Rand des Moores erreicht hatte, verlangsamte sie. Da! Rasch warf sie das Lenkrad herum und bog auf den kleinen Waldweg ein, auf dem Krister und sie immer parkten. Jetzt war das Auto von der Straße aus nicht mehr zu sehen. So rasch sie konnte, sprang sie aus dem Auto und lief auf die Straße zurück. Von dort rannte sie zielstrebig auf den Plankenweg zu. Dann knipste sie die Taschenlampe an. Mit zitternden Fingern hob sie vom Wegrand einen faustgroßen Stein auf. Sie machte die Taschenlampe wieder aus.

Jetzt galt es, bereit zu sein. Als das Motorengeräusch von Daniels Auto näherkam, trat Irene auf die Straße und zielte genau. Dann warf sie. Es knallte, als der Stein die Windschutzscheibe traf. Da stand Irene jedoch bereits wieder hinter dem Stamm einer hohen Tanne. Das Auto bremste scharf ab und rutschte in den flachen Graben. Irene blieb stehen und zwang sich, ruhig zu atmen. Jetzt kam es darauf an.

Sekunden später wurde die Tür auf der Fahrerseite geöffnet, und Daniel stieg mit Mühe aus. Er ging zurück auf den Sandweg. Irene schätzte, dass er etwa 25 Meter von ihr entfernt war. Sie machte erneut die Taschenlampe an und richtete den Strahl direkt auf ihn. Automatisch hob er die Hände, um die Augen vor dem grellen Licht zu schützen. Nach der langen Zeit in der Dunkelheit war er jetzt vollkommen geblendet. Das Licht der Lampe wurde von einem großen Schraubenschlüssel in seiner Hand reflektiert.

»Bin ich jetzt an der Reihe, Daniel? Dann musst du mich aber erst mal kriegen«, sagte sie so provozierend wie möglich.

Sie drehte sich um und schirmte das Licht mit der Hand ab. Sie musste den Plankenweg vor sich erkennen und durfte nicht stolpern. Das konnte katastrophale Folgen haben. Als sie die erste Planke erreicht hatte, blieb sie stehen und lauschte.

Schritte und schweres Atmen waren in der Dunkelheit zu hören. Er hatte den Köder geschluckt und verfolgte sie. Irene schirmte das Licht noch weiter ab und begab sich auf den Plankenweg. Sie wusste, dass der Weg genau 1,1 km lang war und dass immer zwei Planken nebeneinander lagen. Selbst bei Tageslicht musste man sich sehr konzentrieren. Bei Dunkelheit war es richtig anstrengend. Daniel konnte sich nicht so schnell bewegen wie sie, weil er dann riskierte, neben die Planken zu treten. Hier am Rand des Moors würde er zwar nur nasse und schmutzige Schuhe bekommen. Aber weiter im Inneren gab es wassergefüllte Sumpflöcher, die mehrere Meter tief waren. Irene konnte sich dank ihrer Taschenlampe relativ sicher fortbewegen. Sie durfte den Abstand zwischen ihnen nicht zu groß werden lassen, damit er nicht aufgab und umdrehte. Manchmal schrie sie auf, so als wäre sie abgerutscht und in das eiskalte Wasser getreten – die Erfahrung hatte er auch schon gemacht. Langsam bewegten sie sich immer weiter in den Sumpf hinein.

Es war feucht und ungemütlich. Nebelschwaden umwehten sie und griffen nach ihrem heißen Gesicht wie kalte Finger. Es schauderte sie in ihrem Wollpullover. Die Jacke hatte sie im Auto liegenlassen, um sich in ihrer Beweglichkeit nicht einschränken zu lassen. Es roch durchdringend nach Gagel und Moorwasser. Scharfes Riedgras schlug ihr gegen die Waden und durchnässte ihre Hose, als sie mit den Grasbüscheln in Berührung kam. Gelegentlich hallten ein Vogelruf oder ein Tierlaut durch die Stille. Irene hörte, dass sich irgendein großes Tier durch den Sumpf bewegte. Die Wölfe waren scheu, und man hörte sie nicht, wenn sie sich anschlichen. Vorzugsweise verbargen sie sich ganz tief im Wald. Wahrscheinlich also ein Elch, aber es konnte auch ein Bär sein. Schließlich befand sie sich im Bärenmoor.

Es war seltsam, dass sie so viel um sich herum wahrnahm. Irgendwie fühlte sie sich im Moor sehr zu Hause. In der tiefen Dunkelheit fühlte sie sich geborgen. Die ganze Zeit spürte sie, wie die Planken unter dem Gewicht ihres Verfolgers vibrierten. Er hatte, ohne ein Wort zu sagen, die Verfolgung aufgenommen. Alles passierte, wie sie erwartet hatte. Aus seiner Perspektive war die Situation ideal. Eine Frau, die sich nicht verteidigen konnte und die allein in der Dunkelheit um ihr Leben lief. Er glaubte, der Jäger zu sein.

Seine Beute unterschätzte er allerdings.

Sie hatten die ersten Wasserlöcher passiert. Sie waren nicht zu sehen, aber Irene wusste genau, wo sie sich dunkel und kalt neben den Planken auftaten. Sie seien bodenlos, hatte ihre

Schwiegermutter einmal gesagt, und die beiden Deutschen waren schließlich darin ertrunken.

Irene schätzte, dass sie inzwischen etwa achthundert Meter zurückgelegt hatte. Das bedeutete, dass es bis zu dem Platz, den sie ins Auge gefasst hatte, noch etwa hundert Meter waren. Sie spürte immer noch, wie die Planken unter Daniels Gewicht bebten. Er hatte nicht vor aufzugeben. Sie beschleunigte. Sie brauchte einen etwas größeren Abstand, um ihren Plan umzusetzen. Sie betete still, niemand möge die Planken beim sogenannten deutschen Sumpf repariert haben. So hieß die Stelle seit zwanzig Jahren. Ihr Herz überschlug sich beinahe, als sie sich den Brettern über dem Wasserloch näherte, in dem das Touristenpaar den Tod gefunden hatte. Rasch leuchtete sie ein paar Meter voraus. Dort waren sie! Die losen Planken.

Sie führten über den großen Sumpf und waren nach all den Jahren schon etwas morsch. Sie waren zu lang und mussten dringend durch bedeutend dickere Bretter ersetzt werden. An den Enden hatten sich auch die Nägel unter dem Gewicht der vielen Wanderer gelöst. Das war Krister und ihr aufgefallen, als sie im Sommer Multebeeren pflückten. Sie hatten mehrere Male darüber gesprochen, wie gefährlich es sei, alles beim Alten zu lassen. Es konnte schließlich ein Unglück geschehen. Vorsichtig balancierte Irene auf die andere Seite. Dort drehte sie sich um und trat erst gegen die eine, dann gegen die andere Planke. Das tat richtig weh, aber nachdem sie noch einige weitere Male kräftig dagegen getreten hatte, lösten sie sich endlich und schwammen auf der dunklen Wasserfläche. Daniel würde Zeit verlieren, wenn er versuchte, sie einzuholen. Darüber springen konnte er schlecht. Der Abstand war zu groß. Außerdem musste er langsam balancieren, damit die losen Planken nicht abrutschten. Sonst würde der kleine Daniel noch richtig nass werden.

Dann würde sie sich bereits auf dem Rückweg befinden. Wahrscheinlich kehrte Daniel dann um, aber ohne Taschenlampe gelang es ihm wohl kaum, schnell durch die Dunkelheit zu kommen. Und wenn er sein Auto endlich wiederfand, würde sie sich vermutlich schon längst in der Sicherheit des Sommerhauses befinden und hätte ihre Kollegen in Torsby von Kristers Handy aus verständigt.

Es wurde ihr wohler bei dem Gedanken, und sie ging rasch weiter.

Ein platschendes Geräusch, und sie blieb wie angewurzelt stehen. Daniel war ins Wasser gefallen. Er schrie nicht, aber sie hörte ihn schnauben und gegen das eiskalte Wasser ankämpfen. Vermischt mit dem Geräusch des Wassers hörte sie ihn zischen: »… kann … nicht … schwimm …« Das welke Riedgras riss einfach mit einem schnappenden Geräusch ab, sobald er ein paar Spitzen, die über das Wasser reichten, erhaschte. Verzweifelt schlug er um sich. Kehlige Schreie stiegen zum nachtschwarzen Himmel auf. Keine Worte, nur angsterfüllte Schreie. Irene hatte seinem Kampf nur eine Minute gelauscht, aber es kam ihr wie eine Ewigkeit vor.

Sie müsste umkehren und ihm helfen.

Das müsste sie.

Aber sie tat es nicht.

Er ertrinkt.

Ihre Füße kamen ihr wie nasse Eisklumpen vor. Sie waren wie festgefroren auf den Planken, sie konnte sich nicht bewegen. Der saure Atem des Moors drang unter ihren Pullover. Die Augen der Nacht beobachteten sie. Alle unseligen Geister des Moors packten sie an ihren Knöcheln, um sie ins Wasser zu ziehen. Falls sie sich bewegte, würde es ihnen gelingen.

Sie stand vollkommen reglos da.

Plötzlich wurde es wieder still. Stille. Als hätten alle Wesen des Moors innegehalten, um zu lauschen.

Sie hört nur ihren eigenen Puls an den Schläfen. Auf einmal fällt die Lähmung von ihr ab. Ihre Füße tragen sie so schnell, wie sie können, über das schmale Holz. Aber sie läuft nicht auf das Wasserloch zu, auf dem die losen Planken neben einer Baseballmütze schwimmen.

Sie läuft in die andere Richtung.

Aber Liebling! Du bist ja ganz nass! Wo warst du? Ich habe mir schon Sorgen gemacht.«

Irene ließ sich auf die unterste Stufe der Treppe zum Obergeschoss sinken und zog, ohne zu antworten, die nassen Schuhe und Strümpfe aus.

»Ich habe versucht, dich auf deinem Handy zu erreichen, bin aber nicht durchgekommen. Ist was passiert?«

»Der Akku ist leer.«

Sie hörte selbst, dass sie den Tränen nahe war. Plötzlich fing sie an zu zittern. Sie konnte nicht aufhören.

»Nimm mich in die Arme«, schluchzte sie.

Ich bedanke mich bei meiner Nichte Karin, dass sie mir ihren Schäferhund Hanko geliehen hat. Er ist wirklich so nett und gehorsam, wie er hier im Buch beschrieben wird.

Egon ist ein süßer kleiner Hund, den ich letztes Jahr flüchtig in Berlin kennenlernte. Wahrscheinlich hieß er nicht Egon, aber ich fand, das sei ein frecher Name für einen ungewöhnlichen kleinen Dackel.

Die Vorfälle in meinen Büchern sind immer erfunden, das gilt auch für die Personen, die in ihnen auftauchen. Wie immer erlaube ich mir große Freiheiten mit den topographischen Gegebenheiten. Ich gestatte mir die künstlerische Freiheit, bei Bedarf die Wirklichkeit der Erzählung anzupassen. Wahrscheinlich haben viele Leute in Västra Frölunda und im Norden Värmlands bei der Lektüre dieses Buches nur erstaunt den Kopf geschüttelt …

Helene Tursten